Peter Härtling
Eine Frau

Peter Härtling
Eine Frau
Roman

Luchterhand

Sonderausgabe 1977.

Lektorat: Thomas Scheuffelen
Umschlag von Kalle Giese
Ausstattung von Martin Faust

© 1974 by Peter Härtling
Alle Rechte beim Hermann Luchterhand Verlag
GmbH & Co KG, Darmstadt und Neuwied
Gesamtherstellung bei der Druck- und Verlags-
Gesellschaft mbH, Darmstadt
ISBN 3-472-82031-4

INHALT

I. Teil
(Dresden 1902–1922)

II. Teil
(Prag 1923–1925; Brünn 1925–1945)

III. Teil
(Stuttgart 1946–1970)

Kapitelübersicht

Erster Teil
(Dresden 1902–1922)

1.
Kindheit oder Was noch zu finden ist

Es konnte immer nur der Garten sein, der von wandernden Lichtern durchbrochene Schatten der Buchenhecke, der Pavillon, die Laubhütte unter den Birken, oder das abendliche Solo des böhmischen Trompeters, der im Haus nebenan Gärtner war, es konnte, beschrieb sie ihre Kindheit, nur der Garten sein, und ihre Sätze waren aus einem Lied, so, als wolle sie alles selber nicht mehr glauben und finde doch keine vollkommenere Wahrheit. Und auch das große, weiße, stets sommerlich gestimmte Haus bekam seine Strophe. »Es war«, hatte Katharina an Annamaria geschrieben, die jüngste Tochter, »es war ein entlegener Ort in einer entlegenen Zeit. Ich weiß nicht, ob Du mich verstehst. Es ist ja auch nicht sehr genau. Meine Erinnerung hat das Haus in Klotzsche und den großen Garten als eine Insel bewahrt, als das Bild einer Insel. Und oft, wenn ich glücklich war, dachte ich an diese Insel und hatte das Gefühl, ein solches Glück vielleicht doch wieder zu finden, später, viel später«.
Katharina Wüllner wurde am 7. Februar 1902 in Klotzsche bei Dresden geboren. Sie war das jüngste von vier Kindern, und die Geburt wurde von dem Fabrikanten Wüllner in den im Parterre des weitläufigen Hauses liegenden Gesellschaftsräumen mit einigen Kumpanen drei Tage und drei Nächte gefeiert, ohne daß der fast zwergenhaft kleine Mann den wimmernden Gegenstand des Festes angesehen und seiner Frau mehr als nur einen Besuch abgestattet hätte. Susanne Wüllner, immer wieder

aus einem fahrigen Schlaf auftauchend, hörte von fern den Lärm, das Gegröle, das Singen, und sie bat die Pflegerin, sämtliche Türen im ersten Stockwerk zu schließen, damit hier oben niemand behelligt werde.
Sie lag, hochgebettet, in ihrem Zimmer, eine schöne bleiche Person, die dunklen Augen aufgerissen, als falle sie von einem Schrecken in den andern, ihr schwarzes Haar übers Kissen gebreitet; sie empfing häufig den Arzt, ließ sich das Kind bringen, gab den anderen Kindern Empfehlungen für den Tag, dies alles mit leiser Stimme, auf die jeder gern hörte. Elle, der Ältesten, vertraute sie die wichtigsten Pflichten an. Die Zwölfjährige, zu groß für ihr Alter, frühreif, oft hochfahrend und eigensinnig, hielt die Verbindung zum Haus, zur Küche, auch zum Vater, dem sie am nächsten war. »Ihr fehlt mir alle«, hatte er an seine Frau aus Bad Pystian geschrieben, wo er sich zu einer längeren Kur hatte aufhalten müssen, »aber Elle wünsche ich mir her, mitsamt ihren Wutausbrüchen; sie versteht mich, sie fühlt wie ich«. Sie wagte sich lachend unter die angeheiterten und übermüdeten Männer, flüsterte dem Vater Wünsche der Mutter ins Ohr, die er heiter aufnahm und ausschlug: Sag ihr, und er war immer laut, machte sich mit seiner Stimme größer, sag ihr, es geschehe ihretwegen und des Kindes wegen, außerdem würden sie alle das Haus bald verlassen, auf den Weißen Hirsch fahren: Luft schnappen, Mädchen, Morgenluft!, und sie ließ sich von seinem Lachen anstecken, umarmte ihn, fand ihn abenteuerlich, den zierlichen Mann, dessen Bewegungen tänzerisch wirkten, ein Künstler, kein Kaufmann, sagte man über ihn und fürchtete sich dennoch vor seinem merkantilen Geschick, denn er hatte schließlich aus einer Apotheke einen Konzern gemacht, drei Fabriken, zwei in Dresden, eine in Bodenbach, ein erfinderischer Kopf, der der Schönheit ergeben war, Duftwässer

und Cremes herstellte, vor allem aber die weitberühmte Combella-Gurkenmilch. Ich streiche Millionen von Weibern, rief er manchmal, ein zärtlicher Freund. Ja, ich versteh. Geh hinauf zu deiner Mutter und richte ihr aus, es werde sich bald Frieden einstellen. Das Fest geht zu Ende.
Die Männer gehen, ihre Stimmen sind im Garten zu hören; sie lachen; der Lärm entfernt sich; das Haus atmet auf. Man hört das Weinen des Säuglings, das beruhigende Summen der Kinderfrau, Rufe der Mutter, auch der Kinder. Licht dringt aus dem Garten durch die Fenster, ein leichtes, in Wellen sichtbar werdendes Grün, »ich habe dieses Licht nirgends wieder gefunden, ich habe es eingeatmet, es machte satt und heiter«.
Sie wurde in der Dorfkirche von Klotzsche getauft, Katharina Susanne Leonore, Paten waren ein Bruder des Vaters und dessen Frau, die ihr später nie begegneten, die nach Südamerika auswanderten, gelegentlich absonderliche Geschenke schickten; die Wüllnersche Familie war zahlreich vertreten, von den Angehörigen der Mutter war nur einer gekommen, ihr Bruder, der Pharmazeut und Sänger David Eichlaub, der sich nicht, wie sie, hatte taufen lassen, noch vor der Kirche spöttische Bemerkungen machte, die sein Schwager lachend quittierte, denn er sei ohnedies Atheist und halte dies alles für eine Fortsetzung frühzeitlichen Schamanentums, worauf ihm David widersprach, doch Wüllner hörte nicht darauf, oder sagte: Na, mit eurem Glauben, von dem wir ja alles haben, mein Lieber, will ich mich gar nicht erst anlegen. Also schreiten wir zur Taufe.
Onkel David sang.
Der Pfarrer war gerührt.
Susanne Wüllner weinte. Sie hatte gesagt: Das ist mein letztes Kind.

Nur das Kind gab keinen Laut, als sein dünnes schwarzes Haar von Wasser feucht wurde. Jetzt hatte es Namen, mit denen es sich abfinden, in die es hineinwachsen mußte. Onkel David trat ein zweites Mal an die Empore, erschreckte alle, denn er hatte nicht angekündigt, was er vorzutragen beabsichtigte, und die Orgel war seiner Melancholie auch nicht gewachsen, als er das erste Lied aus der ›Winterreise‹ sang, »Fremd bin ich eingezogen, fremd zieh ich wieder aus«. Wenn das nur kein böses Omen wird, befand jemand aus dem Wüllnerschen Clan, und der Vater des so besungenen Kindes schimpfte nach dem Kirchgang: Daß dich der Teufel auch immer reitet, David, was kann das Kind dafür! Nun fange nur nicht an zu philosophieren! Was David nicht tat, er nahm vielmehr das Kind aus den Armen der Mutter, trug es vorsichtig der Gruppe voraus, die Allee entlang, bis zum Eingang in den Garten; es sei doch ein Park, sagte Wüllner, aber seine Frau bestand darauf, die weite, das Haus umschließende Anlage »Garten« zu nennen. Der Onkel trug die Nichte, er wiegte sie, summte die Arie des Figaro, wendete sich gelegentlich den ihm folgenden Eltern zu, zeigte das Kind.

Es sei ein sonniger Tag im späten Mai gewesen.

»Georg, er war heute von gemütvoller Courtoisie«, schrieb Susanne Wüllner ihrer uralten Mutter in Breslau, »so rücksichtsvoll wie seit langem nicht, aber er hat auch seine Männerfestivität gutzumachen. Wetterwendig ist er wie je.«

Katharina bekam ein Zimmer im zweiten Stock, unterm Dach; es blieb ihres; später wurde ihr die nebenan liegende Kammer zugeteilt, so verfügte sie über eine kleine Wohnung.

Was sie weiß, was sie wußte, danach erzählte, erfüllt von einem Heimweh, dem sie nachgab: Die Gesichter, die

sich über sie beugten, hell von den Sonnenstrahlen, die durch die gerafften Musselingardinen fielen, das Gesicht der Mutter, deren Stimme sie genoß, die sie, wann immer es ging, hören wollte; die Kinderfrau, Gutsi, die mit lustigen Versen und Liedern beruhigen konnte, ein derbes, aufmerksames Gesicht, in dem über einer Himmelfahrtsnase wässrige blaue Augen schwimmen. Immer rief es: Gutsi! Wo bist du Gutsi? Mein Teddy ist weg! Komm Gutsi, hilf! Es ist mir alles verdorben, die Farbe verläuft! Und Gutsi vermochte jederzeit zu helfen, sie war, im Grunde, ihr vertrauter als die Mutter, die sich manchmal entzog oder mit dem Vater verreiste, die aus unerfindlichen Gründen fremd werden konnte, weit weg war, fast unerreichbar; »ma bonne maman«, pflegte Ernst sie anzureden, ganz ohne Spott, in einer Liebe, die eine gewisse Distance nicht aufgeben konnte, aber Katharina sagte Mummi zu ihr, fand ihre Wärme, ihre Einsamkeit: Mummi, mußt dich nicht grämen, nein.
Sie rennt atemlos durch das Haus, hinunter, über die Empore im ersten Stock, hinunter, steht in der Halle, die durch beide Stockwerke reicht, ein seltsam kubischer Kuppelraum, schreit, fürchtet sich vor Gespenstern, die ihr Dieter eingeredet hat, Gutsi kommt, Mummi kommt, beide Frauen mühen sich um sie, schließen sie wechselseitig in ihre Arme und sie genießt die Wärme, die Hilfe, die alle Angst austreibt. Jetzt ist es gut. Ja, es ist gut, und der Vater erkundigt sich nach dem Ungemach, tröstet ebenfalls, zaubert aus der Tasche ein Täfelchen Schokolade, das Papier riecht ein wenig nach Tabak, sie wird, wieder auf dem Zimmer, auf dem Fensterbrett sitzend, daran schnuppern, weil es ein Geruch ist, den Frauen nicht haben.
Sie ist klein, zierlich, wächst nicht so rasch wie Elle. Das volle Haar hat sie von der Mutter. Es wird bald in lange

»Schillerlocken« gelegt werden, was ihr gefällt. Sie findet sich hübsch, schaut in den Spiegel, achtet auf ihre Kleider. Dieter, den sie vor allen anderen liebt, »ihr Bruder«, schimpft sie »etepetete«, sie macht sich nichts daraus, denn er findet sie auch wieder »süß«, führt sie die Straße entlang, auf den Dorfplatz, sagt, den Weg in die Fremde treibend, als gehe es um neue Kontinente: Dort liegt Loschwitz. Und dort, dort liegt Dresden!
In Dresden war sie: auf der Prager Straße, und in der Fabrik, an einem Sonntag im Zwinger, wo Mummi sie auf einer steinernen Brunnenfigur reiten ließ.
Sie versteckt sich im Gartenpavillon, hört die Rufe der Suchenden, Katharina, Kathi, meld dich doch, Kind!, wo bist du?, rührt sich nicht, bis Dieter oder Ernst darauf kommen, sie könnte sich im Hüttchen versteckt halten und einer der Jungen die Tür aufreißt: Du bist eine!, sie herauszieht: Gefunden! Wir haben sie, alles lacht. Aber du hättest dich doch melden können, Kind!, wirft Gutsi ihr vor. Ja, ja, schon.
»Ich habe manchmal Anfälle von Sentimentalität«, trägt sie im September 1932 ins Tagebuch ein, »dann denke ich mir Landschaften oder Räume aus, ganz bestimmte Situationen, in deren Mittelpunkt ich stehe, doch allein, dann wieder spüre ich Zärtlichkeit, oder ich singe ganz bestimmte Melodien, wie ›Ach ich habe sie verloren‹, oder den Anfang von Tschaikowskijs Klavierkonzert; es ist ganz schön verrückt. Mir behagen solche diffusen Stimmungen.«
Sie feiern ihren vierten Geburtstag. Vater war lange verreist gewesen, unerfindliche Störungen waren über den häuslichen Alltag hereingebrochen, die Eltern hatten gestritten, Gutsi war unruhiger als sonst, Elle verfluchte den »gottverdammten Stall«, in den sie hineingeraten sei, was Gutsi aufbrachte, eine Sechzehnjährige müsse wissen, wie sie sich zu benehmen habe, es sei unwürdig,

sich dermaßen zu äußern: Nein, Elle, das geht zu weit, du hast dich wie eine junge Dame zu benehmen.
Und die da unten? schrie Elle.
Laß sein. Es geht uns nichts an, sagt Gutsi, hat Tränen in den Augen, schnauft. Es geht alles seinen Gang. Das war ihre Lebensregel. Sie brachte sie zu allen Gelegenheiten an, hatte ohne Zweifel immer recht.
Vater hatte das Haus verlassen, Mutter zog sich zurück, gab sich wenig mit den Kindern ab, Elle brauchte sie nicht mehr, sie war bald siebzehn, ging aufs Lyzeum, hatte beschlossen, Malerin zu werden, nach Hellerau zu ziehen, was ihr niemand ausredete, auch niemand glaubte; Dieter, ein Jahr älter, hatte die Reifeprüfung hinter sich, wollte in Leipzig Mathematik studieren; Ernst, versponnen in abstruse Pläne, vierzehn, ein Wachträumer, sah sich in Afrika als Tierfänger oder als Berater des Königs, Ihr werdet schon sehen, durchbrach er wütend ihren Unglauben, ihr habt geene Ahnung, sein Sächsisch übertraf das von Gutsi.
Sie feierten Katharinas vierten Geburtstag. Georg Wüllner war von einer »Forschungsreise« aus Amerika heimgekehrt, voller Ideen für seine Fabrikationen, er habe neuartige Essenzen entdeckt, die, das bezweifle er nicht, Mode würden. Es hatte sich, schien es, alles eingerenkt.
Auf dem Rasen zwischen Haus und Pavillon war eine Kindertafel gedeckt, Mädchen, gleichaltrige und ältere aus der Nachbarschaft eingeladen, Gutsi dirigierte, zwei Lohndiener trugen auf, Peter, der Gärtner und Asta, die Köchin, herrschten, nur Vater fehlte.
Die Geschenke türmten sich im Gras, Puppen, Kleider, Puppenkleider, eine Spieluhr von Mummi.
Sie fragte, wo Vater denn sei.
Unterwegs, er habe wichtiges vor, für dich, Kathi, allein für dich.

Sie zappelte derart, daß Gutsi ihr einen Klaps gab.
Beruhige dich, er wird kommen. Nun trinke erst einmal die Schokolade und unterhalte deine Freundinnen, ja?
Ach, das ist ein Quecksilber! Und das Getuschel der Großen. Sie läuft in den Pavillon, schlägt die Tür hinter sich zu, kuschelt sich auf dem Diwan, wünscht sich Vater her, bis fröhlicher Lärm sie hinauslockt. Vater kommt auf sie zu und führt ein schwarzes Pony, das brav neben ihm hertrottet: Kathi komm! Kathi schau! Das ist für dich! Pechrabenschwarz! Es ist für dich! Setz dich drauf! Vater hebt sie hoch, sie klemmt den Pferderücken zwischen die Beine, flüstert: Halt mich fest, Papa, seine Hand drückt sie sanft auf den schaukelnd-lebendigen Sitz.
Das Pony wurde Alexander getauft, bekam ein Gatter hinter dem Haus, einen Stall für die Nacht, später ein Wägelchen. Katharina lernte rasch reiten, hatte das Tier zwölf Jahre, bis in den Krieg hinein, dann wurde es fortgebracht.
Sie wünschte bei Alexander zu schlafen, es wurde ihr ausgeschlagen, so stand sie am nächsten Tag früh auf, vor Gutsi, schlich sich in den Garten, setzte sich vors Gatter, sah, schüchtern noch, dem Tier beim Weiden zu.
Niemand mußte sie die Jahre anhalten, Alexander zu pflegen. Er war ihr Gefährte, ihr Stolz.
Es war, erzählte sie ihren Kindern, mein schönstes Geschenk, durch nichts zu überbieten, eine gewagte Überraschung, die Vater gelang.
Das, was gewesen war, versickerte in ihr, Bild für Bild, schon aufgehoben, schon für später. Als sie alles hätte zurückrufen können, blieben Scherben. Einzelne Szenen, bitterer und genauer: Vogelfutter, das in einer heruntergekommenen kalten Fabrikwohnung von Mummi in Tüten eingewogen wird, noch eine Spezialität von Vater.

Komm heim. Geh weg.
Nur den böhmischen Trompeter von nebenan hört sie, immer wieder, die nächtliche Sentimentalität, Moldau und Elbe, sieht sich durchs Haus laufen, die geschwungene Treppe, fühlt das kühle Geländer an der Handfläche, das Geländer ist viel zu hoch, sie stößt gegen die Haustür, ruft nach Gutsi, tanzt über den Rasen, der nach ständigem Sommer riecht, ist vier Jahre alt, besitzt ein Pony mit rotem Sattel.
Noch fehlt die Landschaft, noch sind die Städte unbekannt.

2.
Der Vater oder Fünf Hände im Schreibtisch

Von Georg Wüllner wurde gesagt: Hätte er nicht eine Frau gefunden, die so klein ist wie er, eher noch eine Daumenbreite kleiner und schön überdies, wäre er an Großmannssucht zugrunde gegangen; so hat er seine Energien und Phantasien wenigstens teilweise mit Vernunft und Erfolg angewandt. Er war klein, 1,62 Meter stand in seinen Papieren, aber er hatte sich um mindestens drei Zentimeter hochgemogelt. Dennoch machte er einen durchaus »ausgewachsenen« Eindruck, maskulin und souverän, und es war deutlich, daß jeder Mann, der ihn nicht ernst nähme, mit bösen Folgen zu rechnen hätte. Perkeo hatten Freunde ihn auf der Universität gerufen. Sein Kopf wirkte merkwürdig mächtig: Unter dem dichten Haar eine zu hohe und zu runde Stirn; unter den Augen dunkle Ringe, die, wie auch nahe Bekannte fanden, dem nicht sonderlich zurückhaltenden Lebenswandel zuzuschreiben seien – eine falsche wie verständliche Erklärung, es war vielmehr eine physische Eigenart, die schon dem Fünf- oder Siebenjährigen Wurmkuren eingetragen hatte, ohne daß je Würmer abgegangen wären oder die Schattenringe schwanden; die Schläfen unter dem straff nach hinten gekämmten Haar (geglättet mit hauseigener Pomade) schienen eingefallen, hochempfindlich; auf die Nase bildete sich Wüllner etwas ein, auf ihren schmalen, geraden Rücken; der Mund allerdings war klein.
Er kleidete sich stets sorgfältig, à la mode, suchte mit

Vorliebe seinen tschechischen Schneider in der Neustadt auf, auch weil er dort klatschen konnte, »kurte« seit Jahren allein, zumindest nicht in Begleitung seiner Frau, in Karlsbad, Franzensbad oder Pystian und war seiner Affären wegen eine von der Dresdner Gesellschaft gehätschelte wie gefürchtete Figur.

Katharina liebte ihn sehr. Er bewegte das Haus, sein gewaltiges, Freude verschleuderndes Gelächter zog sie an, wann immer er daheim war, und sie besaß bald das Privileg, ihn in seinem Arbeitszimmer zu besuchen, »nur stille mußt du sein, Mäusekind«, ihn bei seinen Versuchen zu beobachten. Er zauberte. Das wird gut, hörte sie ihn, das läßt sich formidabel mischen, die Weiber werden weg sein. Sie folgte, wortlos der Arbeit des Vaters, sah zu, wie in den größeren Gläsern Tinkturen, milcherne Substanzen, Schlieren zogen, geheimnisvoll und ekelhaft. Er bewegte sich spielerisch, hüpfte bisweilen von einem Fuß auf den anderen, rieb sich die Hände, den Kopf zur Seite geneigt. Keinen Moment hielt er still; das gehörte zu ihm. So wird sie ihn erinnern.

Wenn er wollte, schwelgte er im Sächsischen, doch er sprach ebenso Hochdeutsch ohne Anklang wie ein fehlerfreies Französisch und Italienisch. Seine Sprachbegabung führte er auf seine Herkunft zurück, Ungarn und Italiener, ein paar Sachsen auch, mehr Bayern jedoch und Tschechen. Obwohl Katharina viele seiner Verwandten kennenlernte, wurde sie nie schlau aus diesen Leuten: Ohne Abenteuer und Katastrophen kamen sie offenbar nicht aus. Dankbar grüße ich die Janitscharen, Magyaren und Mongolen unter meinen Vorfahren! hatte er bei einer Geburtstagsrede ausgerufen und nicht wenige in Verlegenheit gesetzt. Er konnte in die Enge gedrängt, auf Konventionen pochen; im Grunde war er frei von ihnen, setzte sich über gesellschaftliche Spielregeln hinweg.

Der Großvater Wüllner hatte in Penig eine Apotheke besessen, diese aber »sozusagen mit Frau und fünf Knaben« verpachtet und sechs Jahre als Schiffsapotheker gedient. Die Kinder konnten hernach Dutzende fabelhafter Geschichten ihres Vaters weitererzählen, ihren Vater kannten sie kaum, um so mehr die Mutter, die, unter hysterischen Anwandlungen, sie in Zucht und Ordnung hielt, was dazu führte, daß drei der fünf Jungen früh durchbrannten und nicht zu bewegen waren, standesgemäße Berufe zu ergreifen. Auch Georg Wüllner waren Schule und Universität nur erhalten geblieben, weil er allzu häufig kränkelte und auf die Fürsorge der Mutter angewiesen war. Das ferne Allotria der Brüder übertrug er auf zu Hause, und die Verwünschungen seiner Mutter gingen tief. Als der Vater endgültig abgemustert hatte, übernahm er die Apotheke wieder, vertrieb, mit Erfolg, zahlreiche hausgemischte Mittel, von denen er schlankweg behauptete, Katzendreck habe mehr Wirkung als dieses Zeug, aber wenn's um Glauben und Krankheiten gehe, könne man mit Wind heilen. Er starb mit 52 Jahren, hinterließ die Apotheke und die Fabrikation, so daß die Familie fast ohne Sorgen in die Zukunft planen konnte.
Katharina lernte ihre Großmutter noch kennen; sie wich der wehleidigen, sich oft mit dem Vater streitenden Frau aus. Katharina wurde in das Haus in Klotzsche hineingeboren; nur Dieter hatte noch die enge Wohnung in Altstadt gekannt, über der Apotheke, in deren Küche kaum gekocht werden konnte, da Wüllner dort experimentierte, mit Glück, wie sich herausstellte: Produktion und Vertrieb seiner Schönheitsmittel mußten bald erweitert, Fabrikgebäude gemietet werden. Das Haus in Klotzsche hat er auf einem Spaziergang entdeckt; in langwierigen Verhandlungen gelang es ihm tatsächlich, die Besitzer hinauszureden und die

Villa zu kaufen. Alles andere überließ er seiner Frau.
Aber für Katharina war er nicht nur der Vater, der seine Kinder, ohne Anlaß, mit verrückten Geschenken zu überraschen liebte, der sein Haus nicht führte, sondern der immer wieder Heimkehrende, der Erzähler, über den erzählt wurde, der Egoist, der die Mutter in die Enge trieb, sie mit Scheidung bedrohte oder Flucht: Was soll ich denn hier, Susanne, wo mich das Behagen ausdörrt. Du machst, weil es dir genehm ist, alles ruhig. Die Kinder hörten die Auseinandersetzungen, kuschten, nur Dieter traute sich bisweilen einzugreifen, wurde zurückgewiesen, niemanden gehe das etwas an. Die Eltern hatten recht, denn ihre verquere Gemeinschaft hielt.
Ich liebe sie mehr denn je, hatte Wüllner später zu Katharina gesagt, als sie seine Weibergeschichten auswendig wußte, ihn lachend zurechtwies, und er sich auf sein Alter berief: Wer will mich jetzt noch haben außer eurer Mutter – so perfide bin ich, wie?
Ihr fallen die Hände ein, diese widerwärtigen Abgüsse aus polierter Bronze, die er in einer Schublade seines Schreibtisches verschlossen hielt, bis Mutter sie zufällig fand, sie aus der Schublade holte, nebeneinander auf dem Schreibtisch aufreihte, fünf rechte Hände, sehr unterschiedlich, die eine schmal, die andere ein wenig grober, mit heraustretenden Adern auf dem Rücken, doch eindeutig Frauenhände – auf ihren Mann wartete, der, als er spät Abends kam, sie vor den Händen sitzend fand, freilich nicht aus der Fassung geriet, sondern sich in Gelächter flüchtete: Welch ein Arrangement, du und die Hände dieser Damen; Susanne sagte, sie schäme sich, vor allem über seine herzlose Reaktion, sie halte das nicht für komisch, worauf er den Mantel über die Couch warf, sich einen Stuhl an den Schreibtisch zog, ihr gegenüber saß,

als sei er ein Besucher seiner selbst: Willst du es denn genau wissen, Susanne? und, als sie nicht antwortete, mit leiser Stimme begann: Sie sind nicht in der richtigen Reihenfolge nebeneinandergelegt, Susanne, darf ich dir helfen? Er beugte sich vor, begann die Hände umzuordnen: Ich will dich um Himmels willen nicht quälen, also unterbreche mich, wenn ich dich enerviere; doch du hast es ja gewußt, wenn nicht von mir, dann von anderen – oder wenigstens geahnt.
Er steht auf, schaut auf die Abgüsse (wobei er auf den Absätzen wippt: eine Angewohnheit, die ihn größer machen soll): Ich gebe zu, von gutem Geschmack zeugen diese Dinger da nicht, nein, für mich sind es Trophäen, die der Erinnerung nachhelfen sollen, aber es gelingt ihnen nicht.
Sie sah ihn, mit einem Mal, direkt an, sagte: Manchmal habe ich den Eindruck, wie jetzt, daß du nicht normal bist.
Er setzt sich wieder. Es kann sein. Willst du mir zuhören? Sie nickt. Ganz ohne Philosophie, Susanne, ich schätze diesen Schmus nicht, gewissermaßen nur die tatsächlichen Angaben zu den Fundstücken, die vor dir liegen.
Er spricht nun wie ein Revisor. Beginnen wir mit der ersten Hand. Von dir aus gesehen links.
Sie unterbricht ihn: Meinst du wirklich, Georg, ich wollte mir deine Märchen anhören?
Er sieht nicht auf, schiebt die Kunsthände noch mehr zusammen, sagt: Es werden keine Märchen sein, Susanne.
Sie lehnt sich zurück, lädt ihn mit einem »bitte« ein, zu beginnen.
Hier, diese Hand, unterstrich die Worte Emilia Galottis. Es ist achtzehn Jahre her, wir waren eben ein Jahr verheiratet, 1889, entsinnst du dich, wir sahen die Teschner gemeinsam, eine wunderbare Emilia. »Gewalt! Gewalt!

wer kann der Gewalt nicht trotzen? Was Gewalt heißt, ist nichts: Verführung ist die wahre Gewalt. – Ich habe Blut, mein Vater; so jugendliches, so warmes Blut, als eine. Auch meine Sinne sind Sinne. Ich stehe für nichts. Ich bin für nichts gut.« Ich höre es noch, ich kann es auswendig. Ein wenig später lernte ich sie auf einem Bankett kennen. Du hattest, glaube ich, Migräne und ließest dich entschuldigen. David war zufällig zu Besuch und begleitete mich. Er verließ das Fest früher. Ihm war, wie er mir später sagte, die Situation peinlich. Ich fragte sie, als das Bankett sich aufzulösen begann, ob ich sie nach Hause bringen dürfe. Sie ließ ihre Droschke vorfahren, bat mich, vor ihrer Wohnung angelangt, sie hineinzubegleiten. Das Verhältnis dauerte mehr als drei Jahre. Wußtest du davon?
Ja.
Von wem?
Ist das nicht egal?
Ja.
Elise Teschner sei, erzählt er, schuld an allen diesen Händen. Als sie die Maria Stuart probte, zu Hause, vor den fünf mannshohen Spiegeln im Schlafzimmer, habe er sich allein auf ihre Hände konzentriert, und er habe ihr, als sie sich erschöpft in den Salon zurückzog, gesagt, daß ihre Kunst in der Beredtsamkeit ihrer Hände liege; sie habe ihm zugestimmt, sei aufgestanden, habe, aus dem Fach eines Komödchens, diese Hand, »diese Hand!«, genommen, sie vor ihn auf den Tisch gelegt und gesagt: Du kannst sie haben.
Soll ich fortfahren, Susanne?
Aber ja.
Er schob die Hand Elise Teschners zur Seite.
Hast du sie wiedergesehen?
Einige Male in Berlin. Sie ist zum zweiten Mal verhei-

ratet mit einem Offizier von Adel; wir sehen uns manchmal, verstehen uns gut.
Und die zweite Hand?
Sie gefällt mir nicht. Sie hat mir nie gefallen. Sie ist grob, siehst du?, die Fingerkuppen sind zu breit.
Es ist eine erfahrene Hand, nicht mehr ganz jung.
Du kennst sie, Susanne?
Ja.
Sie gehört Marianne Winterhoff.
Ich weiß.
Du hast es gewußt?
Ja, mein Lieber, vom ersten Tage an.
Es sei eine zähe, zum Schluß hin ungute Begebenheit gewesen. Es habe keinen Anfang gegeben, er sei hineingeschlittert, zwar habe er mit ihr geflirtet, doch nicht allein mit ihr.
So bist du nicht, Georg, nein.
Sie hätten sich gelegentlich, auf Gesellschaften, bei Kreuzkamm, in der Oper getroffen.
Sie ist fast zwei Kopf größer als du.
Das ist ein wenig übertrieben.
Zufällig hätten sich Winterhoffs zur selben Zeit in Karlsbad zur Kur aufgehalten wie er. Er sei ihnen im Hotel Pupp begegnet, sie hätten gemeinsame Ausflüge, Abende geplant. Eine Depesche habe Winterhoff nach Dresden gerufen.
Er ist ein Wichtigtuer, Susanne, er meint, ohne ihn stürze die Welt zusammen, wenigstens seine Farbenfabrik. Aufgeregt, von irgendwelchen Fehldispositionen seines Prokuristen faselnd, reist er ab, Marianne empfahl er meiner Obhut. Allmorgendlich holte ich sie ab. Wir spielten, gaben das Interesse für den anderen nur in Andeutungen zu erkennen, reizten uns mit Doppeldeutigkeiten, mitunter machte sie mich lächerlich, indem sie durch ihre

Kleidung, ihre Hüte und Schuhe ihre Größe betonte. Ich spürte dies wohl, doch meine Wut war gemischt mit Begierde. Ich war nicht der erste, mit dem sie ihren Mann so unverhohlen betrogen hatte. Der wiederum, völlig verstrickt in seine Geschäfte, merkte nichts, wollte nichts merken. Er ist ein tüchtiger Hanswurst, sagte sie, wenn die Rede auf ihn kam.
Wüllner erwartete, daß seine Frau ihn unterbreche, doch sie half ihm nicht aus der wachsenden Verlegenheit.
Wir hatten den Kutscher weggeschickt. Mehr als eine Woche war vergangen. Sie erwartete ihren Mann für den nächsten Tag. Es mußte sich entscheiden, wir beide wünschten es. Wir hatten den Kutscher weggeschickt, in der Nähe von Ellbogen. Wir gingen einen Waldweg hoch, sie stolperte dann und wann, ich griff ihr unter die Arme, half ihr, dann drückte sie sich gegen mich und wir fielen zu Boden, rissen uns hin, alles vergessend.
Er war aufgestanden, ging vor den Bücherschränken hin und her.
Ich finde es ekelhaft, Susanne, laß mich aufhören.
Kam Winterhoff am nächsten Tag?
Ja.
Und mit eurer Liebelei war es zu Ende?
Im Gegenteil – Wüllner redete nun wieder leicht, es war ihr abermals gelungen, ihm die Hemmung zu nehmen, ihm den Eindruck zu geben, er erzähle von Alltäglichkeiten.
Wir trafen uns in ihrem Haus. Wir hielten uns nicht auf. Es war das Abenteuer, unsere Antwort auf den Anstand, dem wir hätten verpflichtet sein sollen. Aber es konnte nicht lang dauern. Wir kehrten zurück in die Gesellschaft, für die unsere Affäre eine Andeutung blieb. Merkwürdig ist nur, daß wir einander eigentlich vergessen haben. Begegnen wir uns jetzt, stört uns keine Erinnerung.

Susanne Wüllner sagte: Wie albern. Und die Hand?
Wie meinst du?
Wie kamst du zu ihrer Hand? Marianne Winterhoff hat, wie ich sie kenne, sich nicht leicht zu einer solchen Geschmacklosigkeit überreden lassen.
Wir hatten uns in Loschwitz verabredet. Sie wollte eine Kunstweberin besuchen, ich führte sie zu dem Bildhauer, der Elise Teschners Hand die Form abgenommen hatte. Seine Arbeiten gefielen ihr, ich zeigte ihr einige Abgüsse, fragte sie, ob sie ihre Hand nicht auch ›verewigen‹ lassen wolle. Sie sah mich verwundert an: Weshalb die Hand? Ich schmeichelte ihr, ihre Hände seien schön.
Und diese, die dritte?, fragte Susanne, sie ist nun wirklich hübsch, sehr zart, eine Kinderhand.
Ja, eine Kinderhand.
Eine frivole Laune – oder?
Ihr Tonfall hatte sich verändert; nun wirkte sie verletzt.
Nichts von Frivolität, sagte er, viel eher ein Traum. Du kennst sie nicht; ich habe sie nur wenige Male gesehen. Es war vor vier Jahren, bei Ausbruch des Krieges in Nizza. Bertrand hatte mich eingeladen, er hatte vor, einige meiner Patente zu übernehmen. Ein reizender Bursche, kultiviert, ein aufmerksamer Gastgeber. Ich wohnte im Negresco. Der April fegte mit einem weichen Wind über die Uferpromenade. Ich fühlte mich ausgelassen, aufs merkwürdigste von allem frei. Am Tage nach meiner Ankunft führte mich Bertrand durch die Altstadt. Wir hatten uns vorgenommen, am Nachmittag in Anwesenheit eines Advokaten über die Lizenzen zu verhandeln. In bester Laune hatten wir uns nach dem Lunch getrennt, ich wollte eine Stunde ruhen, schlief auch ein, wachte dann schweißgebadet auf. Ich konnte mich kaum rühren, Arme und Beine waren nahezu gelähmt. Offenkundig hatte ich Fieber. Ich läutete nach einem Boten, schrieb

kurz an Bertrand, bat ihn, mir einen Arzt zu schicken. Nach kaum einer Stunde kam Bertrand mit dem Arzt. Ich hatte mir eine Speisevergiftung zugezogen. Er verschrieb mir einiges, das er durch einen Hotelpagen besorgen ließ. Bertrand beruhigte mich, versprach mir, auch dich zu verständigen. In zwei Tagen könnten wir wohl die Verhandlungen zu Ende führen. Der Arzt meinte, es sei besser, eine Schwester halte sich in meiner Nähe auf. Es kamen eine ältere Frau in Schwesterntracht, deren Französisch ich nicht verstand, und ein Mädchen von sechzehn, siebzehn Jahren, die sich als Tochter des Arztes vorstellte. Ich solle sie Denise rufen. Als die Alte mich wusch, verschwand das Mädchen diskret im kleinen Salon nebenan, wartete, bis die Frau sie rief.
Die alte Frau redete auf mich ein, ich verstand kein Wort. Mühsam schüttelte ich den Kopf, jede Bewegung schmerzte. Denise dolmetschte. Es sei, habe die Schwester gesagt, mit einem neuen Fieberanfall zu rechnen; ich solle mich nicht sorgen. Sie beide würden sich in der Wache ablösen. Das Fieber kam, wie angekündigt. Gegen Abend, nur ein kleines Licht brannte, wachte ich erneut auf, mich schüttelte der Frost. Ich versuchte zu rufen, eine Hand legte sich auf meine Stirn. Denise saß neben mir. Langsam, als erwarte sie von mir nur geringe Französischkenntnisse, sagte sie: Ist Ihnen kalt, mein Herr? Ich nickte. Sie gab mir Kräutertee. Wahrscheinlich hatte ihn die Alte gebraut. Hilft der Tee? fragte sie. Nicht sonderlich. Ich sah ihr nach, als sie mit lautlosen, kurzen Schritten zum Fenster ging, die Vorhänge zuzog, zur Tür, den Schlüssel drehte, sich, ohne den entschiedenen Fluß ihrer Bewegungen zu unterbrechen, neben die Chaiselongue stellte, die meinem Bett gegenüberstand, sich das Kleid über den Kopf zog, ordentlich hinlegte, wie auch die Wäsche, die Strümpfe, nackt zurück-

kam, zu mir ins Bett schlüpfte, sagte, sie werde mich wärmen, es werde mir bald besser gehen.
Ihr Vater besuchte mich am Abend. Die Alte hatte Denise abgelöst. Er wunderte sich über die enorme Besserung; ich solle mich morgen noch schonen. (Am anderen Tag verhandelte ich gleichwohl mit Bertrand, das Ergebnis befriedigte uns. Der Krieg verdarb es. Ich habe seither nichts mehr von ihm gehört.) Ich bat den Doktor, Denise für ein Abschiedsessen freizugeben; ich schulde ihr Dank, sie habe mich liebenswürdig gepflegt. Er gestattete es, warnte mich, die Kleine nicht zu verführen, das komme früh genug. Wir aßen in einem guten Restaurant in der rue Massena. Ich hatte gefürchtet, sie werde sich zurückhalten, die Erinnerung an den Vorabend werde sie befangen machen. Sie ließ sich von Dresden erzählen, von meiner Familie, der Fabrik, ihre Kindlichkeit verwirrte mich, denn oft kam es mir vor, sie wüßte von Welt und Leben mehr als ich. Sie verabschiedete sich am Park, unvermutet, sie sei mit einer Freundin verabredet, habe es vergessen, nun müsse sie sich beeilen, sie küßte mich, sagte: Nun müssen Sie eine Weile gesund bleiben, Monsieur.
Und ihre Hand?, fragte Susanne, wie kommst du zu ihr?
Ich hatte ihr gesagt, beim Lunch, daß ihre Hände, nur sie, mich eigentlich geheilt hätten. Sie hatte gelächelt, mir ihre Hände entgegengehalten. Sie sind klein, sagte sie. Vater sagt immer, es würden Kinderhände bleiben. Wollen Sie eine mitnehmen? Soll ich sie mir vom Koch abhacken lassen? Soll ich den Kellner rufen?
Ich wehrte belustigt ab: Aber nein, man kann Hände abgießen lassen, von einem Skulpteur.
Dann wird sie kalt sein, nicht mehr heilen können, sagte sie.
Aber ich könne mich erinnern.

Nach Wochen kam ein Paket mit dieser Hand, ohne begleitenden Brief.
Die Erzählung hatte ihn erschöpft, dennoch zufriedengestimmt. Er wolle jetzt zu Bett gehen. Als er sich erhob, drückte ihn Susanne in den Sessel zurück. Und diese beiden Hände, Georg?
Er zeigte auf die vierte Hand, aus einer Distance, die er spielte und die sie merkte: Sie ist groß, rauh. Es war nicht viel. Ein Zimmermädchen aus dem Luisenhof. Sie war derb, doch nicht dumm. Die Geschichte ging kein halbes Jahr. Ob sie denn wirklich »derb« gewesen sei, fragte Susanne, ob er es sich nicht nur ihres Standes wegen einbilde. Du bist ekelhaft, Georg, du windest dich, umerzählend, aus deinen Geschichten. Du schwindelst dich hinaus. Und die fünfte?
Sie hatte sich ihm gegenüber gesetzt, wie zu Anfang, nur führte sie jetzt das Gespräch. Als er zu erzählen beginnen wollte, winkte sie ab: Du mußt sie mir nicht vorstellen. Sie hat eine Wohnung in Neustadt, die du ihr zahlst. Wie oft du sie besuchst, weiß ich nicht, ich spioniere dir nicht nach. Sie ist die geschiedene Frau eines Offiziers der Leibgrenadiere; ihre hennaroten Haare und ihr schöner Busen sind in gewissen Kreisen berühmt. Du hältst sie dir, weißt schon gar nicht mehr, was mit ihr anfangen. Es ist eine dir lästige Angelegenheit. Die Hand, nun ja, sie ist gepflegt, allzu oft maniküüt aus Langeweile.
Sie strich ihr Kleid glatt, eine Geste, die ihm vertraut war, sagte: Ich danke dir, Georg. Gute Nacht.
Sie habe, hatte sie Katharina Jahre später erzählt, die ganze Nacht geheult, habe die Geschichten immer wieder nachgeredet, auswendig gelernt und sich vorgenommen, ihren Mann bei nächster Gelegenheit zu verlassen, doch sie sei zu schwach gewesen, sie habe ihn geliebt wie nie zuvor, sie habe sich geschämt.

Katharina hatte als Kind die Hände zufällig in der offenen Schublade gesehen, als sie in Vaters Arbeitszimmer sein durfte. Gutsi, danach befragt, murmelte, es sei dummes Zeug. Die Halbwüchsige erfuhr Andeutungen, vergaß sie, bis die alternde Mutter, tatsächlich so, als habe sie jeden Satz auswendig gelernt, ihr die Geschichte der fünf Hände erzählte, im Tonfall des Mannes, den sie geliebt hatte, der mittlerweile gestorben war –: Ich gebe zu, von gutem Geschmack zeugen diese Dinger nicht.

3.
Der Garten

Der Garten war, bis zu ihrer Heirat im Jahre 1923, Katharinas wirkliches Zuhause. Nicht die weiße Villa, die Halle, die ihr, kalt und pompös, unheimlich blieb, auch nicht ihre beiden Zimmer, in denen sich allmählich Spielzeug und alte Möbel anhäuften. Sie hatte den Garten, meinte sie, nie ganz erkunden können; würde man sie, zum Beispiel, auffordern, einen Plan von ihm zu malen, würde sie stets durcheinander geraten, es würden »weiße Flecken«, Unentdecktes oder Vergessenes, bleiben.
Aber sie sei schon als Vierjährige »wie erlöst« gewesen, wenn sie, an Gutsis Hand, von einem Spaziergang heimkehrte und vorm Gartentor anlangte. War es verschlossen, mußte man an einer Glocke ziehen (deren eisernen Griff sie erst mit sieben Jahren erreichte) und Peter, der Gärtner, tauchte nach einer Weile mit einem großen Schlüssel auf. Von dort konnte man das Haus kaum sehen. Die Auffahrt teilte sich vor einem Findling in zwei Schleifen, die im dichten Grün verschwanden. Sie gingen, weil es so die Ordnung war?, stets den Weg nach rechts, so wie die Droschken, später die Autos fuhren. Gleich hinter dem Findling stand Katharinas Lieblingsbaum: eine uralte Trauerbuche, hinter deren herabhängenden Ästen sie sich verstecken konnte, eine nach Moos und feuchtem Holz duftende Halle.
Gutsi ruft! Ihre Rufe gehören zu den vielfältigen Geräuschen des Gartens. Wie Vogelrufe. Sie muß ihnen nicht immer gehorchen; sie lassen die Kinderfrau nah sein.

Geht sie den Weg weiter, aufs Haus zu, das allmählich sichtbar wird – doch, ehe man auf den Vorplatz tritt, nie ganz, denn fortwährend verstellen Bäume und Büsche den Blick –, öffnet sich rechter Hand ein weiter, sich in sanft springenden Wellen zu einem Teich hinsenkender Rasen; die wenigen Baumgruppen, die auf ihm asymmetrisch angeordnet sind, machen ihr den Eindruck, als wanderten sie langsam und würdig über das Gras.
Mit den Jahren hatte sich die Wiese verändert, Vater hatte Birken pflanzen lassen, schnellwachsende Bäume, hatte am Teich eine hölzerne Plattform zimmern lassen, auf der weiße Stühle, Bänke, Tische standen (hier wurde oft getanzt, das Holz wurde mit der Zeit schwarz und blank), einige Entenpärchen mit ihren Nachkommen schwammen auf dem Teich; in der Mitte des Wassers war ihnen auf einem Pfahl ein kleines Schloß gebaut worden mit Butzenscheiben und vielen unnützen Türmen; während des Krieges befand sich zwischen dem Teich und dem »Wäldchen«, das den Garten abgrenzte, Mutters Hühnerfarm, eine Holzhütte, die Peter ziemlich wacklig zusammengehämmert hatte und ein Drahtverschlag, in dem das Vieh Auslauf hatte; die Hühner, Mutters Stolz – »andere müssen hungern und haben nur Steckrüben, wir haben täglich frische Eier!« – waren von einer besonderen, kräftigen Rasse; Katharina erinnerte sich, daß sie blonde oder schwarze oder riesige Leghorn hießen. Das gackernde Volk verschwand 1922 oder 1923, Gutsi hatte darauf gedrängt, die Hühner abzugeben, denn sie hatte, gemeinsam mit Susanne Wüllner, die Versorgung übernommen, die am Ende an ihr hängengeblieben war.
Das »Wäldchen« – dort kannte sie nicht jeden Fleck, die Kinderfurcht war geblieben, die ihr Dieter eingeflößt hatte: zwei Grizzlys hätten ihre Baumhöhle dort und manchmal fänden sich auch Wölfe ein. Nur an Gutsis

Hand hatte sie sich ins Wäldchen gewagt, obwohl Vater Dieter ausgeschimpft und ihr Mut eingeredet hatte: Was es dort an »Raubzeug« gäbe, seien vielleicht drei Mäuse und zwei Eichhörnchen, und die habe sie ja gern. Nein, Grizzlys gab es nicht, es war ihr vielfach bewiesen worden, und Dieter hätte seine Phantasien längst vergessen, wäre sie nicht, vor ihrer Hochzeit, zu ihm gekommen, hätte ihn gebeten, mit Peter die Bänke aus dem Wäldchen zu holen, sie traue sich nicht, worauf er lachte, ob es noch immer die wilden Bären seien, die sie fürchtete? Auch die Wölfe, erwiderte sie lachend, ich weiß, sie sind nicht da, aber sind sie es wirklich nicht? So kannte sie nur den Hauptpfad durch die kleine Waldung, nicht die Schlängelwege der Jungen, die verfallenen Baumhütten und die Lichtung, auf der die Buben ihre Versammlungen abgehalten hatten, geschützt vor dem Unmut der Erwachsenen, da stehe jetzt das Gras mannshoch, dem Peter falle es zu schwer, auch dort noch zu mähen.

Vor diesem gefürchteten Hintergrund, dieser brüderlich phantasierten Falle für kleine furchtsame Mädchen, hatte ihr erstes großes Fest stattgefunden; zwar hatten sie sich schon als Kinder an warmen Sommerabenden unter die Gesellschaften mischen dürfen, schön angezogen, petits fours oder anderes Gebäck auf silbernen Schalen angeboten, und waren den entzückten Schmeicheleien der Damen und Herren geschickt ausgewichen. Katharina hörte es, das Gesumme, die Musik der Kapelle, vor allem die Walzergeigen, die sie liebte, nach denen sie tanzte wie die großen, »schau nur das Püppchen!«, das Licht der Lampions, das vom Abendwind farbig verstreut wurde, die Flammen der Pechfackeln, die Peter in die Erde gepflockt hatte – zwar wußte sie, wie hier Feste entstanden und vergingen, aber als sie im Februar ihren achtzehnten Geburtstag feierten, hatte Vater von einem

»Sommernachgeburtstagsfest« gesprochen. Das ließe sich arrangieren, gegen die üble Zeit, Wein werde er auftreiben, an Gästen würde es nicht fehlen.
Die Kleiderfrage beschäftigte sie über Wochen, Gutsi und Mutter schlugen vor, verwarfen, sie hatte Launen und Lampenfieber, daß nur der Regen nicht alles verdürbe und Peter ließ die Meinung des Volkes wissen: Es schicke sich nicht, in so ernster Zeit zu prassen, doch es sei typisch für die Wüllnersche Lebensführung, immer am Geschmack der Allgemeinheit vorbei; der Krieg war vor eineinhalb Jahren zu Ende gegangen. Laß sie doch mekkern! Vater ließ sich nicht irritieren, er hätschelte ihre Vorfreude, indem er von einigen Überraschungen redete, sie werde staunen: Staunen wirst du, Püppelchen!, und sie war immerhin um eine Absatzhöhe größer als er, »Püppelchen!«, und versetzte das Haus in Aufregung, riß alle mit in die Vorbereitungen, die große Geheimnistuerei. Du kümmerst dich um nichts! Gutsi hatte aus Spitzen und Batist ein Kleid genäht, nach dem Entwurf von Mutter, als würdest du nie etwas anderes tragen, sagten sie bei der Anprobe; sie versuchte einen schwebenden, hochmütigen Gang.
Mutter, Gutsi und die Kochfrau belegten Brote mit Gemüsen, Hefemarinaden, mit Eiern und einem Hauch von Wurst. Wein gab es überreichlich. Lampions wurden zwischen die Bäume gehängt, Peter hatte noch einen Vorrat an Fackeln, zu allerletzt bohnerte er lauthals singend die Bretter am Teich, was Mutter für verrückt hielt, aber er tut es dir zuliebe.
Sie hatten es ihr zuliebe getan, und ehe die ersten Gäste kamen, defilierten die sieben Herren von der Opernkapelle, die Vater engagiert hatte, im Frack an ihr vorüber, stellten sich vor, verbeugten sich, die probierenden Geigen waren bald durch den Garten zu hören.

Es ist dein Fest, hatte Vater gesagt, ich werde allenfalls eine Rede halten, wenn es paßt, sonst überlaß dich dem Vergnügen, dem Tanz. Halt dich gut, Kathi, du bist der Mittelpunkt.
Wo die beiden Auffahrten sich trafen, wartete die Familie auf ihre Gäste, Dieter und Ernst waren aus Leipzig gekommen, Elle hatte für diesen Abend ihre Hellerauer Höhle verlassen, befand sich allerdings in Begleitung eines abenteuerlich aussehenden älteren Mannes, den Vater, ihn flüchtig musternd, »Trappergeierschnabel« taufte. Sie habe, erzählte sie, das Gefühl gehabt, daß ihr Arme und Beine abstürben, daß sie steif werde, sich nie mehr werde vom Platz bewegen können, sie habe keinen Namen verstanden, der ihr genannt wurde, keines der Gesichter erkannt. Aber die Spannung habe sich gelöst; als Kasimir Bülow aufgetaucht sei, habe sie gewußt, daß ihr Fest gelingen würde, gleich, was die anderen am nächsten Tag zu kritisieren hätten.
Sie hatte Kasimir durch Elle kennengelernt, er war eigentlich nicht nach ihrem Geschmack, ein stämmiger Kerl mit trägen, fast lauernden Bewegungen, das blonde Haar ganz kurz; er arbeitete in einer Druckerwerkstatt und beabsichtigte, Verleger zu werden; in der Verrücktheit seiner politischen Ansichten übertraf er Elle bei weitem; er hielt sich jedoch, geschickt, mit solchen Äußerungen bei ihren Eltern zurück, so daß Vater meinte, ihre »zweite Liebe« habe mehr Verstand und Hintergrund als der unselige Eberhard.
Die Kapelle hatte zu spielen begonnen, sie ging an Vaters Arm allen voran zum Teich hinunter, wo sie, zwischen Vater und Kasimir, dem größten Tisch präsidierte, Gutsi plötzlich hinter ihr stand und eine Stola um ihre Schultern legte.

Den ersten Tanz hatte Vater, hernach war ihr gleich, in wessen Armen sie lag.
Seit wann sie Tango tanzen könne? Kasimir hatte sie an die Hand genommen, sie waren zu den Ponys gerannt, die Schatten der Tiere hoben sich vorm helleren Himmel ab, sie schnaubten, kamen tänzelnd auf sie zu, ans Gatter, sie rief leise Alexander II., der seinem Vorgänger wie ein Zwilling glich, umarmte ihn, bis Kasimir sie fortzog, es sei nicht Zeit fürs Pony, sie zum Pavillon huschten, sich auf die kleine Veranda setzten, sich küßten, auf das hölzerne Filigran des Vorbaues starrten. Was sie damals geredet hätten, sicher nur Dummheiten, wüßte sie nicht mehr, und Kasimir sei kurz darauf aus dem Hellerauer Kreis verschwunden.
Gutsi rief, rief sie zurück zum Fest, sie tanzte, bis zum Morgen, bis ein Lampion nach dem anderen ausging, die Fackeln klein geworden waren, das Lachen zum Getuschel wurde und Kasimir verschwand, nachdem er einen vollendeten Diener vor Mutter gemacht hatte; sie bedankte sich bei Vater, es war hell geworden, in der Halle tranken sie Kaffee; das war eines unserer besten Feste, sagte Mutter, und Gutsi begleitete sie aufs Zimmer, half ihr beim Ausziehen: Schlaf in den Tag, lauf uns nicht fort, Kathi. Neinnein.
Aber der Garten: Vom Zufahrtsweg ab führt ein schmaler Fußpfad rechts vorüber am Haus, unter einem Rosenspalier, das von zwei aus Stämmen geschlagenen Bänken flankiert wird, der Weg verliert sich in der »hinteren Wiese«, an deren äußersten Rand sich das Pferdegatter befindet.
Alexander hatte bald Gesellschaft bekommen, an die Stelle seines luftigen Verschlags war ein Stall für fünf Pferde getreten, zwei große und drei kleine, die Kinder ritten miteinander aus, auch mit Freunden, Vater hatte

sich ein Pferd zum Geschenk gemacht, wie er es übertrieben ausdrückte, im Krieg waren sie bis auf zwei eingezogen worden, jetzt waren es wieder drei.
Nachts, wenn die Fenster offen standen, waren die Tiere zu hören, ihr Schnauben, manchmal ihr Wiehern, das Stampfen der Hufe auf dem Gras, das Scharren, Geräusche, die sie nie vergaß, die sie mitschleppte, von denen sie redete, als sie in Landshut neben dem Viehwaggon saßen, zwanzig Jahre später, sie auf die Weiterfahrt warteten, den zweimaligen Pfiff der Lokomotive, da sprach sie von den Pferden, »als wären wir zu Hause«.
Den Pavillon lasse ich aus, sagte sie, der hat Geschichten gesammelt, die ich nicht erzählen kann, er war die Zuflucht von Dieter und Elle, so wie Ernst das Wäldchen für sich in Anspruch nahm. Mir gehörte der Teich, die Wiese, die Pony-Koppel.
Sie sagte: Die Wiese hinter dem Haus, die Äpfel- und Pflaumenbäume waren Mutters Revier; sie achtete darauf, daß die Buchenhecke, die uns vom nachbarlichen Garten abschirmte, immer richtig geschnitten war: breit unten, schmal oben, fast wie eine Pyramide. Das Fest hatte fast alles aus ihrer Erinnerung ausgeschlossen, es hatte sie vergessen lassen, daß Ernst und Dieter Soldaten gewesen waren, daß Kasimir hinkte, weil ihm eine Kugel das Knie zerschlagen hatte, sie erinnerte sich nicht an Vaters wendige Ausweichmanöver, an seine Versuche, Gurkenmilch für kriegswichtig zu erklären, nicht an Mutters Steckrübenkunst in der Küche, an den Kartoffelacker auf der hinteren Wiese, die Gemüsebeete, nicht an die Schüsse auf der Straße, die den Krieg fortsetzten, und nicht an Vaters Abschiedsrede auf den Kaiser.
Sie hat den Garten nur noch einmal gesehen, nachdem die Eltern das Haus hatten verkaufen müssen. 1929 hatte

sie vorm Torgitter gestanden, sich die Fremde eingeredet: Es ist nichts mehr so, wie es gewesen war.

4.
Ausbruch mit Eberhard

Der Anlaß war fatal: Der Krieg hatte dem Haus die Männer genommen und es brauchte Hilfe. Für den Garten und als Ersatz für Peter, der zum zweiten Mal im Lazarett lag, fand sich Herr Kowinetz, dem seine siebzig Jahre kaum anzumerken waren, und dem Susanne Wüllner die gartengestalterischen Ambitionen nur mit Mühe ausreden konnte. Für kleinere Aufträge meldete sich Eberhard Brodbeck, ein Gymnasiast aus Radebeul; er erwies sich als ein die Frauen mit seinem Charme entzückender, fauler Phantast. Herr Kowinetz fand ihn unausstehlich und schlug seine Hilfe aus. Also ‚machte er sich im Haus, in der Küche nützlich, besorgte Gänge und unterhielt ausdauernd die Mädchen.
Die Fünfzehnjährige erlag seinem durchsichtigen Zauber. Fast alle seine Erzählungen wurden später als Schwindeleien entlarvt, doch zu Beginn schenkten sie ihm alle Glauben: Offenbar war er mit seinen vermögenden Eltern weit herumgekommen, kannte Länder des Orients und selbstverständlich Italien, Frankreich, Rußland. Es war schon waghalsig, eine ganze Familie unaufhörlich auf geheime Mission zu schicken, die dem Kaiser von Nutzen sein sollte; Mutter machte ihre Abstriche; als der Vater gelegentlich auf einem Urlaub – im dritten Kriegsjahr hatte die Gurkenmilch nicht mehr als Vorwand gelten können – dem Jungen zuhörte, lachte er und richtete ihm nachdrücklich Grüße an den Kaiser aus. Er solle die Abenteuer fürs Vaterland nicht übertreiben.

Diese Sätze beschämten Eberhard, doch er fuhr, kaum hatte Wüllner die Küche verlassen, mit seinen Anekdoten fort. Katharina hatte die »Geschmacklosigkeit« des Vaters geärgert.

Eberhard hatte, obwohl er nur wenige Monate älter war als Katharina, nichts Kindisch-Unfertiges an sich, war vielmehr ein gut proportionierter junger Mann, ziemlich groß für sein Alter, mit einem schmalen, übermäßig in die Länge gezogenen Kopf. Sein Haar trug er gewellt bis in den Nacken.

Von Eberhard bekam sie den ersten Kuß.

Mit ihm hatte sie ihr Tagebuch begonnen und es fortgeführt, mit Unterbrechungen, genauer gesagt: mit Verkürzungen – nach der Geburt der Kinder pflegte sie Name, Gewicht, Größe in Stichworten anzugeben, dann die ersten Regungen, Laute (bei Annamaria war sie ausführlicher: 1929, als die Bindung zu Ferdinand lose zu werden drohte, halfen ihr die Notizen über den Wurm die Existenz in der Sackgasse zu erleichtern); mit Eberhard hatte sie die Tagebücher begonnen; die beiden ersten 1917/18 und 1919–1922 in Wachstuchalben, die weiteren in gewöhnlichen unliniierten Schulheften, deren Seiten sie am Rand schmal falzte, um dort die Daten einzutragen:

»Er hat mich geküßt! Ich bin beinahe ohnmächtig geworden. Das nur die Mummi nichts merkt. Die Gutsi wird schon schweigen, wenn sie drauf kommt! Ja, mein Leben beginnt!«

Dieses Leben, das sie von nun an selbständig zu führen wünschte, begann mit den Überredungskünsten eines notorischen Lügners, dessen Luftschlösser für sie festen Boden hatten. Wann immer Eberhard den ohnehin raren Diensten entfliehen konnte, trafen sie sich im Pferdestall, lagen sich in den Armen, probierten, unter Furcht, es könne sie jemand überraschen, ihre Lippen aus, betasteten sich vorsichtig und stellten sich nach ein paar Minuten mit geröteten Gesichtern wieder der Öffentlichkeit, die ahnungslos blieb.

Eine sich steigernde Hektik habe sie erfaßt, die Umgebung, der sie bislang sicher gewesen sei, ging ihr verloren. Sie konnte niemanden mehr ins Vertrauen ziehen, auch Gutsi nicht, sie entfernte sich. Überdies kritisierte Eberhard ständig die Lebensführung ihrer Eltern, er fand sie aufwendig und gedankenlos. Hier stecke man den Kopf in die Goldtruhe, und wisse nicht, wie schlimm es in der Welt aussähe, wieviel Armut es gäbe. Und den Krieg ignoriere man. Sie fand, was er sagte, übertrieben, schließlich waren die Männer fort, an der Front, waren wie Dieter und Peter verwundet worden, und hätten sie Mutters Hühner nicht, würden ihnen die Steckrüben längst über sein – sie wagte ihm jedoch nichts zu entgegnen, mit der Zeit stellte sie sich auf seine wütenden Sottisen ein, machte sie sich zu eigen. Aber sie nahm, für sich, die Eltern doch aus.

Eberhard wußte stets die neuesten Nachrichten von der Front. Katharina erinnert sich, es habe, eben im Jahr 1917, in den Reden des Burschen einen eigentümlichen Umschwung gegeben. Zuerst habe er viel von Siegen gefaselt, der Unüberwindbarkeit der deutschen Truppen, habe Hindenburg und Ludendorff vergöttert, habe eine Litanei von Schlachtennamen heruntergebetet, als Refrain höre sie noch immer Chemin des Dames, dann aber habe er die Machenschaften der Gekrönten, der Generale, der Industriesäcke durchschaut, auf dem Buckel der Völker würden sie sich am Ende verständigen, und gedemütigt, ausgeblutet, bleibe das Proletariat. Die Leiden des Krieges würden seine Kräfte endgültig entfesseln. Er besuche, behauptete er, eine Debattierrunde und sei entschlossen, sich den Sozialdemokraten zu verbünden.

Sie war in eine Abwesenheit gedrängt, die ihre Wachsamkeit schärfte. Uneingestanden begriff sie, daß Eberhard kaum mehr als ein Vorwand war.
Wann immer er sich im Haus und Garten aufhielt, war sie bei ihm. Seine Deklamationen wurden hitziger, doch auch stichhaltiger, nun konnte er zitieren, nannte Namen, vor allem den Rosa Luxemburgs, die er einer Heiligen gleich verehrte, seine Gruppe hätte eine Petition an die Regierung geschickt, Rosa müsse aus der Kerkerhaft entlassen werden, niemand außer ihr wisse, wohin der Weg der arbeitenden Masse führe, sie habe die Vision, die Kenntnisse, ihr müsse man folgen. Was sein Vater denn dazu sage, fragte sie ihn, ob der Geheime Gesandte ihn nicht des Hauses verweisen würde? Aber Eberhard tat es als Bagatelle ab, was sie erst nach dem Abschied von ihm verstand: der Vater, ein Optiker, wußte nichts von den monarchistischen Heldentaten, die der Sohn ihm, noch in seiner kaiserlichen Phase, aufgelastet hatte. Nun bedurfte es keiner väterlichen Großtaten mehr; für Vater Brodbeck stand Rosa Luxemburg.
Die erotischen Sensationen bedrängten sie mehr. Sie träumte von Eberhard, auch von anderen Jungen und schämte sich dieser unbewußten Phantasien, doch sie hatte, durch ihn, einen Grad von Freiheit erreicht, der sie von Gutsi, Mutter und Vater trennte, den sie, auf andere Weise, Elle zutraute und der ihr für die eigene Zukunft wichtig schien. Vaters Geschäftstüchtigkeit, seine verrückten Unternehmungen kamen ihr nun fragwürdig vor, Mutters Häuslichkeit kleinlich. Sie beschloß, sich Eberhard »hinzugeben«, fand den Entschluß im gleichen Moment komisch, wußte aber keine andere Lösung und dachte, verschwommen, an ihre erste Periode, an den Schrecken, der, obwohl sie das Blut spürte und sie unter Krämpfen litt, merkwürdig unkörperlich gewesen war,

eigentlich kein leiblicher Eingriff. Sie hatte es damals vermieden, mit ihrer Mutter zu sprechen, die Frauen, Gutsi und Mutter, hatten das Ereignis in schweigendem Verständnis hingenommen, waren ein wenig zärtlicher gewesen, Gutsi hatte ihr Mull gebracht in der Hoffnung, sie würde von selbst zu Rande kommen.
Sie malte sich aus, daß ein enges Zusammensein mit Eberhard ähnlich sein werde. Sie hat dies alles in ihrem Tagebuch beschrieben, auch was folgte, die Flucht und der hilflose Zusammenbruch Eberhards.

»2. August (1917)
Es wird sich nun entscheiden. Eberhard plant, mit mir fortzugehen. Ich werde die Familie verlassen. Ganz wohl ist mir nicht dabei, es muß ja auch keine Dauerlösung sein. Doch ein Versuch! Ich verplempere mein Leben...
Solange Ferien sind, sind wir frei. Er meint auch, wir müßten uns näher kennenlernen, richtig prüfen. Das ist wahr. Morgen vormittag, wenn Mummi in der Stadt ist, werden wir uns davonmachen. Eberhard hat in der Gartenstadt einen Neubau erkundet, der noch nicht bezogen ist. Durch ein Kellerfenster kann man hinein. Er hat da schon ein paarmal übernachtet. Wie er das nur mit seinen Eltern regelt? Das sagt er mir nicht.
Und danach? Wir werden sehen. Mummi wird sich wahrscheinlich ängstigen. Das ist mir eigentlich egal. Vielleicht kommt ihr und Gutsi alles auch nur überspannt vor.

4. August
Ich bin in einem winzigen, ganz leeren Zimmer (nein – Inhalt drei Decken, zwei Koffer und ich), kniee vor dem Fensterbrett und schreibe in mein Tagebuch. Eberhard ist seit zwei Stunden unterwegs, um uns Essen zu besorgen. Ich glaube, es ist aber gar nicht der leere Bauch, sondern ein Kuddelmuddel von Gefühlen.

Das Haus ist hübsch, wir haben alle Zimmer ausprobiert, dieses hier, mit dem Fenster zu einem winzigen Garten, hat uns am besten gefallen. Auch die Küche gefällt mir, nur werden wir den Herd nicht benützen können.
Ich bin von daheim weggegangen, als wäre nichts. Niemand hat mich bemerkt. Ich weiß nicht mehr, was ich alles in den Koffer gepackt habe. Beim Schänkhübel hat Eberhard auf mich an der Haltestelle der Elektrischen gewartet und wir sind mit der 7 nach Hellerau gefahren. Eine Reise! So was wie eine Hochzeitsreise!! Wenn Mummi uns gesehen hätte, oder Vater; den Leuten fielen wir nicht weiter auf. Eberhard quasselte wie besessen. Ich hörte nicht auf ihn. Die Elektrische hätte in einen Tunnel fahren können, ich hätte es nicht gemerkt.
Mir fiel auf, wie linkisch sich Eberhard benahm.
Vielleicht war ihm sein Mut schon vergangen. Aber er konnte auch lieb lachen.
Ich weiß jetzt, daß es kein Glück gibt, nur Vorboten von ihm. Oder? Ich schreibe Unsinn.
Er ist weg. Gleich wird er kommen. Wir werden miteinander essen, auf dem Boden hockend wie Muselmanen. Danach werden wir unsere Arme aufs Fensterbrett legen und den Abend erwarten. Wir werden uns aneinanderschmiegen, so wie gestern Abend.
Er hatte keinen Mut. Ich hatte es nicht erwartet.
Ja, wir waren beide doch ungeschickt; ich viel weniger. Eberhard hatte noch immer seinen Redefluß. Er gab weitschweifige Gespräche wieder, die er mit seinen Freunden führe, erzählte von den Leiden Rosas, dann fing er von Hellerau an. Wie toll das hier sei, die Bewohner hätten eine Gesellschaft gegründet, oder es sei eine Gesellschaft gegründet worden, deren Mitglieder die Mieter seien. Sie könnten nicht gekündigt werden, nur

wenn sie kündigen wollten, könnten sie es tun. Das Mietrecht werde vererbt. Und Mieterhöhungen seien nicht erlaubt. Das sei sozialistisch gehandelt, wenn auch nur für Betuchte und Gebildete. Jetzt merke ich, mit einem Mal, daß ich allein bin. Nein: Wie allein ich bin! Ich weiß nicht, warum Eberhard nicht zurückkommt. So lange braucht er doch nicht zum Einholen.
Wir haben uns gestern geliebt. (Wenn ich mir vorstelle, daß dieses Tagebuch jemandem in die Hände fällt, Gutsi oder Mummi! Das ist nicht auszudenken!) Eberhard, erst ganz forsch, verzagte, als ich mich auf die Decken legte. Die Diele war ziemlich hart. Erst hatte ich mich geschämt, doch von einem bestimmten Augenblick an war die Furcht weg und es war mir gleichgültig, was Eberhard von mir denken würde. Er wollte ja auch! Nur war es nicht so wie im Stall, wo wir auf einen überraschenden Besuch aufpassen mußten. Hier waren wir wirklich für uns. Und es änderte sich alles. Ich entdeckte, wie kindlich Eberhard ist, wie komisch er sich benimmt.
Er legte sich wie ein Klotz neben mich, rührte sich nicht. Ich streichelte ihn, nahm seine Hand, drückte mich an ihn, küßte ihn schließlich. Seine Lippen waren trocken. Ich wollte ihn fragen, ob er sich nicht wohlfühle, tat es aber nicht. (Ob ein Mädchen so zeigen darf, daß es lieben will? Ich bin sicher, daß Mummi mich verabscheuen würde. Selbst Vater würde mich nicht verstehen. Vielleicht Gutsi, aber die wird solche Gefühle nicht kennen.) Nachdem wir eine Weile so gelegen hatten und Eberhard nicht daran dachte, sich mir zuzuwenden, stand ich auf, sah auf ihn hinunter – er hielt die Augen geschlossen – und fragte ihn, weshalb wir denn überhaupt weggelaufen seien. Er gab keine Antwort. Gut, sagte ich, wenn du es nicht weißt, ich weiß es. Ich habe dich lieb. Deshalb. Ich zog den Rock und die Bluse aus. Er öffnete die Augen

nicht, hörte aber wohl, daß ich mich auszog und sagte in einem flehenden Ton: Tu's nicht, bitte nicht. Ich behielt nur den Schlüpfer an. Gutsi hat oft meinen Busen bewundert. Ich hätte schöne, üppige Brüste. Nun schämte ich mich wieder ein wenig. Ich legte mich neben ihn, nahm seine Hand und tat sie auf meine Brust. Die Hand drückte, sie war dumm. In dem Moment haßte ich ihn. Es dauerte lang, bis er mich küßte. Seine Hände streichelten meinen Rücken. Ich sagte zu ihm: Zieh dich auch aus. Er tat es im Liegen und war wieder komisch. Ich nahm mir vor, alle diese Dummheiten einfach zu übersehen.

Ganz unvermittelt warf er sich auf mich. Es tat weh. Von seinen Lippen tropfte Speichel auf meinen Hals und ich ekelte mich. Erst allmählich ließ der Schmerz nach und ich bewegte mich mit ihm. Aber das Gefühl von Glück, auf das ich gewartet hatte, kam nicht auf. Er war mir fremd und ich war es mir auch. Plötzlich löste er sich von mir und sagte: Wir können uns kein Kind leisten. Würde er bei mir bleiben, bekäme ich ein Kind. Mir war es lieber, daß ich seine Last nicht mehr spürte. Wahrscheinlich liebe ich ihn nicht. Wahrscheinlich habe ich mich geirrt. Doch ich will bei ihm bleiben. Wir werden uns schon aneinander gewöhnen.

Es ist Abend geworden. Eberhard ist noch nicht zurück. Ich habe Hunger. Wasser habe ich in der Küche getrunken. Wo er nur bleibt? Ich werde schlafen, so vergeht die Zeit am schnellsten.

5. August abends

Ich bin wieder daheim!! Eberhard hat mich gedemütigt. Ich werde mein Leben anders anpacken. Nicht mehr so naiv, so unüberlegt. Mummi schimpfte nicht, obwohl sie Riesenängste hat ausstehen müssen. Vater hatte ihr verboten, die Polizei anzurufen. Er war ziemlich kurz ange-

bunden, als er mich sah. Gutsi ist bis vor einer halben Stunde bei mir gewesen. Ich habe sie gebeten, mich allein zu lassen. Sie hatte fortwährend gesagt: Ich bring's nicht übers Herz. Jetzt heule ich.
Eberhard war in der Nacht nicht gekommen. Am Morgen muß er vor die Wohnungstür geschlichen sein und einen Brief durchgeschoben haben. Ich fand ihn erst, als ich weggehen wollte. Ich habe gar nicht lang nachdenken müssen: Es blieb mir nichts anderes übrig, als nach Hause zu gehen. Ich nahm mir vor, so überlegen wie möglich aufzutreten. Als ich das wenige Zeug in den Koffer packte, entdeckte ich den Brief, den Zettel. Ich will ihn abschreiben. Ich werde dieses Großmaul nie wieder sehen! Auf dem Zettel steht: ›Liebe Kathi! Wir haben uns zu viel vorgenommen. Es geht doch nicht. Laß uns warten, bis uns die Welt keine Schwierigkeiten mehr macht. Kuß! Dein Eberhard‹.«
Gegen Abend war die Aufregung immer stärker geworden. Erst hatten sie nach Katharina gerufen, in der Umgebung nach ihr gesucht, Gutsi war bei Freundinnen gewesen, hatte deren Eltern ausgehorcht, endlich hatte Susanne Wüllner alle in ihrem kleinen Salon um sich versammelt, Gutsi, das Küchenmädchen, den routiniert mitseufzenden Herrn Kowinetz, sie vertieften sich in Vermutungen, malten sich Schändungen aus, die nur Gutsi widerrief, weshalb sollte Kathi nicht geflohen, nicht gar entführt worden sein, ein Kind!, rief Susanne Wüllner; das sei Katharina nicht mehr, berichtigte Gutsi, ein Mädchen, früh entwickelt und gewiß mit seinen eigenen Phantasien, was wiederum die Mutter korrigierte: Das könne sie sich nicht denken, Katharina verhalte sich noch übermäßig kindlich; weil Sie es so sehen wollen, erwiderte Gutsi, setzte der sich im Kreise drehenden Debatte ein Ende – so traf sie Wüllner an, raschestens

einbezogen in die ratlose Runde, freilich um vieles ruhiger. Er stimmte Gutsi zu, wenn da kein Kerl dahinter stecke, es sei wohl am besten, Kowinetz zu Eberhards Eltern zu schicken, sei deren Sprößling ebenfalls unterwegs, lasse sich leicht ein Schluß ziehen. Kowinetz versprach, sich zu beeilen und kehrte, allerdings hatte das Warten nun auch Wüllners nervös gemacht, überraschend bald zurück. Der Junge, Eberhard, befände sich wohlauf in der Obhut seiner Eltern. Und dies seit dem frühen Nachmittag. Er bestreite, Katharina gesehen, geschweige denn auf einen Spaziergang mitgenommen zu haben. Er mache sich große Sorgen und habe gefragt, ob er nach Katharina suchen solle. Dies habe er, setzte Kowinetz hinzu, abgelehnt. Man müsse sich nun doch an die Polizei wenden. Wüllner winkte erneut ab. Wie er Katharina kenne, werde sie von alleine nach Hause finden.

(So hatte Eberhard sie verraten; sie erfuhr es erst nach Wochen und es traf sie nicht mehr. Die Geschichte machte sie mißtrauisch: Liebe ließ sich also leicht wekken und noch leichter vergessen.)

Obwohl Wüllner immer wieder alle aufforderte, zu Bett zu gehen, wenigstens ein bißchen zu ruhen, es genüge, wenn er wach bleibe, lief die Runde nicht auseinander. Sie sprachen nicht mehr. Wüllner zog in regelmäßigen Abständen die Taschenuhr und, drangen ungefähre Geräusche aus dem Garten, sprangen Gutsi und Susanne Wüllner auf, schauten aus dem Fenster, standen einige Zeit gespannt in der Tür, kehrten zu ihren Plätzen zurück. Lange nach Mitternacht brach Susanne zusammen. Sie kniete weinend vor ihrem Mann, bat ihn, doch die Polizei zu rufen. Er wolle sich und das Kind nicht kompromittieren; er werde bis zum Morgen warten.

Als Katharina zaghaft an der Klingel zog, entfernte sich

Wüllner, bat auch Kowinetz zu gehen, er werde sich noch bedanken für die Hilfe, so traf Katharina nur die Mutter an und – ein breiter Schatten im Hintergrund – Gutsi: sie wunderte sich über die Heiterkeit, die Gelassenheit der beiden Frauen, deren Augenränder allerdings von Müdigkeit und Tränen gerötet waren, wurde ohne Schelte in Empfang genommen, als käme sie von einer längeren Reise und man freue sich außerordentlich über die ein wenig verspätete Heimkehr. Den Vater sah sie erst später.

»6. August
Nein, ich schäme mich gar nicht. Gutsi war der Meinung, ich müsse mich schämen. Nein! Stolz kann ich aber auch nicht sein. Wäre es nicht Eberhard gewesen, sondern ein anderer, mein Leben hätte sich geändert. Ich bin sicher.«

5.
Porträt und Selbstporträt

Katharina entwickle sich stürmisch, hatte Susanne Wüllner ihrem Bruder David geschrieben, sie beobachte diesen Einbruch ins Erwachsenenleben nicht ohne Sorge, denn Kathi sei eben doch noch ein Backfisch und könne all diese neuen Empfindungen gar nicht bewältigen. »Ein süßes Geschöpf, sage ich Dir. Du hast sie seit einem Jahr nicht mehr gesehen, und Du wirst sie nicht wiedererkennen. Ich lege Dir eine Fotografie bei, die unter Schwierigkeiten entstanden ist. Katharina hatte sich geweigert, sich aufnehmen zu lassen. Sie finde Matthias – Du kennst unseren alten Familienfotografen in Neustadt – albern, und jedes Lichtbild mißrate ihm. Man müsse so lange posieren, bis man verkrampfe und sehe auf jedem Foto häßlich aus. Georg, der, seitdem er im Felde steht und sie nur auf kurzen Urlauben sieht, geradezu in sie verliebt ist, überredete sie: er wolle doch ein Konterfei seiner schönen Jüngsten stets bei sich haben. Sie bereitete sich ausführlich auf die Prozedur vor, was zu neuen Streitigkeiten führte, denn ich riet ihr, sie solle sich festlich kleiden, während sie Alltäglich-Theatralisches vorzog und ich mich, nach Einsprüchen von Gutsi, ihrem Geschmack beugte. Sie hatte sich zu einer leichten Musselinebluse und einem altrosanen Taftrock entschlossen. Die Bluse hatte sie sich von Gutsi nähen lassen und sie zeigt nun tatsächlich die Vorzüge ihrer Figur, wie Du siehst. Dennoch hat sie recht in ihrer Meinung, das Bild gebe im Grunde nur verzerrt die Wirklichkeit wieder. Ihr

Gesicht ist viel zu lebendig, als daß ein einziger Moment genüge, festzuhalten, was es ausdrücken kann. Sie ist auf dem Bild hübsch anzusehen, doch sie ist mehr als nur das. Georg übertreibt zwar, wenn er sie schön nennt, selbst unter ihren Schulfreundinnen gibt es ansehnlichere Mädchen, vielleicht auch rassigere. Aparter ist, scheint mir, auch Elle. Was an Kathi entzückt, ist die Deutlichkeit ihrer Empfindung. Ich weiß eigentlich gar nicht, weshalb ich Dir dies alles schreibe. Wie komme ich dazu, meine Tochter meinem Bruder anzupreisen. Eine etwas verrückte Kupplerin. Vermutlich wird sich in ihrem Gesicht nicht mehr viel ändern. Es ist eigentümlich fertig, reif. Sie ist, in allem, das Gegenteil von Elle, wobei sie Elles extravaganter Freiheitsdrang anzieht; sie bewundert ihre ältere Schwester sehr. Elle hat ihr rotes Haar aus Georgs Familie. Katharinas Schwarz kommt von uns. Freilich sind mir ihre blauen Augen fremd. Ein wenig Jüdisches hat sie schon.
Manchmal merke ich, daß ich sie selbstvergessen anschaue. Sie ist es schon gewöhnt. Es ist ihre Art, die mich fesselt: Sie reagiert auf alles, was um sie geschieht, unvermittelt; sie kann sich nicht verstellen. Ihr Gesicht spielt, außerordentlich empfindsam, in einem Wechsel von Anspannung und Trägheit. Mitunter staunen Gäste über ihren schmalen Kopf. Wenn Katharina das Haar straff gekämmt trägt, gleicht sie Nofretete, jener ägyptischen Königin, deren Büste unlängst gefunden wurde. Die Augenbrauen, geradegezogene Linien, sind, das verblüfft immer wieder, fast blond. Auf der Oberlippe hat sie einen kleinen Leberfleck, dessentwegen wir sie häufig hänseln.
Du wirst sie Dir bald ansehen. Ihre Seele allerdings erschließt sich schwer. Sie kann sich freuen, wie keines der anderen Kinder. Sie kann sich auch völlig verschließen und, ich fürchte, sie hat eine Menge Geheimnisse.

Bei Kriegsausbruch war sie außer sich. Der allgemeine Rausch hatte sie derart mitgerissen, diese Zwölfjährige, daß wir fürchteten, sie würde mit einem der Soldatenzüge mitfahren, nur um in der Nähe der jubelnden Krieger zu bleiben. Das änderte sich 1917. Dieter war verwundet worden, sie besuchte ihn im Lazarett in der Albrechtstadt und kehrte mit der Einsicht zurück, daß Tiere nie so grausam zueinander sein könnten, wie der Mensch. Ernst bestärkte sie darin sehr. Seine politischen Exaltationen, die sie zuvor belächelt, wenn nicht verhöhnt hatte, wurden für sie ausschlaggebend. Sie las Sozialistentraktate, glaubte an die Parolen der Pazifisten. Und dazu Elle noch mit ihren Hellerauer Verrückten! Zu Georg dringt dies alles gar nicht. Die Kinder müßten, sagt er, leben lernen und sie lernten es anscheinend mit Eifer und gut.
Ich werde, mein Lieber, unterbrochen. Gutsi ruft mich zu meinen Pflichten. Es wird immer schwieriger, für diese gefräßige Meute die Töpfe zu füllen. In den Zeitungen steht, die Situation an der Westfront stabilisiere sich. Ich habe nicht den Eindruck. Dieser Krieg wird immer gräßlicher. Gottseidank steht Georg nicht unmittelbar an der Front und Dieter hat noch zwei Wochen Genesungsurlaub. Ernst werden sie noch holen. Er hat die Gestellung bekommen, vor einigen Tagen. Er wird nicht eben der willigste Soldat sein. Gutsi drängt mich!«
Mutter hatte sie zu einer »vertraulichen Unterhaltung« in den kleinen Salon gebeten. Dieses Zimmer war ihr das liebste im ganzen Haus, kaum größer als eine Zelle, mit wenigen hellen Mahagonimöbeln eingerichtet und einem herrlich weichen, knirschenden Diwan, in den man versank, in dessen Kissen man das Gesicht vergraben konnte. Im Sommer war das Fenster stets geöffnet, man blickte auf den Garten, das Licht floß in Strähnen über den roten Teppich, auf dem pfauenähnliche Vögel stol-

zierten. Susanne Wüllner saß am Sekretär, den Rücken straff, gespannt. Sie hatte kaum zur Seite geschaut, gegrüßt.
Was ist los, Mummi?
Es mußte sich offenbar um eine peinliche Angelegenheit handeln.
Habe ich was angestellt? Ist es so schlimm?
Ach nein.
Sie drehte den Sessel halb zu dem Mädchen, beugte sich vor, faltete die Hände über den Knien, schaute nicht auf.
Sie müsse ein wenig über alles mit ihr sprechen.
Über alles? Hatte sich denn so viel angesammelt?
Solche Gespräche seien bei Gelegenheit zu führen.
Susanne redete gestelzt und schämte sich. Sie blickte nicht auf.
Laß es doch heraus, Mummi. Geht es noch mal um Eberhard? Hat Vater oder hast du etwas gegen den Diskussionskreis? Benehme ich mich daneben? Willst du mich aufklären?
Susanne Wüllner seufzte: Du hast einen Ton, Katharina, dem ich nicht gewachsen bin, nein. Es handelt sich, wenn du es schon ansprichst, durchaus auch um Aufklärung. Du führst ein Leben, das nur wenige Mädchen deines Alters und deines Standes so führen können. Elle nicht minder. Du bist fünfzehn. Ich halte es für möglich, daß gleichaltrige Mädchen auf dem Lande schon irgendwelche Erfahrungen sammeln. Wahrscheinlich stumpf und unter dem Druck der Verhältnisse. Aber du? Merkst du nicht, wie deine Mitschülerinnen sich von dir zurückziehen? Ihren Eltern erscheinst du frivol. Du bringst uns – zum ersten Male schaute sie auf – in Verruf. Ich muß mir vorwerfen, mich nicht genug um euch gekümmert zu haben. Gutsi ist lieb, ja, doch nachgiebig und wird euch nur selten etwas ausschlagen. Was ist aus Ernst geworden? Ein politischer Freischärler, ein Ver-

rückter. Vielleicht liegt es in der Familie. Wenn ich an euren Vater denke.
Aber Mummi, sagte Katharina, du übertreibst, du fürchtest dich vor Dingen, die dir fremd sind. Ich soll ein Kind sein, ich weiß, ich soll es noch lange bleiben. In drei Monaten werde ich sechzehn. Soll ich noch drei Jahre lang ein Kind sein? Damit du mich dann gut verheiraten kannst?
Du bist frühreif. Ihr alle wart so. Dieter, Ernst, Elle vor allem. Bei dir hatte ich es mir anders erhofft. Komm her. Sei bei mir.
Jetzt war ihre Stimme wieder so, wie Katharina sie im Gedächtnis behalten würde: voll behütender Wärme. Komm her! Kathi.
Du hast etwas verschenkt, was du nie wieder bekommen wirst. Ist dir das eigentlich klar? Sie machte eine Pause: Willst du mir nicht antworten, Kathi?
Aber ja.
Sie schob das Mädchen von sich fort. Setz dich mir gegenüber. Du mußt nicht antworten, wenn du nicht willst.
Sie hatte die Fähigkeit, für andere unerwartet kindlich zu werden, verletzt zu erscheinen. Jetzt schützte sie sich so.
Aber so war es Katharina auch möglich, in Augenblicken erwachsener, ihr fast überlegen zu sein.
Rede doch, Mummi.
Du machst mich wahnsinnig mit deiner Gleichgültigkeit.
Ich bin doch nicht gleichgültig.
Du kannst ein Kind bekommen.
Ich weiß es nicht.
Sie hätte, erzählte Katharina als Sechzigjährige, und sie erinnere sich deutlich an diesen Moment, am liebsten losgelacht; die Ängstlichkeit der Mutter habe sie zurückgehalten. Sie war das Kind, nicht ich, obwohl ich tat-

sächlich nicht wußte, wie denn ein Kind zustande kommt, ob ein einziges Beisammensein genüge, vielleicht sogar ein Kuß, und sie mich nun gänzlich unsicher gemacht hatte. Dann begann sie zu sprechen, sprach an mir vorüber, für sich, ich habe, als ich deinem Vater begegnete, von all dem nichts gewußt, nein, ich habe nichts gewußt, nur Gerüchte und vor allem die Gefühle, Kind, die in diesem Stadium wohl genauer sind als jedes Wissen, zumindest entsinne ich mich so, und unsere Hochzeitsnacht war abscheulich; er war grob, achtete nicht auf mich, auf meine Furcht und die Schmerzen, er dachte allein an sich; als er neben mir eingeschlafen war, haßte ich ihn, einen mir Unbekannten, der mir Gewalt angetan hatte, dessen Küsse anders waren als die, die ich vorher gekannt hatte. Jetzt war er mein Mann. Mir hatte niemand auch nur in Andeutungen gesagt, was mich erwarten würde, meine Mutter hätte derart Anstößiges nicht über die Lippen gebracht, und ich habe nichts daraus gelernt, nichts. Ich habe dich allein gelassen. Ich hätte dich ein wenig aufklären sollen. Doch wie? Wer hat es mir beigebracht, lieber Himmel? Es könnte so natürlich sein. Aber es ist es nicht. Ich schäme mich, wenn ich nur daran denke.
Warum? fragte Katharina.
Ihre Mutter redet weiter, nicht auf sie achtend: Du bist zu jung. Es ist ein schlimmer Anfang. Wir haben dich nicht behüten können, nicht einmal Gutsi. Du hattest kein Vertrauen zu uns – oder wir haben uns nicht um dich gekümmert, wir, ich habe gar nicht gemerkt, wie du herangewachsen bist. Aber du bist ein Kind, für mich bist du ein Kind. Was soll ich mit dir tun? Und wenn ein Kind kommt – Katharina sagte sehr laut, und kam sich herzlos vor: Kann denn wirklich eines kommen, Mummi?
Es schien, als sehe Susanne Wüllner ihre Tochter nach langer Abwesenheit wieder: Ja, wenn ihr –

Es gab Wörter, die sie nicht kannte, die sie nicht auszusprechen wagte.
Daß wir nackt beieinander waren, sagt Katharina.
Ja.
Aber er hat gesagt, wir dürften kein Kind haben und ist weg von mir.
Es kann ja sein, daß er es wußte, sagt Susanne Wüllner, schon wieder in Gedanken.
Was hätte er denn wissen müssen?
Du hättest es gespürt.
Daß er bei mir war.
Es gibt etwas, am Ende –
»Es ist nicht alles gewesen«, schrieb sie ins Tagebuch, »Eberhard hat mich noch einmal betrogen, ohne mein Wissen. Es gibt einen ganz großen Gipfel, ich weiß es im Nachhinein, daß ich darauf gewartet habe. Er war in allem feig. Auch hier. Wie gräßlich.«
Was, Mummi?
Es ist schwer zu erklären, Kathi, ich kann es einfach nicht, nein, ich kann es nicht.
Sie war aufgestanden, um Katharina herumgegangen, stand nun in ihrem Rücken.
Es kann sehr schön sein. Man muß sich nur lieben.
Ich habe Eberhard liebgehabt.
Sicher, Kind.
Nach einer ratlosen Weile sagte ihre Mutter: Ich will dich nicht aufhalten, Kathi. Wenn du aber nicht blutest wie sonst, mußt du zu mir kommen.
Aber ich blute seit gestern, Mummi – woraufhin Susanne Wüllner in ein Lachen ausbricht, sich in den Sessel fallen läßt, sich mit dem Handrücken ungeduldig gegen die Lippen schlägt und Katharina anfährt: Nun, geh schon.

Annamaria schrieb 1964, nach einem Besuch bei ihrer

Mutter in Stuttgart, außerordentlich verwirrt von der Lebensführung der alternden Frau, an ihre Schwester Camilla: »Sie kommt sich auf geradezu vermessene Art jung und frei vor. Manchmal benimmt sie sich ordinär. Und Zurückhaltung im Gespräch kennt sie nicht. Mama war schon immer eigen, wie oft haben wir das in unserer Kindheit genossen, doch nun übertreibt sie. Sie macht sich in fataler Weise zurecht. Vor ein paar Tagen entdeckte ich, daß sie schwarze Unterwäsche trägt. Eine alte Frau!«

6.
Die Mutter betrachtet ein Abendrot
oder Wer will unter die Soldaten?

Manchmal, beim Mittagstisch, war von einem möglichen Krieg gesprochen worden. Wüllner schlug die Gerüchte in den Wind, schließlich sei er viel auf Reisen und er könne nur eine allgemeine Friedfertigkeit feststellen. Naja, daß dem Kaiser die Entente cordiale nicht behaglich ist, kann man schon verstehen, nun ist auch noch der Zar gegen uns – aber gleich Krieg? nee, was ihm von den Erwachsenen keiner glauben wollte, trotz all seiner Weltkenntnis, und Onkel David, sonst kein Skeptiker, beklagte eine Hysterie, die alle befallen habe, die blind zu machen drohe; Mutter stimmte ihm zu, außerdem könne man mehr Soldaten als sonst auf den Straßen sehen, und Gutsi sprach einfach von »einem schlechten Gefühl«, und dies habe sie noch nie getrogen, nein.
Dieter hatte seine Einberufung zu erwarten. Das Haus veränderte sich in diesen Tagen. Alles schien provisorisch zu werden. Niemand achtete mehr darauf, daß die Dinge an Ort und Stelle blieben, behandelte sie nachlässiger, vergeßlicher und die Familie war deshalb fortwährend auf der Suche.
An Sonntagen waren sie stets unterwegs; Katharina blieben die von Erwartung dichten Augenblicke auf der Brühlschen Terrasse in Erinnerung, das Licht, die Stimmen vieler Menschen, übers Wasser jagende Möwen, der Strom mit Booten, Dampfschiffen, »guck, da kommt unser Dampfer!« »Das kann er noch gar nicht sein, wir

sind viel zu früh dran.« »Sind denn alle da?« »Wo ist denn die Elle wieder?« »Wer hat denn die Picknick-Tasche?« »Mummi, kannst du mal mein Schirmchen halten?« Nur ihre Stimmen und diese unvergleichbare Kulisse. Sie fahren mit dem Dampfschiff in die Sächsische Schweiz, nach Schandau, nach Dittersbach, Königstein. Irgendjemand hat Papierfähnchen verteilt, die Kinder schwenken sie unermüdlich, kleine Automaten des Patriotismus. Sie sitzen auf der Terrasse des Goldenen Engel in Schandau, die Elbe vor sich, immer wieder gleiten Schiffe heran, tönen Kommandorufe, »die Weiße Flotte!«, und speien Ausflügler in die Berge, in die Gasthöfe.
Sie wandern, keiner darf fehlen, durch den Großen Garten, »heute nicht in den Zoo!«, wie schade, sie wandern zum Großen Teich »jetzt noch zur Pikardie und dann zurück zur Konditorei, da könnt ihr euch vollstopfen«; Vater hat die Spendierhosen an, sie trinken so viel Schokolade, wie sie vertragen, schlecht wird ihnen doch, sie dürfen alles, »als ob wir die Stunde vorm Weltuntergang genießen«, sagt Onkel David, der häufig zu Besuch ist.
Es wird anders.
Es bleibt aber schön.
Sie darf sich viel herausnehmen und niemand schimpft.
Obwohl Gutsi sich auch um die andern kümmern sollte, ist sie doch fast immer in ihrer Nähe. »Hast du was vor, Katharina?«
Schulfreundinnen sind oft im Haus, kleine Knäuel von schreienden, aufgeregten Mädchen, »die Leonie fehlt noch!«

Es war zuerst ein Gerücht gewesen. Mummi hatte es mitgebracht, es sei kaum zu glauben, entsetzlich schon, wenn es überhaupt versucht worden wäre. Sie wolle darüber nicht sprechen. Sie war in ihr Zimmer gegangen, hatte

energisch die Tür hinter sich geschlossen, niemanden wolle sie sich vorderhand anvertrauen, sie wolle auf Vater warten, hoffentlich komme er nicht zu spät. Susanne Wüllner war leicht erregbar, »nahe ans Wasser gebaut«, wie David sagte. So häufig weine sie nun wieder auch nicht, andere hingegen, vor allem Elle, die freilich aus Wut weinte, verhöhnte sie als »Heulsusen«. Wüllner kam, entgegen den Erwartungen seiner Frau, früh, ebenso erregt wie sie, doch weniger betroffen als triumphierend. Es habe so kommen, irgendwo habe der Brand gelegt werden müssen. Dieter hielt Katharina im Arm. Elle und Ernst blieben im Hintergrund, durchaus erwartungsvoll. Was sich denn ereignet habe? Auch Mummi sei völlig durcheinander. Weshalb sie denn nicht erscheine. Wo ist Susanne? Gutsi steht auf der Treppe, klein geworden, die Faust gegen die Lippen gepreßt.
Sie rannten hinter Wüllner her. Die Situation machte ihn groß. Wir können der Geschichte nicht entrinnen, sagte er, also müssen wir ihrer Herr sein.
Er bat alle, auch Gutsi, sich zu setzen, nahm an der Spitze des abscheulichen altdeutschen Tisches Platz, als würde er einer geschäftlichen Sitzung präsidieren, klatschte in die Hände, vermied es, jemanden anzusehen, holte mehrfach Luft, ohne mit einer Rede zu beginnen, rieb dann, und alle sahen dem zu, mit dem Daumenballen den Tischrand. Er straffte sich, preßte die Oberarme an den Leib, legte die Hände nebeneinander auf den Tisch. Wie wohl schon gerüchtweise ins Haus gedrungen sei, hätten balkanesische Spitzbuben den Thronfolger Franz Ferdinand in Sarajewo ermordet. Ja, kaltblütig ermordet! Er sog laut die Luft ein, was auf Ernst, der zufällig zur Linken des Vaters saß, derartigen Eindruck machte, daß er den Vater imitierte. Der wiederum holte blitzschnell aus und gab ihm eine Ohrfeige. Glaubste denn, du Lümmel, ich

laß mich jetzt, jetzt!, von dir veräppeln? Es sei unvermeidbar, ein Krieg werde kommen, das Reich werde seinen österreichischen Bruder unterstützen. Schon lange habe es auf dem Balkan gebrodelt, bei der Unordnung, die dort herrsche! und es sei abzusehen gewesen, wann alles überkoche. Nun ist es passiert. Es wird Krieg geben, Kinder, Krieg! Seine Stimme bebte. Ein großer nationaler Aufbruch sei vorauszusehen, dennoch werde er – er senkte seine Stimme, als schäme er sich –, seine Reise nach Frankreich nicht aufschieben. Schließlich müsse alles seinen Gang gehen.
Katharina hatte kaum auf ihren Vater geachtet. Die Szene bedrängte sie in ihrer Theatralik. Noch immer hatte sich der Lachreiz nicht gelegt. So beobachtete sie ihre Mutter, die zurückgelehnt saß, vor sich hinstarrte, die Lippen bewegte. Susanne Wüllner hörte offenkundig ebenfalls nicht auf ihren Mann (Peter und Dieter waren die einzigen, die ihm ihre volle Aufmerksamkeit widmeten; Ernst hatte die Ohrfeige verstört, Elle flocht die Troddeln der Tischdecke zu dicken Zöpfen und Gutsi war damit beschäftigt, ihr Schluchzen zu unterdrücken).
Wüllner hob die Tafel auf, scheuchte alle mit ungeduldigen Handbewegungen aus dem Zimmer. Dieter, der Älteste, solle bei ihm bleiben. Nun macht schon.
Katharina lief hinter ihrer Mutter her. Susanne Wüllner ging den Korridor entlang, zum kleinen Salon, wendete sich um, sah das Kind, breitete die Arme aus, ließ es hineinlaufen, drückte es an sich, schob es vor sich her in das Zimmer, ließ es los. Katharina steht vor ihrer Mutter, es sei ihr nicht eingefallen, was zu sagen gewesen wäre, so habe sie sich auf die Couch gesetzt, gewartet, was geschehen werde. Nach einiger Zeit habe Mummi vor sich hin geredet, sie habe nicht alles verstanden, doch könne sie sich noch an manchen Satz ganz wörtlich erinnern: Es

wird sich alles ändern, Kathi, nichts wird bleiben. Diese Welt wird untergehen, meine, deine. Die Menschen werden einem anderen Glück nachlaufen, einer anderen Gerechtigkeit, einem anderen Sinn. Ich weiß nicht, ob es Kaiser noch geben wird oder Könige. Es werden viele fallen. Wenn ich an Dieter denke, auch an Ernst. Mich haben Heldentum und Ehre nie gekümmert, Kathi, so wenig wie deinen Onkel David. Und auch dein Vater ist eigentlich ein recht ziviler Mann. Er läßt sich nur in Stimmungen reißen. Eben hatte er seine große Stunde. Ich weiß nicht, was aus diesem Haus werden wird, aus uns. Wir hatten zu viel Glück.
Sie habe ihr sagen wollen: Mummi, du siehst zu schwarz, es wird gar nicht so arg werden. Wir haben doch Vater und Onkel David und Dieter und Gutsi. Sie sind alle da. Doch sie habe nicht gewagt, das Schweigen danach zu brechen.
Es sei ein Abendrot aufgezogen, das so lange angehalten habe, bis sie sich zum Essen auf der Terrasse versammelt und unter dem schweigenden Vorsitz Vaters in die Nacht gegrübelt hatten; Gutsi habe sie dann auf ihr Zimmer gebracht, später als sonst.
Wüllner fuhr nach Paris und Nizza.
Sie habe das Gefühl gehabt, die Zeit ziehe sich zusammen und dieser Zustand nehme kein Ende.
Sie sei häufig mit Gutsi in der Stadt gewesen.

Im Tagebuch steht unter 25. Juli 1914, in der schmalen, sich fliehend nach rechts neigenden Handschrift der Zwölfjährigen: »Wenn es so weitergeht, ist Gutsi mir lieber als Mummi. Sie ist immer bei mir, nimmt mich überall mit hin. Uns kennen die Schaffner der Elektrischen. Sie grüßen uns stets freundlich. Mummi läßt sich sogar das Essen in den kleinen Salon bringen und ich wage mich nicht hinein. Ich bin eigentlich nicht richtig zu Hause hier. Aber die Stadt ist schön, die Aufregung der Menschen, die Freude der Soldaten. Dieter sagt, Österreich habe an Serbien eine letzte Forderung gestellt und da wir helfen wollen, muß Krieg kommen. Dieter wird Soldat.«

Am Tage, als der Kaiser Rußland den Krieg erklärte, zog Katharina mit Gutsi in die Albrechtstadt. Sie hatte ihr schönstes Kleid angezogen, gegen den Widerstand von Gutsi, es war heiß, in der Trambahn drängten sie die Leute, sie hielt sich an Gutsi fest, die in ihrem grauen Kleid erbärmlich schwitzte und sich mit einem Tuch fortwährend das Gesicht wischte. Immer wieder sangen auf der Straße Gruppen von Männern. Es sei ihr kalt und warm geworden, sie habe Schüttelfrost gehabt und das Gefühl eines Glückes, das sich auf die ganze Menschheit übertrage; »als wäre ich die winzige, glühende Mitte der Welt gewesen«. Auf dem Albertplatz gerieten sie in einen Strudel von jungen Männern, die ihre Mützen schwenkten, ansetzten, Lieder zu singen, sie nie zu Ende brachten, wurden mitgerissen die Alaunstraße hinunter und auf den Alaunplatz; dort liefen sie gegen eine Barriere von Leibern. Sie hatte Angst, erdrückt zu werden. Doch Gutsi schob Männer und Frauen von sich weg, baggerte sich durch, rief nee, Mädel, das wern mer nie wieder erlebn. Das isn göddlicher Augenblick! Ein älterer Mann packte Katharina unter den Armen, sie wehrte sich, er riß sie hoch, »gugg, Kindchen, gugg!« Und endlich sah sie, in Achterreihen, die Soldaten, grau und rot, und Fahnen, sah Blumensträuße, jemand rief: »Das sind de Hundertsiebenundsiebziger, da kommt de Kavallerie, was für schöne Pferde, nee, und de Kadedden! Godd, wie jung, nee, wie jung!«

Den von der Hitze gebrannten Staub habe sie gerochen,

er habe sie in der Nase gekitzelt, sie habe viele Male nießen müssen, Gutsi habe sie auf den Rücken geklopft. Du wirst dich doch nicht erkältet haben, das kommt oft vor an solchen glühenden Tagen.

Die Soldaten sangen das »Niederländische Dankgebet« und die »Wacht am Rhein«. Als ein Offizier bei ihnen vorüberkam, preßte sie für ein paar Sekunden ihr Gesicht an seine Uniform und roch die Montur; sie stank nach ranzigem Fett, nach Moder; sie erschrak. Sie möchte Blumen haben, bat sie Gutsi. Woher denn, Kathi? Da müsse es Stände geben. Alle Menschen haben Blumen und werfen sie den Soldaten zu. »Da, siehste, die Garde!« Allmählich ordnete sich die Menge um die Marschkolonnen, machte ihnen Platz, der Weg wurde freigerufen. Unter den Kommandos fuhr sie zusammen. Irgendwann begann einer das Deutschlandlied zu singen. Sie sangen mit. Gutsi heulte. Es gelang ihr, nicht mitzuweinen. Sie zogen hinter einer Kolonne her. Die marschieren zum Bahnhof, sagte Gutsi. Die gehen an die Front. Diese jungen Burschen, nee. Und als es dämmerte, Betrunkene durch die Menge torkelten, stiegen sie in den überfüllten Neuner und fuhren nach Hause. Nun erst merkte sie, wie zerschlagen sie war. Du bist müde, Mädel, sagte Gutsi. Sie saßen eingepreßt auf der Bank in der Tram und sie schmiegte ihren Kopf gegen Gutsis Arm. Ihre Erschöpfung war nun so groß, daß es ihr schien, der Krieg habe vor langer Zeit begonnen und werde nie aufhören.

7.
Onkel Davids Brief

Katharina hat diesen Brief ihren Kindern ab und zu vorgelesen, sie wisse keinen Brief, der sie so bewegt, und sie sei Mummi dankbar, daß sie ihn ihr und nicht Dieter oder Ernst vererbt habe. David Eichlaubs Schrift habe sie überrascht. Sie habe Onkel David als groß, großspurig in Erinnerung, eine Erscheinung, die sich jedem einzuprägen versuchte, und die Schrift, so winzig und säuberlich, lasse aufs Gegenteil schließen. Er habe ja, obwohl kein Christ, sondern ein aufgeklärter Jude, bei ihrer Taufe gesungen, aus der ›Winterreise‹, und es sei eines ihrer Lieblingslieder geworden, nein, nicht weil es an ihrem Lebensbeginn stehe. Sie kannte das Lied auswendig und sang manchmal alle vier Strophen:
Fremd bin ich eingezogen,
Fremd zieh' ich wieder aus.
Der Mai war mir gewogen
Mit manchem Blumenstrauß.
Das Mädchen sprach von Liebe,
Die Mutter gar von Eh', –
Nun ist die Welt so trübe,
Der Weg gehüllt in Schnee.

Ich kann zu meiner Reisen
Nicht wählen mit der Zeit,
Muß selbst den Weg mir weisen
In dieser Dunkelheit.
Es zieht ein Mondenschatten

Als mein Gefährte mit.
Und auf den weißen Matten
Such' ich des Wildes Tritt.

Was soll ich länger weilen,
Daß man mich trieb hinaus?
Laß irre Hunde heulen
Vor ihres Herren Haus;
Die Liebe liebt das Wandern –
Gott hat sie so gemacht –
Von einem zu dem andern.
Fein Liebchen, gute Nacht!

Will dich im Traum nicht stören,
Wär schad' um deine Ruh',
Sollst meinen Tritt nicht hören –
Sacht, sacht die Türe zu!
Schreib' im Vorübergehen
Ans Tor dir: Gute Nacht,
Damit du mögest sehen,
An dich hab' ich gedacht.

Suche sie in den Tagebüchern nach Bemerkungen über Onkel David, werde ihr immer wieder klar, welche Faszination er auf die Kinder ausgeübt habe: Ein Erwachsener, der aus der Ordnung der Erwachsenen gefallen war, ein Gaukler, ein Randgänger. Elle hat sich, vielleicht, lustig über ihn gemacht, ich weiß es nicht mehr, aber wir anderen waren ihm ganz und gar ergeben, denn er verbarg sich nicht wie Vater hinter Exaltationen, sondern schien uns, trotz dauerndem Vergnügen, verwundbar und nah.
Das Papier, sechs Blätter aus einem feinen weichen Bütten, war nur an den Rändern vergilbt; die Schrift hinge-

gen, in violetter Tinte, stark verblaßt und es war nicht leicht, die winzigen Buchstaben zu entziffern. Katharina bediente sich dabei einer Leselupe; sie konnte den Brief Onkel Davids an ihre Mutter nach vielfacher Lektüre ohnedies fast auswendig und trug ihn vor, als wäre er ein dramatisches Gedicht; sie trat gewissermaßen mit Onkel David auf.

»Glauchau, den 5.3.1918

Zwei Tage nach dem Frieden von Brest-Litowsk Ich habe mich nie gerühmt, ein Prophet zu sein, meine liebste Susan« (David nannte Mutter häufig Susan, sprach es englisch aus; er war ein Anglophiler, hatte in England eine Zeitlang studiert und war, vor dem Krieg, fast jedes Jahr für längere Zeit in London oder in Bath: ich habe es noch im Ohr, dieses etwas mokante Susan), »und daß Georg nun auch noch ins Feldgrau gesteckt wurde, hätte ich nie vorherzusagen gewagt; freilich wird er sich, ich bin unbesorgt, schon aus den Gefahrenzonen zu halten wissen. Du hast mir anschaulich die Nöte Eures Haushalts geschildert, der Mann fort, Dieter verwundet, Ernst nun auch an der Front – dort herrscht jetzt, hoffe ich, seit zwei Tagen Ruhe; Elle außer Rand und Band, und Katharina hat sich anscheinend in eine Freiheit entlassen, der Du tief mißtraust. Laß sie nur!
Du klagst. Du hättest früher klagen sollen, und dieses ganze Volk dazu. Habe ich Euch Euern Rausch vor vier Jahren nicht gesäuert und seid Ihr nicht über mich hergefallen? Georg warf mir, ich erinnere mich, in einer dieser Debatten vor, ich dächte als Jude, nicht deutsch, nicht für die Sache des Reichs. Worauf ich ihm nur erwiderte: Ich bin ein Sachse, und er mit einem herzlichen Lachen die Angelegenheit bereinigte. Alle diese Banalitäten. Alle diese Aufzählungen von Siegen. All dieses Verschweigen von Niederlagen. Eine Verwirrung von Gefühlen, die uns

zu Totschlägern machte. Ihr habt es Euch zu leicht gemacht; ich auch. Was bleibt uns, als die Wahl zwischen schwarz und rot, zwischen Monarchie und Sozialismus? Mir ist, ich gebe es zu, unbehaglich zumute. Ich bin kein Revolutionär, keiner, der Bestehendes stürzt, ich halte fest an Sachen, die mir vertraut sind, die ich liebe.
Und Jude? Würde ich mich verleugnen, sie würden mir den Juden, von dem ich nichts wissen will, aufreden. Was haben sie mich in Glauchau schon als Exoten betrachtet und behandelt! Weißt Du noch, wie wir, Vater und Mutter begleitend, in einem Leipziger Hotel zusammenfuhren, als eine Dame, genauer: ein fettes Weib, das sich in der Hotelhalle in einem Sessel lümmelte, bei unserem Anblick entzückt schnalzte und bemerkte: Ach, diese süßen Judenkinder. Ich faßte Deine Hand fester. Wir beide begriffen im Augenblick, daß dieser Honig vergiftet war. Die Eltern hatten anscheinend nichts gehört. Es war auch gleich, sie hätten uns nicht helfen können. Diese paar Wörter hatten uns fremd gemacht, ausgesetzt. Hast Du danach geweint? Ich hab es, Tage später, als mir die Szene wieder einfiel; von da an schickte ich mich drein, ›fast ein Fremdling‹ zu sein. Man respektierte mich. Auf der Universität hatte ich meinen Kreis, später eigentlich auch, wie nun hier in Glauchau, wo der ›verrückte David‹ von der guten Gesellschaft akzeptiert wird, ein geschätzter Apotheker, ein beliebter Sänger und Unterhalter, ein Sonderling mit ›wahnsinnigen Einfällen‹, ein begehrter Junggeselle, dem es zur Ehe nicht reicht. Er hat seine Liaisons rundum. Laßt ihn und paßt auf eure Töchter auf.
Das bin ich, Susanne. Du bist dem entronnen. Ein Wüllner hat Dich all dem entzogen. Und für Deine Kinder wird es, hoffe ich, nicht wiederkehren. Ich weiß, ich verrate viel.
Wüßten die Eltern es, sie würden unglücklich sein, wenn

auch schweigend, denn sie hatten sich ebenso angepaßt und versteckt. Nur im Hause waren sie der Überlieferung treu geblieben.

Weiß ich denn, was jüdisch ist? Es ist anders, das ist alles. Es ist ärgerlich. Es zwingt mich dazu, anders als anders zu sein und anders als die anderen. Ich bin krank, Susan, krank von Verstellung. Und jetzt, in dieser Friedlosigkeit, falle ich gänzlich aus. Worüber soll ich mich freuen? Über den bramarbasierenden Ballin, den Hofjuden? Soll ich mich im Felde bewähren? Es denen zeigen? Wie? Indem ich in eine weitere Rolle der anderen schlüpfe, den anderen zuliebe?

Ich hatte, wahrscheinlich unter dem Eindruck aller dieser Nachrichten einer andauernden Zerstörung, einen grauenvollen Traum. Ich frage mich im Ernst, ob ich ihn Dir erzählen soll. Ich muß ihn loswerden, ich erstickte, bliebe ich mit ihm allein. Er ist mir gegenwärtig, als hätte ich ihn in bedrückender Wirklichkeit erlebt. Im Grunde war es auch so.

Ich stand auf einem weiten Platz und habe keine Umgrenzung, nicht ein einziges, den Raum umfassendes Bauwerk in Erinnerung. In einem weiten Kreis umgaben mich Menschen, mir fremd, eigentümlich leblos, wie erstarrt. Sie waren neutral gekleidet, nicht auffallend, aber alle einander ähnlich. Sie starrten auf mich, mit halboffenen Mündern. Ihre Blicke taten mir weh. Sie versetzten mich in einen Zustand höchster Anspannung, so daß ich am Ende aus mir trat und mich selbst, eingeschüchtert, nur mit offenem Hemd und Hosen bekleidet, den Kopf eingezogen, die Augen gesenkt, neben mir sah. Es schien mir der Ausbruch einer Krankheit. Der älteste unter den Leuten, ein glatzköpfiger Greis, offenkundig ihr Anführer, trat einen Schritt nach vorn, versuchte zu reden, hielt wieder ein, ließ das Schweigen zu einer Anstrengung für

alle werden und rief dann: Jud! Jude David Eichlaub! In dem Augenblick, da mich die Wörter erreichten, spürte ich, daß sie mich sichtbar, auf der Haut, verletzten. Die Haut wurde verätzt, zog sich zusammen, einem Geschwür vergleichbar. Ich sah auf mich und sah die Stellen, es fielen mir Bilder von Leprösen ein. Das, was ich sah, war gleich. Unverzüglich nach dem Alten trat eine Frau, eine schöne Leblose, neben ihn und rief: Du Weiberverführer, du jüdischer Hurenbock! Und wieder sprangen die Wörter unter die Haut, veröderten sie. Ein Kind schrie: Hagestolz! Pillenjud! Einer nach dem andern. Und ich sah mich unter ihren Beschimpfungen schrumpfen zu einer einzigen Wunde. Das Gesicht verschwand in einem ekelhaften roten Wulst, in dem nur der Mund noch nach Atem rang. Das Hemd faserte über einer brandigen Brust. Die Arme schrumpften zu verkrusteten Stümpfen. Ich kniete vor ihnen. Langsam, Schritt für Schritt, mich im Auge behaltend, wichen sie zurück, verschwanden. Was in mir übrigblieb, war ein Schmerz, der aus keinem Leben mehr kam. Ich sah zu, wie ich, die Balance verlierend, mit dem Gesicht nach vorn fiel, ein formloses Stück Fleisch und wußte, daß ich auch die Sprache verloren hatte, nichts mehr denken konnte als: Das bin ich, das bin ich.
Ich werde nicht versuchen, Susanne, Dir den Traum zu deuten. Erklär ihn Dir selbst, meine Liebe, doch dies ist der Zustand, in dem ich mich befinde, alle Heiterkeit, an der Ihr Euch erfreut – der Onkel David, der kann Späße, das ist ein lieber Luftikus –, täuscht und soll Euch weiter täuschen.
Du hast mir in der letzten Zeit häufig von Elle und Katharina geschrieben, ihren politischen Ansichten. Warum empörst Du Dich? War es nicht zu erwarten, daß, geht unsere Welt zugrunde, die Jungen sich schleunigst, um

ihre Haut und ihren Verstand zu retten, abwenden werden? Lenin und Liebknecht sind gewiß keine größeren Schmutzfinken als Wilhelm und Ludendorff. Und ihre Gedanken weisen voraus. Nicht, daß ich an eine herstellbare Gerechtigkeit glaubte – ach, Susan, sie können mich schon für einen Narren halten –, aber an ein bißchen mehr Ausgleich oder an verändernde Menschlichkeit, das schon. Wohin wir damit kommen werden, ahnen auch die Kolporteure der besseren Wahrheiten nicht. Sie sind ernst zu nehmen. Mich werden sie kaum zum Sozialisten machen; aber der verdammte Krieg und die Schäbigkeit einer verlierenden Klasse haben mich zum Nachdenken gebracht.
Hier, in Glauchau, geht alles drunter und drüber. Ein paar Invaliden haben Räte gebildet und lehren den Fabrikherren das Fürchten. Loherr, Du kennst ihn, der feinste von denen, hat sich auf seinen Sommersitz in die Berge geflüchtet. Nach mir die Sintflut und mit mir mein Geldsack. Es kann einem das große Kotzen kommen. Ich fürchte, die Burschen von der Straße werden mir bei der nächsten Gelegenheit die Apotheke räumen.
Elle hast Du verloren, Susanne. Du hast Dich, verzeih, zu wenig um sie gekümmert, und als Du sie noch hättest zurückrufen können, hast Du sie mit Deinem Gezeter endgültig vertrieben. Bei Katharina hast Du wohl Einfluß. Sie ist kein Kind mehr, ich weiß es, merke es: aber sie traut Dir. Sie ist in die Familie versponnen, bewundert Georg, hängt an Dieter. Nur, daß sie eigentlich noch härter und selbständiger als Elle ist, solltest Du einkalkulieren. Sie wird Euch früh und entschieden verlassen.
Ich bin töricht, mache mich zum Propheten. Hoffentlich kann sich Georg bald aus der Armee mogeln. Du brauchst ihn. Er ist durchtrieben genug, Euch durch jede Situation zu bringen.

Den Ernst werden sie kaum mehr totschießen und die Wunden Dieters werden verheilen. Was willst Du mehr? Als Nachtmahr hast Du mich.
In Liebe – Dein David.
P. S. Mit Medikamenten wird's bald schwierig werden. Schreib mir, was Du brauchst, was Dir fehlt, auch an Binden und Pflastern, ich bringe es das nächste Mal als Reisepräsent.«

Onkel Davids Traum, sagte Katharina, wenn sie den Brief gelesen hatte, gab mir Aufschluß über mich und meine Herkunft. Ich versteckte den Brief, voller Angst, wagte ihn jedoch nicht, als wäre er ein Talismann, zu verbrennen. Wie alles, was von Onkel David kam, hat auch er seinen Zauber.

8.
Elle oder Das frühe Ende der Revolution

Im letzten Kriegsjahr wurde der Einfluß Elles auf Katharina für einige Zeit übermächtig. Dazu trug Kasimir, Elles Gefährte, dem auch Katharina anhing, bei. So nachdrücklich Elle die freie Liebe propagierte und die Familie damit entsetzte, Kasimir war sie treu. Die Flirts, die sie vor allem um ihrer Theorie willen betrieb, hatten Züge von Gewalttätigkeit und stießen die Bewerber nach kürzester Zeit ab.
Elle war klein, gedrungen, war stolz auf ihren schönen Busen, den sie unter handgewebten Blusen ungeschnürt ließ. Das von Natur rötliche Haar tönte sie noch mit Henna.
Wüllner hatte zu seiner Ältesten keinen Zugang, mühte sich nicht um sie, sie sei eine meschuggene Schnepfe und werde, ereigne sich nicht ein Wunder, vor die Hunde gehen. Sie revanchierte sich für seine Kälte mit Sarkasmus in den ohnehin raren Unterhaltungen. Über Bekannte erfuhr Wüllner jedoch viel über ihren Kreis. So maß sie ihre Freiheit an der seinen, und kam, wie sie meinte, besser weg. Wüllner nutzte die Formen, die ihn beengten, schlau aus – er sprengte sie nie. Sie hingegen mißachtete die Gesetze ihrer Gesellschaft und der einzige Zugang, der ihr zu den »anderen« blieb, war das Elternhaus.
Gutsi hatte Elle nie sonderlich gemocht. »Schon mit sechse war die eene hinterhäldsche Göre und das is egal schlimmer geworn.« Umso mehr störte sie Katharinas Interesse an den Hellerauer Wirrnissen. Gutsi schilderte

Elles Leben, das sie sich selbst nur in ihrer verschreckten Phantasie ausmalen konnte, als Hölle. »Die zerfleischen sich selber«, war eine ihrer stehenden Redewendungen, »de Roden, die sind de Pest! Denk an de Luxemburg, die ham se in de Festung gesperrd.«

Hellerau war alles andere als die Hölle; es blieb, noch in den späteren Erzählungen Katharinas, der Bereich einer ungekannten Freiheit, die so selbstverständlich war wie das Atmen. Elle hatte gezögert, die Sechzehnjährige aus dem Hause zu lösen; sie fürchtete Zusammenstöße mit den Eltern. Erst als die äußeren Umstände es ihr erleichterten, als der Vater eingezogen war, die Mutter mit der Köchin in der Küche Rüben abzählte, Kowinetz Kartoffeln im Park zog, holte sie Katharina mehr und mehr zu sich. Widerstände blieben. Gutsi ließ nicht locker, steckte sich hinter Susanne Wüllner. Da Elle freilich für den regelmäßigen Schulbesuch Katharinas sorgte (dies wiederum gegen Wüllners Vorstellungen: Was haben Weiber an der Universität zu suchen? Willst du Kathi alleine nach Leipzig schicken?), sie keineswegs seelisch zermürbt wirkte und Hellerau sich fürs erste nur in der handgewebten Kleidung auswirkte, ließ der Widerstand allmählich nach.

Sie mußte die Riten ja auch erst lernen, mußte sich einüben. Dabei stand ihr Kasimir bei, dem sie vertraute, dessen Zartgefühl ihr half, wenn sie sich ausgeschlossen fühlte. Wer ihn zum ersten Mal sah und hörte, hielt ihn für einen ungeschlachten zu Schlägereien aufgelegten Kerl, wahrscheinlich einen Arbeiter mit Ehrgeiz. In Katharinas Tagebüchern, die sie in den Hellerauer Jahren geradezu ausschweifend führte, dominiert Kasimir, bis er, es ist kein datierbarer Übergang, von Skodlerrak abgelöst wird. Sie bestritt, sich je ernsthaft in Kasimir verliebt zu haben. Er gehöre Elle und er sei ihr Freund. Als

sie sich nur tagsüber in Hellerau aufhielt und abends nach Klotzsche zurückkehrte, war Kasimir meist bei ihr. Er stellte sie Freunden vor, führte sie durch deren Wohnungen in den hübschen Riemerschmidschen Häusern, brachte sie in die Dalcroze'sche Bildungsanstalt, wo eine Gruppe von tanzenden Mädchen sie derart entzückte, daß sie sich zu Gymnastikkursen anmeldete, auf die Zuwendungen des Vaters vertrauend (die sie, ohne je einen Einwand zu hören, bekam).
Sie wanderten in Gruppen durch die Dresdner Heide, lagerten am Abend sich um Feuer, sangen, debattierten. Daß die unbeschwerte Szene durch Meinungsunterschiede, durch unaufhebbare Feindschaften aufreißen konnte, erfuhr sie erst später.
Der Garten um die Villa verluderte. Kowinetz hatte den Kampf gegen die Verwilderung aufgegeben, sich auf den Kartoffelacker zurückgezogen. Stolz erntete er überdies Tomaten, Salat, und von den Bohnen versprach er sich fürs nächste Jahr besonders viel. Susanne Wüllner war ihm für seinen Eifer dankbar. Katharina fand den verwachsenen Garten schön; das Gras auf der Pferdekoppel war kniehoch, was Kowinetz bewog, ein paar Ziegen anzuschaffen. »So is es eben«, sagte er, »mir sind von de Rösser uf de Ziechen runtergegommen.«
Wenn Gutsi, die ohne Kommentar ihren Hellerauer Geschichten zuhörte, sie verlassen hatte, setzte Katharina sich an den Sekretär und schrieb die Ereignisse des Tages auf.

»2. August 1918
In Hellerau
Heute hab'ich endlich Herrn Jakob Hager kennengelernt, Kasimirs Lehrherrn. Er ist eine eindrucksvolle Erscheinung. Mit einem schwarzen Haarschopf wie ein Prophet, dicken Lippen, zwischen denen meistens eine Zigarre

hängt, und riesigen Händen, richtigen Pranken. Er soll sehr vermögend sein und die Druckerei nur aus Liebhaberei eingerichtet haben, um besonders wertvolle Bücher für seinen Verlag herzustellen. Kasimir lernt bei ihm viel. Ihm gegenüber benimmt er sich fast demütig, wo er doch sonst auftritt, als wisse er alles am besten. Mich wundert das, denn Herr Hager hat für Politik wenig übrig, er sagte heute, als wir in seinem kleinen Büro saßen und er uns einen ganz fabelhaften Kaffee gebraut hatte, die Politik schere ihn nicht, man müsse abwarten, doch er sei sicher, daß jetzt eine große Blüte der Dichtkunst kommen werde. Der Mensch braucht Gefühle, braucht Gewißheiten. Kasimir sagte kein Wort dazu. Wäre es nicht sein Prinzipal gewesen und würde er Hager nicht so verehren, er hätte ihm den Marsch geblasen! Hager las uns mit dröhnender Stimme aus einem Buch Theodor Däublers vor, das er vor drei Jahren verlegt hat und er erlaubte mir, daß ich die Zeilen abschrieb: ›Averroës, Zerstückler der Seele, ich fürchte mich vor dir! und doch, nun muß ich mir meine unheimliche Einsicht gestehen! Wir Seelen vergehen, verwehen! Nur einmal bin ich: Und daß ich gerade jetzt bin, ist das Wunder! Und nicht bloß augenblicklich, sondern auch hier. Ich habe meine Heimat, ein Stück von mir, in das ich hineingeboren wurde. See, See, ich seh dich an und sehne mich dennoch nach dir! Denn auch du, Windsee, willst in mein Wesen einwehen. See, See, hier bin ich mit dir allein und meine Ruh, und meine Ruhe, die nicht mehr ich ist, weil sie dort, wo ich nimmer sehen kann, dunkel, dunkler als dunkel erdunkelt, fühlt die Schwere des Ozeans, und wird erleichtert durch das Wissen von Sternbildern, die sich im Ozean spiegeln. Denn Ozean, dich selber entrollender Ozean, ich bin ein Dichter und du gleichst mir nicht! Du wirst bleiben, aber aus mir spricht die Ewig-

keit!‹ Er sah uns erwartungsvoll an. Ich konnte nichts sagen. Mir kamen die Sätze dunkel und auch ein bißchen albern vor. Kasimir hatte seinen Kopf gesenkt, mied es, Herrn Hager anzusehen und ich merkte, daß ihm die Lesung unbehaglich gewesen war. Draußen fragte ich ihn dann, was Averroës bedeute. Ich weiß es nicht, sagte er. Es ist irgendein Bildungswort. Mit denen wirft der Däubler nur so um sich. Aber kennen müßtest du ihn. Er sieht aus wie ein von den Bergen gestiegener Gott, taumelt immer herum, trunken von seinen eigenen Ansichten. Der Hager hat nicht recht, nein, sagt er, der sitzt da in seinem Wolkenkuckucksheim und wir machen die Revolution. Und nach einer Weile setzte er hinzu, ich habe ihn gern, ich bewundere ihn. –
Am frühen Abend bei Elle. In ihrem Zimmer wieder ein Dutzend Leute. Darunter auch Skodlerrak, der Töpfer, von dem ich viel halte. Er mischt sich kaum in die Diskussionen. Einmal bemerkte er: Wir sollten in großen Bruderschaften leben, den Sozialismus ausüben, was wir da quatschen, ist haltlos. Und Rosa ist im Gefängnis.«
Rosa war das Codewort. Kasimir und Skodlerrak hatten es eingeschleppt, die anderen jungen Männer und Mädchen, Tänzerinnen, Tänzer, Kunststudenten, Kunsthandwerker, Tagediebe, frühe Invaliden, aus dem Kriege nach Hause geschickt mit Erfahrungen, die sie selten preisgaben, keineswegs alles Sozialisten, auch nachdenklich gewordene Monarchisten, Soldatenköpfe, Träumer, sie hausten in Gruppen oder allein zur Untermiete in romantisch eingerichteten Dachzimmern, lasen was sie an neuer Literatur erwischen konnten, sangen gemeinsam Lieder, stets spielte der eine oder andere Klampfe oder Laute. Manche kannte sie nur beim Nachnamen, wie Skodlerrak, den andern nur beim Vornamen, wie Kasimir. Kasimir hieß mit dem Nachnamen Bülow. Sein Va-

ter, wollte die Legende, sei im Großen Generalstab ein hohes Tier und habe seinen Sohn verstoßen. Kasimir mußte jedoch von irgend jemandem Zuwendungen bekommen. Elle verdiente inzwischen mit ihrer Werkstätte, in der sie zwei Weberinnen und einen Töpfer beschäftigte, für sich selbst genug. »Allerdings, wer kauft in solchen Zeiten schon unseren Kram?«
Die fast animalische Nähe und Wärme zog Katharina am stärksten an. Sie hatte Kameradschaft in dieser Form nicht gekannt. Ein solches Leben mußte einfach neu sein. So kann es das zuvor nie gegeben haben. »Wir Jungen«, schrieb sie, »entdecken das Leben neu. Wir werden es verändern. Wir werden die Autoritäten stürzen. Wir brauchen sie nicht. Wir werden eine Welt aufbauen, die eine große und nützliche Solidarität kennt. Skodlerrak hat uns aus Leonhard Franks ›Der Mensch ist gut‹ vorgelesen und danach aus einem Brief, den der Dichter ihm aus der Schweiz geschrieben hat. Der weiß, was uns bewegt. Der ist jung wie wir. Der kann eine unserer Stimmen sein. Skodlerrak kamen die Tränen, als er uns die wichtigsten Sätze vorlas:›Die Menschheit steht heute vor einer ungeheuer entscheidenden Weltwende. Wer das nicht sieht, oder nicht sehen will, wird mit der alten Zeit versinken; er ist, auch wenn er ein noch so feiner Geist und Dichter ist, ein Reaktionär; ein Feind des Menschen. – Was hat also der moderne Dichter zu sein?... Jawohl! das bin ich. Und ich werde mich nicht mit Ausstrahlungen der Kern-Autorität befassen, sondern einfach und nackt, so, daß jeder verstehen kann, den Sammelpunkt der Autorität zu bekämpfen, dessen Sturz nahe herbeigekommen ist. Die Weltgeschichte hört auf: die Menschheitsgeschichte beginnt. Dazwischen liegt gestürzt die Autorität: die bestehende Ordnung.‹ Das sind Sätze für uns. Ich kann sie fast auswendig. Oder Barbusse! Oder

Heinrich Mann! Das sind Fanfaren. Die Welt wird erschüttert!!«
Skodlerrak las aus der Zeitung vor. Das Ende der Monarchie, der Beginn der Republik, es sei traumhaft an ihr vorübergeglitten, in Bildfetzen, in hastenden Sätzen. Auch die ersten Zusammenstöße zwischen der Armee und den Räten, die Arbeiter in Dresden. Ein Film, sagte sie später, den ich nur zum Teil verstand, dieser Untergang, in den wir alle verwickelt waren, auch wir, die wir annehmen, wir trügen die Gegenwart und die Zukunft.
Sie saßen in der Werkstatt Elles in einem großen Kreis auf dem Boden. Aus Tongeschirr hatten sie eine wässrige Suppe gelöffelt. Jemand hatte Schnaps mitgebracht. Die Flasche kreiste, niemand wagte es, sie abzuwischen, ehe er sie an die Lippen setzte. Wanda, ein tuberkulöses Mädchen, dessen Schwermut sie bisweilen ansteckte, hatte auf der Klampfe gespielt, sie hatten gesummt, sich eingestimmt, vier oder fünf Kerzen gaben Licht, die Jungen hatten ihre Mädchen im Arm, Katharina lehnte sich vorsichtig gegen Skodlerrak.
Kasimir erzählte von seinen Begegnungen mit den Soldatenräten. Sie fürchteten, die Sozialdemokraten würden eine bourgeoise Republik installieren, sie seien zu schwach. Hätten die Sozis nicht für die Kriegsanleihe gestimmt?
Was aber sonst?
Die Soldaten, die Arbeiter und die fortschrittliche Intelligenz würden sich durchsetzen.
Es war Zeit für Lothar, sich in Szene zu setzen. Er war ziemlich neu, ein Junge von neunzehn, Sohn eines Hofbeamten, den er verleugnete. Katharina saß ungern in seiner Nähe (»Lothar hat eine Elektrizität, die unmittelbar auf mich wirkt«, schrieb sie, »er könnte alles von mir verlangen. Oft wünsche ich mir, seine Haut zu berühren,

ihn nackt zu sehen. Er wäre entsetzt über meine Phantasie.«) Lothar war der akzeptierte Kenner der Oktoberrevolution, der Apologet Lenins. Kasimir behauptete, Lothar erfinde die meisten Aussprüche Lenins, nur um sich aufzuspielen. Lothar sagte mit seiner heiseren Stimme, Lenins Forderung, die Parasiten zu beseitigen, müsse auch hier erfüllt werden. Die Revolution dürfe keine Kompromisse kennen. Sie müsse ihre Gegner ausmachen und vernichten.
Es verblüffte die Runde immer wieder, daß Lothar, griff er mit derartig scharfen Bemerkungen ein, nicht wie ein Fanatiker auftrat, vielmehr gänzlich entspannt schien.
Elle brachte das Gemurmel einiger zur Ruhe und sagte: Dies würde kein Ende nehmen, Lothar. Den Gegner findest du immer von neuem. Zum Schluß wird der Prolet den Proleten zum Feind haben. Ich kenne diesen Ausspruch Lenins nicht. Er kann stimmen. Doch was schert es mich, auch ein Genie kann sich täuschen und seine Sätze müssen wir nicht heilig sprechen. Zur Revolution gehört nicht nur der Glaube, auch der ständige Zweifel.
Nein! Nein! unterbrach sie Lothar. Du verrätst, wenn du zweifelst.
Rosa wünscht, fuhr Elle fort, daß die politischen Gegner respektiert werden. So stark muß die Partei sein.
Das sind Rudimente bürgerlichen Denkens, sagte Kasimir.
Aber es ist fair, es ist menschlich. Katharina erschrak über ihren spontanen Einwand. Skodlerrak wandte sich ihr zu, streichelte ihr übers Haar.
Eine neue Menschlichkeit entsteht erst durch die Revolution.
Wenn ein Sozialist den anderen schlägt?
Welche Republik ist denn die richtige, fragte ein Mädchen, die von Ebert und Scheidemann oder die der Spartakisten?

Es gibt nur eine, schrie Lothar, die Republik der Räte. Habt ihr den Aufruf des Zentralrats der Marine gelesen, macht ihr euch denn überhaupt klar, wie weit es gekommen ist? Er hielt ein Papier, das, viele Male zusammengelegt und gefaltet, zerfleddert war.
Nur ein Ausschnitt, nicht mehr! Damit ihr endlich die Empörung begreift. So hört sich das draußen an: »Nun ist's genug! – Mit tiefstem Wehrgefühl sahen wir die Führer der Mehrheitssozialdemokratie das Bürgertum zum Kampfe gegen das klassenbewußte Proletariat aufbieten. Täglich, stündlich dringt zu uns die Kunde von neuen Opfern schwerer Bruderkämpfe. – Ein Meer ungeheurer Lügen hat sich über die Hauptstadt des Reiches ergossen. – Die Bourgeoisie triumphiert und das Proletariat blutet, blutet wie nur je! – Sozialisten! Werdet wach! Sozialisten! Vereinigt euch! – Was ist bisher geschehen? Wir fragen klagend: Was geschieht? Nur eines geschieht: Ein neues Massenmorden! Wer reinen Herzens ist und Liebe hat zum Volk kann nimmer sich auf Rohgewalten stützen! – Genosse Scheidemann, Ebert, Noske, Lanzberg, Eichhorn! Habt ihr das Volk noch lieb? Habt ihr es je geliebt?«
Nur seine chronische Heiserkeit hinderte Lothar zu brüllen.
Es sei ihr zu emphatisch, sagte Elle.
Kasimir schüttelte den Kopf: die Spartakisten werden sich sammeln, die Arbeiter werden hinter ihnen stehen. Es dauert nicht mehr lange und Scheidemann ist weggefegt. Das kann nicht gutgehen. Hinter die Regierung haben sich die Industriebarone gesteckt. Noch sind sie nicht aufgetaucht, doch ihre schmutzige Macht ist schon wieder spürbar.

»Vater ist seit einigen Tagen wieder im Hause«, hatte Katharina am 14. Oktober 1918 eingetragen, »die Begrüßung war enorm gewesen, es gab sogar Champagner. Doch dann vergrub er sich. Seit Tagen habe ich ihn nicht gesehen. Er läßt sich das Essen ins Arbeitszimmer bringen und als ich ihn da, wie früher, besuchen wollte, bat er mich, ihn allein zu lassen. Das ist alles nicht so einfach, Mädelchen, sagte er. Ich habe den Eindruck, daß ihn der Zusammenbruch gar nicht so bekümmert. Er weiß im Moment nicht mehr, mit wem er reden oder handeln soll. Er ist in eine ihm fremde Welt geraten. So benimmt er sich auch. Ich habe ihn doch sehr gern. Er tut mir leid. Gestern besuchte ihn Fritzsche, sein Prokurist. Sie saßen lang zusammen, bis in die Nacht. Ich hörte, wie sie noch vor dem Haus im Garten weiterredeten. Mummi erzählte, die Fabrik in Bodenbach sei besetzt worden, nur für einen Tag. Vater werde sie schließen. Es genüge das Dresdner Werk. Mutter sagte, und ich hatte eigentlich den Eindruck, sie zittere vor Furcht: Er bringt uns schon durch. Nur muß er sich wieder fangen. Warum hab' ich dann gesagt: Eigentlich brauchen wir ihn nicht? Weil Mummis Schwäche mich ärgerte, oder Vaters Wehleidigkeit? Sie sagte nach einer langen Pause, in der sie mich fassungslos anstarrte: Ihr seid alle herzlos und egoistisch. Ihr habt vergessen, was er für euch tat.«

Es war Zeit für Skodlerrak. Alle hatten ihre Meinung, oder das, was sie für Meinung hielten, gesagt, und das Ritual wollte es, daß Skodlerrak, der Schweiger, das letzte Wort hatte.
Skodlerrak zählte zu jenen, die durch eine nie ausgespielte Sicherheit wirken; er zog Vertrauen an und verspielte es nicht. Er könnte, philosophierte Elle, ein Führer sein, er besitzt diese mystische Attraktion, aber in ihm steckt ein Tölpel, der nicht will. Katharina widersprach: Er weiß es, er will es nicht sein. Er ist viel mehr ein Den-

ker, als ein Täter. So redet er sich wahrscheinlich selbst raus, sagte Elle. Sie waren sich, bei aller Zuneigung, nie über ihn einig. Wahrscheinlich zieht er Jungen Mädchen vor, behauptete Elle, und kaschiert das durch Geistigkeit. – Du bist widerwärtig. Skodlerraks Stimme klang, im Gegensatz zur peitschenden Heiserkeit Lothars, angenehm. Es ist gleichgültig, sagte er, wer den Staat tragen wird, ob Ebert oder Liebknecht, es wird der Staat sein mit seiner anonymen, für den einzelnen schrecklichen Gewalt; es wird der Staat sein mit seinen Bürokratien und mit seiner Armee; es wird der Staat sein, der über Krieg oder Frieden entscheidet.
Kasimir wollte ihn unterbrechen, doch Elle legte rasch ihre Hand auf seinen Mund.
Ich könnte rezitieren, wie es Lothar getan hat. Ich will es nicht. Doch ich vermute, daß nicht wenige Menschen neben mir den Traum von einer Freiheit haben, die den Staat nicht mehr braucht, die Macht und Gewalt nicht mehr kennt, die eine Gleichheit aller schafft und eine Gerechtigkeit gegen alle und der gegenseitigen Hilfe. Menschen töten ist nicht dasselbe wie Einrichtungen abschaffen. Wir haben nur eine Macht – das ist die Macht der Idee. Indem wir aus uns handeln, für die Verwirklichung einer Freiheit ohne Macht, verwandeln wir die Wirklichkeit, ohne daß wir Gewalt angewendet, daß wir gemordet hätten.
Du bist ein Pazifist, sagte Elle.
Nein, ein Anarchist, sagte Kasimir, was Skodlerrak da predigt, ist Bakunin und Proudhon, lauter alte Kamellen. Wie soll eine Ordnung entstehen, Freund, in einem Freiheitschaos, wie es deine Propheten sehen?
Ihr könnt Ordnung nur als Dekret verstehen, Kasimir, das ist euch eingebleut. Entweder die Ordnung der Monarchen oder die Ordnung der Proleten. Doch eine Ord-

nung von oben. Könnt ihr euch nicht vorstellen, daß sich Ordnung ohne Autorität, gewissermaßen assoziativ von unten herstellt und einrichtet? Ohne Diktat und ohne Liquidierungen? Ich wollte eigentlich nicht vorlesen wie Lothar. Er zog eine Broschüre aus der Tasche und fand ohne zu blättern, die Stelle, die er lesen wollte.
Bakunin – Bakunin! habe ich es nicht gesagt, triumphierte Kasimir. Skodlerrak ließ sich nicht unterbrechen – Bakunin hat aus den Erfahrungen der Kommune von Paris geschrieben: »Die zukünftige soziale Organisation darf nur von unten nach oben errichtet werden durch freie Assoziierung und Föderierung der Arbeiter zunächst in Assoziationen, dann in den Gemeinden, den Distrikten, den Nationen und zuletzt in einer großen internationalen und universalen Föderation. Erst dann wird die wahre und lebengebende Ordnung der Freiheit und des allgemeinen Glücks verwirklicht werden, diese Ordnung, welche die Interessen des einzelnen und der Gesellschaft nicht leugnet, sondern sie vielmehr bejaht und in Übereinstimmung bringt. – Man sagt, daß eine solche Übereinstimmung und universelle Solidarität der Interessen der einzelnen und der Gesellschaft nie tatsächlich verwirklicht werden könne, weil diese Interessen, die einander widersprächen, nicht imstande seien, sich von selbst das Gleichgewicht zu halten oder sich sonst irgendwie zu verständigen. Auf einen solchen Einwand erwidere ich, daß, wenn bis jetzt diese Interessen nie und nirgends gegenseitige Übereinstimmung erreichten, dies die Schuld des Staates ist, der die Interessen der Mehrheit zum Nutzen einer priviligierten Minderheit opferte...«
Skodlerrak hatte gegen einen zunehmenden Widerstand gesprochen. Lothar sagte, es seien Visionen eines Weltfremden. Das Interesse des Einzelnen sei ebenso wenig abzuleiten oder zu brechen wie das Interesse von Grup-

pen, also bedürfe es einer Organisation, einer Partei. Ich bin nicht weltfremd. Aber Bakunins Modell ist nie erprobt worden.
Elle ging in die Küche, riet zum Aufbruch, sie müsse morgen in aller Herrgottsfrühe raus in die Werkstatt, nach dem Brennofen schauen. Glaubt ihr, die Mädchen tun das? Nee.
Skodlerrak bot Katharina an, sie nach Hause zu begleiten. Sie habe doch jetzt ein Zimmer bei Frau Blüm, nicht? Auf dem Weg redete er kein Wort.

Spartakus unterlag. Kapp putschte. Lothar verschwand, sie hörten, er arbeite bei der »Roten Fahne«, doch sie lasen kein Wort von ihm. Er wird seinen Namen gewechselt haben. Wußtest du denn wirklich wie er hieß? War sein Vater Hofschranze? Rosa Luxemburg wurde ermordet. Sie fanden sich zur Trauer zusammen. Sätze und Bilder ballten sich in Katharinas Kopf und verwirrten sie. Sie träumte von Straßenschlachten, von Verfolgungen, sah Vater im Garten vor dem Portal Schützengräben ausheben. Es gab neue Gesichter in der Runde. Junge, elegante Leute, die Schulen in Hellerau besuchten. Kasimir politisierte noch. Skodlerrak kam zwar, doch er schwieg, sog an seiner Pfeife, verschwand früh. Elle, deren Leben sich eigentümlich beschleunigte, fand stets neue, exaltierte Freunde und schleppte Kasimir als guten Gefährten mit. Ihre Feste waren berühmt; sie feierte oft. Mehr und mehr mischten sich mediokre Erscheinungen in ihren Kreis: Kriegsgewinnler, abgehalfterte Leutnants, Edelhuren. Elle, von Katharina bestürmt, doch unter ihren Gästen zu wählen, ließ sich nichts einreden: Bunt soll es sein, Schwesterherz, wie's Leben. Mir geht die verdammte Politik ohnehin auf die Nerven und der Kasimir soll sich ruhig mal an solchen Püppchen erproben. Dabei

war sie eifersüchtig, wenn Kasimir tatsächlich mit einem der Bubikopf-Girls flirtete.
Katharina war, sie merkte es bald und nützte es aus, eine der Attraktionen dieser Feste. Sie trank nicht viel, berauschte sich eher an den Komplimenten und am Tanz. Elle hatte ein ziemlich verstimmtes Klavier aufgetrieben, auf dem meistens einer spielen konnte. Katharina genoß die »Morgenauftriebe« nach langen Nächten, wenn sie in kleinen Gruppen in der frühen Dämmerung in die Heide wanderten, die Männer die Mädchen an den Händen hielten. Sie hatte sich einige Male »fast gehen lassen«, hielt sich die Männer jedoch vom Leibe, noch immer an Eberhard denkend; sie hatte Elle mehrfach mit Kasimir im Bett überrascht, tagsüber, was die beiden nicht bekümmerte; das erste Mal war sie beschämt davongelaufen, was Elle ihr ausgeredet hatte, die »Natürlichkeit solchen Tuns« erklärend. Später ging sie grüßend an den Liebenden vorüber, machte sich in der Küche oder in der Werkstatt zu schaffen, doch es erregte sie, was sie sah. Sie wäre gern an Elles Stelle gewesen, aber sie hatte diese Freiheit nicht.
Skodlerrak erlöste sie. Gerade der, dem nachgesagt worden war, er sei ein Asket, befasse sich allenfalls mit Knaben. Es war längst zur Gewohnheit geworden, daß er sie heimbegleitete; nach einiger Zeit trafen sie sich auch zu Spaziergängen oder größeren Wanderungen. Sie fuhren gemeinsam nach Meissen, besichtigten die Moritzburg, flanierten auf dem Weißen Hirsch. Er konnte ihr zuhören, sie brach nicht mit Widersprüchen in seine Monologe ein. Manchmal verblüffte er sie mit kleinen Zärtlichkeiten, legte flüchtig den Arm um ihre Schulter, streifte mit seiner Hand die ihre; sie hielt es für zufällig. Er war gut zehn Jahre älter als sie, und seine natürliche Autorität hielt sie auf Distance. Nach einer Abendwanderung bat er sie zu sich.

»Er machte gar keine schönen Reden, er sagte einfach: Kommst du mit zu mir, Kathi? Mir verschlug's die Sprache. Ich konnte nur nicken. Ich hatte mir seine Wohnung spartanisch vorgestellt, es herrschte ein schönes buntes Durcheinander, Wohnung und Werkstatt in eins. Er hat ganz verrückte alte Möbel. Viele tolle Bilder von ihm befreundeten Malern, von Kirchner und Mueller. Die Bücher bewahrt er nicht im Schrank auf, er stapelt sie auf dem Boden. Hinter einem Paravent steht ein großes, breites Bett. Er hat Tee gekocht. Setz dich auf diesen Stuhl mit der hohen Lehne, hat er gesagt, er steht dir gut. Der graue Bezug hinter deinem schwarzen Haar, das ist hübsch. Er hockte sich neben mich auf den Boden; ich verlor jede Befangenheit. Mir war die Situation auch nicht mehr peinlich. Ich fragte ihn, wie er eigentlich mit Vornamen heiße. Sag Skodlerrak, gab er zur Antwort. Ich weiß nicht, wieviel Zeit vergangen war mit Tee trinken und Schweigen, als er vor mir stand, mich hochhob und küßte. Es war kein richtiger Kuß, es war ein mit den Lippen über die Lippen gehen. Dann trug er mich hinter den Paravent, stellte mich hin, zog mich wie ein Kind aus. Es machte mir Spaß. Ich half ihm nicht. Am liebsten hätte auch ich ihn ausgezogen, doch ich traute mich nicht. Er umarmte mich, ich fühlte seine Kleider, dann legte er mich aufs Bett, sagte, deck dich zu oder nicht und zog sich ebenfalls aus. Er berührte mich mit leichten Fingern, überall, da und dort, auf den Backen, der Stirn, dem Hals, auf Busen und Bauch. Ich habe das nicht gekannt. Ich habe nicht gewußt, wie lebendig meine Haut ist. Seine Liebe war sehr zart und weit. So genau kann ich es nicht ausdrücken.«

Katharina machte diese Notiz am 22. Juli 1921. Es war das einzige Mal, daß sie miteinander schliefen. Sie fragte Skodlerrak nicht, ob sie wieder mitkommen dürfe. Die

Spannung zwischen ihnen entlud sich an einem Nachmittag auf der Terrasse der Loschwitzhöhe in einem Weinkrampf. Skodlerrak kümmerte sich nicht um die Neugier der Umgebung, er streichelte sie, schob seinen Stuhl neben den ihren, nahm sie in den Arm, bestellte einen Apfelsaft für die junge Dame und für sich einen Cognac und sagte: Mädchen, du gehörst nicht zu uns; es ist mein Fehler gewesen; aber du hast auf Liebe gewartet und ich habe dich gern. Also, jetzt geh weg. Du wirst es schon gut machen.
Am nächsten Tag zog sie zurück nach Klotzsche. Der Triumph der Eltern war groß. Gutsi, die nun als Kochfrau arbeitete und Asta abgelöst hatte, war rasch mit Trost und Leckerbissen zur Stelle. Wüllner schlug für den Herbst einen Aufenthalt in Karlsbad vor, wenn nicht, dann im Frühjahr.

Hellerau löste sich auf. Ihr Hellerau. Es wandelte sich. Die Schulen bestimmten nun das Bild. Feste wurden weiter gefeiert; nur die Politik zog sich zurück; als habe man beschlossen, die trübere Wirklichkeit aus dem Paradies zu verbannen.
Elle hatte einen ehemaligen Offizier kennengelernt, Werner Oelze, der sie Kasimir abspenstig machte und sie beredete, die Hellerauer Werkstatt zu verpachten, zu ihm nach Blasewitz zu ziehen. Er bewohnte eine noble Etage in der Kaiser-Allee. Sie ließ Kasimir, wie er es selbst zu beschreiben pflegte, »schlichtweg stehen«, was ihn in Todesideen trieb, aus denen ihn Hager bedächtig löste; er beschaffte ihm Arbeit bei Drugulin in Leipzig; so verschwand er. Elle hingegen paßte sich der neuen Umgebung flott an, der Umgang mit ehemaligen Gardiers, Kleinadel und reaktionären Parvenüs, ließ sie die Revolutionsreden der Hellerauer rasch vergessen. Eine Art Ge-

dächtnisschwund hatte sie befallen und trug zur Verwandlung in ein plapperndes Geschöpf der Demimonde bei. Katharina, die sich gelegentlich mit ihr in der Stadt traf – sie hatte, nachdem sie einmal sitzengeblieben war, die Reifeprüfung hinter sich, Vater freilich sträubte sich, sie nach Leipzig an die Universität zu lassen, sie würde dort verkommen, »dann wirste doch von der Bank weg geheiratet« – Katharina fand ihre Schwester unausstehlich, eine Karikatur aus bodenloser Unsicherheit.
Elle kam um in den ersten Märztagen des Jahres 1922. Sie war mit Oelze und zweien seiner Freunde mit dem Auto auf einer »Lustpartie« gewesen. Oelze hatte sich verfahren. Sie seien in der Nähe von Porsdorf auf einen miserablen Weg geraten, so stand in den Zeitungen, es habe dichter Nebel geherrscht und der Wagen sei von dem Sträßchen abgekommen, in den Hochwasser führenden Porsdorfbach gekippt. Die Männer hätten sich aus dem geschlossenen Automobil retten können, die sie begleitende Dame sei, im Fond sitzend, ertrunken. Wüllner sprach von der fehlenden Ritterlichkeit dieser Möchtegern-Herren. Katharina trug in ihr Tagebuch einen einzigen Satz ein: »Elle ist tot, umgekommen durch Oelze, den Fatzke.«
Bei der Beerdigung brach Susanne Wüllner zusammen. Es gab einen Auflauf, ein Arzt mußte gerufen werden. Onkel David stand am Rande der Grube, über seine Wangen rannen Tränen; er hakte sich bei Katharina ein und sagte: Laß uns beide alleine nach Hause gehen, Mädelchen.

9.
Aufatmen oder Ungenaue Übergänge

Katharina hat das Haus wieder gefunden. Noch ist der Verputz blättrig, grau, noch hat der Garten nicht ganz seine alte Gestalt und auch das Licht über der Szenerie scheint trüber. Aber Katharinas Erinnerung sammelt: Sie treibt die Ponys hinter dem Haus zusammen, stapelt Lackschühchen und Rüschenkleider, memoriert die Lieblingssätze Gutsis – »Es wird sich schon alles fügen«, »Laß deinen Vater aus dem Spiel«, »Mit Brot und ein wenig Liebe ist alles zu überstehen«, »Es gibt, Mädelchen, immer nur den ersten Mann, den zweiten braucht man für die Existenz« –, sie läßt dem Garten seine Wildnis, obwohl der Nachfolger von Kowinetz, der sich endgültig zur Ruhe setzte und Peters, der in den letzten Kämpfen an der Somme fiel, vieles schon wieder zurechtgestutzt hat; sie schickt Elle vors Haus, abends; sie bringt die Stimmen Dieters und Ernsts durcheinander, zwei Buben, die lachen, sich streiten; sie läßt Mummi oben in ihrem Zimmer singen und sie wartet, bis Vater, von der Reise zurückgekehrt, die Geschenke aus dem Koffer holt.
So wird es nicht mehr werden.
Das Haus kühlt aus.
Dieter studiert in Leipzig, nach Nationalökonomie neuerdings Medizin; Ernst in Berlin, er will Jurist werden, Rechtsanwalt.
Das Haus altert mit den Eltern und es wird zu groß.
Nur mit Gutsi führt sie gelegentlich Gespräche, Mummi bleibt verstört.

Wüllner ist viel auf Reisen. Die Geschäfte beginnen erneut zu blühen. Seine Beziehungen zum Ausland helfen ihm. Er kleidet sich wieder nach der Mode, führt das alte aushäusige Leben voller Phantasien und Liaisons. Nur das Haus nimmt die Welt nicht mehr auf. Familienfeste werden bescheiden gefeiert, ohne die Aufregungen, den naiven Pomp der Kindheit.
Sie habe, eingesperrt und doch nicht, darauf gewartet, daß jemand komme, oder sie habe einer Schmetterlingspuppe geähnelt, ihr Gedächtnis habe sich allmählich gemindert, die Bilder ihres Aufbruchs seien verlorengegangen. Es habe wenig Abwechslung gegeben, eben nur die Unterhaltungen mit Gutsi.
Sie bat ihren Vater um eine Aussprache. Er versprach es ihr, verschob es jedoch von Tag zu Tag; und seine Reisen retteten ihn. Mit Mummi wagte sie es erst gar nicht.
Susanne Wüllner machte jedoch den Anfang, indem sie, völlig überraschend nach Jahren der Lethargie, wieder ihrer alten Theater- und Opernneigung nachgab, mindestens zweimal in der Woche in die Stadt fuhr, die ersten Male in Begleitung von Bekannten, hernach jedoch Kathi einlud, mit ihr zu kommen. Sie werde, raffe sie sich nicht zu etwas Unterhaltung auf, gänzlich versauern, »und dieser Vorwurf von Mummi, die sich drei Jahre lang vergraben hat, einen überlangen Winterschlaf hielt. Und, hupp, bricht sie aus, ist eine ganz neue, andere! Läßt mich mitlaufen, beschämt mich, nennt mich träg und dumpf. Was kann ich ihr antworten?« – Sie vermeiden es, über die Zustände im Haus, über Wüllner zu sprechen, Kathis Vergangenheit wird nicht berührt, ihre Zukunft ebenso wenig.
Sie lernte Menschen kennen, die sie schon in ihrer Kindheit kannte, stellt fest, daß Mummi einen großen Freundeskreis habe, wird von der »guten Gesellschaft« aufge-

nommen, gewöhnt sich an deren Geplauder, auch daran, daß die Ereignisse der Zeit bis auf Schreckensrufe (»hundertzwounddreißig Milliarden Goldmark Reparationen! Woher nehmen?«, »Was Rathenau da in Rapallo aushandelt... man verkauft sich an die Bolschewisten«, »Erzberger ist erschossen worden; sicher, ich bin gegen Mord; doch diese Verräter –«) ausgeschlossen wurden. Sie las, sie hörte, was geschah, und die gelegentlichen Kommentare widerten sie an; sie fragte sich, was Kasimir oder Skodlerrak sagen würden, sehnte sich in solchen Augenblicken nach der Hellerauer Runde, nach deren Fieber, nach deren Aufrichtigkeit. Alles geschah weit fort, ihr geschah nichts. Im Gegenteil, die alte Gesellschaft erneuerte sich, verblüffte sie mit ihrem Glanz und ihrer Attitüde. Susanne Wüllner, milde alternd, war eine Dame, der man sich anvertrauen konnte, nur waren Grenzen zu respektieren – und Katharina schickte sich.

»Im Grunde waren es die Folgen eines Schocks, Skodlerraks Abweisung und Elles Tod, daß nichts mehr an mich herankam«, schrieb sie vierzehn Jahre später, 1936, »ich war wieder zum Kind geworden, eine Art schlafende Prinzessin – und das in dieser Zeit! nach all den Erfahrungen, die ich schon hatte! – und es mußte jemand kommen, mich wachküssen. Mummi war sichtlich auf der Suche nach dem richtigen Prinzen. Seltsam, denk ich an die Besuche im Schauspielhaus, in der Oper, bleiben gewissermaßen ›Pausenbilder‹ stehen. Wenn ich, in Begleitung von Mummi und ihren Bekannten, festlich gekleidet, auf den Platz hinausgehe, die Silhouette der Hofkirche merkwürdig zart wie unterm Wasser sehe, das Schloß, das Denkmal und der in Licht und Schatten sich auflösende Schwung der Friedrich-August-Brücke. Das ist eigentlich greifbarer als die Menschen, wenigstens im Nachhinein..«

Der, den Mummi für sie fand, begegnete ihr nicht im Theater, sondern in der Gemäldegalerie im Zwinger, es sei in einem der Säle im ersten Stock gewesen, genau vor van Dycks »Bildnis einer Dame«, für das Mummi eine Schwäche gehabt habe, dort habe er sie mit einem Freunde erwartet, schneidig, gedrillt, in einem etwas komischen Knickerbockeranzug (der Begleiter habe, als sei er ein Zwilling, ähnliches getragen), er habe sich vor Mummi knapp verbeugt, der Freund ebenso, habe ihr die Hände geküßt, dasselbe wiederholt mit ihr, Fähnrich Werner Leberecht, Mummi habe ihn angestrahlt, sich beim Weitergang durch die Galerie ein wenig in Distance gehalten, ihr zuliebe, damit sie sich mit Leberecht gut unterhalte.
Sie konnte sich nicht an ihn gewöhnen. Sie flanierten an der Elbe, saßen in Cafés. Die Unterhaltungen, meist von Leberecht als Monologe geführt, waren spröd und in irgendeiner Weise gefährlich.
Sie sind, mein gnädiges Fräulein, eine Liebhaberin modernen Theaters?
Das wäre übertrieben. Die ›Salome‹ hat mir Eindruck gemacht, die ›Elektra‹, vor allem aber der ›Rosenkavalier‹ – die Musik ist wunderschön.
Superb, doch dekadent, nicht wahr?
Man kann es so sagen. Mir scheint es mehr zu sein. Aber Sie werden sich als Soldat wenig mit Kunst abgeben, Herr Leberecht.
Soldat? Ich bin es und ich bin es nicht, wie Sie sehen. Ich habe zwar meine Mission, freilich nicht offiziell, und nichts wäre, nicht wahr, schlimmer als ein ungeistiger Militär?
Darüber habe ich mir nie Gedanken gemacht.
Von Soldatentum ist in Ihrem Vaterhause wohl wenig die Rede, mein gnädiges Fräulein!

Ja, merkwürdig.
Ihre Herren Brüder?
Sie waren im Feld. Dieter wurde zweimal verwundet.
Und nun?
Er studiert in Leipzig. Ernst in Berlin.
Haben Ihre Brüder Verbindung zu den alten Kameraden?
Ich weiß es nicht. Ich glaube nicht. Nein.
Das ist bedauerlich, mein Fräulein, denn nichts hält fester als die im Feuer geschmiedete Freundschaft.
Es kann sein, ja.
Ich bin, müssen Sie wissen, ein Vertrauter des Kapitäns Ehrhardt –
Ja?
Sie wissen von ihm?
Nein.
Sie werden von ihm hören, mein Fräulein, er gehört zu jenen sittlichen Kräften, die den Verrat von Versailles wiedergutmachen werden, die der völkischen Erneuerung durch Taten dienen. Ist es nicht fabelhaft, wie das Deutschtum sich in Oberschlesien in der Abstimmung durchgesetzt hat? Wir werden kämpfen, wie im Baltikum. Und käme es zum Bürgerkrieg – die Roten müssen niedergehalten, geschlagen werden. Dies ist kein Deutschland, in dem wir leben.
Waren Sie im Baltikum, Herr Leberecht?
Gewiß.
Man hört entsetzliche Dinge –
Es war bitter. Der Kampf wird weitergehen.
Und nun der Mord an Rathenau, es ist soviel Ungerechtigkeit, vieles, das ich nicht durchschaue – weshalb mußte er sterben?
Um der Gerechtigkeit willen, Gnädigste, ein Jude und Vaterlandsverräter! Die Kameraden Fischer und Kern haben aus tiefster Überzeugung gehandelt, sie sind Mär-

tyrer. Wie sagt Ernst Moritz Arndt: »Tu, was du mußt. Sieg oder stirb und laß Gott die Entscheidung.« Ein Lieblingswort unseres Kapitäns.
Hat es denn Sinn?
Sie werden es erleben, mein Fräulein, unsere Sache wird siegen oder unser Vaterland wird zugrunde gehen.
Leberecht beherrschte ihre Träume, sich zackig verneigend, hinter Häuserecken hervorschießend, auf nächtlichen Straßen allein patrouillierend, vor Menschenaufläufen redend. Sie widersetzte sich der Bitte ihrer Mutter, sich doch um ihn zu kümmern, der arme Junge sei ein bißchen verbiestert wie alle Frontsoldaten, aber er habe Fasson und komme, wie sie wisse, aus gutem Hause. Katharina weigerte sich: Nicht Leberecht.

Susanne Wüllner, aufgelebt, zog auch Gesellschaft ins Haus. Wüllner war häufiger anwesend, schränkte die Reisen ein, »all diese loddrigen Transaktionen helfen doch nichts, das Geld ist nichts mehr wert«, und Onkel David, der zu einem Liederabend gekommen war und Schumanns »Dichterliebe« sang, bemerkte mit der ihm eigenen Selbstironie, daß bei ihm das Öfchen nur noch schwele und er, bessere sich die Lage nicht, die Apotheke schließen müsse. Er tat es einige Wochen später, siedelte nach Dresden um, verdiente sich seinen Lebensunterhalt mit Musikkritiken und Liederabenden bei Neureichen, die den »charmanten Causeur« für ein Spottgeld als Salonschmuck mieteten. Doch jetzt erwärmte er das Haus, hatte, »aus keinem Grund« ein kleines doch gut sortiertes Feuerwerk mitgebracht, das er am Abend, wie der Schatten des Rat Crespel im Park umherhuschend, entzündete und alle zu Kindern machte, Georg Wüllner dazu brachte, nicht über seine Geschäfte zu philosophieren und Susanne in ihre alte Atemlosigkeit versetzte. Katharina wich nicht von seiner Seite. Wie früher bettelte sie: Erzähl, Onkel David, erzähl von der Marschallin mit dem Riesenbusen. – Ja weißt du – und sie hatte die Geschichte schon Dutzende Male gehört – ich will ihren Namen verschweigen, es ist besser so. Schwamm über ihre Fettsucht. Sie hatte eine wunderbare Stimme. Auch damals noch. Sie war für die Siems eingesprungen, unsere Premieren-Marschallin. Ja... der erste Aufzug hat ja für pompöse Marschallinnen seine Mängel, nicht? Im Bett, nichts als Spitzenzeug am Leib und dazu der zierliche – wenn er zierlich ist! – Oktavian. »Wie du warst! Wie du bist! Das weiß niemand, das ahnt keiner!« – David deutete singend die Szene an: »Beklagt Er sich über das, Quinquin? Möcht' Er, daß viele das wüßten?« Und unsere Diva räkelte sich in rosa Chiffon. Es war atemberaubend, endete nicht, und der süße Quinquin verschwand geradezu. Wäre ihre Stimme nicht so berückend gewesen, das Publikum hätte jetzt schon geprustet. Die kolossalen Beine, noch in der Horizontalen, zappelten, fahndeten nach Boden. Quinquin, geistesgegenwärtig, versuchte den Berg über die Kante zu schieben. Es hätte freilich auch ein Malheur geben können. Ach, Mädelchen, in mir quiekte es. Was für ein Weib! Der Mohr kommt, bringt das Frühstück. Die Marschallin erhebt sich, mein Kind. Sie tat's! Das Wunder geschah! So groß ist sie gar nicht, wie man überrascht feststellt, sondern so groß wie breit. Jedoch ihr Busen, Mädelchen, phänomenal geschnürt und hochgewuchtet. Ein unglaubliches Dekolleté. Und auf dem Busen ruht – waagerecht!, waagerecht! – ein handgroßes Kreuz und sticht mit dem Balken ins Leere. Das war zuviel! Kichern kam auf, ging in Gelächter über. Der Vorhang sank. Einer begann zu applaudieren, der zweite, dann frenetisch das ganze Publikum. Nach einer längeren Pause erschien die Gewaltige vor dem Vorhang,

die Schminke von Tränen aufgeweicht, verneigte sich, der Vorhang öffnete sich, sie trat in die Szene zurück und sang, ohne Kreuz auf dem Busen, mit schönster Stimme weiter. Ja, Mädelchen!
Jetzt war das Haus fast wieder das alte. Der Abend gelang, die Gäste fühlten sich wohl. Onkel David sang gut, unterhielt sich noch besser.
»Mir kommt es vor, wie ein Atemholen. So wird's nicht bleiben. Die Leute reden mit Angst. Nur Vater ist durch die allgemeine Krise anscheinend befreit worden. Er ist ganz gegenwärtig, obwohl die Situation in der Firma bodenlos sein muß. Das hat Fritzsche Mummi vertraulich wissen lassen. Man müsse sich aufs Schlimmste einrichten. Eine gewisse Mißwirtschaft sei das Tüpfelchen auf dem i. Ich verstehe nichts davon. Mir ist nur angst um die Eltern. Wie wird ihnen zu helfen sein, wenn alles zusammenbricht?«
Es ist alles egal, hatte Wüllner nach dem Fest und nach der Abreise Davids gesagt, wir kuren in Karlsbad. Und du kommst mit, Kathi. Es war sein Spiel. Er konnte es noch.
»Wir haben wieder auspacken müssen«, schrieb Katharina am 18. August 1922, »Vater ist was Mißliches dazwischengekommen. Ich lasse mir nicht alles versauen, hatte er geflucht, ehe er das Haus mit Fritzsche verließ. Er muß verreisen, heißt es jetzt. Ich seh ihn gar nicht, höre ihn nur im Arbeitszimmer. Er ist tatsächlich fortgefahren. Schade – aber warum soll es gerade uns besser gehen?« Und zwei Tage später: »Vater ist zurück. Wir packen. Mummi sagt, verrückt waren wir schon immer. Ich kann nicht sagen, warum ich um die beiden plötzlich Angst habe. Anderseits freue ich mich auf die Abwechslung.«
Endlich, schon für die Reise gekleidet, erwischte sie den

Vater. Sie müsse, müsse mit ihm sprechen, wochenlang habe sie auf diese Gelegenheit gewartet.
Sie setzten sich im Speisezimmer an den großen Tisch, weit auseinander, wie nach einer erschöpfenden Konferenz.
Nun fang schon an, Kathi.
Ich kann nicht weiter so zu Hause rumludern, Vater, ich werde verrückt, oder zur alten Jungfer, oder –
Das verlangt auch niemand von dir.
Ich bin erwachsen.
Na ja, in mancher Hinsicht wohl.
Ich habe die Reifeprüfung, Vater, ich könnte was anfangen, und studieren ist jetzt für Mädchen auch nicht mehr aus der Welt.
Das stimmt. Doch nicht für dich.
Soll ich wieder davonlaufen, weil ihr mich gefangenhaltet?
Ach, Kind.
Also, was hast du vor?
Laß es uns in Ruhe bedenken.
Wir hätten mehr als ein Jahr Zeit dazu gehabt.
Und Hellerau?
Das ist eine Sache für sich.
Also, wir überlegen uns das, ich versprech es dir.
Könnt ich dir nicht in der Firma helfen?
Um Himmels willen, nein.
Was willst du denn dann?
Heiraten, sollst du, Mädelchen, sonst nichts. Dann sind wir alle Sorgen los.

10.
Das erste Spiegelbild oder Das Fräulein ist mit sich im Reinen

Es gibt keine Zeit, wenn sie sich in den Spiegel stellt; wenn sie vorm Spiegel steht und so lange wartet, bis sie nichts mehr ist als dieses Bild. Es gefällt ihr so; sie hat, als sie noch ein Kind war, um einen Spiegel für ihr Zimmer gebettelt: einen großen, einen richtigen, in den ich ganz reinpasse!, und hatte ihn, wenngleich nach einigem Hinhalten, bekommen.
Jetzt, in dem Karlsbader Hotelzimmer, ist sie spiegelgeübt. Und mit dem Spiegel zufrieden, einem dreiteiligen, der sie beinahe umschließt. Es muß noch Tag sein, sie will sich sehen können, ohne beschönigendes Licht. Sie dreht den Schlüssel in der Tür, für eine halbe Stunde soll sie niemand stören.
Sie verliert die Zeit, schwerelos durch konzentriertes Schauen, nur ihr Bild wird immer deutlicher, ein Mädchen, eine Frau, die sie für schön hält und die sie in einem Moment der Selbstbetrachtung, so, als verletze der Blick die Haut, doch verachtet. Sie empfindet Zärtlichkeit, Wollust und einen Anflug von Selbstliebe. Du bist jetzt über zwanzig, Katharina Wüllner, sagt sie. Sie zieht sich langsam aus, die Bewegungen im Spiegel verfolgend. Kleider und Wäsche wirft sie achtlos um sich herum. Sie sieht zu, wie Muskeln und Sehnen sich an Armen, Schenkeln und Bauch spannen und lockern. Wenn sie es sieht, spürt sie es. Sie spürt, was sie sonst nie spürt.
Sie hat, wie oft, das Haar straff nach hinten gekämmt

und geknotet, damit sich die schmale Form des Schädels ausprägt. Ihre Augen sehen ihre Augen. Sie öffnet die Lippen ohne Laut. Sie streicht sich mit gespreizten Fingern über die Backenknochen.
Onkel David sagt, ich habe einen Kopf wie Nofretete; es ist wahr, sagt sie.
Meine Haut ist weich und straff, sagt sie.
Sie greift sich unter die Brüste, leicht, hebt sie, sieht die Warzen wachsen und von zwei Punkten dringt in kurzen Schlägen Erregung in den Leib.
Sie sieht, wie der Bauch straff wird, wölbt ihn vor, betrachtet sich von der Seite, reibt die kühle feste Fläche des Bauchs, nimmt Haut zwischen die Finger, zwirbelt sie, schaut der Hand zu, wie sie in die Schamhaare fährt, die sich um die Finger kräuseln, schaut hoch, sich in die Augen, erwidert den Blick im Spiegel, bis sie nur noch das Bild ist, merkt, daß sich die Schenkel ein wenig öffnen, sieht es, die Hand gleitet zwischen die Beine, bleibt ruhig liegen, preßt die Wärme zurück in den Bauch.
Sie hört ihren Atem. Es ist nicht mehr das Bild im Spiegel, das atmet. Sie ist zurückgekommen.
Sie legt sich vor den Spiegel auf den Teppich und schaut zur Decke. Ihr ist ein wenig schwindelig. Ihr Kopf ist jetzt ihr Leib.
Nach einer Weile steht sie auf, entspannt, badet, zieht sich an, besucht die Eltern auf deren Zimmer, sie fühle sich wohl, sie freue sich auf die Tage hier.

11.
Ein Brief aus Karlsbad

»Hotel Pupp, Karlsbad
den 28.8.1922

Liebster Onkel David!
Ich bin kein Poet, leider, denn manchmal habe ich Visionen oder wie man das auch nennen soll: Ich komme mir vor wie auf einer Bühne. Und eben habe ich diese Empfindung so stark wie noch nie. 1914 bin ich das letzte Mal mit den Eltern hier gewesen und fand alles erwachsen und elegant. Nun ist, was ich für unüberbietbar groß und schön hielt, doch beträchtlich zusammengeschrumpft und die Welt wurde zur Kulisse (noch immer voller Reiz!), in der ich und andere auftreten. Hast du gemerkt: Ich habe zuerst Ich geschrieben! Ich tat es mit Absicht, denn bin ich nicht, wenn ich Dir erzähle, der Angelpunkt, um den sich alles dreht?
Also: Mit dem Wetter haben wir, entgegen den – allerdings notorischen – Befürchtungen Mummis Glück. Wie sagt man? Die Luft ist seidig... und geregnet hat's diese Woche nicht ein einziges Mal. Was natürlich unsere Kulisse besonders herausputzt, allem voran die Natur, die Granitfelsen, über die man, hält man im Spazierengehen eine Zeitlang inne, Schatten wandern sehen kann – und nicht weniger die absolut verrückten Baulichkeiten! Ein jedes Haus hier möchte ein Palast sein, und wenn's keiner geworden ist, krüppelt es als Palästchen dahin, immer noch protzig. Und sind die Leute denn anders? Zum Beispiel wir? Papa stöhnt täglich über den Geldverfall – gestern mußte man 6800 Mark für den Dollar zahlen – und beglückwünscht sich zugleich, ein ›braves

Guthaben‹ in Prag zu haben, das ›also verputzt wird‹. Und warum müssen gerade wir im Pupp logieren? Sind wir Fürsten oder Parvenüs? Vater kann nicht anders, und ich genieße es. Bitte: kann ich nicht durch die Halle schreiten, daß mir alle Männerblicke folgen? Kann ich mich nicht mit Mummi derart auf einer Parkbank placieren, daß sogleich zahlreiche männliche Gestirne um uns kreisen? Kann ich die Szenen nicht arrangieren nach meinem Geschmack? Ich kann es! Und wie!
Die Dejeuners werden hier zelebriert. Unser Tisch ist durchaus prominent und wird beachtet. Der Grund ist allerdings ein wenig vulgär: Offenkundig kuren hier nur ältere Herren und deren ziemlich voluminöse Frauen, grober gesagt, fette Weiber. Da fällt unsereiner aus dem Rahmen. Und Mummi ist ja auch gut anzuschauen, nicht wahr? Betreten wir den Speisesaal, wird sofort getuschelt. Die Herren straffen sich, die Damen rühren pikiert im leeren Teller. Hübsch ist das!
Vater genießt, wie Du Dir denken kannst. Er charmiert grandios. Zwei Dresdner Bekannte haben die Eltern getroffen, Winterhoffs, er ein schußliger, unaufhörlich von seinen Geschäften brabbelnder Mann und sie, schon sehenswert – früh gealtert, toll aufgeputzt und Mama in Reserve zwingend, während Vater mit seiner Nonchalance alle ihre Unarten auffängt. Na ja, da paß ich nicht ganz dazu.
(Damit meine Melancholie nicht zu laut wird, schreibe ich die folgenden Sätze in Klammern. Sie sind ganz, ganz allein für Dich bestimmt, da ich sicher bin, daß Du mich verstehst, lieber Onkel David. Warum ich Karlsbad als Kulisse sehe? Ich komme mir hier tatsächlich vor, wie auf einem anderen Stern. Das hat seine Gründe. Fortwährend denke ich an die Hellerauer – wenn die mich hier sähen! Wären sie nur belustigt? Ich glaube nicht. Sie

würden eine Wut auf mich haben. Für sie wäre ich eine Verräterin. Gewiß bin ich bourgeois, doch das ist zu viel! Alle diese Morbidezza, dieser verlogene und oft unechte Reichtum... und daß unzählige Menschen als Lakaien benützt werden... sie werden keinen Sinn für solche Krankheiten haben, ihnen ist die Marschallin oder die Kameliendame egal. Ich muß zugeben, bisweilen entzückt mich diese Atmosphäre. Ich bewege mich wie benommen und bin doch zugleich sicher. Auch das kann angenehm sein. Es ist falsch, das zu sagen, ja, ja... verstehst Du mich, Onkel David?).

Vor zwei Tagen bin ich an dieser Stelle unterbrochen worden, obwohl das Wichtigste noch gar nicht berichtet ist. Nein, ich schwindle: Niemand hat mich unterbrochen, ich bin schreibfaul gewesen, ließ mich ablenken und schließlich kann der ›Gegenstand‹ meines Berichtes auch sein Recht fordern.

Liebster Onkel David, ich werde mich verloben! Das ist eine Sensation, nicht wahr? Hattet Ihr mich alle nicht schon aufgegeben? Du nicht, nein. Doch die anderen! Eine Jungfer, die unbedingt studieren will, ein emanzipierter Blaustrumpf... Was? Wie? Und was wäre daran falsch? Nur, daß ich es eben nicht kann, daß es mir nicht liegt, ist falsch daran, sonst gar nichts.

Wie er heißt, höre ich Dich aufgeregt fragen, was er ist, woher er kommt. Geduld, Onkel David. Er heißt Ferdinand Perchtmann, ist acht Jahre älter als ich, derzeit Direktionsvolontär in einer Wirkwarenfabrik bei Prag, wird jedoch die väterliche Firma in Brünn übernehmen. Wie sieht er aus? Kann ich ihn porträtieren? Weißt Du, eigentlich sogar ein bißchen lächerlich. Nein, das ist nicht korrekt. Nur wir beide zusammen könnten, wäre nicht jeder von uns Person genug, komisch wirken. Denn er ist ellenlang, fast zwei Meter groß! Und ich Zwerglein

daneben! Überdies ist er blond, trägt einen schmalen Bart auf der Oberlippe. Er hat blaue, freundliche – manchmal sage ich mir: naive – Augen und ein entspanntes Jungengesicht. Da er so groß ist, geht er ein bißchen vornüber. Seine Kleidung ist immer untadelig, dezent. Was mich am meisten belustigt, ist seine Aussprache. Er redet wie der böhmische Trompeter bei unserem Nachbarn. Erinnerst Du Dich noch an den? No, sagt der, wollns a bissel flaniern gehn? Setzen wir uns am Tisch! AM!, Onkel David. Ist das nicht unmöglich? Ich werde es ihm abgewöhnen, Du kannst sicher sein.
Noch gibt es gewisse Distancen, so rasch gewöhnt man sich an einen ehemals Fremden ja nicht, den man plötzlich für den Geliebten hält, der Gefühle in einem auslöst, die einem zu schaffen machen. Es wird sich finden. Aber er hat etwas in mir angesprochen: Vertrauen. Auch das ist wieder, wie vieles, wenn es sich um Empfindungen handelt, schwer zu erklären. Ich kenne ihn ja erst seit gut einer Woche. Und wie ich ihn kennengelernt habe! Ganz nach den Konventionen dieser kuriosen Stadt. Er fiel mir schon in der ersten Woche gelegentlich auf, in den Wandelgängen des Kurhauses, in der Hotelhalle und beim Dejeuner (er saß mit seinem Vater – seine Mutter ist beim Reiten tödlich verunglückt – nur drei Tische entfernt von uns; man grüßte sich). Seine freundliche Art, über den kränkelnden alten Mann zu wachen, ihn zu geleiten, gefiel mir, sie war ohne Pose, aus einer inneren Haltung. Sagt man so? Gott, mach ich mir's mit diesem Brief schwer. Aber Du sollst alles wissen!
Vater wurde, da er einigen Herren hier bekannt ist, in einen Club eingeladen, in dem man sich, wie ich belehrt wurde, über die desaströsen Zustände des Geldes unterhält oder gegenseitig unterrichtet. Lauter Fabrikanten, Geschäftsleute, Deutsche und einige Tschechen. Darun-

ter befanden sich auch die beiden Perchtmanns, deren Fabrik hohes Ansehen genießen soll. Sie heißt ›Mährische Wirkwaren‹. Mir ist das ziemlich egal. Das darf's mir nicht sein, ich weiß. Oder doch? Wir werden sehen. Man traf sich und es gab halt irgendeinen Funkenflug. Ich verliebte mich – fast. Und ich bin bereit, das ›fast‹ bald, sehr bald zu streichen. Wir werden uns im November verloben und, eher als es der Comment gestattet, heiraten. Schon im Februar, denn der »Bub«, so Vater Perchtmann, braucht, auch um endlich ordentlich repräsentieren zu können, eine Gemahlin. Die bin ich. Die werde ich sein.
Bin ich glücklich, bin ich es denn? Ach, liebster Onkel David, warum suche ich immer nach einem Glück, das es wahrscheinlich nicht gibt? Oder sieht das Glück ganz anders aus, als ich bisher meinte? Und warum vergesse ich so leicht, was ich gewesen bin? Bin ich flatterhaft, leichtfertig? Was meinst Du?
Es umarmt Dich Deine Dich liebende Nichte
Kathi

P. S. Gleich werde ich mit Ferdinand ausreiten. Der Dollar kostet angeblich schon 8000 Mark. Es kann einem Angst werden. Für morgen haben wir einen Ausflug nach Ellbogen geplant.«

12.
Jean Ettringer oder Der Geschmack des Todes

Die Geschichte hat einen richtigen Anfang, nur das Ende bleibt offen. Das Haus ist von den Kindern besetzt, es ist laut und es lebt. In Katharinas Zimmer wird ein Klavier geschoben, unter Mühen, Mummi, Peter und Gutsi wuchten es über die Schwelle. Es ist deines, nun kannst du beginnen zu lernen. Mit sieben bist du ohnehin spät dran. Als Lehrer bewarb sich Jean Ettringer, ein junger Herr aus Metz, der am Königlichen Konservatorium studierte und, wenig begütert, durch Klavierunterricht hinzuverdienen mußte. Er benahm sich herzlich und liebenswürdig und war Katharina dennoch von Beginn an unheimlich. In dem steckt was, sagte sie zu Elle, und konnte das ›was‹ nicht erklären. Elle, als ungleich ältere, sich überlegen gebärdend, schien das keineswegs so, sie verstand sich auf Anhieb gut mit Monsieur Ettringer und machte ihn Katharina für manche Stunde abspenstig. Das erzürnte Susanne Wüllner! Ettringer werde nicht als Unterhalter Elles honoriert. Er war ein ausgezeichneter Lehrer, und Katharina kam gut voran. Während der Stunden vergaß sie auch ihre Vorbehalte, vertiefte sich in die Arbeit, ließ sich willig von Ettringer korrigieren. Spielte er selbst vor – er liebte Chopin –, dann beobachtete sie ihn. Er war nicht groß, sehr behend in seinen Bewegungen, hatte feingliedrige »Pianistenhände«, auf die er deutlich stolz war und sein Gesicht war eher komisch als beunruhigend – sie nannte es, in späteren Schilderungen, knollig. Backen, Nase, Kinn, Stirn, ja selbst die Lippen

schienen eigentümlich verknorpelt. Ihr gefiel aber, daß er sie nicht als Kind behandelte, von oben herab, sondern ernst nahm.
Er kam dreimal in der Woche, pünktlich um halbvier, und verließ das Haus um fünf. Gutsi brachte ihn im allgemeinen auf das Zimmer; häufig setzte sich Susanne Wüllner in eine Ecke und lauschte den Übungen. Katharina machte unter Ettringers Anleitung derartige Fortschritte, daß schon nach einem halben Jahr ein »kleines Konzert« anberaumt wurde. Man lud einige Freunde ein; die Familie war vollzählig anwesend: Katharina und Ettlinger spielten vierhändig zwei Stücke aus Bizets Kinderszenen und danach versuchte sie sich allein und durchaus respektabel an dem vielgehaßten Czerny. Patzte sie, legte ihr Ettringer, der neben ihr saß und die Noten wendete, sachte die Hand auf den Arm. Da mochte sie ihn zum ersten Mal. Und bei den nächsten Stunden verhielt sie sich weniger mürrisch; er sprach mehr mit ihr und brachte ihr gelegentlich Konfekt mit. Eine gewisse Vertraulichkeit stellte sich ein. Beiläufig erzählte er Katharina, er leide manchmal an Anfällen. Sie müsse sich nicht sorgen. Es sei nicht schlimm. Für ihn wohl, fügte er leiser hinzu, denn dadurch sei seine Karriere ernstlich gefährdet. Es könne sein, daß er dann zu Boden stürze. Da brauche sie sich nicht aufzuregen, ihm auch nicht zu helfen, nur solle sie ein Kissen oder eine Decke unter seinen Kopf legen. Der Anfall vergehe von allein. Vermutlich werde es sich nie ereignen, denn er wisse im voraus, wann sich ein Anfall einstelle und werde dann die Stunde absagen.
Später, aus Prag, schrieb sie an Onkel David: »Bei Musik erhole ich mich. Mit Ferdinand gehe ich oft in die Oper, ins Konzert. Wenn ich daran denke, daß ich fast alle Kenntnisse von Jean Ettringer habe! Und in welche Auf-

regung er mich versetzte! Ich hatte ja damals die entsetzliche Idee, seine Krankheit sei auf rätselhafte Weise in mich geschlüpft –«
Es ist nur ein Teil der Wahrheit, die Dreiundzwanzigjährige verdrängte den Schock und das Wissen der Siebenjährigen immer noch.
Er saß, als es geschah, zwei Schritte von ihr entfernt, zu ihrer Rechten, doch so zurückgerückt, daß sie den Kopf wenden mußte, wollte sie ihn sehen. Er tat es stets so, wenn er sie aufforderte, »ein Stückchen ganz durchzuspielen«. Unvermittelt sagte er ja, und wieder ja. Ja! Sie brach ab, wandte sich ihm zu. Er saß auf dem Schemel, den Oberkörper steif, die Augen aufgerissen. Sie hatte den Eindruck, als sei er gespannt wie eine Feder. Ist ihnen nicht gut, Monsieur Ettringer? fragte sie. Erst nickte er, dann schüttelte er den Kopf. Soll ich weiterspielen? Hab' ich etwas falsch gemacht? Nun verschob sich sein Gesicht. Nein, sagte sie, bitte nicht, Herr Ettringer! Sie wagte nicht, vom Klavierstuhl aufzustehen. Ist dies ein Anfall, Monsieur Ettringer? Er reagierte nicht. Sie stand auf, wollte sich zur Tür zurückziehen. Es gelang ihr nicht, denn kaum hatte sie sich bewegt, entspannte sich die Feder in dem erstarrten Mann und Ettringer flog in einem Bogen vom Stuhl auf die Erde. Sie hatte aufgeschrien, war zur Seite gesprungen. Ettringers Gesicht hatte sich zur Fratze entstellt. Rhythmisch schlug der Kopf hin und her, trommelte auf den Boden. Was vor ihr lag, schien kein Mensch mehr zu sein. In ihrem Mund sammelte sich ein bitterer Geschmack. Endlich konnte sie schreien, schrie, rannte zur Tür, die Treppe hinunter, aus dem Haus. Es schneite. Sie rannte durch den Garten, hinein in das Wäldchen, das sie sonst mied, fiel einige Male hin, blieb in einem Gehölz hängen, duckte sich unter ihm zusammen. Sie hörte die Rufe Mummis und der

Geschwister nicht, auch nicht, daß Gutsi in ihre Nähe kam. Entweder sei sie ohnmächtig geworden oder eingeschlafen. Dieter fand sie (längst war Ettringer mit Hilfe Doktor Schnabels, des unverzüglich gerufenen Hausarztes, zur Ruhe gebracht), er habe sie kaum gesehen. Sie war ausgekühlt und lag zusammengerollt. Es sei ein Schock, meinte Doktor Schnabel, vermutlich habe sie sich erkältet. Man zog sie nicht aus, bettete sie unter einem Deckenberg. In der Nacht fieberte sie derart, daß der Arzt riet, sie ins Hospital zu bringen. Susanne Wüllner erlaubte es nicht. Das Fieber dauerte fast zwei Wochen. Es war eine Lungenentzündung. Doktor Schnabel hielt sich fast ständig im Hause auf. Sie könne sich an nichts mehr erinnern, nur an dies: Wann immer sie aufgewacht sei, sei ihr Mund voll gewesen von dem bitteren Geschmack Ettringers, und sie habe gewußt, sie könne noch nicht gesund werden. Sie wisse, daß dies der Geschmack des Todes sei. So bitter werde einem da im Mund. Als sie nichts mehr geschmeckt habe, sei sie wieder gesund gewesen.
Ettringer kam nicht mehr, ihr Stunden zu geben. Er hatte von sich aus gebeten, davon abzusehen. Sie begegnete ihm manchmal in der Stadt und war wieder so befangen, wie zu Beginn ihrer Bekanntschaft. Ihr neuer Klavierlehrer hieß Gottfried Mertens, bekam keine Anfälle, war allerdings längst nicht so inspiriert wie Ettringer und sie lernte viel weniger.

13.
Frau Perchtmann

Das Kleid mußt du noch probieren! Ja, Mädelchen, warum bist du so blaß? Vater will dich noch sehen, ehe wir in die Kirche hinübergehen. Es ist besser, du ißt einen Happen. Ob Perchtmanns mit dem Hotel zufrieden waren? Der Gutsi solltest du zum Abschied etwas schenken. Hast du schon gepackt? Wer hat eigentlich zuletzt mit dem Luisenhof wegen des Mittagessens gesprochen? Das sollte doch Dieter regeln. Gleich ist es so weit, Kind.
Sie hatte nicht durchs Dorf zur Kirche ziehen wollen. Dieser Marsch würde ihr peinlich sein. Es sei so Brauch; gerade sie dürfe nicht dagegen verstoßen; »man« erwarte es von ihr. Nun, am Fenster ihres Zimmers, in dem einige Möbel schon zusammengerückt waren und der Schrank offen stand, ausgeplündert wie vor einer Flucht, war es ihr gleichgültig. Sie wartete auf Ferdinand, hörte Stimmen aus dem Haus, Gutsi saß, laut und asthmatisch atmend, auf dem Bett und wartete, ihr den Pelz überzulegen. Es war kalt und klar. Der Garten lag unterm Schnee und die Schritte des Gärtners, der am Tor auf den Wagen der Perchtmanns wartete, knirschten. Sie konnte dieses Geräusch nicht ausstehen. Sie würden knirschend durch die Straßen gehen. »Ach gugg emal, das is ja de gleene Wüllner! Die heiraded! Wie de Zeit vergeht!« Sie wünschte sich, daß ihr Ereignisse aus der Kindheit einfielen. Ihr Kopf blieb dumpf. Sie dachte nur, schade, daß es keine Ponys mehr gibt. Mehr fällt mir nicht ein?, fragte sie sich. »Mehr fällt mir nicht ein, habe ich mich ge-

fragt.« Gutsi versenkte ihre geschickten Finger in die Falten des Kleides – ob es denn um die Taille nicht doch noch zu weit sei? und den Schleier solle sie locker über das Dekolleté fallen lassen. Zwei Nichten Wüllners waren unter Mühen aufgetrieben worden, die Schleppe zu tragen. »Bei uns hadd's schon immer an Familiensinn gemangelt. Is och nich weider schlimm.« Wüllner war zufrieden, hatte offenbar auch nicht mit Abschiedsschmerz zu kämpfen. »Sie hat doch Glück.« Sie sieht, wie der Gärtner das Tor aufzieht, sich ab und an vor einem schwarzen Automobil verbeugend. Nun kam Ferdinand, sie zu holen. Mit Ferdinand kam sein Vater und dessen Schwester, ein Drachen, wie Dieter und Ernst am Vorabend festgestellt hatten, Lydia Schneider, eine Konfektionärin aus Wien, geschieden oder verwitwet, versehen mit einem Männerhaß, den sie rhetorisch austobte und den der alte Perchtmann nicht zu dämpfen vermochte.
Es war aber doch anders: Sie sei sich ihrer selbst gar nicht bewußt gewesen. Man hätte sie fortschleppen oder prügeln können, sie hätte sich nicht zur Wehr gesetzt. Taub sei sie gewesen, innen wie außen. Wenn es nach ihr gegangen wäre, hätte sie Fakir spielen können und sie hätte das Nagelbrett bestimmt nicht gespürt.
Jetzt war auch Mummi in ihrem Zimmer.
Nein, du kannst den Pelz nicht anziehen, nur umlegen, du würdest das Kleid zerknüllen.
Also werde ich frieren.
Mädelchen, sei doch nicht so renitent.
Mummi zittert am ganzen Leib und kämpft mit Tränen.
Sie sieht es und findet es, gerührt, lächerlich.
Warum sollte das Haus, wenn sie es verläßt, nicht hinter ihr zusammenfallen, die Mauern einfach zusammenklappen wie bei den Papphäuschen, die sie früher zusammengesteckt hatte. Sie wollte, daß nichts bleibe.

Sie lächelt, sagte Konrad Perchtmann zu seinem Sohn, no schau, was willst mehr, es muß ihr gutgehen.
Ferdinand lief auf sie zu.
Sie ging die Treppe hinunter in die Halle und war der Versuchung nahe, auf dem Geländer zu rutschen.
Paß um Himmels willen auf die Schleppe auf, bis die Kinder sie tragen, sagte Gutsi.
Aber ja.
Also? fragt Georg Wüllner. Ferdinand hängt sich ein wenig scheu ein, die Kinder grapschen nach der Schleppe, ziehen derart, daß es in den Nähten kracht, werden zurechtgewiesen, der Zug ordnet sich hinter dem Brautpaar: Susanne Wüllner und Konrad Perchtmann, der elegant seine Gehschwäche überspielt; Lydia Schneider und Georg Wüllner; Onkel David, der zärtlich einen Arm um Gutsis Schulter gelegt hat und in seinem alten Gehrock aus einer Erzählung E.T.A. Hoffmanns kommt; Dieter und Ernst; der Gärtner und die Köchin, »die es sich nicht nehmen ließ«. In der Kirche würden Freunde und Bekannte der Familie warten.
Wie fühlst du dich? fragt Ferdinand.
Und du? fragt sie zurück.
Sie rutscht in ihren hochhackigen Schuhen. Ferdinand hält sie um eine Spur fester, doch sicher geht er auch nicht auf dem vereisten Schnee. Sie hört Vater reden, scherzen. Die Kinder zerren an der Schleppe, sie fürchtet, der Mantel könnte ihr von den Schultern fallen.
Die Straße, die sie Stein für Stein auswendig kennt, dann vorüber an der Trambahnhaltestelle, zur kleinen Kirche. Der lange helle Raum, die beiden Emporen, auf denen sie während des Konfirmandengottesdienstes Unfug getrieben hatten. Der Pfarrer Emmel werde sie trauen; ihn hatte sie nie ausstehen können, er säuselte Gottesworte mit dem falschen Augenaufschlag einer Betschwester.

Ob Onkel David wieder singen würde? Sie hatte es nicht herausbekommen.
Sie hörten die Orgel. Das Portal, der Gang und an beiden Seiten neugierige Gesichter. »Ich hatte Lust, den Rock bis zum Knie zu heben und alleine zu tanzen.«
Sie erinnere sich an keinen einzigen Satz der Predigt, nur daran, daß dem Emmel, als er sie das Jawort abfragte, Schweiß auf der Nase perlte und sie es ihm gönnte, daß er das Taschentuch nicht ziehen konnte.
Ferdinand antwortete mit einem prononcierten Ja.
Sie bemühte sich, es leger zu sagen.
Sie hörte Mummi schluchzen. In dem Moment hätte sie auch weinen können; als sie sich, ärgerlich über das steife Kleid, nach Mummi umwandte, sah sie Skodlerrak in einer der letzten Reihen. Sie wußte nicht, ob er ihren Blick merkte; er lächelte, und sein großes Gesicht stellte sich schützend vor ihre Erinnerung.
Pfarrer Emmel machte einige wischende Handbewegungen, sie verstanden nicht sogleich, daß sie sich setzen sollten. Also würde Onkel David doch singen. Er habe, erzählte David später, mit seinem lieben Schwesterherz einen argen Kampf ausfechten müssen wegen der Auswahl der Lieder und zum tausendstenmal den Vorwurf der Frivolität bekommen. Ob sie denn die Liedchen auch als frivol empfunden hätte? Sie hatte ihn zur Seite gezogen und ihm gesagt: Weißt du, Onkel David, keine Träne wäre mir aus dem Auge gekommen, hättest du nicht gerade diese Lieder gesungen. Aber gutgetan hat es mir auch.
Onkel David sang:
»Singet nicht in Trauertönen
Von der Einsamkeit der Nacht.
Nein, sie ist, o holde Schönen,
Zur Geselligkeit gemacht.«

»Darum an dem langen Tage
Merke dir es, liebe Brust:
Jeder Tag hat seine Plage
Und die Nacht hat ihre Lust.«
Ins übliche Pausenräuspern und -husten und -scharren brach auch einiges Kichern ein, das sich rasch legte, als David mit Bewegung und ein wenig unsicher werdender Stimme Schuberts Suleika sang:
»Sag ihm, aber sag's bescheiden:
Seine Liebe sei mein Leben,
Freudiges Gefühl von beiden
Wird mir seine Nähe geben.«
»Während Onkel David sang, dachte ich, ob das denn nicht übertrieben sei? Wieviel wird hier verlangt? Ist es das? Kann Ferdinand das sein, kann ich ihm je das sagen? Jetzt noch nicht, nein, noch nicht. Ich schämte mich, als ich es dachte.«
David hob die Melancholie, die Anflüge von Sentimentalität wieder auf, indem er, zum Abschluß »Das Mädchen spricht« von Brahms sang, eines seiner Bravourstücke, das sie gut kannte und, in Davids Betonung, hätte mitsingen können:
»Schwalbe, sag mir an,
ist's dein alter Mann,
mit dem du's Nest gebaut,
oder hast du jüngst
erst dich ihm vertraut?
Sag', was zwitschert ihr,
sag', was flüstert ihr
des Morgens so vertraut?
Gelt, du bist wohl auch
noch nicht lange Braut?«
Hinter vorgehaltenen Händen wurde gelacht. David Eichlaub machte eine Verbeugung zu dem eben getrauten

Paar hin, der Pfarrer segnete die Gemeinde, sie zogen hinaus, und, wie Mummi ihr sagte, als wär's deine Taufe, eilte David voran, sich immer wieder wendend, ein gealterter Irrwisch – sie war ihm dankbar für die heitere Unfeierlichkeit, winkte ihm zu.
Die Herren zogen sich zurück in die Bibliothek, Susanne Wüllner nahm sich Lydia Schneiders an und Gutsi brachte Katharina hinauf, sie müsse sich umziehen fürs Essen, für die Reise.
Wie sie die Treppe hinaufgeht, entdeckt sie manches zum ersten Mal, »es ist wahr, wie vieles sieht man nicht ein halbes Leben lang, gebraucht es und bleibt blind. Oft bin ich das Geländer, Mummis Schimpfen erwartend, runtergerutscht, doch ich habe nie gesehen, daß geschmiedete Rosen es halten. Oder ist mir je der riesige Teppich in der Halle aufgefallen, sein warmes Ocker? Oder die griechischen Türrahmen? Ich ertrinke und ich seh's.«
Zögernd zieht sie sich aus, will es erst vorm Spiegel tun, läßt es bleiben – da ist nicht die Zeit dafür. Gutsi verspricht, das Brautkleid nachzusenden. Sie streift den seidenen Unterrock über den Kopf. Nicht, daß die Frisur leidet! sagt Gutsi, sie umarmt die Ältere: Du bist ein Schatz! Und Gutsi murmelt: Was soll ich ohne dich tun. – Na, wenn es darauf ankommt, Gutsi, Mummi und Vater werden immer kindischer. – Ihr habt nie Respekt gehabt, sagte Gutsi, ein Fehler eurer Erziehung und ich konnte nichts dazu tun.
Skodlerrak war aufgestanden, als sie an ihm vorübergingen. Sie hatte Ferdinand verstohlen angesehen, ob er den Blick des Mannes bemerke, doch er hatte, ihre Nähe genießend oder vom Augenblick benommen, Skodlerrak nicht gesehen. Ihr war, neben Ferdinand, eingefallen, wie sie bei Skodlerrak gelegen hatte, seine Zärtlichkeit, wie er sie verabschiedet hatte. Vielleicht war es eine

Wärme gewesen, die sie nie mehr finden würde. Als sie zurückschaute, war Skodlerrak schon verschwunden.
Denk nur nach, Mädelchen, sagte Gutsi.
Ich denke eigentlich gar nicht, sagte sie.
Du träumst vor dich hin.
Ja, so ähnlich.
Dein Onkel hat wundervoll gesungen.
Ja.
Nur waren es nicht die richtigen Lieder.
Doch, meine Lieder, Gutsi, doch. Es hätten keine anderen sein dürfen.
Er ist halt verrückt.
Er weiß viel.
Und ich sag, er ist verrückt, und herzensgut. Beides stimmt.
Gutsi umfaßt Katharinas Taille: Einen schönen Körper hast du, Kind.
Ja?
Schön gewachsen. Nur solltest du Korsett tragen.
Weshalb denn Gutsi?
Weil es sich gehört; und es ist vorteilhaft für die Figur.
Ich brauch das nicht.
Es ist eben die Mode.
Sie schlüpft in den Rock des Reisekostüms, streicht ihn glatt, Gutsi hilft ihr in die Bluse, in die Jacke; ach, und der Mantel, sagt sie; Katharina hatte ihn viele Male anprobiert, sich gedreht, gewendet, das schönste Stück für die Hochzeitsreise: ein auf die Figur genähter Schlauch aus weichem lila Wollstoff, der beim Gehen sich bis zu den Knien öffnet. Knapp über den Knöcheln schließt er mit einer breiten Blende aus Schneefuchspelz ab, anstelle des Kragens kringelt sich ein Füchschen um den Hals. Der Hut dazu, ein »Südwester« mit schmaler Krempe.

Sie geht vom Spiegel weg, läßt Gutsi wieder an Säumen und Knöpfen hantieren und findet sich »rasend elegant«.
Sie müsse sich unten zeigen. Hier kannst du nicht mehr bleiben, Mädelchen. Sie werde dafür sorgen, daß alles Gepäck sich im Auto befinde; es sei gewiß nichts vergessen worden. Und den Mantel gebe sie ihr, ehe sie nach Loschwitz führen.
Sie beschließt, nicht ins Zimmer zurückzuschauen, es abzulegen, zu vergessen. Die sind doch alle kurios, hört sie Gutsi.
Die anderen haben sich in der Halle um den Kamin versammelt, warten auf sie. Kathi, komm, ein Gläschen Champagner vorm Lunch! ruft Wüllner, sie sehen ihr entgegen.
Mummi ist als erste bei ihr, nicht Ferdinand; sie umarmt sie, blendend sehe sie aus, doch schon eine richtige Frau; sie bekommt ein Glas in die Hände gedrückt; Vater prostet ihr zu, plötzlich denkt sie an Elle, denkt sich, wie sie sich hier bewegen würde, unwirsch, den Plunder verhöhnend, »alle diese maroden Formen«, stellt sich ihr Lachen vor, – daß mit Skodlerraks Ablehnung und Elles Tod doch eine ganze Welt untergegangen war, Gesichter voller Leidenschaft und eine Sprache, die ihr vertraut gewesen war, die ihr Zukunft versprochen, die sie bewegt hatte; sie war vergangen, war verschwunden, sie würde keinen Satz mehr verstehen.
Stimmt es, daß man mehrere Leben lebt, fragte sie Dieter, der neben ihr stand und sie an der Hand hielt.
Gott, das ist wieder so eine Kathi-Frage. Weißt du, mir genügt eines.
Sie drückt seine Hand, lacht, trinkt ihm zu.
Ich habe an Elle gedacht.
An Elle. Er sieht auf seine Lackschuhe, schabt den Teppich, sagt: Elle würde hier alles auf den Kopf stellen.

Sie läßt seine Hand los, Gutsi bringt den Mantel, hilft ihr hinein, sie wird bewundert, Ferdinand findet sie »einfach schön«; im Mantel fühlt sie sich größer, oder sie wächst neben Ferdinand.
Mit drei Wagen fahren sie nach Loschwitz, es ist alles geplant, die Fahrer würden am Talbahnhof der Seilbahn warten. Sie hatte sich immer ein wenig in der Drahtseilbahn geängstigt, nun flachste Ernst »wenn nur nicht alle Stricke reißen«, die ganze Gesellschaft bricht in Gelächter aus, noch ist sie, sie hält es fest, zu Hause.
»Ein paar Wochen danach erfuhr ich, daß Vater fast schon pleite war. Er hatte sich auf die Holländer verlassen, auf ihr gutes Geld, aber die konnten zu seiner Überraschung nicht mehr zahlen. Er hatte sich anscheinend in allem übernommen, und die französischen Partner drückten ihn ohne Rücksicht raus. Ich hätte es wie sie getan, sagte er, als Ferdinand mit ihnen ganz Frankreich verdammte, es sind Geschäftsleute. So ist es.«
Dieser Schwindel, dieses in den Flug geraten und die Landschaft, die mit ihr in der schwankenden Gondel sich abhebt, in die Schwebe gerät: Das ist, was sie, auch nach dem zweiten Krieg, immer wieder als Landschaft, ihre Landschaft, erinnert, anders als hier, am Neckar, die Elbe ist nicht mit dem Neckar zu vergleichen, sie zieht das Licht anders auf sich und gibt es anders wieder, vielleicht nicht heller, aber, wißt ihr, durchscheinender, körperlicher, ja, es ist eine Landschaft wie ein vollkommener Leib, die springenden Hänge mit den Terrassen der Weingärten, die eingestreuten Häuschen, rostrot, dunkelbraun, in einem schimmernden, fast gelben Grün, ich könnte, aber das ist Quatsch, Noten auf solchen Bildern schreiben.
Die Zeiger begannen zu rennen. Selbst das Glas Champagner hatte eine unverhältnismäßige Wirkung. Es

schien ihr, als würde die kleine Gesellschaft viele Male durcheinandergewirbelt, ehe sie in einem hübschen Zimmer an der Tafel saßen. Die Kellner sind eifrig. Sie sitzt zwischen Vater und Ferdinand, wird von beiden unterhalten, hört nichts oder alles auf einmal, ein Gewirr von Sätzen, Vater würde sprechen, er steht schon auf, sie sieht zu ihm hoch, wieder wippt er, der kleine Mann, – sie hat ihn gekannt, hat ihn vergessen und kennt ihn in diesem Moment wieder – legt, fast schüchtern, die Hand auf ihre Schulter, zieht sie wieder weg, raschelt mit dem Manuskript der Rede, steckt es, zu aller Überraschung, wieder in die Tasche: Es wäre, mein liebes Brautpaar, meine Lieben, allzu theatralisch, würde ich jetzt Vorbereitetes ablesen und es kommt mir auch nicht auf Lebensweisheiten für den gemeinsamen Weg an, die hat der Pfarrer Emmel euch schon gestreut. Die Weisheit war mir nie in großen Portionen zugeteilt, nein, aber ein bißchen Verständnis fürs Leben selbst, das schon, und das Glück auch dort aufzulesen, wo man es gemeinhin nicht vermutet – und dies wünsche ich euch beiden. Ihr reist in eine düstere, aufgeregte Zeit. Weiß ich, was euch und euern Kindern blühen wird? Verliert euch nicht aus den Herzen und nicht aus den Augen und findet Worte für einander. Das ist es, was ich euch raten kann. Auf das Brautpaar!
Sie stehen alle auf, heben die Gläser, Mummi kommt, umarmt sie, sie riecht den Tabakatem des Vaters, es war lieb von dir, Vater, sagt sie. Seine Stimme war beim Toast unsicher gewesen. Ach, Mädelchen, weißt du, jetzt sind deine Mutter, ich und die gottverdammte Fabrik allein. Sie lacht, sie hört ihr Lachen, küßt ihn auf die Wange. Auf uns könnt ihr doch rechnen! Er erwidert, vertraut wie je: Solche törichten Versprechungen gibt man nicht, Kathi. Lern erstmal deinen Ferdinand kennen.

Sie hat, als sie aufbrechen, einen Schwips. Die ganze Gesellschaft begleitet sie zur Bergstation der Seilbahn. Von dort würden Ferdinand und sie allein ins Tal fahren, wo das Auto auf sie wartete. So war es abgemacht.
Sie winken ihnen nach. Die Gondel schwankt und macht ihr Angst.
Ich habe tatsächlich einen sitzen, sagt sie zu Ferdinand.
Dir wird doch nicht übel?
Aber nein.
Sie stellt fest, daß sie albern kichert.
Der Wagen brachte sie nach Schandau, wo sie am frühen Abend ankamen und im Hotel ›Quisisana‹ eine Suite auf sie wartete. Von dort würden sie in zwei Tagen mit der Bahn nach Prag reisen.
»Ferdinand hat wirklich an alles gedacht«, steht unter dem Datum Schandau, 14. Februar 1923, in Katharinas Tagebuch, »er weiß, wie sehr ich die Elbe liebe und wie oft wir an den Wochenenden in der Sächsischen Schweiz gewesen sind. Kindersonntage werden lebendig. Wie Ernst in Postelwitz in die Elbe flog, einer der Fährleute ihm nachstürzte und beide triefend aus dem Wasser kamen, Vater fluchend, Ernst eine noch niemals erlebte Dresche ankündigend, dem Retter ein Honorar überreichte; oder wie ich in der Schloßbastei während des Mittagessens unter den Tisch kotzte, Mummi, die nichts gemerkt hatte, den befremdlichen Geruch tadelte, Vater trocken sagte, den hat soeben deine Jüngste fabriziert. Und wir fluchtartig das Lokal verließen. Der Schnee macht alles karger. Doch gestern war es klar, die Elbe ist von den Rändern her zugefroren, Schollen trieben – und das war nun ganz und gar ein Kinderbild und beschäftigte meine Phantasie.«
Sie aßen auf dem Zimmer. Katharina hatte noch nie »derart feudal« gewohnt und rannte zwischen Salon,

Schlafzimmer und Bad herum, während das Zimmermädchen die Koffer auspackte.
Das brauchen wir doch nicht für zwei Tage.
Es gehört sich so, sagte Ferdinand.
Er zog sie an sich, hob sie hoch, küßte sie. No, wachsen wirst du nicht mehr.
Sie trank noch einen Champagner; sie trat, um sich zu erfrischen, auf den Balkon, entzückte sich an den Lichtern im Fluß: Als würden sie ganz, ganz langsam abgetrieben und dann werden auch wir, samt dem Hotel verschwunden sein.
Sie werde sich verkühlen. Er holte sie hinein.
Ich bin müde.
Ich bin es auch. Geh du zuerst ins Bad.
Hat denn jemand für die Blumen gesorgt?
Da, die Vasen. Man ist sehr aufmerksam gewesen.
Ich bin halbtot, sagte sie in den Badezimmerspiegel hinein. Sie zog sich langsam aus, setzte sich nackt auf den Rand der Badewanne, sah an sich hinunter, räkelte sich, »ich war sicher, daß sich der Kopf vom Leib getrennt hatte; ich fühlte mich nicht mehr«, sie zog das Spitzennachthemd über und fand, daß das Dekolleté viel zu tief sei, gab sich einen Stoß, ging ins Schlafzimmer; Ferdinand sah sie kaum an, murmelte, er werde sich fertigmachen, kam nach langer Zeit erst aus dem Bad. Sie lag, nicht zugedeckt, auf dem Bett, die Hände unterm Kopf verschränkt.
»Hoffentlich wird mir nicht schlecht, dachte ich, hoffentlich wird Ferdinand nicht grob sein. Hoffentlich verrate ich mich nicht. Hoffentlich denke ich nicht an Skodlerrak oder gar an Eberhard.«
Er legte sich neben sie, löschte das Licht. Sie lagen lang nebeneinander, dann rückte er zu ihr, umarmte sie. Er roch nach Champagner. Als er ihre Hand küßte, gab

sie nach und schmiegte sich an ihn. Es gelang ihm nicht, sie in dieser Nacht zu lieben.
Wir sind viel zu müde, sagte sie, es ist besser, wir schlafen und morgen sieht alles anders aus.
Sie habe ohne jeden Traum geschlafen. Am nächsten Tag seien sie in der Stadt spaziert, auch die Elbe entlang. Es sei bitterkalt gewesen. Im Schloßkeller hätten sie zu Mittag gegessen. Am Nachmittag seien sie aufs Zimmer gegangen, er habe sie ausgezogen, aufs Bett getragen, und mit großer Zärtlichkeit geliebt.

Zweiter Teil
(Prag 1923–1925; Brünn 1925–1945)

14.
Gast in einer Wohnung

Die Stadt macht sie für Wochen alles andere vergessen; Katharina schreibt einen Brief nach dem anderen, »weißt Du denn, Mummi, daß der Hradschin gar keine Burg ist, oder nicht nur eine Burg, sondern eine Stadt voller Paläste und Kirchen und Klöster und dem Veitsdom und mit Gäßchen!, winzigen Häuserchen! Ich bin oft oben und manchmal träume ich, ein Geist zu sein, der Geist einer schönen, begehrten Gräfin, der sich alle Türen öffnen, alle geheimen Gemächer und alle Jahrhunderte, so kann ich durch die Zeiten gehen – hier will ich bleiben!«
Ferdinand gestattet ihr ungern die Stadtspaziergänge, fast täglich ist sie unterwegs; sie vernachlässigt den Haushalt, und dem müsse sie, wohl oder übel, vorstehen. Er habe sie in der Haushaltsschule Dvořák angemeldet, ihr Einverständnis voraussetzend, dies schon bevor er nach Dresden gefahren sei, sie zu holen; du siehst, ich habe an alles gedacht.
Wie er über ihren Kopf weg für sie handeln könne?
Er beruhigte sie, Prag ist nicht Dresden, Kathi, und die Menschen hier sind anders, selbst das Essen, das Wetter. Du wirst lernen, umlernen müssen.
Sie hatte nicht vor, sich ins Gegebene zu schicken. Schon die Wohnung hatte sie erschreckt. Zwar lag sie herrlich, auf der Kleinseite, mit Blick auf einen von Kindern belebten Park, doch die fünf Zimmer waren dunkel von schweren Vorhängen, allzu üppigen Teppichen und pompösen finsteren Möbeln, die sie einschüchterten. Wohnt man hier so?, hatte sie ihn gefragt, als sie das erste Mal

durch die Zimmer gingen. Es sei nicht sein Mobiliar, aber das Haus der Eltern in Brünn sei ähnlich eingerichtet. Man sehe auf Repräsentation.
Er stellte ihr Božena, das Dienstmädchen, nicht vor; sie brachte eine Willkommensgabe, Brot, Salz und buntbemalte ausgeblasene Eier in einer hölzernen Schüssel; er achtete kaum auf das zierliche, gehemmte Mädchen. Katharina nahm ihr das Geschenk ab, fragte sie nach ihrem Namen, war froh, neben Ferdinand noch jemanden in dieser Düsternis zu wissen. Sie sei, sagte er, frisch vom Land, ein Trampel, spreche kein Wort deutsch, verstehe jedoch ein wenig. Das Personal ist nun wirklich kein Umgang. So werde sie schneller, als sie es vorhatte, Tschechisch lernen.
Ferdinand erwartete offenbar, daß sie sich tagsüber einpuppe und abends, sofern er zu Hause und nicht verreist war, den Schmetterling spiele. Seine Fabrik nahm ihn in Beschlag. Er sprach wenig über seine Arbeit, obwohl sie ihn neugierig ausfragte und einige Male gewünscht hatte, er solle ihr seine Arbeitsstätte zeigen. Was interessierten sie Büros und Fabriksäle? Wie und wo er arbeite, möchte sie wissen. Geh, das ist Männersache, Katinka. Sie hatte nicht erwartet, daß seine Lebensweise ihr so fremd sei. Er war, stellte sie fest, leicht beeindruckbar und geschäftliche Sorgen machten ihn wortkarg und launisch. Die deutsche Inflation habe auch hier ihre Folgen. Es werde miserabel geordert. Sie nickte zu solchen Sätzen, ging nicht mehr auf ihn ein, so daß die Unterhaltungen über seine Arbeit bald ganz einschliefen. Diese fünf Zimmer – hinter der Wohnungstür lag ein riesiger, Raum verschwendender »Vorsaal«, der sich allein dadurch auszeichnete, daß an der Längswand neben der Tür vier geräumige, begehbare Schränke untergebracht waren, in denen man, bescheiden, wenn auch

lichtlos hätte wohnen können; ein paar Genrebilder hingen wahllos an den Wänden; in der Mitte des düsteren Raumes, der nur durch zwei Milchglasfenster vom Hof her Licht empfing, waren steif und abweisend fünf Stühle und ein Tisch gestellt, im Stil »altdeutsch« und aus schwarz gebeiztem Holz; vom Vorsaal führten zwei Korridore und drei Türen in die Wohnung selbst; hinter den drei Türen lagen Speise- und Herrenzimmer; der eine Korridor führte an zwei Toiletten (die eine nur »für Dienstboten und Gäste«) vorbei entweder zum »Salon« oder in die »Nudelküche«, ein Vorraum der Küche, die derart gewaltige Ausmaße hatte, daß Katharina es von vornherein vorzog, sich in der Nudelküche aufzuhalten: hier kann man nur für Armeen kochen; neben der Küche war, nur durch eine schmale Glastür getrennt, ein winziger Raum, das »Mädchenzimmer«; Salon und Schlafzimmer trennte ein »Ankleideraum«, den sie in den zwei Jahren so gut wie nie benützte, also blieb er unwirklich, ein abgetretener Teppich war sein einziger Schmuck; der zweite Korridor führte zur Bibliothek, dem schönsten Zimmer der Wohnung; Bücher fanden sich darin freilich nicht; der Raum hatte die Form eines Dreiecks, von dem ein Schenkel als Kreis angeschnitten war; dieses runde Drittel war die Fensterwand und ihr vorgelagert ein großer Balkon; das Zimmer war nur dürftig eingerichtet, überraschte jedoch mit zwei ausladenden Geschirrschränken und einem von Figuren und Ornamenten überzogenen rostbraunen Kachelofen; dies werde, sollten Kinder kommen, deren Reich – diese fünf Zimmer weigerten sich, sie aufzunehmen.
Sie schlossen eine Vergangenheit ein, die sie einengte, sie war sicher, daß sie, würde man die schweren Vorhänge entfernen, noch immer zu wenig Licht hätte. Ferdinand war es anscheinend gewöhnt. Wie hell, wie leicht, wie

fröhlich war dagegen das Haus in Klotzsche gewesen. »Es kann natürlich sein«, schrieb sie zurückhaltend, um nicht gleich wehleidig zu erscheinen, an ihre Mutter, »daß meine undeutlichen allgemeinen Ängste in dieser Wohnung eine Antwort finden. Ich fühle mich bedroht und gefangen. Ich habe es nicht gewußt, daß Menschen sich in einer solchen würdigen Düsternis wohlfühlen können. Ferdinand ist reizend, versucht mir meine Ängste auszureden – und die Schlafzimmermöbel wollen wir auch auswechseln. Doch wenn ich auf diesem großen hochbeinigen Bett erwache, ist schon wieder Dämmerung. Das bißchen Helligkeit schlucken die dunkelbraunen Seidentapeten. Ferdinand hat mich wahrscheinlich für resoluter gehalten. Ich bin es auch. Aber diese Umgebung lebt nicht. Prag dagegen ist ein Wunder! Ihr kennt es. Doch ich muß Euch bei Eurem angekündigten Besuch führen! – Seit einiger Zeit besuche ich die Haushaltsschule, das Dvořaksche Institut, was mir eine angenehme Bekanntschaft einbrachte: Eine junge Dame der Prager Gesellschaft, eine Jüdin, sie heißt Mirjam Hribasch und ist die Frau eines angesehenen Juweliers. Bei ihr und bei der lieben Božena, unserem Dienstmädchen, lerne ich Tschechisch. Gott, ist das eine Zungenbrecherei! Trschiatrschizettschemperle heißt, ob Du es glaubst oder nicht, dreiunddreißig Tauben. Wüßte ich nicht, daß wir die Wohnung in zwei Jahren verlassen und nach Brünn ziehen werden, ich würde schwermütig oder aufsässig. Bei Ferdinand eben eher schwermütig...«
Sie veränderte an der Wohnung so gut wie nichts, wollte nicht mehr sein als ein Gast. Schon im Laufe des ersten Jahres hatte sie sich von der Last dieses Milieus befreit. Sie fand einige Bekannte, mit denen Ferdinand zwar nicht sonderlich sympathisierte, die er aber um ihrer Unterhaltung willen in Kauf nahm; es war auch zum Brauch

geworden, daß Ferdinand und sie an den Wochenenden die Umgebung der Stadt erkundeten, und die Stadt selbst war ein Spielfeld ihrer Phantasie, ihrer Träume.
Sie übertreibe, fand Ferdinand, sie habe einen Prag-Fimmel. Sie verschaffte sich Bücher über die Geschichte der Stadt, schwärmte vom Leben am Hofe Rudolfs, saß lange im Garten des Waldsteinpalais' und ließ die Helden auftreten, unterhielt sich mit ihnen. Sie kam sich selbst mitunter schrullig vor, schämte sich, wenn Passanten sie, redete sie mit sich selbst, forschend anschauten, aber sie drang in die Stadt ein und machte sie für sich bewohnbar.
Während des Abendessens im Speisezimmer erzählte sie Ferdinand die Eindrücke des Tages. Sie saßen sich an einem Ende des langen Tisches gegenüber, verloren in dem großen Raum. Sie hatte, nachdem in den ersten Tagen stets der schwere Kristall-Lüster brannte und sie sich vorkam »wie der letzte Gast auf einem allzu langen Fest«, eine Stehlampe aus dem Herrenzimmer geholt, und in deren engen Lichtkreis saßen sie nun.
Kennst du den Träger? fragte sie Ferdinand.
Welchen Träger sie meine?
Den auf der Karlsbrücke, die Statue, sie sei, das habe sie nachgeschlagen, von einem Bildhauer namens Brockhoff. Aus dem 17. Jahrhundert.
Du wirst immer gelehrter, Kathi.
Ob er sich an den Träger erinnern könne?
Er sei sich nicht sicher. An den Nepomuk schon und an die Heilige Luitgard vor dem Gekreuzigten.
Der Träger sei auch nicht so auffällig und er sei nicht allein.
Sie solle ihn nicht auf die Folter spannen. Was ihr an der Statue denn gefalle?
Du wirst es nicht verstehen und mich auslachen.

Stell dich nicht so an und wann hab' ich dich je ausgelacht.
Es ist das Gesicht. Erinnerst du dich. Er hat einen Schuppenhelm auf, ich weiß nicht, ob man das so nennt. Auf der rechten Schulter liegt die Tragestange. Er ist kräftig. Er hat schon viel schleppen müssen. Ein Leibeigener, einer, der stumm arbeitet. Er wendet sein Gesicht von der Last ab. Das Kinn ruht auf der Schulter. Es ist ein breitknochiges, schweres Gesicht, slawisch. Die Brauen sitzen fast auf den Lidern. Man sieht die Augen kaum. Die Last muß ja drücken. Er muß sie spüren. Er ist sie gewöhnt. Und jedesmal, wenn ich die Ruhe in diesem schönen, bäuerlichen Gesicht studiere, spüre ich, daß sie etwas verbirgt – eine Kraft, die mich unmittelbar berührt. Ein Aufbegehren. Ich habe schon laut zu ihm gesagt: Wirf die Kerle doch herunter. Verzeih, ich bin albern.
Wie du es erzählst, gefällt es mir. Aber du legst sicher viel zu viel in dieses Gesicht. Ich werde ihn mir bei nächster Gelegenheit ansehen, deinen Träger.
»Ich habe schon ein paarmal über die Trägerfigur auf der Karlsbrücke geschrieben. Vor ein paar Tagen sprach ich mit Ferdinand über sie. Ich habe ihm nicht die volle Wahrheit gesagt. Ich hätte ihm auch sagen können, warum der steinerne Mann mir so nahe ist. Er erinnert mich an Skodlerrak. Er sieht ihm ähnlich. Nein, er ist wie sein Bruder. Wenn ich vor ihm stehe, bin ich nahe dran, ihn zu streicheln. Ich weiß, was er denkt. Ich kenne seinen Zorn und seine Trauer. Ich rede oft mit ihm. Werde ich schon wunderlich?«
Im frühen Sommer setzte die Periode bei ihr aus. Sie sagte Ferdinand nichts, ging, anstatt zu Dvořak, zu einem Arzt, den ihr Mirjam Hribasch empfohlen hatte, und der stellte fest, daß sie schwanger sei. Sie verschwieg diese Neuigkeit für weitere drei Wochen Ferdinand. »So

bin ich mit dem Kind allein. Ich freue mich und habe eine nicht mehr nachlassende Angst.«
Als Ferdinand es erfuhr, sagte er: Es wird ein Stammhalter sein. Du bist so schön. Wenn Frauen während der Schwangerschaft noch schöner werden, heißt es, bekommen sie einen Buben.
Es wird mit Sicherheit, antwortete sie und wunderte sich über ihre Renitenz, ein Mädchen.

15.
Ein Bettgespräch

Sie hatte auf die Frage gewartet. Sie war sich nicht sicher gewesen, wie sie antworten würde. Sie hatte sich Antworten zurechtgelegt und sie wieder verworfen. Es würde sich aus dem Moment ergeben. Aber er hatte sie lange nicht gefragt, so daß sie meinte, er sei zu schüchtern, darauf einzugehen, es wäre ihm peinlich.
Wenn sie abends nebeneinander im Bett lagen, unterhielten sie sich manchmal. Sie mochte das. Sie lag auf dem Rücken, er auch, sie sahen sich nicht an, sprachen gegen die Decke und warteten, was der andere erzählen, sagen würde.
Dann fragte er sie doch noch. Sie brauchte lang, ehe sie ihm antwortete.
Katinka?
Ja.
Es ist dumm, wenn ich frage.
Was? Frag!
Bin ich der erste Mann?
Wie kommst du drauf?
Du bist ziemlich frei aufgewachsen. Wie ich dein Elternhaus kenne.
Ja, Vater und Mummi sind großzügig, sie sind nie eng gewesen. Sie hatten Verständnis für uns Kinder.
Und das Leben deiner Schwester?
Im Grunde war Elle keusch.
No, hör.
Sag nicht »No«, Ferdinand.

Pardon, du wirst es mir nie abgewöhnen.
Doch.
Wart ab, am Ende wirst du es selber sagen.
Nein.
Du hast meine Frage nicht beantwortet.
Du hast über die Eltern und über Elle gesprochen.
Ja, aber aus einem Grund.
Ja, weil du uns alle für Libertins hältst oder etwas ähnliches.
Ach, das ist unsinnig.
Du hast gesagt: Die Elle und ihr Leben...
Was man mir halt erzählt hat.
Wer?
Das ist doch egal, Kathi.
Ja, mir ist es auch egal.
Und du?
Sicher habe ich Freunde gehabt, Ferdinand.
Freunde?
Ja, mit einem bin ich davongelaufen. Er hieß Eberhard.
Ich weiß.
Von wem?
Deine Mutter hat es mir erzählt.
Mummi? Das wundert mich.
Es sei eine verrückte Geschichte gewesen.
Ich war verrückt.
Hast du ihn geliebt?
Ich weiß es heute nicht mehr. Es könnte sein. Sonst wäre ich nicht mit ihm weggelaufen.
Wohin wolltet ihr?
In irgend ein neues Leben. Zusammen sein.
Du hast ihn verlassen und bist wieder nach Hause gegangen?
Das stimmt nicht ganz. Er hat mich richtig sitzenlassen.
Ach, du wärst geblieben, Katinka?

Lange wahrscheinlich nicht. Aber ich hing an ihm.
Und es ist nichts passiert?
Was passiert? Wir haben in einem leeren Haus kampiert und er hat mich sitzenlassen.
Ich meine, du weißt – mehr?
Mehr? Genügt es dir nicht, Ferdinand, daß ich abenteuerlustig bin und Hals über Kopf alles stehenlassen kann?
Du warst ein Kind, ein Backfisch.
Ich war es nicht, nein. Oder ich bin es seither nicht mehr.
Also war doch mehr.
Es war so viel, wie unter Kindern sein kann, wenn du das hören willst, du hast ja gesagt, ich sei ein Kind gewesen.
Und das war alles?
Was verstehst du jetzt unter: alles?
Du kannst einen wahnsinnig machen.
Das will ich nicht.
Und später?
Später habe ich keinen richtigen Freund mehr gehabt, so, wie Eberhard. Nie.
Du schwindelst nicht?
Warum sollte ich schwindeln.
Es könnte dir peinlich sein.
Warum, ich habe ja nicht gewußt, daß ich dich kennenlernen und heiraten werde.
Das ist eine sehr unkonventionelle Ansicht.
Mir sind Konventionen egal.
Du bist ein Hexlein.
Wenn du meinst, bin ich eines.
Verzeih, daß ich insistierte.
Du kannst mich doch fragen, Ferdinand. Ich hab dir nichts zu verschweigen.
Dann ist's gut.

16.
Mirjam oder Das Katzenspiel

Es war, fand sie, ein Rückfall, doch er war angenehm. Mit Mirjam wiederholte sie Kindheit. Im Dvořakschen Institut galten sie bei den Lehrkräften sicher als alberne Ziegen, sie steckten immer zusammen und kicherten, übertrumpften sich in den Kochkursen mit extravaganten Wünschen. Sie lernten aber rasch, waren schon nach einem halben Jahr gute Köchinnen, beherrschten »häusliche Buchführung« und die »Umgangsregeln der besseren Gesellschaft«. Sie schwänzten oft und stets gemeinsam. Herrn Hribasch hatte Katharina bald kennengelernt, Ferdinand einbezogen, und die Ehepaare besuchten sich hin und wieder. Katharina entdeckte eine neue Welt. Hribaschs Geschäft am Graben war sehr nobel, eine gläserne Schatulle, in der sich Kostbarkeiten spiegelten. Die ersten Male ging sie auf den Teppichen im Geschäft – als sie es merkte, ärgerte sie sich – auf Zehenspitzen. Hribasch war ein beleibter, kurzbeiniger und fast schon kahlköpfiger Mann von etwa fünfunddreißig Jahren. Er benahm sich selbstsicher, beriet seine Kunden ohne jegliche Unterwürfigkeit, und dennoch empfand Katharina bei jeder Begegnung mit ihm, daß er ängstlich sei und es nur geschickt verberge. Sag, ist dein Mann furchtsam? fragte sie Mirjam. Wo denkst du hin? Mirjam war erstaunt. Dies könne man doch eher von Ferdinand vermuten. Ob sie nicht von Ferdinand auf Emil schließe? Hribasch beschäftigte sich viel mit Politik, war übers Neueste stets orientiert, ein aufgeklärter, mißtrauischer

Bürger, der Leute wie den »Herrn Hitler da in München« verabscheute, es seien gefährliche Anzeichen eines völkischen Wahns, das Feuer könne übergreifen auf die »Narren in den Sudeten«, hier genüge es schon, wenn die Deutschen die Tschechen und die Tschechen die Deutschen und beide die Juden haßten oder verfolgten. Er war nicht fromm, besuchte aber regelmäßig die Pinkas-Synagoge. Mirjam war ihm ergeben, sie ging mit ihm um, als ob er ihr Vater wäre, was Katharina verwirrte. Hinter dem Ladenraum, in dem die Vitrinen glitzerten, befanden sich die Büros, feudal eingerichtet, in denen er die beiden Frauen häufig »auf einen Sherry« einlud, bisweilen den Safe öffnete und die besten Stücke vorführte: Diamantenringe und Rubindiademe, die erhaben auf eine schöne Mörderin warteten, oder Perlenketten, deren matter Glanz, versenkte man sich länger in ihn, sich zu einer opalenen Unendlichkeit weitete. Seine Hände liebkosten die Stücke; er war nicht nur kundig, er war besessen und seine Kennerschaft weit über Prag bekannt.

Katharina, die von sich sagte, in ihr stecke noch das Schulmädchen Kathi, was sie auch genieße (eine Zappligkeit, die ihr Neugier und die Lust zur Heimlichkeit und zum Davonrennen noch immer leicht machte), wurde von den Hribaschs als ebenbürtig aufgenommen, eine verheiratete Frau aus besten Kreisen, »Frau Perchtmann«. Allerdings verhielt sich Hribasch bei Nicht-Juden zurückhaltend – Mirjam war es gleich –, und bei Katharina löste er sich erst, nachdem er von Mirjam gehört hatte, daß Katharinas Mutter eine geborene Eichlaub sei, Onkel David bei einem Aufenthalt in Prag ihn mit Katharina besucht und ihn mit seiner Bildung und seinem Witz beeindruckt hatte. Ferdinand blieb an der Peripherie, für Katharina kein Ärgernis, denn sie hatte wie-

derum bei seinen Bekannten nur distancierte Aufnahme gefunden. Hribasch war durchaus belesen, wies sie auf Werfels eben erschienenen neuen Gedichtband hin, diskutierte mit ihr über Thomas Manns »Königliche Hoheit« und erläuterte ausführlich die Entdeckungen Sigmund Freuds, wobei er nicht selten umschrieb, was Freud klar gesagt hatte und so selbst den von Freud bloßgelegten Mechanismen unterlag. Er war, das zeigte sich hier, prüde, geprägt von den Konventionen eines strengen Elternhauses – das Geschäft hatte er von seinem Vater geerbt, der einzige Sohn, nachdem die Eltern bei einem Schiffsunglück umgekommen waren.
Gegenstände waren ihm im Grunde näher, mehr wert als Menschen, und Mirjam nannte er zärtlich »mein Juwel«. Katharina, irritiert von solcher Dingliebe, hatte ihn zu korrigieren versucht. Er hatte, während einer Vorführung soeben eingetroffener Kostbarkeiten, eine Perlenkette mit einem kostbaren Verschluß, einem in Platin eingefaßten großen Rubin, aus der mit dunkelblauem Samt ausgeschlagenen Schatulle genommen, sie erst gegen das Licht gehalten, dann vorsichtig gegen seine Wange gedrückt. Es war eine unverhohlene Liebesbezeugung. Katharina schauderte es.
Sie halte diese Beziehung zu Dingen für übertrieben.
Die Kette sei beileibe kein Ding, sie sei ein Lebewesen, und schön dazu.
Schön sei sie, doch ein Gegenstand. Wissen Sie, Herr Hribasch, Gegenstände sind mir egal, ich merke sie oft nicht, nur im Zusammenhang mit Menschen fallen sie mir auf.
Er hatte die Kette sorgsam in das Kästchen zurückgelegt, es mit einem kleinen Schlüssel verschlossen und in den Safe geschoben. Er habe Lust auf einen Kaffee, ob er die Damen ins »Lloyd« einladen dürfe.

Er hakte sich auf der Straße bei ihnen ein, stolz auf die ansehnliche Begleitung.
Ich will nicht insistieren, sagte Katharina, als sie im Café angelangt waren, sie meinten, die Kette lebe, nicht wahr?
Sie führt ein Leben, das ich gut kenne, gnädige Frau: jedes Licht verändert sie, jede Haut, auf der sie liegen wird. Sie ist nie gleich, sie atmet und sie schlummert.
Sie betrachtete ihn ausdrücklich belustigt, damit er sehe, wie sie sich über ihn wundere, wenn nicht gar ärgere, und wieder gefielen ihr die feuchten braunen Augen hinter den Brillengläsern, ihre Trauer. Diese Augen lachten nie mit.
Also lassen wir mal die Perlen, Herr Hribasch. Ihr fiel auf, wie burschikos ihre Sprache in seiner Umgebung klang. Er wählte die Worte sorgfältig, redete in einer Art von Singsang, zögerte bisweilen, dachte seinen Sätzen nach.
»Mit Hribasch sich zu unterhalten, ist eigentlich ein Genuß. Er ist sehr sprachbewußt, fast ein Dichter. Und trotzdem bleibt er akkurat – ha!, da wende ich schon ein Prager Wort an: akkurat!! –, ein Geschäftsmann, der sich genau ausdrücken muß, der fortwährend an seine Kunden denkt.«
Bei Perlen oder Diamanten kann ich das ja noch verstehen, bei jedem wertvollen und schönen Schmuck, wenn es mir auch ein wenig auf die Nerven geht, muß ich gestehen. Ich habe auch nicht viel Beziehung zu diesem Zeug. Aber andere Dinge? Sagen wir, Möbelstücke? Oder Ihr Automobil, Herr Hribasch?
Er fuhr mit seinen blassen, kurzfingrigen Händen über die Marmorplatte des Tischs: Ich könnte Ihnen Geschichten von diesem Tisch erzählen.
Erfinden, Herr Hribasch.
Ich kann sie nur erfinden, weil ich diesen Tisch kenne.

Also könnten sie sich auch über mich Geschichten ausdenken. Aber sie wären nicht wahr.
Sie würden stimmen, Gnädigste. Sie wären zwar nicht wahr, aber sie würden stimmen, weil ich Sie genügend zu kennen glaube. Es wären nicht Geschichten von Ihnen, sondern für Sie.
Das ist mir zu verzwickt.
Mir auch, fuhr Mirjam dazwischen. Jedesmal, wenn Emil so überkandidelt ist, könnte ich aus der Haut fahren. Gut, daß du deinen Schmuck liebst, das ist dein Beruf... weshalb jetzt auch noch Tische?
Das ist einfach, sagte Hribasch, und seine Stimme nahm wieder den psalmodierenden Tonfall an, als wolle er sich selbst besänftigen und sicher machen: Weil die Dinge von uns sind. Alle. Und sollten die Schöpfer nicht ihre Wesen achten, schätzen?
»Was Herr Hribasch sagt, bleibt übertrieben. Da bin ich ganz sicher. Aber etwas steckt dahinter – Gutherzigkeit oder sogar Frömmigkeit –, das ich respektiere. Wenn es nur das teure Glitzerzeug wäre, würde ich ihm nicht trauen. Er ist ein ernster und schwieriger Mensch. Wäre Mirjam nicht wie sein Kind, könnte diese Ehe nicht gutgehen. Ferdinand lachte, als ich ihm von unserem Gespräch erzählte. Das habe er sich gleich gedacht. Hribasch ein Philosoph! Er sei, wie alle Juden, schlau und als Geschäftsmann zu respektieren. Als ich ihm ins Wort fiel, sagte, schließlich sei meine Mutter auch Jüdin, antwortete er: Das verwächst sich mit der Zeit. In diesem Augenblick haßte ich ihn aus tiefster Seele. Ich ging in mein Zimmer, und er merkte gar nicht, weshalb.«
Mirjam war ihre erste Freundin, in den acht Jahren auf der Annen-Schule in Dresden hatte sie zwar »feste Nebensitzerinnen« und auch »Vertraute« gehabt, aber nie hatte sie enge Freundschaften geschlossen, wie die mei-

sten ihrer Mitschülerinnen. Die Mädchen, die sie nach Hause brachte, wechselten. Susanne Wüllner hatte es aufgegeben, sich ihre Namen zu merken; Gutsi konnte es, sie hatte ein gutes Personengedächtnis, und außerdem war sie glücklich, wenn eines der Mädchen ein paarmal kam: Die könnte deine Freundin werden, Kathi. Sie war beschäftigt mit dem Haus, mit sich selbst, mit den Brüdern, mit den Ponys. Und mit Jungen spielte sie lieber.
Mirjam war um zwei Jahre älter als sie, sie war offenkundig in Mädchenfreundschaft geübt, war, wie ihr Mann, das einzige Kind; ihr Vater, Holzgroßhändler in Budweis, schien steinreich zu sein, denn die Familie bewohnte ein »Schlössel« und Mirjam war von Privatlehrern und Gouvernanten erzogen worden. Ihre »liebsten Freundinnen« hatten oft wochenlang bei ihr gewohnt, sie kannte das Getuschel und die Geheimnistuerei, das Gekicher und das Geschwätz über Männer – alles, was Katharina mißfallen hatte, zog sie nun an, sie sah es als Rückfall, doch sie genoß es, und wenn sie, eingehängt, unter einem Schirm über den Wenzelsplatz oder den Graben flanierten, entdeckte sie sich neu: Das kleine Mädchen in ihr war eine unschätzbare Waffe gegen Ferdinand.
Der Umgang mit Mirjam tut dir gut. Sie macht dich fröhlich, Kathi.
Mirjam war nicht nur fröhlich. Sie bekam unvermutet Weinkrämpfe; eine angeborene Schwermut erfaßte sie dann, machte sie unansprechbar. Sie wisse, sie werde sich eines Tages das Leben nehmen. Kurz danach hatte sie alles vergessen, war wieder verspielt, albern, schüttete sich vor Lachen aus über Katharinas Verstörung und Ernst. Ihr sei nicht zum Spaßen zumute, wenn mit dem Tod gedroht werde.
Aber Kathi, daß ist alles nur ein Spaß.

Vorher war dir nicht danach.
Mit einem »Laß das in Ruh« setzte Mirjam solchen Gesprächen ein Ende. Katharina wagte nicht an dem »das« zu rühren.
Hribaschs bewohnten die Etage über dem Geschäft; es war eher eine elegante Junggesellenwohnung als die eines Ehepaares. Sie hatten, was Katharina bisher nicht kannte, getrennte Schlafzimmer und sie fragte, als Mirjam ihr beide Zimmer vorführte: Seid ihr nie beisammen? Aber doch. Mirjam wischte die Frage mit einigen flatternden Gesten weg. Es waren zwei Dienstboten im Haus und ein älterer Mann, »unser Adamek«, der ebenso Diener sein konnte wie Bote für das Geschäft, der die Kohlen aus dem Keller holte, der auch gelegentlich Mirjam, wenn sie allein war, mit endlosen Geschichten aus seiner Jugend im Böhmerwald unterhielt: »Wenn ich bedenk, wie es bei uns in Krumau gewesen ist, also –.«
Die Wohnung gefiel Katharina. Sie war hell, modern, das Speisezimmer in Chippendale. Ferdinand fällte ein anderes Urteil: Nach dem ersten Besuch stellte er fest, die Hribasch seien zu mondän, was sich in der Einrichtung widerspiegele und Hribasch selbst habe für ihn den Anstrich eines Stutzers. Sie widersprach ihm nicht. Es schien ihr vernünftiger, sich mit ihm auf Diskussionen über die Hribaschs nicht einzulassen.
Die Schwangerschaft war ihr schon anzusehen, obwohl sie, zum ersten Mal, geschnürt war.
Sie konnte nicht mehr, wie Mirjam, diese leichten, sich dem Körper anschmiegenden Kleider anziehen, und sie war ihr neidisch.
Sie hatten sich für den Nachmittag zu einem Einkaufsbummel verabredet, hatten sich vor dem Dvořakschen Institut getrennt. Katharina war nach Hause geschlendert, wußte, Božena würde das Mittagessen vorbereitet

haben, Ferdinand legte Wert auf Pünktlichkeit (obwohl er sich häufig verspätete, er habe in der Firma noch unaufschiebbare Arbeiten erledigen müssen), sie kleidete sich fürs Essen um, lugte in die Töpfe, sah nach, ob korrekt gedeckt war, versuchte, mit Božena sich zu unterhalten.
Co je to, Bozena?
Drubky husi, pani Perchtmanova.
Und beide lachen.
Katharina sagt: Das werd ich mir nicht merken können.
Ich sag lieber Gänseklein. Sag du auch Gänseklein.
Und Božena radebrecht folgsam: Gänseklein, gnädige Frau.
Ferdinand nimmt an, sie koche meist selbst. Weißt du, hatte er ihr gesagt, wir haben zwar eine Köchin in Brünn, aber meine Mutter war unübertrefflich, mein Gott, hat sie Knödel kochen können und ihre Schinkenfleckerln!
Bozena machte die Verschwörung Spaß. Ihr traute, und sie wußte es, ihr »gnädiger Herr« nicht einmal eine schmackhafte Suppe zu. Sie essen schweigend. Er mustert sie. Zieht die Uhr aus der Tasche. Tippt nachdenklich mit dem Zeigefinger gegen den Tellerrand.
Du siehst glänzend aus.
Ich fühle mich auch wohl.
Bist du bei Professor Maindl gewesen? Ist alles in Ordnung?
Ich bin, hat er gesagt, ein Musterexemplar.
Übernimm dich nur nicht.
Ach geh, ich hab doch ein herrliches Leben. Und du bist lieb.
Er klagt über die Exportbedingungen, sie brächten der Firma beträchtliche Einbußen. Die Regierung Svehla tauge nichts.
Aber er habe die Politik der Agrarier für richtig gehalten.

Das hast du nicht richtig verstanden, Kathi, es ist auch zu kompliziert. Das hast du nicht miterlebt. Ich verehre Masaryk, ja. Und seine Erfindung ist die Petka auch gewesen: Daß man die fünf Parteien der Vorkriegszeit ins republikanische Parlament wählt. Svehla hatte ja Ansätze. Es fehlen einfach die Deutschen in der Regierung. Wären die Tschechen nicht solche Chauvinisten.
Und die Sudetendeutschen?
Das ist ein Volkstumskampf, Kathi, das hat mit Minderheitenpolitik nichts zu tun.
Ich kann diese Politik nicht ausstehen. Schon wie sie schreiben. Diese Sprache! Und daß sie gegen die Juden sind.
Das sind die Tschechen auch.
Nach dem Essen legte er sich für eine halbe Stunde hin. Sie setzte sich in den kleinen Salon, las, trödelte, hörte Božena in der Küche zu, wie sie sang, mit dem Geschirr klapperte.
»Ich bin nicht mehr fremd«, trug sie im Juli 1923 ins Tagebuch ein, »aber es kann auch sein, daß ich in einer Woche wieder schreibe: Ich bin fremd hier. Es sind Stimmungen. Was mir hilft, ist der tägliche Rhythmus. Allein bin ich oft genug. Das macht mir im Grunde nichts aus.«
Mirjam erwartete sie. Sie sei ganz allein. Die beiden Dienstmädchen hätten frei und Adamek sei für das Geschäft unterwegs. Sie hatte alle Vorhänge aufgezogen, alle Türen geöffnet; die Räume waren überschwemmt von Licht. So liebe sie es.
Sie müsse sich für den Stadtgang noch umziehen.
Ich werde hier warten, sagte Katharina, beeile dich.
Nein, komm doch mit. Ich kann dir mein neues Abendkleid zeigen.
Sie setzte sich abwartend auf einen kleinen, wackligen

Polsterschemel, spielte mit dem Gleichgewicht, genoß die Helligkeit, die zarten Geruchschwaden von Parfüm und Puder.
Vielleicht richte ich mir in Brünn auch ein eigenes Schlafzimmer ein.
Das wird deinem Mann nicht recht sein.
Es kann sein, daß er das Kind nicht bei sich haben will.
Spürst du das Kind schon?
Manchmal, wie Pfötchen im Bauch.
Du schnürst dich, nicht wahr?
Ja, es ist gräßlich.
Sie sah zu, wie Mirjam sich auszog. Zu ihrer Verwunderung entkleidete sie sich ganz. Mirjam stellte sich vor den Spiegel und kehrte sich dann ihr zu. Sie erschrak, denn so ähnlich war ihr Leib dem ihren: Dieselbe helle Haut, dieselben festen, hoch angesetzten Brüste und dasselbe schwarze Dreieck der Schamhaare. Nur den Bauch könnten sie nicht vergleichen.
Es ist phantastisch – als wärst du meine Schwester.
Ja, das habe ich mir gedacht.
Mirjam bat sie, ihr beim Aussuchen des Kleides zu helfen.
Sie ging mit ihr zur Schrankwand, riß alle Türen auf, hielt dann ein, sagte zögernd, jedes Wort einzeln setzend: Eigentlich will ich sehen, ob du meine Schwester sein könntest.
Dann rannte sie lachend durchs Zimmer, hob die Arme, drehte Pirouetten, stürzte sich bäuchlings aufs Bett.
Du bist ein Kind, sagte Katharina.
Warum nicht, fragte Mirjam, hockte sich hin, schloß die Arme um ihre Knie. Es ist warm und dieses Licht macht schön. Du hörst die Leute vom Graben her, Männer- und Frauenstimmen, du malst dir aus, was sie sagen würden, wäre der Stein aus Glas. Du gehst vor ihnen auf und ab.

Sie solle sich beeilen. Sie hätten eine Menge Zeit vertrödelt.
Ihr Mann könne unvermutet kommen.
Das tut er nie, sagte Mirjam.
Bitte, laß uns ein wunderhübsches Kleid aussuchen, Mirjam, du wolltest mir auch das Abendkleid zeigen.
Nein, ich will, daß du dich auszieht.
In diesem Zustand, ich kann es nicht.
Mirjam umarmte sie und sagte: Verdirb mir nicht den Spaß.
Sie schämte sich nicht, sie fand es nur verrückt. Und die Korsettage hinterließ Striemen auf ihrer Haut. Sie würde nicht so hübsch aussehen wie Mirjam.
Mirjam half ihr. Sie nestelte die Schnüre auf, beschimpfte das Korsett, und als sie nackt voreinander standen, legte sie ihr die Hände auf die Schultern. Sie waren gleich groß. Sie schauten sich von der Seite in den Spiegel. Sie schwiegen, betrachteten sich lange. Katharina stellte zufrieden fest, daß sie noch gar nicht so dick sei. Als sie aufeinander zutraten, berührten sich die Spitzen ihrer Brüste, rieben sich aneinander: es war ein Gefühl, das sie überraschte. Sie wich zurück. Mirjam sprang auf sie zu, drückte sich an sie, warf sie um, sie rollten über den Teppich. Jetzt war ihr die Haut Mirjams angenehm, sie war weicher, vertrauter »schwesterlicher« als die Ferdinands.
Paß auf, nicht, daß dem Kind etwas passiert, sagte Katharina.
Mirjam legte beide Hände auf den sich wölbenden Bauch: Du hast es gut, Kathi.
Das kannst du auch haben.
Uns gelingt das nicht.
Wart ab.
Sie streichelten sich.

Eine Weile lagen sie eng aneinander. Sie wünschte, daß es nicht aufhöre. Dann fürchtete sie, daß diese heftiger werdenden Gefühle das Kind in ihrem Leib angreifen könnten. Sie richtete sich auf; Mirjam zog an ihrem Arm, sie solle bleiben.
Nein, sagte sie, es war schön, du bist wirklich wie meine Schwester, aber jetzt müssen wir gehen, sonst kommen wir nicht zum Einkaufen.
Das ist doch unwichtig.
Ich will aber. Sie beugte sich über Mirjam und küßte sie auf die Stirn. Du bist verrückt.
Wir sind verrückt, sagte Mirjam. Verrat es bloß niemandem.
Sie zogen sich an und halfen sich gegenseitig.
Katharina hat fast alles in ihr Tagebuch eingetragen, jedes wichtige Ereignis, hat Briefe eingeklebt, Zeitungsausschnitte; auf dieses Spiel mit Mirjam kam sie erst mehr als zwanzig Jahre später, 1945, nach dem Tod Ferdinands: »Ich habe nicht aufgehört, an Mirjam zu denken. Sie hat mit ihrem Mann noch fliehen können. Was aus ihr geworden ist? Wir waren wie Katzen. Ich weiß noch immer nicht, ob es Liebe gewesen ist. Wenn nicht, dann war es eine nur selten erreichbare Nähe. Wir wußten nur wenig und doch schon viel. Wir hatten es gut. Wir spielten. Nur dieses eine Mal.«

17.
Wotrubas Wut oder Die aufgekündigte Neugier

Der Mann stand im Vorsaal, die Mütze in den Händen. Božena hatte ihn eingelassen. Wahrscheinlich hatten ihn Größe und Unwirklichkeit des Raumes verwirrt, denn als Katharina kam, hatte er sich in das Halbdunkel vor der Schrankwand zurückgezogen. Er war nur wenig größer als sie, doch stämmig. Božena hatte ihr gesagt, es sei ein Mann aus der Fabrik. Er machte eine unwillige oder ungeschickte Verbeugung und erklärte, der Herr Direktor habe ihn geschickt. Ich bin Zdenek Wotruba. Er sprach deutsch mit Akzent, er »böhmakelte«.
Sie fragte sich, ob sie ihn bitten solle, Platz zu nehmen, wagte es nicht. So blieben sie beide stehen.
Seine Ruhe machte sie befangen.
Sollen Sie mir etwas ausrichten, Herr Wotruba?
Nichts soll ich ausrichten, gnädige Frau. Der Fahrer ist krank. Der Herr Direktor kennt mich, so hat er mich geschickt. Er hat gesagt, ich soll Ihnen sagen, in der oberen Schieblad liegt ein Aktenfaszikel, wo drauf steht »Valuta«, und das sollen Sie mir mitgeben.
Er müsse sich einen Augenblick gedulden, hoffentlich finde sie das Faszikel auch gleich.
Nun bat sie ihn, sich zu setzen.
Als sie mit den Akten zurückkam, saß er aufrecht auf der Kante des Stuhls, schaute ihr entgegen und stand auf.
Er solle sitzen bleiben, sie wolle ihrem Mann ein paar Zeilen schreiben.
Es war das erste Mal, daß ein Arbeiter aus der Fabrik

Ferdinands in die Wohnung kam. Sie fand Wotruba angenehm, er war sich seiner sicher, nicht devot. Während sie schrieb, blickte er zur Seite, so daß er nicht auf das Papier sah.
Sind Sie schon lange in der Fabrik, Herr Wotruba?
Seit meinem dreizehnten Jahr.
Sind Sie Weber?
Nein, ich bin Maschinist, ich bin zuständig für die Maschinen.
Sie verübeln mir meine Neugier nicht?
Gewiß nicht, gnädige Frau.
Sie sprechen gut deutsch.
Mein Großvater ist Deutscher gewesen. Man kommt auch sonst mit Deutschen zusammen.
Haben Sie Kinder, Herr Wotruba?
Neun Stück, gnädige Frau.
Lieber Himmel. Für eine so große Familie müssen Sie aufkommen?
Meine Frau arbeitet als Bedienerin. Die Babitschka ist bei den Kindern.
Ist es nicht schwer?
Man lebt, gnädige Frau. Unsereiner hat keine Ansprüch.
Wo wohnen Sie, Herr Wotruba?
In Vršovice, in der Kodaňska ulice, nicht weit vom Lunapark.
Da bin ich noch nie gewesen.
No, das ist auch keine Gegend, wo die gnädige Frau üblicherweise hinkommt.
Sie schrieb den Brief fertig, faltete ihn zusammen, Božena war aufgetaucht, führte Wotruba zur Tür.
Warten Sie, sagte Katharina, ich möchte, daß Sie mir Ihre Adresse aufschreiben.
Er stand in der Tür, nun wirkte seine gedrungene Gestalt ein wenig gewalttätig, sie spürte seinen Widerstand.

Wozu?
Vielleicht – sie suchte nach einer Erklärung für einen undeutlichen Wunsch – vielleicht könnte ich Ihrer Familie helfen.
Wir helfen uns schon selber, gnädige Frau. Das war bestimmt, doch ohne Aufsässigkeit gesagt.
Ich will mich nicht aufdrängen, nur schreiben Sie die Adresse trotzdem auf.
Er habe nichts zum Schreiben.
Sie gab ihm ihren Füllhalter, ein Stück Papier. Er sah sich nach einer Unterlage um, wollte schon zum Tisch zurückgehen, dann blieb er stehen, legte das Papier aufs Fensterbrett, kauerte sich hin, schrieb.
Bitte, sagte er. Na shledanou, pani Perchtmannova.
Sie verabschiedete ihn ebenfalls auf tschechisch und hatte die Ironie seines »Na shledanou« im Ohr: das ist kein guter Mensch, sagte Božena.
Sie fragte am Abend Ferdinand nach Wotruba.
Er kenne ihn nicht sonderlich gut. Er hätte ihn auch nicht geschickt, wäre er nicht zufällig im Büro gewesen, als er erfuhr, der Fahrer sei krank.
Die Arbeiter kennst du eigentlich nicht?
Höchstens flüchtig.
Muß man sich nicht um sie kümmern?
Da gibt es Meister.
Ich finde dieses Verhalten falsch.
Ach, du kennst solche Leute ja gar nicht, sagte er.
Die Feststellung kränkte sie. Weshalb verbot man sich gegenseitig, sich kennenzulernen? Sie war sicher, Ferdinand wäre erbost, würde sie ihm von ihrem Plan erzählen, Wotruba und seine Familie zu besuchen. Mirjam lachte sie aus. Sie bringe diese armen Leute durcheinander mit ihrer Neugier. Ausrichten könne sie ohnehin nichts. Und auf schöne Reden pfiffen die.

»Ich habe keinen Grund, nach Vršovice zu fahren. Soll ich sie wie Tiere im Zoo anstarren? Was verbindet mich denn mit Wotruba und seinen Leuten? Daß ich an Skodlerrak und Kasimir denke? Ein törichter sozialer Impuls? Gut, ich könnte ihnen Kinderwäsche kaufen oder vielleicht braucht die Babitschka Medikamente, die sie sich nicht leisten kann. Oder reizt mich das Unbekannte? Ich werde ein paar Tage warten, doch ich lasse mir nicht ausreden, sie zu besuchen.«

Die Aufregung verzerrte zu Beginn jedes Bild, jeden Eindruck. Sie hatte dem Droschkenfahrer die Adresse gesagt, er hatte sie prüfend angeschaut, und was sie auf der Fahrt gesehen hatte, zog sich dann zu einem grauen, wackligen Band von Fassaden und Gesichtern zusammen. Sie kannte diese Gegend nicht. Fabrikbauten entlang den Straßen, sie erinnerte sich an ähnliche Straßen in Dresden, Lastautos und Pferdefuhrwerke sperrten gelegentlich den Weg, und der Fahrer brüllte auf tschechisch aus dem Wagen. Es eile nicht, versuchte sie ihn zu beruhigen, aber es schien ein Spiel zu sein, es wurde nicht minder heftig zurückgebrüllt, und, war die Straße frei, tippten die Kombattanten mit der Hand ans Mützenschild.

Sie hielten vor dem Hoftor eines Miethauses.

Soll ich warten, Gnädigste?

Nein, sie wisse nicht, wie lang sie brauche.

Sie gab ihm, verwirrt, ein großes Trinkgeld, ging aufs Tor zu, Kinder umkreisten sie, aus der Verwirrung war Angst geworden, es war ein falscher, unnützer Entschluß gewesen, sie hielt an, die Kinder blieben ebenfalls stehen, warteten, sie fing an zu laufen, am Haus lang, redete mit sich selbst, kehrte nach einem Stück um, die Nachmittagsschatten fielen lang und hart auf die Straße, die Häuserzeile riß auf, inmitten struppiger Felder standen vereinzelt Schuppen oder kleine Werkstätten, da und dort

schoben sich Leute durchs Gestrüpp, lautlos, Puppen gleich, obwohl ein Lärm alles umgab, ein unaufhörliches Schnauben und Prusten, unterbrochen von einem sie erschreckenden Zischen, das aus den Schornsteinen der nahen Fabriken kam. Sie kehrte um, ging langsam auf das Tor zu. Die Kinder zogen ihr nach, miteinander tuschelnd; sie konnte ihr Tschechisch nicht verstehen.
Wohnt hier die Familie Wotruba? fragte sie eines der Mädchen. Es antwortete auf tschechisch, wies durch die Toreinfahrt hindurch. In einem Abstand kamen ihr die Kinder nach. Sie trat in einen engen, baumlosen Hof, der von hölzernen Buden gesäumt war, schaute die sechs oder sieben Stockwerke hoch, an den meisten Fenstern hing Wäsche, standen Blumentöpfe; aus dem einen oder anderen lehnte eine alte Frau; es stank nach Latrine; niemand achtete auf sie. Sie sah das Kind fragend an; zum ersten Mal lächelte es und zeigte auf den gegenüberliegenden Trakt, auf eine Tür. Den Hof durchzogen schmierige Rinnsale. Sie stelzte vorsichtig und fand sich dabei widerwärtig. Jetzt lachten ein paar Kinder, liefen neben ihr her, äfften ihren Gang nach. Sie ließ es bleiben. Es war ihr gleich, ob sie schmutzig würde. Zu der Tür führte eine Eisenstiege mit sechs Tritten. Das Geländer war aus der Wand gerissen. Sie balancierte hoch, stieß die Tür auf, entdeckte an der Wand verschieden große Papierabrisse oder Zettel, auf denen in unterschiedlichen Handschriften Namen geschrieben standen. Hinter WOTRUBA war Prtr. vermerkt. Die Feuchtigkeit im Hausflur zog Gerüche zusammen, nach Essen, Schweiß, Urin, Fäulnis. Von dem Korridor führten fünf Türen weg, die vierte war die der Wotrubas. Sie fand keine Glocke, keinen Türschläger, klopfte. Als sie klopfte, hätte sie fortlaufen wollen. Sie wußte nicht mehr, was sie sagen würde. Alles, was sie sich zurechtgelegt hatte, war ihr entfallen.

Ein Mädchen von etwa zehn Jahren öffnete die Tür einen Spalt, musterte sie, sagte nichts. Die wenigen tschechischen Sätze, die sie konnte, gerieten ihr durcheinander. Nach einer Weile, in der das Kind regungslos wartete, fragte sie: je pan Wotruba doma? Das Kind nickte, rief etwas ins Zimmer, öffnete die Tür, Katharina sah in einer merkwürdig malerischen Anordnung mindestens zehn Menschen in einem keineswegs großen Raum. Was ihr sofort auffiel, war die dennoch überstrenge Ordnung und Sauberkeit. Die Diele war blankgewischt. Nachdem sie eingetreten war, kam eine alte Frau mit einem Fetzen und putzte ihre Schritte weg, den Schmutz des Hofes. Es war wahrscheinlich die Babitschka, von der Wotruba erzählt hatte.

Wotruba hatte auf einem Sofa gesessen, er war aufgestanden, stand inmitten seiner Familie. Er schien nicht überrascht zu sein. Er war fürs Haus angezogen, trug nur Hose und Unterhemd, »als ich ihn sah, in seinem grauen Hemd, die muskulösen nackten Arme, fiel mir ein, hier in Prag sagt man zu dem Unterhemd Leibl, und ich bekam das Wort nicht mehr los, unaufhörlich dachte ich Leibl, Leibl, Leibl«.

Guten Tag, Frau Perchtmann. Er sagte nicht: gnädige Frau. Wollen Sie nicht Platz nehmen? Kind, gib der Dame deinen Stuhl und verhaltet euch still, solange wir uns unterhalten.

Sie blieben still. Sie mußten still sein, sonst wären sie in dieser Enge längst wahnsinnig geworden.

Meine Frau wird gleich kommen.

Katharina hatte Platz genommen, nachdem sie die Babitschka begrüßt hatte. Sie saß Wotruba am Tisch gegenüber.

Meine Frau ist Wäsche aufhängen.

Sie werden sich über meinen Besuch ärgern, Herr Wotruba.

Er ging nicht auf sie ein, er fragte: Was führt sie zu uns, Frau Perchtmann?
Sie wußte es nicht. Sie konnte nicht sagen: Neugier, oder Mitleid, oder die Erinnerung an einige Sätze Skodlerraks und Kasimirs, die in meinem Gedächtnis undeutlich geworden sind. Sie sagte: Vielleicht kann ich irgendwie behilflich sein, hörte dem Satz nach und ärgerte sich über ihre Unsicherheit.
No, sagte er, stand auf, zog eine Schublade der gebrechlichen Kredenz heraus, holte vier Gläser, verteilte sie auf dem Tisch, no, behilflich kann man sein an allen Ecken und Enden, aber weiß ich wie? Möchten Sie, bitte, einen Likör, einen hausgemachten? Er ist gut.
Die Frau kam herein. Sie hatte eine Matrone erwartet, ein schweres Weib, die Mutter von neun Kindern, aber sie sah ein Mädchen, fast ein Kind, mager, mit einem ausdruckslosen Gesicht.
Das ist die Frau Perchtmann, sagte Wotruba. Die Frau von unserem Direktor.
Katharina stand auf, gab Frau Wotruba die Hand, die Frau roch stark nach billiger Waschseife. Die aufgerauhte Innenfläche ihrer Hand rieb sich an der ihren.
Setz dich ein bissel zu uns, sagte Wotruba, dessen Sarkasmus mit jedem Wort angreifender wurde. Ein Likör wird dir guttun. Und überleg halt mit, wo uns die Frau Perchtmann behilflich sein könnte.
Er hatte es gesagt und die Frau begann zu lachen, schlug die Hände zusammen, bog den Leib über die Lehne, lief rot an, war außer sich, kreischte.
Katharina fragte Wotruba erschrocken: Was hat sie?
No, Frau Perchtmann, sagte er, während er aufgestanden und um den Tisch herumgegangen war, seiner Frau ins Haar griff und sie fast zärtlich rüttelte, no, so hat Ihre Behilflichkeit ihr halt Eindruck gemacht.

Jetzt wünschte sie, weg zu sein, wollte weglaufen, egal, ob sie ihr nachlachen, nachfluchen würden. Wotruba bemerkte, daß sie am Rande war.
Einen Moment, sagte er, sich zu ihr wendend, seine Hände auf den Schultern der Frau, momenterl, gnädige Frau, nun nannte er sie zum ersten Mal so, ohne jeglichen Hohn, doch mit einer sie treffenden und sich von ihr distancierenden Schärfe. Wo Sie schon gekommen sind, um uns zu helfen, wofür ich danken möchte, können Sie nicht gehen, ohne daß sie mich anhören. Seine Hände rieben die Schultern der Frau, die ruhig und steif da saß und Katharina, ohne Unruhe im Blick, anschaute. Ich halte, glauben Sie mir, ungern Reden, glauben Sie mir. Wo hab ich schon Gelegenheit. Mir werden Reden gehalten, können Sie sich denken. Ihren Gemahl kenne ich kaum. Er ist oben, in der Direktion. Meinen Sie, daß er viel durchkommt durch die Fabrik? Er hat sein schönes Büro. Das ist mir egal. Und ihm ist egal, daß ich siebzehn Jahre in der Fabrik arbeite und was ich jetzt verdien und wieviel Kinder ich hab und womit und wovon ich leben soll und wie ich leb. Er fährt nach Haus, hat sein Geld. Das ist, werden Sie meinen, gnädige Frau, ein Gesetz von Natur her. So blöd bin ich gewesen, es zu glauben und mich einzurichten darauf. Wer hat mir was mitgegeben? Niemand hat mir gezeigt, wie ich hochkomm. Oder ob ich überhaupt denken kann, mehr denken kann als irgendeiner neben mir. Halten Sie das für möglich? Ich hab es nicht für möglich gehalten. Sie halten es, weiß ich, auch nicht für möglich. Jetzt besuchen Sie eben grad die Menagerie der armen Leut und man sieht Ihnen Ihre Erschütterung an. Gesehen haben Sie so etwas noch nie. Sie leben woanders. In einer feinen Welt. Da lebt es sich schön. Da schauen wir hinüber, manchmal, und einige weise Leut unter den Reichen sagen, daß die armen Leut

nicht einmal neidisch sind. Weise sind sie und blöd. Und wir werden über sie kommen. Sie können meinetwegen glauben, gnädige Frau, der Wotruba ist ein Kommunist. Weiß ich, ob ich einer bin? In der Partei bin ich nicht, weil es mir schwer ist, in die Partei zu gehen. Aber schauen Sie, da steht eine Kasserolle auf dem Herd und es schmurgelt in ihr Suppe, Tag und Nacht, die Suppe geht nie aus in der Kasserolle, Ženka oder Babitschka werfen Gemüse in die Suppe, Gerstenkörner oder Graupen oder ein bissel Fleisch, was kommt, füllen auf, und aus der Kasserolle kann sich nehmen, wer Hunger hat, auch welche, die zu Besuch kommen, wie Sie, nur sollten Sie Hunger haben und Sie werden nicht wissen, was Hunger ist. Das ist, was Sie nicht kennen. Und Sie kennen nicht ein Bett und drei Leiber darin, die sich wälzen, sich den Schlaf nehmen, bis sie sich daran gewöhnt haben, hundertmal einzuschlafen in einer Nacht. Mein Vater ist bei einem Bauern gewesen, bei Kolin, meine Mutter ist ihm mit dem fünften Kind weggestorben, und uns hat er durchgebracht, weil wir alle haben arbeiten dürfen bei dem Bauern ohne Lohn, aber für eine Suppe auf dem Gesindetisch, von dem er gesagt hat, Gesindeltisch. Ja, der Wotruba hat die Ordnung gelernt. Wo der Bauer ist und wo der Wotruba Zdenek. Ich hab mich gerichtet und bin davongelaufen nach Prag. Dort hat mich ein Ziehonkel auf die Fabrik gebracht, wo ich bin seither, und ich hab die Familie gegründet mit der Ženka, wir haben das Häufel Kinder und der Ženka ihre Mutter, die Babitschka, hilft, daß wir arbeiten können. Glauben Sie, pani Perchtmannova, daß ich richtig lesen gelernt hab oder schreiben? Daß mir einer gesagt hat, wie man denkt? Mir hat man immer nur gesagt, du bist ein braver Mann, Wotruba, du arbeitest gut und du läßt dir nichts zuschulden kommen, aber auch gar nichts, und das ist richtig so, du fügst dich und das hat alles seine Ordnung, Wotruba Zdenek, so arbeite nur weiter. Dann hab ich gelesen von den Arbeitern in Wien und ihrem Aufstand und auch von der Kommune in Paris. Jetzt weiß ich, was sich unsereiner wegnehmen läßt, was er aber gemacht hat, den ganzen Tag an der Maschine, und der Herr Fabrikant, der den Wotruba höchstens vom Sehen kennt und von drei guten Sätzen, die er ihm gesagt hat zum Neujahr, sammelt sich das Geld auf der Bank und hat die Fabrik, die ihm auch ein Wert ist. Oder vielleicht nicht? Und rührt der Fabrikant die Maschinen an? Blöd wär er. Schließlich hat er denken gelernt und den Umgang mit Geld und mit Schulden, mit Wechseln und was weiß ich und hat die Fabrik bekommen von seinem Herrn Vater oder zur Hochzeit von seiner Frau Gemahlin, so kann er sie auch bekommen haben. Nun braucht er ein bissel den Kopf und etwas Geschick und die fleißigen Arbeiter, denen nichts einfallen darf an der Maschine. Hauptsache, der Arbeiter kann manchmal ins Beisl gehen, sich einen saufen, aber einen argen auch nicht, denn nüchtern muß er am frühen Morgen sein für die Arbeit. Weiß ich, was Gerechtigkeit ist? Aber das ist keine. Die Kasserolle ist Gerechtigkeit. Unsere. Und was kommen wird, pani Perchtmannova, wird Sie nicht erfreuen. Weil andere jetzt auch denken und noch mehr. Ich will Ihnen nichts nehmen, und daß Sie gescheit sind und liebenswürdig, das ist schon eine Auszeichnung, die kann Ihnen ein Arbeiter auch nicht rauben. Daß Sie sehen, was Behilflichkeit ist, wie Sie sie sich ausgedacht haben. Mein Vater hat vom Bauern immer die abgetragenen Hemden bekommen, ohne Kragen schon, verständlich, und ich habe ihn gehaßt in dem schäbigen Hemd, das besser war als sein bestes. Jetzt wissen Sie's, und wenn Sie wollen, können Sie bleiben zum Abendmahl und

einen Teller Suppe haben, ein Stück Brot und ein Pilsner.
Sie blieb. Es saßen, mit ihr, dreizehn Personen eng um den Tisch, das jüngste Kind drei Jahre alt, niemand redete. Wenn eines der Kinder aus der Reihe sich Brot brechen oder Suppe schöpfen wollte, blickte Wotruba kurz auf und die Bewegung stockte. Die Suppe schmeckte ihr, obwohl es ihr, als sie das zerkochte Gemüse, Fleischfäden und gequollene Graupen in der Brühe schwimmen sah, gegraut hatte. Wotruba prostete ihr mit dem Pilsner zu. Sie trank einen langen Zug. Jetzt erst entdeckte sie Bilder an der Wand, Ausschnitte aus illustrierten Blättern, darunter eine Reproduktion von Delacroix' Liberté.
Sie hatte Wotruba unterschätzt. Es war nicht der Fabrikbote, der ihr im Vorsaal, die Mütze in der Hand, gegenübergestanden hatte. Aber es war auch ein anderer als die Phantomgestalten in den Reden Kasimirs und Skodlerraks. Sie fürchtete ihn, hatte seltsamerweise auch Vertrauen zu ihm.
Sie wagte nicht mehr zu fragen, ob sie helfen könne.
Sie verabschiedete sich. Die Babitschka gab ihr die Stirn zum Kuß. Ženka Wotruba sagte: Ich war vorher, wo ich gelacht hab, verwirrt, gnädige Frau, das dürfen Sie mir nicht übelnehmen.
Alle Kinder gaben ihr die Hand. Der Älteste war um einen Kopf größer als Wotruba, der sagte, Pavel ist auch schon in der Fabrik. Und Tonek auch.
Drei Wotrubas sind schon in eurer Fabrik. Der Tonek, sagt man, wird ein guter Färber.
Er brachte sie bis zur Trambahnstation.

Sie habe, erzählte sie Ferdinand, Wotruba und seine Familie besucht, worüber er sich aufregte, das solle sie gefälligst unterlassen, obgleich Wotruba ein anständiger

Mann sei und kein Prolet. Was sie denn für einen Eindruck gehabt habe?
Sie sagte, sie habe mit der Familie gegessen.
Es geht ihnen also nicht schlecht, sagte Ferdinand.
Wie man's nimmt, sagte sie.
No, du wirst doch nicht behaupten wollen, die Wotrubas nagen am Hungertuch.
Sollen sie das?
Du bist streitlustig, Kathi.
Nein. Mir haben die Wotrubas gefallen.
Er ist schließlich auch keiner von den Aufwieglern, sagte er; glaub ich, sagte er dann.
Das ist er nicht, sagte sie, er ist ein ernster und nachdenklicher Mann. Wie du sagst, ein guter Arbeiter.
Sie träumte, Wotruba treibe sie durch eine Menschenmenge – alle Männer hatten Zylinder auf und alle Frauen eine Brust entblößt – vor sich her, immer höher, einen holprigen Hügel hinauf, bis sie am Rande einer riesigen Barrikade steht, eine menschenleere, brennende Stadt unter sich und hinter ihr Frau Wotruba zu lachen beginnt.

18.
Gespräch über Elvira

Einige Unterhaltungen konnte sie nach Jahrzehnten noch Wort für Wort wiedergeben – und es war eine Wörtlichkeit, auf der sie bestand. Kinder und Freunde stellten fest, daß sie im Laufe der Zeit allenfalls ein paar Sätze geringfügig verändere. Sie konnte erklären, weshalb es gerade diese Gespräche waren: Sie habe sich entweder in einer starken, sie nicht beschwerenden, sondern erleichternden Anspannung befunden, oder es sei um die Themen gegangen, die sie ihr Leben lang nicht losgelassen hätten. Außerdem habe es stets einer Umgebung bedurft, die den Verlauf der Unterhaltungen mitbestimmt habe; oder eines Kleides, an das sie sich deutlich erinnere, weil es festlich gewesen sei, oder sie es zum ersten Male getragen habe.
Sie habe oft über Elvira nachgedacht, und jedesmal, wenn sie den Don Giovanni gesehen oder auf Platten gehört hatte, habe sich die Diskussion in ihrem Kopf bruchstückweise wiederholt. Es sei eine Viertelstunde Leichtigkeit und Frechheit gewesen, in der es für sie kein Schwanken, keine Unsicherheit gegeben habe.
Sie war im siebenten Monat, die kleinen lästigen Beschwerden hatten aufgehört, es wurde ihr nicht mehr übel, sie konnte wieder mit der Atemluft haushalten, obwohl der Bauch nun sichtbar war. Sie schnürte sich nicht mehr. So schwer sie sich bewegte, so leicht empfand sie sich. Sie hatte von Ferdinand eine alberne Floskel übernommen, die sie zu den unsinnigsten Augenblicken und

die andern überraschend sagte: Ich bin außer Obligo. Es war ihr gleich, was das genau meinte. Sie wollte nichts anderes ausdrücken, als daß sie sich unangreifbar erschien.

Sie bereitete sich auf den Abend in der Oper vor. Ferdinand hatte sie und die Hribaschs ins Landestheater zu einer Aufführung von Mozarts Don Giovanni eingeladen. Im Nostitzschen Theater, wo der Giovanni seine Premiere gehabt hatte, werde er leider nicht mehr aufgeführt. Die Besetzung sei ideal. Sie traute Ferdinand nicht, denn sie hatte mit ihm eine Bohème gesehen, die unter lauter Indispositionen litt und eine Tosca, deren Niveau sie, bei ihm Wut auslösend, nach Kötzschenbroda verwies.

Die Hribaschs würden sie im Foyer treffen.

Sie hatte den Giovanni zweimal in Dresden gesehen. Sie wußte kein Kunstwerk, das ihr näherging, mit dem sie sich, ohne daß sie es wollte, mitunter selbst erklärte. Und sie hatte, zum Erstaunen ihres Vaters, beim ersten Besuch – sie war, meinte sie, noch nicht einmal siebzehn – bemerkt: Nirgendwo sei die Freiheit des Menschen deutlicher als in diesen ungeheuerlichen Formen der Unfreiheit, die hier mit einer Musik, die absolut frei sei, vorgeführt werde.

Schon am frühen Nachmittag begann sie mit der Garderobe, sie versuchte, die Arien sich ins Gedächtnis zu rufen, trällerte und summte, spielte die Zerline und die Elvira. Sie hatte kurz in lauem Wasser gebadet, der Arzt hatte ihr verboten, länger und heiß zu baden. Sie hatte sich gepudert, parfümiert und ihren Bauch in den Spiegel gehalten. Sie hatte auf dem Teppich gesessen, mit ausgestreckten Beinen, die Hände auf dem Leib und die Kindsbewegungen gefühlt. Vor einem Monat hatte sie sich, auf Anraten Ferdinands, ein Abendkleid aus ver-

deckendem hellgrauen Tüll nähen lassen, mit Straßbesatz am Rocksaum und am Schalkragen und geklagt, sie werde kaum Gelegenheit haben, das Kleid auszuführen. Božena hatte ihr das Kleid zurechtgelegt. Sie nahm es, legte es sich an, der feine Stoff kitzelte sie. Sie genoß es sehr.
Als Ferdinand am späten Nachmittag nach Hause kam, war sie noch unangekleidet. Ein Kind, mit einem törichten, nach innen gewendeten Gesichtsausdruck. Die Näpfchen und Duftdöschen aus der väterlichen Fabrik vor sich auf dem Teppich verstreut, Spielzeug. Er wollte schimpfen, doch die Szene rührte ihn. Er setzte sich neben sie, legte den Arm um ihre Schulter und sagte leise: Fühlst du dich wohl?
Sie saßen eine Zeitlang, dann zog er sie hoch: Wir müssen uns beeilen, Kathi, sonst versäumen wir die Aufführung.
Sie erschrak, als er auf die Uhr zeigte.
Hastig zog sie sich an, auch diese Eile gefiel ihr wieder. Sie murmelte vor sich hin: In fliegender Eile, in fliegender Eile.
Mirjam lief ihr entgegen, breitete exaltiert die Arme aus. Sie hätten schon vermutet, es sei etwas dazwischen gekommen. Es habe bereits zum ersten Male geläutet.
Der Livrierte schloß ihnen die Loge auf.
Die beiden Damen setzten sich vor die Herren, Mirjam stellte fest, sie habe das Opernglas vergessen, Katharina bot ihr das ihre an, sie brauche es nicht, sie freue sich vor allem auf die Musik.
Ferdinand hatte mit seiner Voraussage recht gehabt, die Besetzung war gut, der Giovanni federte in Stimme und Geste.
Er ist schön, flüsterte Mirjam.
Ja, sagte Katharina, doch er ist immer schön, selbst wenn

er dick ist, die Musik macht ihn schön, er kann gar nicht anders sein.
Es war ein Pausengespräch.
Ihre Heiterkeit übertrug sich auf die anderen. Ich muß etwas ganz Dummes sagen, begann sie, als sie ins Restaurant schlenderten – Hribasch hatte zu einem Glas Champagner eingeladen, »motivgerecht, nicht wahr« – das Gespräch: Ich bin so selig, daß es mir wehtut.
Du bist ein wenig überdreht, sagte Ferdinand.
Der weite Rock schmiegte sich bei jedem Schritt gegen ihre Beine; sie spielte mit dem Schalkragen.
Sie fanden, etwas abseits vom Gedränge, einen Tisch, ein Kellner brachte auf Eis den Champagner, und Hribasch prostete auf die Schönheit der Damen. Wobei ich nicht den Anleitungen Don Juans folgen will, vielmehr denen des moralischen Schlußgesanges, den wir noch hören werden.
Aber so leicht macht es uns Mozart doch gar nicht, sagte Katharina.
Soll die Moral nicht gelten? fragte Ferdinand.
Sie kümmert mich, wenn ich ehrlich sein will, wenig.
Was dann? Mirjam ahnte vielleicht, worauf Katharina hinauswollte. Im Gespräch allerdings würde sie merken, wie sie sich getäuscht hatte.
Keine Kunstfigur bringt mich derart auf wie Elvira – könnt ihr das nicht verstehen? Ich bin eine Frau.
Wie wir sehen – Hribasch neigte den Kopf, lächelte, hob das Glas.
Wie hübsch, sagte sie, eine Pantomime der Höflichkeit.
Einige Minuten Musik von Mozart und wir bewegen uns nach seinem Takt.
Du sollst nicht übertreiben, sagte Perchtmann.
Sie hatte Schmerzen unter den Brustrippen. Sie stand auf, sie brauche Luft, müsse atmen können, sie sollten es

nicht für kapriziös halten, wenn sie sich hinter den Sessel stelle und sich auf der Lehne aufstütze.
Ferdinand sprang auf, um ihr behilflich zu sein.
Bleib sitzen.
Er nahm wieder Platz, schaute sie forschend an.
Es ist nichts. Es geht rasch vorüber. Es ist halt so ein üblicher Zustand.
Und weshalb nicht so? sagte Mirjam, es verleiht der Szene erheblichen Nachdruck, wenn wir schon im Theater sind.
Was ärgert Sie an Elvira? fragt Hribasch. Das dürfen Sie uns nicht vorenthalten.
Aber nein, darum geht es mir ja.
Nur um sie, fragte Mirjam, nicht auch um Don Juan?
Auch, um ihn ohnehin, immer.
Sie beugte sich vor, merkte, daß die rhythmischen Bewegungen des Oberkörpers die Schmerzen linderten.
Also willst du uns eine Rede halten, lachte Ferdinand.
Und sie kommt nicht dazu, sagte Mirjam.
Liebe gnädige Frau, Sie dürfen uns Ihre Ansicht über Elvira nicht länger vorenthalten, sagte Hribasch.
Im Grunde ist es eine einfache Geschichte. Und weil sie so einfach ist, erzürnt sie mich. Warum, frage ich, erniedrigt Elvira sich fortwährend, warum dreht sie den Spieß nicht um, läßt Don Juan ziehen nach diesen ominösen drei Tagen Liebe und sieht sich nach einem anderen um? Warum hängt sie sich an diesen Wetterwendischen, wimmert ihm nach, läßt sich von ihm und seinem Diener übertölpeln und verzehrt sich am Ende in Wut und Rachegedanken? Es ist ihre Rolle. Es ist unsere Rolle. Don Juan wäre nicht Don Juan, wenn Elvira nicht Elvira wäre. Wie eine Gleichung, nicht wahr? Setzte man sie anders, fiele Don Juan aus. Doch die Gleichung hat eine Kultur, die der Frau nicht zutraut, daß sie ebenso

frei handeln könnte, stumpf und ohne Übermut gesetzt. Ich will sie, wenn ich nur wüßte, wie man sagt – ich sage eben: Ich will sie ausgleichen.
Hribasch hatte sich zurückgelehnt und spielte mit den Füßen. Er mühte sich, seinem Gesicht einen Ausdruck von Ironie zu geben, während seine Augen, die sie mochte, traurig blieben. Ferdinand hatte sein Glas nicht abgesetzt, er sah es an. Nur Mirjam kicherte, aber sie hatte nichts verstanden.
Katharina stand jetzt aufrecht hinter der Lehne, hielt sich nicht mehr fest, hatte die Hände über die Brust gekreuzt. Sie spürte die Blicke Vorübergehender. Es war ihr leicht zu reden, sie hatte häufig genug darüber nachgedacht.
Ist euch nicht aufgefallen, daß keiner, der in großer Szene auftritt, frei ist? Elvira ist Giovanni verbunden, Anna ebenfalls und ihrer Rache, Ottavio ist ein Geschöpf Annas, ihr Diener, wie Leporello der Knecht Giovannis ist. Zerline, so lieblich und leicht sie scheint, kann in der Macht aller sein, sie weiß nicht, was Freiheit ist, während Masetto seine Unfreiheit erkennt und Giovanni, er, der mit Freiheiten spielt, er ist, meine ich, besonders unfrei: Da er alle Bindungen aufgibt, kann er gar nicht mehr wissen, was Freiheit ist. Das ist die eine seiner Unfreiheiten. Und wer seinen Tod nicht annimmt, ist ebenso unfrei. Giovanni ist armselig. Da wir noch unfreier sind, er aber mit Freiheiten spielt, finden wir ihn herrlich. Oder nicht?
Sie hatte alle drei verwirrt.
Hribasch war der erste, der die Fassung zurückgewann: Darüber müssen Sie in der Tat lang nachgedacht haben.
Nicht darüber, sondern über mich.
Ich kann dir nicht folgen, sagte Ferdinand. Es wäre doch die Welt auf den Kopf gestellt.

Nur, weil sich Elvira so entscheiden könnte wie Don Juan?
Weißt du, sagte Mirjam, die erst allmählich dem Sinn auf die Spur kam, die Männer wollen nie, daß man ihnen ihre Vorrechte nimmt.
Aber das sind doch keine Vorrechte, Mirjam, das sind Konventionen, denen die Frauen sich einfach fügen.
Das Klingelzeichen trieb das Publikum aus dem Restaurant und dem Foyer. Hribasch führte Katharina: Diese Gesetze sind, gnädige Frau, der Trick unserer Kultur, und – er wendete den Kopf zurück, damit ihn auch Perchtmann und Mirjam hören konnten – liegen die Männer, zum Handeln aufgefordert, den Damen nicht stets zu Füßen? Giovanni scheint mir die Hybris dieser Haltung zu sein, die Ausnahme.
Sie lachte. Aus Ihnen spricht die Angst, daß wir Ihre Gesetze umschreiben könnten, daß Elvira, die ich ja meinte, Don Giovanni zum Hanswurst machen könnte. Und dies wäre einfach. Sie wirbt nun selbst um Don Carlos.
Nein, Katharina, rief Ferdinand. Er war laut und aufgebracht und einige Leute blieben stehen, sahen ihn an.
In der Loge versuchte sie weiterzureden, doch nun reagierte Ferdinand unwillig: Gleich geht der Vorhang hoch, Kathi.
Nur das noch, bitte. Singt Elvira nicht in dem Terzett mit Giovanni und Leporello: Mein Herz, was soll dein Zagen? Hör auf, für ihn zu schlagen. Ihr war, wie von selbst, die Melodie eingefallen; sie konnte sie singen.
Ja, ja, unterbrach sie Ferdinand.
Und dann spricht Elvira davon, daß sie ihm nicht verzeihen dürfe. Sie verliert die beinahe schon gewonnene Freiheit. Ihr Haß bindet sie an den Giovanni.
Das trifft zu, sagte Hribasch, und weiter –?

So stiehlt einer dem anderen die Freiheit.
Sie stemmte die Füße gegen den Boden und schob sich im Sessel hoch.
Perchtmann bemerkte es: Fehlt dir etwas, Katinka?
Der Vorhang öffnete sich, sie sahen auf Giovanni und Leporello, die sich miteinander streiten. Still, sagte sie, auch Leporello will seine Freiheit haben.
»Eh via, buffone, non mi seccar.
No, no padrone, non vó restar.«

19.
Die Zwillinge

Die Fruchtblase sprang. Sie stand neben dem Bett. Das Wasser schoß zwischen ihren Beinen und schwabbte auf das Parkett. Sie vergaß alles, was sie gewußt, was sie gelesen hatte. Die Wehen waren nicht stark gewesen, sie hatte sich vorgenommen, noch zu warten, ehe sie Ferdinand weckte. Die Hebamme wohnte nur fünf Minuten entfernt und der Arzt könnte rasch kommen. Sie hatte nicht erwartet, so hilflos zu sein. Sie krümmte sich, jammerte, blieb in der Pfütze stehen. Ferdinand schlief. Die Wehen folgten rasch aufeinander. Kämen sie im Abstand von einer Viertelstunde oder von zehn Minuten, sollte sie nach der Hebamme rufen, hatte der Arzt geraten. Sie ging ins Bad, stellte fest, daß sie ohne Schwierigkeiten gehen konnte. Alles, was sie tat, war mit einem Mal neu, verändert, und sie ängstigte sich vor jeder Bewegung. Sie wollte einen Lappen holen, um das Fruchtwasser aufzuwischen. Dann fiel ihr Božena ein. Sie öffnete die Küchentür und rief nach ihr. Božena reagierte sofort. Sie hatte ein knöchellanges leinenes Bauernnachthemd an und die Haare auf Lockenwickel gedreht. Ist es soweit, gnädige Frau? Sie solle sich beeilen, die Hebamme holen. Mach ich, sagte Božena, mach ich. Die Frau Ružička wird schon warten. Sie war im Nu fort. Das beruhigte Katharina. Sie kniete sich vor die Lache und wischte sie auf.
Ferdinand erwachte an den Geräuschen. Sie hörte, wie seine Hand über das leere Kopfpolster fuhr. Er solle

sich nicht ängstigen, sie sei hier im Zimmer. Was ist, Kathi? Er hatte sich aufgesetzt, sie sah seinen Schatten gegen die Gardinen. Es wurde hell.
Die Wehen haben begonnen. Sie sagte ihm nicht, was passiert war.
Was tust du?
Ich geh' im Zimmer hin und her.
Leg dich hin.
Bitte, laß' mich machen, was ich will.
Er stand auf. Ich muß die Frau Ružička holen und den Professor anrufen.
Die Božena ist schon unterwegs. Den Arzt wird die Hebamme rufen.
Brauchst du etwas?
Nein, ich leg' mich dann schon wieder hin. Sie ging ins Bad, den Lappen vor ihm versteckend.
Soll ich aufstehen?
Es wird besser sein. Božena wird dir dann das Frühstück machen. Du kannst nicht im Zimmer bleiben.
Sie legte sich wieder hin, schaute ihm beim Anziehen zu.
Sind die Wehen schon arg?
Es geht. Sie kommen jetzt schneller. Sie bemühte sich, nicht zu keuchen und zu stöhnen und merkte, daß diese Anstrengung sie versteifte.
Geh, sagte sie, laß mich allein und führ gleich die Frau Ružička herein, wenn sie da ist.
Die Schmerzen stießen merkwürdigerweise in den Kopf, füllten ihn aus und stellten eine Art von Betäubung her.
Sie entspannte sich, gab den Wehen nach.
Irgendwann war die Hebamme gekommen, Stimmen hatten sich vermischt, die Boženas, der Hebamme und später die des Professors. Sie brachte alles durcheinander.

Manchmal tauchte ganz klar ein Gesicht auf, löste sich dann in einem lächelnden oder sprechenden Mund, in Augen.
Sie bat, die Gardinen aufzuziehen.
Das ist ungewöhnlich, sagte Frau Ružička.
Warum soll es nicht hell sein?
Die Wehen folgten rasch aufeinander. Die Schmerzen hoben sich gegenseitig auf.
Ich bin ein Bündel, sagte sie, einfach nur ein Bündel.
Die Hebamme schob ihr Kissen unter das Kreuz.
Der Arzt drückte ihr die Beine auseinander.
Es geht schon, sagte er, es ist gut.
Dann spürte sie, wie das Kind kam.
Sie hörte ihr Keuchen wie das einer anderen.
Die Stimmen ballten sich, es klatschte, der Professor herrschte die Hebamme an, Božena rief »eu eu«, sie hörte das Weinen des Kindes. Aber Wehen stiegen wieder an.
Herrgott, sagte der Arzt, ich habe es geahnt, die Herztöne waren so seltsam gewesen – es sind zwei. Sie haben Zwillinge, Frau Perchtmann, sie haben Zwillinge.
Es war ihr gleichgültig.
Beim zweiten Mal riß sie auseinander.
Ich werde nähen müssen, sagte der Arzt.
Sie war nicht mehr da, sie taumelte zwischen Wachen und Schlafen.
Die Schmerzen waren zu einem Zustand geworden und hielten sie in der Schwebe.
Die Säuglinge weinten.
Wollen Sie sie sehen?
Sie nickte.
Sie sah zwei winzige Leiber. Sie gehörten ihr, es waren ihre Kinder.
Gleich zwei, sagte sie.

Sie hörte Ferdinands aufgeregte Stimme. Er beugte sich über sie, versuchte sie auf die Stirn zu küssen, sein Geruch ekelte sie, sie drehte ihren Kopf fort.
Sie ist erschöpft, sie wird schlafen müssen. Frau Ružička bleibt hier, sagte der Professor. Es ist alles in Ordnung.
Sie hört Wasser. Die Kinder werden gebadet.
Gleich Zwillinge, sagt Ferdinand.
Er sitzt am Bettrand.
Sie haben das Leintuch gewechselt, ehe er kam, das Blut, den Dreck weggebracht. Irgendwann haben sie sie auch vorsichtig gewaschen.
Der Professor hat sie genäht.
Es schmerzt nicht, hat er gesagt.
Es konnte nichts mehr schmerzen.
Wir haben ihn Georg nennen wollen, sagte Ferdinand. Sollen wir den einen Georg nennen, Kathi? und wieder beugte er sich, wenn auch vorsichtiger, über sie.
Nein. Nein.
Wie denn? Aber das ist jetzt auch nicht so wichtig.
Doch, Ferdinand.
Also?
Peter und Paul.
Wie kommst du darauf?
Halt so.
Sie schlief, hörte im Schlaf alle kleinen Geräusche im Zimmer.
Es war der 14. Oktober 1923.

20.
Vogelfutter oder Wüllner stellt sich um

Georg Wüllner trat auf wie Schlemihl. Er hatte keine Schatten mehr und verbat es sich, von Schatten zu sprechen. Katharina hatte mindestens einmal in der Woche Post aus Dresden bekommen, die meisten Briefe von Mummi, einige von Gutsi. Nur in Gutsis Briefen wurde das Debakel angedeutet, allerdings von einer Unkundigen, die zufällig Hiobsbotschaften hörte, doch sie sich nicht erklären konnte. Merkwürdigerweise hatten sie Katharina kaum berührt. Sie vertraute dem Glück der Familie. Beiläufig hatte sie Ferdinand gefragt, ob es den Combella-Werken schlecht gehe, worauf Ferdinand sich herausgeredet hatte, es gehe derzeit niemandem gut und vielleicht habe ihr Vater ein wenig zu groß geplant und müsse sich nun einschränken.
Die Eltern hatten mehrfach versprochen, auf Besuch zu kommen. Vater sei in Franzensbad gewesen, hörte sie. Dieter war durchgereist, er hatte sein Studium abgebrochen, die Unruhe trieb ihn schon nach zwei Stunden fahrigen Geredes fort: er habe in Wien zu tun. Was, erfuhr sie nicht. Ferdinand wollte er erst gar nicht sehen. Ernst schrieb aus Leipzig. Dort hatte er sich eine Anwaltspraxis eingerichtet. »Wenn es Dir nicht peinlich ist, kannst Du die Briefe an mich getrost mit ›Herrn Hintertreppenadvokaten Dr. Wüllner‹ adressieren.«
Die Zwillinge machten den Besuch der Großeltern notwendig. In Telegrammen hatten sie ihre »übergroße Freude« und ihren »Stolz« mitgeteilt und Gutsi hatte

sich »nach reiflicher Überlegung« als Kinderfrau angeboten: »Wenn ich auch schon sechsundfünfzig bin, habe ich Kraft, eine ganze Herde von Kindern großzuziehen.« Katharina hatte Gutsi auf über sechzig geschätzt. Das Angebot kam ihr recht. Zwar hatte Frau Ružička ein Kindermädchen besorgt, für das sie sich verbürge, aber die Verständigung fiel Katharina noch immer schwer und die Zungenbrechereien mit Božena, die nun so viel Deutsch wie sie Tschechisch konnte, reichten ihr.
Sie telegrafierte Gutsi, wenn es sie nicht überrasche und es ihr nicht zu beschwerlich sei, könne sie gleich mit den Eltern kommen.
Sie lebte, das wußte sie, in einer Umgebung, die auseinanderbrach, in der es blutige Zusammenstöße gab, in der altes und neues sich gegenseitig in Frage stellten – sie war nicht beteiligt. Sie hatte, bei einem ihrer Stadtspaziergänge, in einer Gasse der Altstadt zugesehen, wie ein junger Mann von einer Gruppe anderer junger Männer verfolgt wurde, wie sie ihn in einem Hauseingang erwischten und zusammenschlugen. Niemand rief, schrie. Alles spielte sich in einer gehetzten Lautlosigkeit ab. Sie wußte nicht, ob es Tschechen waren, die einem Deutschen nachstellten, Kommunisten, die einen ihrer Gegner trieben, Nationalisten, die einen Sozialisten verfolgten. Sie war stehengeblieben und dann, nach einer Schrecksekunde, davongelaufen. Sie wußte nicht, weshalb der Zusammenbruch sie nicht erreichte. Sie erwartete Spektakuläres, daß sie plötzlich auf der Straße säßen, Ferdinand ohne Arbeit und Besitz. Wenn sie es sich ausmalte, hatte sie keine Angst. Manchmal wünschte sie sich, daß der Lauf der Tage sich ändere. Aber er blieb so.
Ferdinand und sie erwarteten die Eltern und Gutsi auf dem Bahnhof. Die Zwillinge hatte sie, der Kälte wegen, nicht mitnehmen wollen. Es schneite, der Schnee trieb

am Ende der Perronhalle zu einem schütteren Vorhang zusammen. Der Zug hatte Verspätung, niemand konnte ihnen sagen, wie lange sie würden warten müssen. Ferdinand hatte den Arm um sie gelegt, sie gingen auf dem Bahnsteig auf und ab. An einem der fliegenden Stände kauften sie heiße Bouillon. Das Warten wurde zum Spiel. Die Lokomotive war im Schneetreiben zuerst als mächtiger Schatten zu sehen. Ihr kamen die Tränen. »Jetzt merkte ich, daß ich mich eigentlich noch nicht vom Elternhaus gelöst hatte, daß ich die ganze Zeit in Prag durch mädchenhafte Erinnerungen mit ihm verbunden gewesen war. In Prag hatte ich im Grunde kein eigenes Leben begonnen. Ich schämte mich, als es mir klar wurde, kam mir lebensuntüchtig vor.«
Mit dem Zug drang Lärm in die Halle, die Rufe der Gepäckträger durchbrachen ihn rhythmisch: Nosič zavazadel! Nosič zavazadel! Ferdinand hatte einen der Männer zu sich gewinkt, während sie an den Waggons entlanglief. Gutsi winkte aus einem Fenster fast am Ende des Zuges. Sie rannte, lachte, winkte. Susanne Wüllner stand inmitten eines Kofferbergs, den Wüllner zu ordnen versuchte.
Katharina lag einem nach dem anderen in den Armen.
Ferdinand kam mit dem Träger, der das Gepäck kopfschüttelnd prüfte. Er könne das nicht allein, ein »Kollega« müsse ihm helfen.
Wie die Fürsten, sagte Katharina, ihr seid wahnsinnig.
Weißt du, wir wollen auch mal ausgehen, sagte Wüllner, außerdem haben wir den ganzen Hausstand von Gutsi mitgebracht.
Wir werden zwei Droschken nehmen müssen. Ferdinand führte die Karawane an.
Vater hatte sich nicht verändert. Er war so elegant gekleidet wie Mummi, die ihren schwarzen Sealmantel

trug. »In meiner Erinnerung war sie älter. Sie wirkte jung, unternehmungslustig, und Vater war der geübte Begleiter.«

Die Droschken trennten sich vor dem »Imperial«. Wüllner hatte um »eine Stunde Pause« gebeten, oder »ooch zweie«, sie sollten sich in ihren Plänen nicht verwirren lassen, außerdem müßten sie Gutsi in ihre neue Arbeit einführen. Ferdinand fuhr für »wenigstens zwei Stunden« in die Fabrik.

Sie hatten für Gutsi im Dachgeschoß des Hauses zwei Zimmer mieten können, so daß sie nicht bei den Zwillingen schlafen mußte und sich, übernahm Božena ihre Pflichten, zurückziehen konnte. Die Zimmer waren ohne Aufwand eingerichtet, gefielen Gutsi auf Anhieb.

Sag mal, fragte sie, als sie mit dem Lift zur Wohnung hinunter fuhren, reden hier alle Leute tschechisch, Kathi? Muß'sch das ooch noch lernen? Gutsi war kleiner geworden, oder Katharinas Erinnerung hatte sie größer gemacht.

Aber nein, viele Leute sind Deutsche und viele Tschechen sprechen deutsch, und Božena wird dich schon verstehen. Sie hatte Gutsi, während sie auspackten, vorbereitet auf die weitläufige Düsternis der Wohnung, dennoch erschrak die Frau, als Božena die Tür öffnete und sie gemeinsam in den Vorsaal traten. »Das is ja en greulicher Ballasd«, sagte sie.

Božena gefiel ihr.

Ob die Kleinen schliefen?

Sie gingen durch den Korridor zum Kinderzimmer, Gutsi sagte, sie müsse sich hier erst zurechtfinden, »was is unsre Villa dagegen schön«; Katharina machte leise die Tür auf, die drei Frauen schlichen auf Zehenspitzen zu den beiden Betten, die nebeneinander, nicht weit vom Kachelofen standen.

Gutsi kauerte sich schwerfällig vor dem Bett hin, an dem ein Täfelchen mit dem Namen Paul angebracht war. Solche Winzlinge habe sie schon lange nicht mehr gesehen, aber aus der Übung sei sie nicht. »So was kann man nicht verlernen.«
Wann sie die Kinder stille?
Ich hab' sie abgesetzt, Gutsi.
Gutsi zog sich am Bett hoch, der Säugling begann zu krähen, sie hörte auf zu flüstern: Das find' ich empörend, Kathi, oder bist du krank?
Nein.
Dann kann ich es nicht verstehen.
Warum soll mein Busen häßlich werden?
Also nee, Gutsi ging auf die Schränke zu, griff in die Babywäsche, sagte nach einer Weile ärgerlichen Schweigens: Aber sonst ist ja alles in Ordnung. Du kannst dich ruhig deinen Pflichten widmen.
Die Eltern kamen gemeinsam mit dem alten Perchtmann, der sie im »Imperial« erwartet hatte. Ferdinand war noch nicht zurück. Die Unterhaltung lief mühsam, bis die Männer sich ins Herrenzimmer zurückzogen und Susanne Wüllner mit Katharina allein blieb.
Du siehst fabelhaft aus, Mummi.
Ja. Was macht die Gutsi?
Sie hat ein bißchen gebrummt.
Die Wohnung ist aber auch ein Alptraum.
Ferdinand findet sie repräsentativ.
Sei nicht ungerecht, Kind.
Aber nein, er hat es so erklärt. Wie sehe ich aus? Sag es ehrlich.
Sehr hübsch, ein wenig voller, das steht dir gut.
Wie geht es Vater?
Na ja, er wird mit dir sprechen.
Steht es schlimm mit dem Werk?

Ich habe ihm versprochen, dir nichts zu sagen, es ihm zu überlassen.
Also gut.
»14. Dezember 1923
Ich muß nachtragen, bin während des Besuchs der Eltern nicht dazu gekommen, Tagebuch zu schreiben. Wir sind viel unterwegs gewesen, vor allem Vater war unersättlich. Wir mußten ins Theater, ihm unsere Bekannten vorführen. Mit Mirjam flirtete er hemmungslos. Sein Taktgefühl ist noch immer nicht sonderlich ausgeprägt. In einer Theaterpause sagte er: Die Judenmädchen sind eben doch reizvoll, nicht wahr? Ich muß es ja wissen. Mutter wurde rot, Mirjam ärgerte sich. Er merkte die Verlegenheit der anderen gar nicht. Komisch, früher habe ich darüber gelacht, fand solche Bemerkungen unkonventionell, frei. Daß sie auch verletzen können, hatte ich nie bedacht; trotzdem: wir haben uns blendend unterhalten. Selbst der alte Perchtmann war nicht mehr ganz so steif und ist den Eltern zugeneigt. Ich weiß nicht, in welcher Bredouille Vater steckt. Er hat immer, wenn es ihm schlecht ging, aufgetrumpft. Erst nach einer Woche, zwei Tage vor der Abreise, kam es zur Aussprache. (Aussprache ist das falsche Wort. Er erklärte mir die Situation.) Mummi und Ferdinand waren dabei. Ferdinand sagte kein Wort. Später, im Schlafzimmer, sagte er, er habe Vater, seid er ihn kenne, für einen Hasardeur gehalten. Wir stritten, ich verbot ihm, so zu reden.«
Wüllner begann ohne Umschweife: Wir sind pleite, mein Kind. Du siehst vor dir mögliche Armenhäusler. Hätten wir nicht ein wenig Grundbesitz, der allerdings auch belastet ist, müßten wir betteln gehen.
Und das Haus? Warum dachte sie zuerst an das Haus, nicht an die Eltern, an Vaters Werke (»sie haben mich

nie gekümmert, nur Vaters Alchimistenarbeit zu Hause, seine verwegen duftenden Mixturen«)?
Das Haus haben wir noch, sagte Wüllner trocken.
Es ist uns zu groß geworden. Susanne Wüllner wollte ihre Tochter trösten. Nachdem nun auch noch Gutsi fort ist und der Gärtner kaum zu bewegen ist, den Garten nicht völlig zuwachsen zu lassen, hat es für uns keinen Sinn mehr. Uns genügt eine kleine Wohnung.
Und da haben wir vorgesorgt – Wüllner versuchte lässig die Emotionen zu überspielen –, du kennst die hübsche Wohnung in der Fabrik, die habe ich uns in dem Vertrag mit den neuen Teilhabern auf Lebenszeit zusichern lassen.
Die ist doch viel zu klein.
Wir werden auch nicht größer.
Sein Verhalten, sein Aussehen – er trug einen tadellos geschneiderten dunkelblauen Flanellanzug – widersprach dem, was er sagte. Er verlor gut. Susanne Wüllner hingegen war die ganze Zeit den Tränen nahe, hantierte mit dem Spitzentuch, sah ihren Mann ab und zu vorwurfsvoll an.
Katharina bekam es kaum über die Lippen: Also habt ihr alles verloren?
Fast alles, erwiderte Wüllner. Es bleiben uns, wie gesagt, einige Liegenschaften, die sind eine Menge wert, und jede neue Parfümkreation wird mir honoriert. Die Werke sind zwar futsch, aber die Burschen sind auf mich angewiesen.
Katharina hatte vergessen, daß sie Gastgeberin war; Ferdinand war hinausgegangen, hatte Božen</a> gebeten, den Tee aufzutragen, Wüllner wünschte, »wenn ich euch nicht in Unkosten stürze«, einen Cognac.
»Warum macht er es uns immer so schwer und sich immer so leicht?«

Und deine französischen Partner?
Für die sind meine Parfüms der blanke Kriegsgewinn, die machen allein weiter.
Kannst du das nicht anfechten?
Hab ich den Krieg gewonnen, mein Kind?
Ferdinand brach in Gelächter aus, schlug mit den Händen auf die Lehne des Sessels: Sie sind einzigartig, Schwiegerpapa!
Das ist mir nichts Neues, mein Schwiegersohn.
Und wie soll es weitergehen?
Irgendwann wird die Währung reformiert, Kathi, dann werden eine Menge Leute mit leeren Händen dastehen. Das werden wir hinter uns haben. Notfalls verkaufen wir für das neue Geld das Haus, das vom Januar an irgendein Währungsritter bewohnt. Wir werden sehen.
Für das Haus könntest du doch viel bekommen.
Es ist zum Teil verschuldet.
Warum eigentlich?
Was glaubst du, wie ich alles finanziert habe, vor allem am Anfang, meine Experimente – und wovon ihr gelebt habt? Alle eure Extratouren!
Und deine, sagte Susanne Wüllner. Sie hätte damit die besonders Ferdinand peinigende Unterhaltung abschließen können, doch die »Wurstigkeit« ihres Mannes hatte sie erregt. Du hast ja auch Zukunftspläne, die solltest du den Kindern nicht verschweigen.
Ihre Ironie machte ihn unsicher. Das ist nun wirklich unnötig.
Nein, Georg, schließlich bin ich daran beteiligt.
Du, Mummi? Katharina waren die Andeutungen nicht ganz geheuer.
Wenn Vater plant, dann weitblickend.
Spannt uns doch nicht so auf die Folter.
Es handelt sich – Wüllner konnte das Unheil dieses Mal

nicht beschönigen. Er liess sich noch einen Cognac einschenken, stand auf, suchte in den Jackentaschen, fand nichts, setzte sich wieder, sagte, er habe seine Zigaretten verlegt. Ferdinand bot ihm eine Zigarre an.
Du machst uns alle nervös, sagte Susanne Wüllner, soll ich es erzählen?
Also gut: Wir werden einen Vogelfutter-Vertrieb einrichten.
Was? rief Katharina. Ihre Mutter begann zu lachen. Ja, einen Vogelfuttervertrieb, bestätigte Susanne Wüllner.
Das ist nicht lächerlich, sagte Wüllner. Ihr habt wohl schon wieder vergessen, wie es um uns steht? Die Sache ist nicht kostspielig. Und was, frage ich euch, lässt der brave Mann auch in der Armut nicht verkommen? Sein Haustierchen. Futter braucht der Mensch. Futter braucht das Federvieh. Die Krise kann uns kaum treffen. Lieferanten habe ich, die Verträge sind geschlossen, die Tütchen bereits in der Fabrikation: Wüllners gut sortiertes Vogelfutter. Zwei Vertreter haben Kontrakte. Mutter wird mit einigen Damen die Portionen auswiegen und eintüten.
Und du, Vater?
Na ja, ich führe die Geschäfte.
Wüllner verliess das Zimmer, Ferdinand folgte ihm. Katharina tröstete die Mutter.
Meinst du, er ist noch normal, Mädelchen?
Er hat sich um keinen Deut geändert, nur die Zeit passt nicht mehr zu ihm.
Sie gingen Peter und Paul besuchen. Gutsi, die beide wie ein Wappenbild in den Armen hielt, den glatzköpfigen Peter zur Rechten, den schwarzen Pelzkopf Paul zur Linken, gab abwechselnd die Flasche.
»Der Vogelfutterhändler Wüllner! Ich glaubte meinen Ohren nicht zu trauen. Ich war so betroffen, dass ich

nicht reagieren konnte. Mutter soll Tütchen auswiegen! Erst am Abend begriff ich. Ferdinand konnte mir nicht helfen, er schwieg beharrrlich, sagte endlich: Über deinen Vater kein Wort mehr, Kathi, denn du wirst es mir immer zum Vorwurf machen. Dann noch, ein paar Stunden vor der Abreise, der Krach zwischen Vater und Ferdinand. Sie sind sich im Wesen so fremd – oder muß man mir beibringen zu leben? Das ist ein alberner und in sich nicht logischer Satz. In dieser Verfassung bin ich.«
Sie waren, nach dem letzten Stadtbummel, ins Café Majestic gegangen. Sie saßen an einem der großen Fenster, beobachteten das Leben auf dem Wenzelsplatz. Schön, sagte Susanne Wüllner, als hätte es nie einen Krieg gegeben und als gehe es allen Leuten gut. Der Lärm drang gedämpft herein.
Das Bild trügt, es wird Umsturz auf Umsturz kommen. Katharina war von der Resignation in Ferdinands Stimme überrascht. Das Volk hat Blut geleckt. Die Plebs wird nicht nachgeben, es sei denn, einer gründet eine neue, überzeugende Ordnung.
Wüllner hatte anscheinend keine Lust, auf diesen Ausbruch einzugehen. Er sah, den Kopf auf die Hand gestützt, aus dem Fenster, Versunkenheit vortäuschend.
Ist Ihnen denn die Revolution nicht auch unheimlich, Schwiegerpapa?
Wüllner schüttelte den Kopf: So neu ist das wieder nicht, Ferdinand. Für Sie vielleicht. Und außerdem, die einen halten Ordnung schon für Gerechtigkeit, die anderen nicht. Das ist zu primitiv.
Susanne Wüllner bat ihren Mann, sie zum Tortenbuffet zu begleiten.
Ach mähr doch nich so rum, Sanne, hol dir deinen Biskuit alleene.
Sie blieb sitzen.

Ist dir der Appetit vergangen?
Sei doch nicht so tückisch, Georg.
Er schaute wieder hinaus.
Es war Ferdinand nicht aufgefallen, daß im Grunde von ihm die Rede war. Er blieb hartnäckig bei seinem Thema. Ob nicht dieser Hitler und der General Ludendorff, würden sie eine größere Gefolgschaft finden, Ordnung schaffen könnten? Schließlich habe Mussolini im vergangenen Jahr mit seinem Marsch auf Rom auch vieles gewagt und alles gewonnen.
Wüllner wendete sich ihm zu: Sie sind ein Chauvinist, ein Nationalist, Schwiegersohn.
Ferdinand wies es zurück, es gehe nicht um eine politische Anschauung, sondern um den voraussehbaren Untergang der europäischen Kultur.
Wüllner spielte den Überraschten. Mein verehrter Schwiegersohn sieht das Abendland untergehen. Und als Retter hat er sich den Hitler ausgesucht, der nicht auf Rom, sondern quer durch München marschierte und davonlief, als es ballerte.
Es gehe hier nicht um eine einzelne Person, sondern um das Prinzip, wie man aus der totalen Verworrenheit und Unsicherheit hinausfinde.
Warum nicht Unsicherheit, Schwiegersohn, warum nicht Zweifel? Könnte es nicht sein, daß wir uns entschließen, die alten Ordnungen – und sie taten uns gut, nicht wahr? – hinter uns zu lassen? Wie wär's?
Du redest wie ein Kommunist.
Vielleicht werde ich auf meine alten Tage einer. Ein Kommunist! Wüllner war laut geworden und Ferdinand schaute um sich.
Fürchtest du, ich könnte hinausgeworfen werden, ich, ein bankrotter Parfümfabrikant und möglicherweise ein Kommunist?

Georg, beruhige dich doch, bat Susanne Wüllner.
»Wenn Ferdinand geahnt hätte, daß ich auf Vater stolz war, als er so sprach. Er zeigte seine Kraft. Er war eben nicht nur ein Gaukler. Uns hatte er eine Figur vorgespielt, die leicht zu lieben war, die sich aber auch mühelos entziehen konnte. Nun gab er nicht nach, sprach aus, was ihn bedrückte, und Skodlerrak hätte ›Eure Meschpoche‹ nicht mehr verachtet.«
Wissen Sie, was ich verliere, Schwiegersohn? Einen Käse. Es ist mir egal. Sicher, Susanne wird die Umstellung im Ganzen schwerfallen – Schwamm drüber. Vielleicht ist auch meine Phantasie inflationär. Das würde mir nicht schaden. Was ich besaß, steckt ohnehin in meinem Kopf. Es kann sein, daß Ihr Herr Hitler ihn abhacken läßt, wenn er an die Macht kommt.
Georg, nun laß es aber sein. Susanne Wüllner stand auf, sie werde mit Katharina vor dem Café warten.
Das sind doch nur vage Aussichten, Sanne, mehr nicht.
Du bist ein Zyniker. Sie zog die Handschuhe an und ging. Katharina blieb sitzen. Wüllner beachtete sie und Ferdinand nicht mehr.
Wir müssen gehen, sagte er. Der Zug fährt in vier Stunden. Ihr könnt mich einen Träumer schimpfen, sagte er, ich war es vielleicht mein ganzes Leben, und für meine Umgebung wahrscheinlich komisch – nicht wahr, Katharina? –, doch mich haben Menschen immer beschäftigt, wahrscheinlich zu oberflächlich, jetzt sehe ich sie mit einem Mal.
Katharina brachte die Eltern zum Bahnhof. Ferdinand hatte sich entschuldigt. Es taute, es war naß und unfreundlich. Keine Unterhaltung kam zustande. Susanne Wüllner war mit dem Gepäck beschäftigt, zählte die Koffer.
Nimm mich nicht ernst, Kathi, sagte Wüllner, sich aus

dem Zugfenster beugend, deine Mutter hat recht, ich bin unausstehlich. Doch laß dir deine eigenen Gedanken nie ausreden.
»Ich habe nicht gewinkt. Vater stand im Fenster, wippte, machte sich groß. Ich liebte ihn.«

21.
Noch einmal Elvira oder Ferdinand geht fremd

Sie erfuhr es in Raten. In einem der Anzüge Ferdinands, die sie Boženo zum Reinigen gab, fand sie, in einer intelligenten Handschrift, einen Liebesbrief. Sie las ihn an, zerknüllte ihn, war auf diese Entdeckung nicht gefaßt gewesen, hatte, wie sie sich eingestand, »Ferdinand überhaupt nicht für fähig gehalten, einen Seitensprung zu begehen«, dies im zweiten Jahr der Ehe; sie war ratlos. Sie legte sich auf das ungemachte Bett, zerrieb das Blatt zwischen den Fingern. Erst nach einiger Zeit merkte sie, in welchem Maße sie verletzt war.
Ferdinand hatte sie »verraten«.
Unter »verraten« verstand sie etwas unbegreiflich Ordinäres.
»Er kann nur vergessen haben, wer ich bin, meine Haut, meine Liebe, meine Gedanken. Alles. Auch was man spricht, wenn man sich liebt.«
Allmählich löste sich ihre Phantasie aus der Erstarrung und sie begann sich auszudenken, wie sich Ferdinand mit der fremden Frau trifft. Sie stellte sich vor, die Frau gleiche Mirjam, ihr Körper sei der Körper Mirjams und Ferdinand betrachte ihn. Sie ließ beide nackt sein, sich berühren, liebkosen, miteinander schlafen. Es war eigentümlich, daß diese Einbildungen ihr den Schmerz nahmen und sie Lust hatte, weiter mit den Bildern zu spielen.
Ihr fiel ein, daß zwar er sie gefragt habe, ob sie vor ihm einen anderen Mann geliebt habe, sie ihn aber nie nach

anderen Frauen. Sie hatte es nicht erwogen, hatte vorausgesetzt, daß er ohne amouröse Erinnerung zu ihr gekommen war, »ich seine erste Liebe gewesen bin«.
Sie begann nach »Spuren« dieser Fremden zu suchen, in den anderen Anzügen, roch an ihnen, ob sie nach einem ihr fremden Parfüm dufteten, kramte in seinem Schreibtisch, sah in den Büchern nach, die er zuletzt gelesen hatte. Sie fand nichts, ging zu Božena in die Küche, fragte sie, ob sie einen Schatz habe.
Natürlich, antwortete das Mädchen.
Ob er älter sei als sie?
Sie sei halt noch recht jung, da müsse der Mann älter sein.
Ist er verheiratet?
Wo denken Sie hin, sagte Božena.
Es könnte ja sein.
Sie spürte von neuem den Widerstand der Wohnung, lief durch den halbdunklen Vorsaal, schaltete alle Lichter an, half Gutsi beim Wickeln der Zwillinge, riß die Kinder, Gutsi ärgernd, so heftig an sich, daß sie zu schreien begannen und Gutsi fragte: Was ist denn mit dir, Kathi?
Nichts, sagte sie, nur daß Ferdinand eine Geliebte hat.
Gutsi sagte, das fange früh an.
Jetzt konnte Katharina weinen. Sie heulte zusammen mit den Babies, die Gutsi ihr abnahm, weiter wickelte, in die Bettchen legte.
Es ist fast überall so, sagte Gutsi.
Das ist nicht wahr.
Ich weiß es eben nicht anders, Mädelchen, wenn ich an deinen Vater denke.
Sie wollte nicht weiter hören, schloß sich in ihr Zimmer ein. Ferdinand hatte sich für das Mittagessen entschuldigt. Katharina zog sich für die Stadt um, sagte Božena,

sie werde erst gegen Abend zurück sein, sie hatte vor, Mirjam zu besuchen, ließ davon ab, wanderte die engen Gassen zum Hradschin hoch, kehrte um, setzte sich in den Park des Waldsteinpalais. Sie fürchtete, jeder könne ihr die betrogene Frau ansehen.

Sie erinnerte sich, wie sie zu Beginn Stunden in diesem Park zugebracht hatte, es fielen ihr Unterhaltungen mit Ferdinand und Mirjam ein. Hatte sie nicht Elvira eine neue Freiheit zugesprochen? Wie leicht hatte sie da noch Don Juan entgegnen können. Es war ihr nach den Erfahrungen mit Eberhard und Skodlerrak ernst gewesen, und sie hatte Ferdinand mit ihrer Entschiedenheit verärgert. Jetzt, in die Enge getrieben, gab sie die »neue Elvira« auf, benahm sich so, wie die von ihr gescholtenen »Unfreien«. Es war einfacher, mit den eigenen verschwiegenen Erlebnissen aus der Gefangenschaft Elviras auszubrechen, als, nun verraten, in der einmal gewonnenen Freiheit zu bleiben. Sollte sie sich, nur aus Rache, einen Geliebten suchen? Sie würde es, das wußte sie, als sie es dachte, noch nicht können, denn die Kinder waren ihr zu nah.

Die Gedanken an Elvira hatten sie beruhigt, sie war sich ihrer wieder sicher.

Am frühen Nachmittag ging sie nach Hause, hatte Törtchen eingekauft für eine Jause mit Gutsi, die sie, als sie auf Ferdinand zu sprechen kommen wollte, zurechtwies, das habe sich erledigt, es sei allein ihre Sache. Gutsi solle gelegentliche Gefühlsaufwallungen nicht so ernst nehmen. Katharina wunderte sich, daß sich an Ferdinand nichts verändert hatte. Ihm fielen ihre prüfenden Blicke auf. Er fragte, ob sein Anzug nicht in Ordnung sei. Sie sagte, sie freue sich nur, ihn zu sehen. Er nahm sie flüchtig in den Arm, küßte sie auf die Stirn. »In diesem Augenblick wünschte ich mir, so heftig wie selten zuvor, mit ihm zu schlafen.«

Božena trug das Abendessen auf. Gutsi hatte sich entschuldigt, Paul habe den Schluckauf und sie wolle bei den Kindern bleiben. Ferdinand erzählte von den »phantastischen Gaben« eines Indigofärbers. Den werde er, auch wenn man es ihm verübeln werde, für die eigene Fabrik nach Brünn engagieren.
Ihre Frage hatte kaum Gewicht: Betrügst du mich, Ferdinand? und schlug doch auf ihn ein; er schaute ihr in die Augen und sagte nach einiger Zeit: Du bist verrückt, Katharina. Wie kannst du nur so etwas fragen?
Wenn man allein ist, kommt man auf dumme Gedanken.
Er werde noch eine Stunde im Herrenzimmer arbeiten.
Sie ging zu Bett, wartete auf ihn. Er kam früher. Sie liebten sich. Ihre Heftigkeit bestürzte ihn. An diesem Abend empfing sie ihr drittes Kind, Camilla.

22.
Atemzüge eines Frühlingstages

Katharina war in ihrer zweiten Schwangerschaft labiler, anfälliger für Phantasien, kränkelte mehr. In den ersten beiden Monaten war ihr derart übel gewesen, daß sie Ferdinand gebeten hatte, von Einladungen abzusehen und sie nicht mitzunehmen. Manchmal kam Mirjam zu Besuch, doch deren seichtes Gerede enervierte sie und Mirjam beklagte sich über Katharinas Wehleidigkeit; so trafen sie sich kaum noch. Mit Gutsi tauschte sie Erinnerungen an Klotzsche aus, konnte sich vergnügen an oft wiederholten Anekdoten. Sie hatte entdeckt, daß Ferdinand, wie sie es ausdrückte, ohne jegliche Metaphysik war; sein Wirklichkeitssinn bedrückte sie. Sie habe nie Neigung zum Realismus gehabt, was allerdings eine Übertreibung war, viel eher zu Aktivismus oder Nihilismus, darum hätten sie auch Anarchisten angezogen, die ihr von ihrer Herkunft doch hätten fremd sein müssen.
Sie dachte viel an Onkel David, der kaum schrieb, jedoch versprochen hatte, sie nach dem Umzug in Brünn zu besuchen. Er hätte sie, vielleicht, verstanden und hätte sie aufheitern können.
Die Sonne war unterdessen höhergestiegen. Sie war mit der Straßenbahn zum Wenzelsplatz gefahren, hatte vor, zur Schneiderin zu gehen, als sie, die Gasse entlangschlendernd, überraschend die Luft spürte. Sie atmete ein, blieb stehen, sah zum Himmel, der ohne Wolken, von einem blassen, in sich bewegtem Blau war, spürte die

fast körperliche Wärme und hatte den Eindruck, sie schwimme in der Luft. Die Stadt hatte sich verändert: der schwere Stein löste sich auf im Licht, der Hradschin schwebte über dem Berg, ein vielfach durchbrochenes Filigran.
Sie sprach nicht viel bei der Schneiderin, die ihre Versuche, eine Unterhaltung anzufangen, Nadeln zwischen den Lippen, aufgab.
Sie wollte nicht gleich nach Hause, spazierte ziellos. Am Masarykbahnhof wartete sie auf die Straßenbahn, ohne eigentlich mitfahren zu wollen; sie ließ einige Trams fortfahren, ohne einzusteigen, stand, die Tasche kindlich schwenkend, unter den Leuten, atmete die Luft, die den Atem spürbar machte. Sie wurde beobachtet. Zu ihrer Linken, nur zwei Schritte entfernt, stand ein junger Mann, offenbar auch auf eine Tram wartend, und musterte sie. Er trug einen beigen, leichten Anzug, den Kragen des Hemds offen und seine Haltung – mit den Händen spielte er in den Jackentaschen und den linken Fuß hatte er, als wolle er springen, vorgeschoben – war von schamloser Unbefangenheit. Seine Blicke hielten sie fest, sie wagte, um ihnen nicht zu entgehen, sich nicht zu rühren. Seine Augen glichen denen Hribaschs, aber sie waren angriffslustiger, frecher. Ihre Blicke begannen miteinander zu spielen. Die Unverfrorenheit dieses Jungen reizte sie. Sah man ihr die Schwangerschaft nicht an? Mußte ihn ihr Zustand nicht von einem Flirt abhalten? Sie legte die linke Hand an den Hals. Sie würde, das wußte sie, sich womöglich mit ihm einlassen. Doch er tat keinen Schritt auf sie zu. Sie hatte keine Macht mehr über ihr Lächeln. Nun lächelte auch er, ein wenig zu ordinär, zu unverhohlen. Sie würde ihm doch entrinnen können. Es war, redete sie sich ein, diese dem Körper allzu vertraute Luft.

Jetzt stellte sich Feindseligkeit ein, das Verlangen, den Mann zu verletzen, ihn öffentlich bloßzustellen. Sie könnte schreien, ihn der Belästigung bezichtigen. Er las in ihren Augen, war wieder ernst geworden. Sprach er mit ihr? War er ihrer schon so Herr, daß er ihre Gedanken lesen und sie bewegen konnte? Das war ihr zuviel. Sie wich seinem Blick aus, sah in dem Moment, wie eine ältere dicke Frau, einen Marktkorb in der Hand, vor eine herankommende Straßenbahn sprang, aufschrie, von dem Motorwagen niedergeworfen und mitgeschleift wurde. Die Bremse des Wagens kreischte, das Gesicht des Fahrers wurde gegen die Scheibe gepreßt. Im Nu bildete sich eine Menschentraube. Sie wurde hin und her gestoßen, ihr wurde übel, sie fürchtete einen Schwindelanfall; das Kind in ihrem Leib bewegte sich. Er war plötzlich bei ihr, hatte sie um die Schulter gefaßt, nur kurz, dann ließ er sie wieder los. Seine Hand umgriff ihren Arm. Seine Nähe verwirrte sie vollends; sie spürte die Fläche seiner Hand auf ihrer Haut. Sie schaute ihn nicht an. Er sprach tschechisch, sie verstand ihn nicht. Dann sprach er deutsch, ganz ohne Fehler.
Kann ich Ihnen helfen? Ihnen ist nicht gut, gnädige Frau, es ist Ihnen anzusehen.
Sie konzentrierte sich auf den Druck seiner Hand, auf das Gefühl, das die Berührung auslöste.
Nun blieb auch er ruhig neben ihr stehen. Es sah aus, als würden sie schon längere Zeit gemeinsam auf die Trambahn warten.
Die Szene war turbulent geworden, Polizei kam, die Ambulanz.
Es ist besser bis zur nächsten Station zu Fuß zu gehen. Darf ich Sie bis dorthin begleiten?
Er wartete nicht auf ihre Antwort, sondern schob sie auf den Weg. Sein Schritt glich sich dem ihren an, manch-

mal drängte sich seine Hüfte gegen die ihre, sie genoß diesen Rhythmus, den sie aufheben konnte, wann immer sie wollte.
Sie erreichten die Haltestelle bald, was sie insgeheim bedauerte. Sie zögerte nicht, in die nächste Tram einzusteigen, obwohl es nicht ihre Linie war; er folgte ihr, setzte sich neben sie, legte wiederum, mit leichtem Nachdruck, seine Hand auf ihren Arm. Katharina versuchte, der Berührung zu entgehen, indem sie die Stelle auf ihrem Arm einfach aus ihrer Empfindung ausnahm. Sie zitterte, bekam Gänsehaut.
An der nächsten Station stieg sie aus, es war ihr gleichgültig, wo sie sich befand. Als er aufstand, um sie zu begleiten, sagte sie sehr bestimmt: Vielen Dank, ich brauche Ihre Hilfe nicht mehr.
Sie fand rasch eine Droschke, wechselte, zu Hause angelangt, unverzüglich die Kleider, zog sich einen Stuhl ans Fenster des Salons und saß dort, bis es dämmerte und Ferdinand sie zum Essen abholte.
Sie war nicht nur von einem Fremden berührt worden, sie hatte es geschehen lassen, ohne sich zu wehren, darum war sie sicher, daß der hübsche junge Mann ein Bote gewesen sein mußte. »Ich kann beschwören, daß er mich sexuell nicht erregte. Ich habe zwar in beiden Schwangerschaften Phasen erlebt, in denen ich gierig war, mich, zu den seltsamsten Zeiten, nach Liebe sehnte, nach Haut, nach Körperlichkeit, aber das war gestern nicht der Fall. Im Grunde stieß mich der Junge ab. Irgendein unbestimmter Magnetismus – anders kann ich es mir nicht erklären. Und der Tag, dieser herrliche Tag mit einer Luft, die man auf der Zunge schmecken konnte! Wahrscheinlich übertreibe ich. Ich bin mißgelaunt und meine Phantasie überreizt. Doch nur er kann mir alle diese Gedanken eingegeben haben. Was geschieht, wenn

ich sterbe? Ich stelle mir mein eigenes Begräbnis vor, die trauernde Versammlung. Ich stelle mir diesen Einschnitt vor, diesen letzten Augenblick. Wie nichts mehr da sein wird. Ist das überhaupt auszudenken? Nur weil wir weitersehen wollen, haben wir uns den Himmel geschaffen. In meinem Kopf ist die Welt und sie hört mit mir auf. Warum hat er mich darauf gebracht? Ich weiß es nicht. Er benahm sich so frech – er hat eine Rolle gespielt, für mich allein, weil ich ihn mir so wünschte an diesem Frühlingstag. Er wird in dieser Gestalt nie wiederkehren.«

Ferdinand, der in dieser Zeit außerordentlich aufmerksam war, ihr sagte, daß sie von Tag zu Tag schöner werde, überraschte sie mit der Mitteilung, er habe in den Schwarzen Feldern in Brünn ein Haus gekauft, so daß sie nicht bei seinem Vater wohnen müßten. Sie freute sich und dachte mit weniger Vorbehalt an den Umzug.

23.
Der Umzug oder Wie Onkel David die Stimme verlor

Einige Tage nach dem Umzug, das Haus war nur in wenigen Zimmern bewohnbar – Gutsi hatte unnachgiebig dafür gesorgt, daß die drei Kinder ihr Unterkommen und ihre Ruhe hatten; Peter und Paul machten ihre ersten Gehversuche, zwei derbe und sich gut entwickelnde Burschen; Camilla dagegen war zart, »sie ist eben doch ein Kind der Verzweiflung«; Božena verließ die Küche, deren Ordnung wiederherzustellen sie nicht in der Lage war.
Einige Tage nach dem Umzug tauchte unangemeldet Onkel David auf. Er wisse, daß er ungelegen komme, aber er wolle, größenwahnsinnig wie er sei, für die Weihe des Hauses sorgen. Sie erschrak; er sah aus wie ein von altmodischen Kleidern zusammengehaltenes Gerippe.
Der Frieden des Alters zehrt mich aus, mein Kind, er reagierte so ironisch wie eh und je auf ihren Schrecken, auch sein Gehabe war unverändert, elegant und ein bißchen übertrieben.
Man schwindet weg – ist das nicht treffend ausgedrückt? Nein, das Haus wolle er sich erst in einer Woche ansehen. Sie dürfe ihn nicht hineinbitten. Von außen mache es einen stattlichen Eindruck, und der frisch angelegte Garten gefalle ihm. Recht modern alles. Dein Ferdinand ist auf der Höhe der Zeit. Da bekomme ich Atemnot.
Gerade du. Warum bist du hier in Brünn?
Ein alter Freund habe ihn nach Trübau eingeladen, auf

seinen Hof, dort solle er mit auf die Jagd gehen, wozu er wenig Lust habe, und am Rande für kunstvolle Unterhaltung sorgen.
In einer Woche, sagte sie, bis dahin haben wir das Gästezimmer eingerichtet.
Na fein.
Ob sie ihm eine Droschke besorgen solle?
Er kenne sich aus. Ein kleiner Spaziergang schade nicht.
Er küßte sie auf die Stirn, verschwand winkend hinterm Zaun.
So belanglos die Unterhaltung gewesen war, sie hatte einen Ton, den sie vergessen hatte und der sie, kaum wieder gehört, freier machte.
Es ging ihr aber nicht auf, daß sie ihn brauchte. Sie hatte sich noch nicht entschließen können, erwachsen zu sein oder das, was die Tüchtigeren, wie Ferdinand, darunter verstanden. Ferdinand hatte sie, was sie überraschte, gleich an einem der ersten Tage mit in die Fabrik genommen, durch die Weberei und die Färberei geführt – die neue Prinzipalin; der alte Perchtmann hatte sie in seinem Büro empfangen, einem großen, holzgetäfelten Raum, der seine Würde stilvoll unterstrich, ihnen Sherry angeboten, wenig gesprochen, sich ihr gegenüber jedoch freundlich, fast fürsorglich benommen. Die Stadt hatte sie bisher kaum kennengelernt, hatte von Ferne die Festung auf dem Spielberg, den Dom gesehen; nun waren sie durch eine häßliche Fabrikstraße gefahren, die Gröna, die sie dennoch eigentümlich anheimelte. Manchmal, wenn sie Häuser oder Straßen zum ersten Male sah, hatte sie die Vorstellung, sie könnten später einmal Bedeutung für sie gewinnen. Von der Gröna dachte sie es.
Das Haus war praktisch, wurde wohnlich. Ein junger Wiener Architekt, Freund des berühmten Adolf Loos, hatte es für einen Hotelier gebaut, der sich, kaum hatte

er die Villa bezogen, mit seiner Geliebten das Leben nahm. Die desavouierte Ehefrau versuchte das Haus schleunigst zu verkaufen, mußte freilich fast ein Jahr warten, bis Ferdinand sich fand. Ihn hatten die Klagen Katharinas über die Prager Wohnung dazu bewogen, »etwas Modernes« zu suchen. Die Kaufbedingungen waren erträglich.
Gutsi und Boẑena waren ebenfalls mit der neuen Umgebung zufrieden. Die Kinder stellten sich rasch um. Camilla bereitete mit ihrer Anfälligkeit allerdings weiter Sorge, und Gutsi versicherte sich rasch des Beistandes eines in der Nachbarschaft wohnenden Kinderarztes.
Ferdinand kam an zwei Abenden in der Woche nicht nach Hause, traf sich mit Freunden in einem Club, zu dem nur Deutsche zugelassen waren. Mit Argwohn, doch ohne Widerrede, stellte Katharina fest, daß sich seine politischen Äußerungen zunehmend völkisch färbten.
Ihr fehlte Mirjam, deren Briefe eigentümlich blaß blieben.
Ihr Zimmer war noch nicht fertig eingerichtet, die Möbel hatte sie sich allerdings schon ausgesucht. Es lag im ersten Stock, zum Garten hin, war hell durch zwei fast vom Boden bis zur Decke reichende Fenster, die wie Streifen in die Wand geschnitten waren. Die Zimmer der Kinder, Gutsis und Boẑenas befanden sich im zweiten Stock. In ihrer Weite unwohnlich war nur noch die Wohnhalle im Parterre. Allmählich füllte sich der in zwei Ebenen geteilte Raum und der Teppich vor dem Kamin war später der Lieblingsplatz der Zwillinge, den sie mit Nachdruck vor den anderen Geschwistern verteidigten.
Die Freude auf Onkel Davids Besuch machte Katharina eifrig. Sie trieb die Handwerker an, fortwährend kamen neue Lieferungen, Möbel, Teppiche, Lampen. Bis in die

Nacht hinein schob sie mit Božena Möbel. Sie fürchtete, der Flügel, der in der Halle vor der Fensterfront zum Garten seinen Platz haben sollte, würde nicht rechtzeitig kommen – doch er traf, einen Tag vor der versprochenen Ankunft Onkel Davids, ein.
Er würde ihr von den Eltern erzählen können, die sich in ihren Briefen zwar immer nach den Enkeln erkundigten, doch über sich selbst nur karg Auskunft gaben. Vater war offenbar doch wieder häufig auf Reisen; der Vogelfuttervertrieb schien zu florieren. Ein Satz Susanne Wüllners – »die Tage sind lang, ich schaue erst auf, wenn es in unserem Tütenraum dunkel wird« – hatte ihr zu denken gegeben.
Ferdinand hatte einige seiner alten Bekannten, ehemalige Schulkameraden und Bekannte aus dem Tennisverein, zur »Einweihung des Hauses« und zu »einem kleinen Konzert« geladen.
Sollen wir noch auf ihn warten? fragte sie. Gereizt und ein wenig angetrunken, er war im Club gewesen, wies Ferdinand sie zurecht: Das mußt du doch wissen. Ich kenne deinen Onkel David kaum.
Also, sagte sie, da ich ihn kenne, rate ich dir zu Bett zu gehen und mir, noch eine Weile aufzubleiben.
Es war nach Mitternacht.
Ferdinand verließ sie, jetzt verabscheue ich ihn wieder; sagte sie vor sich hin, dann, buchstabierend viele Male hintereinander: David Eichlaub, David Eichlaub – es gibt Namen, die zärtlich zu ihrem Träger sind. Sie hörte den Wagen vorfahren, wollte aufstehen, zur Haustür laufen, blieb aber sitzen, wollte sich nicht enttäuschen lassen, es könnte einer der Nachbarn sein, nicht David.
Die Türglocke läutete. Jetzt rannte sie, rief, ohne auf die Schläfer im Hause Rücksicht zu nehmen: Ich komme schon! Einen Moment, Onkel David.

Sie hatte vergessen, das Licht überm Portal einzuschalten, so stand er, wieder wie ein Geschöpf E. Th. A. Hoffmanns, Hut und Reisetasche in der Hand, im Halbdunkel, er könnte wieder weghuschen, mirnichts, dirnichts, sagte sie sich, sagte: Bleib!
Er trat einen Schritt zurück, verschwand fast wieder, nur sein weißer Haarschopf war noch zu erkennen und seine Augen; er nahm ihren Schrecken auf, ein Spieler: Ich bin nicht sicher, ob ich es darf. Mein Bruder Ahasver, Sie wissen, der Cousin von Heinrich Heine, wartet um die Ecke und wünscht mir kein gastliches Haus.
Er verstellte seine Stimme, lispelte, hüstelte.
Sie springt auf ihn zu, umarmt ihn, hält ihn fest, riecht Altmännerhaut, Tabak und sauren Schweiß. Sie nimmt ihm die Reisetasche aus der Hand, bittet ihn ins Haus, er könne nicht immer nur vor der Tür stehen bleiben und Besuche versprechen.
Sie geht ihm voraus, er sagt, du gehst nicht mehr wie ein Kind. Er steht in der Halle, dreht sich einige Male um sich selbst, nickt, es sei ein witziger Baumeister gewesen, der sich hier ausgetobt habe, entdeckt den Flügel, stellt sich, posierend, in die Wölbung, wandert, eine Hand auf der polierten schwarzen Fläche, um das Instrument, öffnet es: Ach, ein Blüthner, da wird sich Kollege Steinway wurmen. Er spielt ein paar Takte, sie stellt sich hinter ihn, stützt, ihre Arme auf seine Schultern, er duckt sich, sie sei zu schwer für einen gebrechlichen Greis.
Ob er nicht müde sei?
Er nicht, doch vermutlich sie.
Nein, ich freue mich, daß du doch noch gekommen bist.
Er habe sich für seine außerordentliche Verspätung noch nicht entschuldigt: Ich habe in Trübau den Zug versäumt.
Ob er hungrig sei, etwas zu trinken haben wolle?
Ein Glas Rotwein gerne.

Er verschmäht es, sich in die tiefen Sessel vor dem Kamin zu setzen, zieht den Klavierstuhl neben sie.
War die Jagd aufregend?
Ach, Kind.
Ich habe dumm gefragt.
Nicht dumm, so beginnt man Unterhaltungen.
Also dann –
Ich habe in Berlin, während eines Straßenkampfes, gesehen, wie ein Mann erschossen wurde, wahrscheinlich gar kein Beteiligter, sondern ein Passant wie ich. Wir rannten, als die Schießerei begann, kopflos über die Straße, offene Hauseingänge suchend, er blieb stehen, als ich den Eingang erreichte und mich der Straße zuwendete, einige Meter vor mir, mit einem Gesicht, in dem das Leben anhielt – kannst du es dir vorstellen? Er war getroffen. Keine Verwundung war zu sehen. Die Kugel mußte in den Rücken gegangen sein. Er stand noch im Tode da, bis er, wie eine Marionette, der die Fäden lose geworden sind, langsam zusammensank.
Onkel Davids linke Hand lag auf der Lehne ihres Sessels, eine alte Hand.
Katharina fand keine Antwort auf seine Erzählung.
Sind es Freunde, die Leute in Trübau?
Ja. Ich meine, nach einem solchen Erlebnis ist es schwer, auf die Jagd zu gehen. Ich habe eben mehr für die häusliche Unterhaltung gesorgt.
Das wirst du auch hier müssen. Ferdinand hat zu einem Liederabend eingeladen.
Kinder, euch fällt nicht viel ein. Schläft dein Ferdinand?
Schon länger.
Wie geht es den Kindern?
Die Zwillinge sind drollig, und du wirst dich an ihnen freuen. Und die Kleine wird schon; sie ist oft krank.
Macht sie dir Sorgen?

Eigentlich nicht.
Sie brachte ihn aufs Zimmer, er fand es »grandios«. Soll ich mich hier einnisten, Mädelchen, auf Dauer?
Warum nicht?
Dein Ferdinand würde mich schon ausräuchern.
Sie schlich sich ins Schlafzimmer, vermied Geräusche, um Ferdinand nicht zu wecken, schlüpfte vorsichtig unter die Decke.

Sie überließ die Vorbereitung des Abends nicht Božena, steigerte sich in Aufregung, ließ sich auch von Onkel David nicht »in die Stadt entführen«. Außerdem war sie unsicher, denn sie würde zum ersten Mal den Kreis von Ferdinand kennenlernen und nach allen Andeutungen waren Deutsch-Nationale unter ihnen, die mit ihren Reden Onkel David kränken könnten.
Der Abend begann gut. Sie war frühzeitig angekleidet, saß mit Gutsi und Onkel David in der Halle. Ferdinand war noch nicht fertig, sie hatten sich darüber belustigt, daß er die Weiberrolle übernehme.
Onkel David schilderte Mummis Arbeitstag, den sie mit drei Frauen verbringe, in der »Wüllnerschen Fabrikation«, einem neben der Wohnung liegenden Speicher der Fabrik, zwischen Säcken mit Samen und Körnern an einem langen Tisch, auf dem Waagen stehen und sich Tüten stapeln. Während Vater schon wieder obenauf sei.
»Ich hörte nicht richtig hin. Ich war nicht da. Die Anspannung des Tages hatte mich förmlich gewendet. Ich begriff, daß ich in diesem Augenblick einen Sprung erlebte: Ich nahm das Alter für Augenblicke voraus, um älter zu werden.«
Ferdinand kam, zog die Taschenuhr aus der Weste, im nächsten Moment müßten die ersten Gäste eintreffen.

Du stellst vor, nicht wahr?
Natürlich. Hast du Angst, Kathi?
Ein wenig, ich kenne niemanden.
Man freut sich, dich kennenzulernen.
Eine Stunde später kannte sie alle und niemanden. Sie wußte von einem außerordentlich eleganten Ehepaar, das das größte Kaufhaus Brünns besitze und Netzkarz heiße. Er war in den Fünfzigern, schien sich seiner Wirkung auf Frauen bewußt, während sie, eine dralle, etwas überhitzte Blondine, wiederum Männer anzog. Katharina war einer älteren Dame vorgestellt worden, die sie beeindruckte: eine sehr große, korpulente Person, der Grazie und Würde angeboren waren, vor allem Witz, sie hieß Dorothee Neumeister und besaß, wie Perchtmanns, eine Färberei. Franzjosef und Eva Nagel waren in ihrem Alter, er, Miteigentümer einer Druckerei, so scheu, daß er im Gespräch ins Stottern geriet; sie tat's ihm, offenbar aus schierer Zuneigung, nach.
Alles in allem war es ein gutes Dutzend Gäste, dem sie ihre Aufmerksamkeit widmen mußte. Es gelang ihr unterm Beistand von Gutsi und Božena mit Bravour, wie Ferdinand danach lobend feststellte.
Für Katharina wurde der Abend von der Sprache bestimmt, dem singenden, von verschleiften Umlauten geprägten Dialekt der Brünner.
No, was soll ich Ihnen sagen.
No, dann hab ich ihm einfach den Ricken gekehrt.
No, soll ich mich noch eissern (womit auf Hochdeutsch »äußern« gemeint war).
Onkel Davids Lieder wurden mit Applaus aufgenommen, ein junger Musiker von der Oper begleitete ihn.
Sie erinnerte sich an kein Gespräch, nur an einige scharfe, widersinnige Sätze über Deutschtum, über den Chauvinismus der Tschechen, über die Schwäche Masaryks,

über Juden. Dorothee Neumeister allerdings hatte ihr gefallen, mit ihr wollte sie Verbindung halten.
Als alle gegangen waren, Gutsi und Božena schon aufgeräumt hatten, taute Onkel David, der seinen Witz nicht hatte ausspielen können, erst auf. Er setzte sich ans Klavier, improvisierte, Katharina sagte, sie habe nicht gewußt, daß er so vorzüglich spielen könne.
Wenn einer, der die Musik liebt, seine Stimme verliert, sucht er nach einem Ausgleich, Mädelchen.
Aber du hast doch eine wunderbare Stimme.
Was ich meine, ist lange her.
Du konntest nicht mehr singen, Onkel David?
Keinen Pieps. Er stellte sich neben den Flügel, riß den Mund auf und spielte in einer quälend komischen Pantomime den Stimmlosen.
So schlimm sei es nicht gewesen, setzte er hinzu.
Gutsi stand in der Tür, verfolgte die Szene und Katharina bat sie: Setz dich doch noch ein wenig zu uns. Oder bist du zu müde, Gutsi? Camilla wird früh wach.
Sie habe von Herrn Eichlaubs Stimmverlust gehört. Diese Geschichte wolle sie sich nicht entgehen lassen.
Ein junger Mann, der Sänger werden will und Pharmazeut werden muß, steckt in einer Zwickmühle. Mummi wird dir's klagen können, Kathi, sie hat meine Verzweiflungen, noch als ein halbes Kind, ertragen müssen. Also studierte ich in Leipzig Pharmazie und nahm, ohne Wissen der Eltern, Gesangsunterricht bei einem namhaften Kammersänger. Er ermutigte mich sehr. Pillen könnte ich noch lange drehen, doch meine Stimme sei eine Mitgift, die ich nicht ausschlagen dürfe. Mein Studium zog sich, zum Verdruß der Eltern, hin. Die Kunst hingegen gedieh. In einer Phase, da die Unsicherheit mich geradezu krank machte und ich mich entschlossen hatte, den Eltern die Wahrheit zu sagen, ver-

liebte ich mich in ein ebenso entzückendes wie leichtfertiges Geschöpf, dem ich bei meinem Kammersänger begegnet war. Ihre Mutter war eine mittelmäßige Sopranistin am Opernhaus; die Tochter versprach mehr. Sie verzauberte mich, machte mich närrisch. Damals schnürte man sich noch, und ihre Taille war fast schon eine öffentliche Attraktion. Der Busen darüber, der Popo darunter, ansehnlich beide – ach, ich schwärme ziemlich verspätet. Denn eigentlich hätte ich sie gleich zu Beginn als Luder erkennen müssen. Sie spielte mit den Männern und war, ohne Zweifel, erfahren darin. Wir trafen uns häufig, ich schwor ihr meine Liebe, sie zeigte sich entgegenkommend und ich war nahe daran, ihr einen Heiratsantrag zu machen, den Skandal im Elternhaus in den Wind schlagend. Meine Hitze war ihr wohl zu gefährlich, denn sie ließ mich von einem Tag auf den anderen fallen, wies mich ab. Ich traf sie mit einem anderen. Ihr Hohn vergiftete mich und – jetzt kommts! – raubte mir die Stimme. Ich konnte nicht mehr singen, krächzte, hauchte, hustete. Mein verehrter Lehrer war außer sich, schickte mich zu medizinischen Koryphäen. Die waren ratlos. Nur einer analysierte, durchaus fortschrittlich, in diesem Stimmverlust einen gräßlichen Fall von Hysterie, bis dato nur bei Frauenspersonen festgestellt. Die Pillendreher hatten mich wieder. Meine Eltern nahmen mich freundlich auf, halfen mir beim Kauf einer Apotheke, übersahen meine Wunderlichkeit, die sich verstärkte. Eine Zeitlang ging ich jedem Weib aus dem Wege. Bis ich meiner tüchtigen Haushälterin in die Hände fiel, die kein langes Federlesen machte und mich in ihr Bett lockte. Ich liebte mir die kleine Leipzigerin aus dem Leib. Und – ob ihr es glauben wollt oder nicht – ich sprang aus dem Bett und konnte wieder singen. Was half es mir nun – ich hatte die Apotheke und die Oper

blieb ein Jugendtraum.
Sie nahm seine beiden Hände, sie waren leicht, überlegte, was sie sagen könnte, doch er wehrte ab:
Kein Wort, sonst singe ich euch nie mehr Gäste ins Haus.

24.
Der Tscheche

Er wartete seit zwei Stunden in Ferdinands Zimmer, Boržena hatte ihm Tee und danach Likör aufgetragen, doch Ferdinand kam nicht, wie versprochen. Katharina wußte, er sei ein tschechischer Fabrikant aus Prerau, »ein chauvinistischer Wichtigtuer«, der aus finanzieller Not mit den »Mährischen Wirkwaren« zusammenarbeiten wolle. Ferdinand hatte, wie sonst nur selten, abfällig geredet. Sie fragte Božena, wie der Mann sich verhalte, ob er ungeduldig sei. Er warte ganz geduldig, lese in der Zeitung und lächle dauernd vor sich hin.
Ihr war die Situation peinlich. Sie beschloß, den Fremden ein wenig zu unterhalten. Als sie ins Zimmer trat, sprang der Mann auf, verbeugte sich. Sein Name sei Cermak; er warte auf ihren Gatten. Sie bat für die Verzögerung um Entschuldigung. Es sei nicht von Belang, er habe Zeit. Er sprach fehlerfrei deutsch; sie fragte, ob er für kurze Zeit – ihr Mann müsse gleich kommen – mit ihrer Gesellschaft vorlieb nehmen wolle? Er freue sich, wolle ihr aber nicht die Zeit stehlen. Obwohl er sich überaus höflich verhielt, kamen seine Sätze und auch seine Gesten aus einem Grund von Schärfe. Nicht, daß sie sich vor dem Mann fürchtete, aber sie blieb wachsam und achtete auf jedes ihrer Worte.
Seine Hände hatten keine Geduld, sie widersprachen der Ruhe, die Cermak vorgab. Es waren hüpfende, klopfende, scharrende Finger, denen sie verblüfft zusah. Obwohl er ihre Blicke merkte, hielt er die Hände nicht

in Ruhe. Anscheinend wollte er die Dialektik seines Wesens nicht vertuschen.
Er war nicht groß, auf einprägsame Weise unscheinbar. Sehr mager, in den Bewegungen hölzern. Er hatte die empfindliche, sommersprossige Haut blonder Menschen; seine Stirn war hoch, da ihm das Haar bis zur Hälfte des Kopfes ausgefallen war.
Sie fand aus den höflichen Floskeln nicht hinaus.
Wissen Sie, weshalb ich Ihren Herrn Gemahl besuche?
Seine Frage klang drohend.
Er befinde sich, habe sie gehört, in einer finanziellen Zwangslage.
Dies treffe zu. Er lächelte wieder und nun merkte sie, daß er mit seinem Lächeln eine Scheu übersprang.
Sie sind nicht von hier, gnädige Frau?
Nein, ich stamme aus Dresden.
Ach ja, man erzählte mir davon. Aus dem Reich. Er betonte das Wort »Reich« derart, daß es wie eine Beschimpfung klang. Aber sie ließ sich darauf nicht ein.
Seine Hände redeten, während er schwieg, weiter.
Sie wartete, daß er fortfahre.
Ich kenne Dresden, sagte er, ich hielt mich vor dem Kriege einige Zeit dort auf. Es ist eine wunderbare Stadt.
Haben Sie Heimweh?
Eigentlich nicht. Aber das hat Gründe.
»Fast alle Fragen Cermaks verwunderten mich. Ich weiß nicht weshalb, denn sie blieben ja im Rahmen der Konvention. Er war gewiß nicht unhöflich oder übertrieben neugierig. Wahrscheinlich habe ich naiv, wenn nicht sogar kindlich auf ihn gewirkt, und das hat ihn aufgestachelt. Diesem Gänschen will ich es zeigen. Oder bin ich zu leicht zu verletzen? Ich übertreibe wieder einmal. Aber dann: Haben Sie Heimweh? Hätte ich nicht spontan erwidern müssen: Ja, ja, ich habe Heimweh. Indem

er mich fragte, machte er mir zugleich deutlich, daß ich meine Kinderheimat verloren habe. Der Verlust des Hauses in Klotzsche löschte meinen Wunsch, zurückzukehren. Um so schlimmer, daß mich der Gedanke, nun ganz auf Ferdinand angewiesen zu sein, erschreckte. Es gibt keinen Notausgang mehr, nein. Also bin ich jetzt hier, nur hier, in diesem Haus in Brünn, bei meinem Mann und bei meinen Kindern. Ich könnte schreiben: Das ist meine Heimat. Warum traue ich mich nicht? Ist man nur einmal richtig zu Hause? Das ist Unsinn. Aber warum bringen es nicht einmal die Kinder fertig, daß ich mir sage: Bei euch bin ich zu Hause? Alle diese merkwürdigen Grübeleien und Einsichten verdanke ich Cermak.«
Ist Dresden – pardon, daß ich indiskret bin – gar nicht mehr Heimat?
Ich weiß es nicht, Herr Cermak, ich muß gestehen, daß sie mich unsicher gemacht haben.
Wieso? Das ist doch einfach: Wenn nicht Dresden, dann halt Brünn.
So einfach ist das nicht.
Heimat, sagte er, hat auch nicht nur mit Häusern, Städten, Landschaften, mit Menschen, die einem nahe sind, zu tun, es kann darüber hinausgehen. Sehen Sie, ich kenne Brünn sehr gut. Vor dem Krieg habe ich hier studiert, in der Monarchie, im Völkerstaat, wie das Gebilde genannt wurde, und es hat ja auch Leute gegeben, die es für gut hielten, für lebenswert, so wie es war. Ich habe studiert, ein Tscheche in seinem Land, ohne viele Rechte.
Aber Sie hatten, ich weiß es, die gleichen Rechte wie die Deutschen, Herr Cermak.
Sie wissen es. Ich habe es damals nicht gewußt. Und was heißt, gleiche Rechte, gnädige Frau? Ein Tscheche unter Tschechen im tschechischen Land? Haben die

Österreicher oder die Deutschen uns erfunden?
Ich versuche, Sie zu begreifen.
Lassen Sie! Sie hatte Lust, aus dem Zimmer zu gehen, aber er würde es als Affront auslegen, und sie wußte nicht, ob sie dann Ferdinand nicht das Gespräch erschweren würde.
Lassen Sie! Keiner hat es zugeben wollen. Und weshalb, frage ich Sie, besitzen in einer tschechischen Stadt wie Brno – er wählte nun nachdrücklich den tschechischen Namen – Deutsche Geschäfte, Hotels, Fabriken, so schöne Häuser wie dieses.
Sehr leise sagte sie: Das geht zu weit, Herr Cermak.
Er schob sein Lächeln vor (»merkwürdig, er wirkte keinen Augenblick schmierig, seine Festigkeit gefiel mir«), deutete im Sitzen eine entschuldigende Verbeugung an und sagte: Ich habe mich gehenlassen, gnädige Frau, es ist eine jahrhundertealte Bitternis, und unsereiner kann sie sich nicht aus dem Mund spülen.
Ich kenne die Geschichte dieses Landes kaum.
Das ist ein Fehler, es ist ein Bilderbogen von Aufruhr und Demütigung, selten von Sicherheit und Herrschaft. Gewiß haben wir unsere Fürsten gehabt, unsere Könige, slawische Herrscher, ehe die Deutschen kamen, aber sie zerstritten sich, waren Melancholiker oder Ohnmächtige, und unaufhörlich wurde die Mitte Europas geteilt, allein Mähren drei- oder viermal. Die Luxemburger kamen, regierten uns, die Habsburger, die wasweißichwasfür gekrönten Nichtsnutze. Unser Adel verriet uns an Wien, die Cernys, die Lichnowskys –
Aber war der Adel nicht einfach international, Herr Cermak?
Auch das. Bei uns rettete er sich in die Internationalität. Was war ein Tscheche, was ist ein Tscheche? Nichts! Wie lange haben wir gebraucht, bis unsere Nationalliteratur

entstand, und es wundert mich, daß die Deutschen den großen Antonin Dvořak nicht für sich reklamieren.
Weshalb sind Sie gekommen, Herr Cermak? Wünschen Sie, daß mein Mann Ihnen hilft?
Sie wollte nicht mehr auf seine Verzweiflung eingehen. Was für ein erbärmlicher Hintergrund, vor dem dieser Mann sich rechtfertigte, und wie wenig hatte er zu entgegnen.
Im Deutschen ist Slawe und Sklave gleichgesetzt worden. Wir sind Minderwertige. Wenn irgendeiner auftaucht, sich auf das Slawentum besinnt, wird der Panslawismus als Hordendenken von Halbmenschen ausgelegt. Wie ekelhaft! Und nun haben wir Masaryk, haben unseren Staat, unser Nationalgefühl wird nicht mehr beleidigt, dennoch sind wir Zweitrangige. Oder nicht?
Die Deutschen sind als Minderheit rechtlich bestätigt.
Jetzt sagen Sie nur noch, gnädige Frau, Masaryk liebt Goethe.
Es wird behauptet.
Es ist wahr. Daß er ihn liebt, hilft eher Ihnen, pani Perchtmannova, als uns.
Ist er nicht der Mittelpunkt der tschechischen Republik?
Ich verehre ihn.
Dann verstehe ich Sie nicht.
Wir unterhalten uns über einen Zwiespalt, pani Perchtmannova, und das ist im Grunde unmöglich. Ihn muß man erleben.
Sehen Sie sich, Tscheche in der tschechischen Republik, tatsächlich als Sklave?
Ja.
Sie machen es sich schwer, Herr Cermak.
Ja, ich komme, Ihren Mann um Unterstützung zu bitten, ein Tscheche einen Deutschen.
Ist das schlimm!

Ja. Nicht, weil Perchtmann ein Deutscher ist und Cermak ein Tscheche, sondern weil die Macht derart verteilt ist.
Verallgemeinern Sie jetzt nicht Privates?
Die Österreicher haben uns kleingehalten, wissen Sie, das geht ganz einfach, die deutschen Firmen wurden bevorzugt. Und weil sie groß und mächtig sind, werden sie auch noch in der Republik bevorzugt.
Das ist nicht wahr.
Bin ich nicht ein Beispiel, pani Perchtmannova?
Ich kann nicht nachprüfen, was Sie sagen, ich versteh nicht viel von Ökonomie.
Trauen Sie mir nicht?
Seine Finger trommelten auf die Lehne des Stuhls.
In die Firma meines Mannes ist ein tschechischer Direktor gekommen.
Weil sie mußten, weil sie ein Feigenblatt brauchten. Ich fürchte, er ist ein Trottel.
Er ist, sagt mein Mann, ein exzellenter Geschäftsmann.
Er behauptet es, um einen Schwachkopf zu halten. Der macht ihm keine Mühe.
Sie sind nun bösartig, Herr Cermak, Ihr Zorn macht Sie blind.
Wir sind zu Blinden erzogen worden. Man hat uns tausendmal gesagt, stellt euch blind, seht lieber nichts, so sind wir blind geworden. Allmählich lernen wir wieder sehen, sehen uns, und der Ekel kommt uns an, sehen die anderen und sehen zu spät, daß unsere Erzieher an der Macht geblieben sind, die wir uns, zu spät, erworben haben.
Das ist mir zu kompliziert, sagte Katharina.
Es war die Beschreibung eines Prozesses.
Ich habe über allem vergessen, Ihnen Tee einzuschenken.

Bemühen Sie sich nicht, pani Perchtmannova.
Es ist mir peinlich, daß mein Mann Sie so lange warten läßt.
Habe ich Ihnen nicht auch von Geduld erzählt?
Von Geduld? – Sie merkte zu spät die bodenlose Anspielung: Sie setzen mich fortwährend ins Unrecht.
(»Warum stellte sich, trotz aller Schärfe, Vertraulichkeit ein? Warum wies ich Cermak nicht zurecht? Er war regelrecht unverschämt. War ich ihm nicht gewachsen? Oder hatte er mich auf seine Weise ins Vertrauen gezogen?«)
Das ist die Eigenart aller Rechtlosen.
Sie stand auf, er ebenfalls, reichte ihm die Hand. Mein Mann wird nun bald kommen. Ich muß mich um die Kinder kümmern.
Er hielt ihre Hand fest: Sie haben Kinder?
Drei. Zwillinge und ein winziges Mädchen.
Ich habe acht.
Acht Kinder!
Seine Hand umfaßte trocken, kühl die ihre.
Er sei sehr glücklich mit seiner Familie.
Die Veränderung des Tones machte sie verlegen, sie beeilte sich, das Zimmer und den mit einem Male gelösten Cermak zu verlassen.
Ferdinand kam ein wenig später.
Ob er Cermak vergessen habe?
Es sei ihm eine Verhandlung dazwischengekommen. Er werde morgen nach Wien reisen müssen.
Wartet der Kerl immer noch?
Sie habe ihn nicht vertreiben können.
Er ist lästig, unfähig, außerdem plagt er einen mit seinem nationalen Wahn.
Er schien mir recht klug. Sie widersprach sich und dem quälenden Verlauf des Gesprächs. »Ich konnte mir nicht

erklären, weshalb, gab dem Impuls nach, ihn vor Ferdinand und dessen Hochmut schützen zu müssen. Es war einer der Augenblicke, in denen ich mich von Ferdinand trennte, nicht wegen einer Sache oder eines Menschen, sondern nur, um mich nicht in einer Welt zu verlieren, die Ferdinand vertrat und die mir unverständlich war.«
Schon nach einer halben Stunde war das Gespräch beendet. Božena führte Cermak hinaus, ohne daß Katharina ihn noch einmal sah.
Sie fragte Ferdinand nach dem Ergebnis der Unterhaltung.
Ich werde ihm helfen.
Also ist er doch nicht so unfähig, wie du meinst.
Du täuschst dich, Kathi, er bleibt ein Ignorant. Aber ich gewinne Reputation bei den Behörden, auch bei einigen Banken, wenn ich einen tschechischen Betrieb unterstütze.

25.
Perchtmann & Sohn

Das »alte Haus« war ein Stichwort, auf das Katharina mit Unbehagen, wenn nicht mit Abwehr reagierte. Sie hielt sich jedoch, um Ferdinand nicht zu verstimmen, zurück. Sein Vater vermied es, in die Schwarzen Felder, in die »Wildnis« zu kommen, allenfalls »schaute er kurz vorbei«, der Chauffeur ließ den Motor laufen, Perchtmann sen. wartete am Gartentor auf die Vorführung der Kinder, überreichte Süßigkeiten, ließ sich von den Buben küssen, hauchte Katharina auf die Stirn und fuhr davon. Großvaters Visiten waren für die Zwillinge Sensationen, und sie fühlten es gewissermaßen, wenn die Zeit wieder herangerückt war.
Mit dem alten Haus war eine Achtzimmerwohnung in einem noblen Gebäude am Franzensberg, in der Nähe des Doms, gemeint; aus den Fenstern des Herrenzimmers, des Salons und des Speisezimmers blickte man auf den kleinen Park, den Katharina liebte, oft aufsuchte, ohne bei Perchtmann sen. zu läuten und der zu ihrem und später zu der Kinder Entzücken, von einem uniformierten Wächter abends geschlossen wurde: Der Wächter rief, wenn die Dunkelheit hereinbrach, dreimal in Abständen in den Park und schob dann die beiden riesigen Flügel des Eisentors zusammen. Eine der abenteuerlichen Wunschvorstellungen der Zwillinge war es, sich einschließen zu lassen und in der Finsternis über das Tor zu klettern.
In die Beziehung zwischen Vater und Sohn konnte und

wollte sie nicht einbrechen. Der frühe Tod von Ferdinands Mutter hatte zwischen den beiden Männern zu einer engen Verbindung geführt. Die Ähnlichkeit war trotz des beträchtlichen Altersabstands geradezu lächerlich. In manchen Gesten und Redewendungen glichen sie einander.

Gutsi, der Konrad Perchtmann mit der Zeit vertraute, nicht zuletzt, weil er meinte, Katharina kümmere sich zu wenig um die Kinder und der alten Frau sei alles aufgebürdet. Gutsi wußte von seiner Heiterkeit zu berichten, von Zartgefühl und von einem drolligen Spielsinn. Der Alte könne herrlich mit den Kindern albern, und wenn sie mit ihnen hinunter in den Park gehe, säße er am Fenster, ergötze sich an jedem kleinen Ereignis, das er ihr dann wiedererzähle: Wie Paul auf dem Hosenboden über den Kiesweg gerutscht sei; wie Peter nicht begriffen habe, daß er sein Holzpferdchen wieder aufstellen könne; wie Camilla, eine lustige Angewohnheit, immer wieder die beiden Ärmchen in die Sonne strecke. So kannte Katharina ihn nicht. War sie mit Ferdinand bei ihm, schloß er sie aus dem Gespräch förmlich aus. Sie war sich nicht sicher, ob er schüchtern vor ihr sei oder sie vielleicht nicht mochte. Sie hatte ihm auf jeden Fall den Sohn weggenommen, der über Jahre sein konstantes Gegenüber gewesen war. Wendete sich der Alte dennoch an sie, tat er es meist indirekt über Ferdinand.

Aber sie mochte ihn. Seine Gebrechlichkeit machte sie zärtlich. Er wehrte sie ab. Er hatte ihr nie das Du angeboten. Es bürgerte sich ein, daß sie ihn mit »Vater Perchtmann« anredete und er sie mit »Katharina«, und sie beim Sie blieben: sie war dankbar für den Abstand, der sich so einstellte.

Er ließ sich, bis zu seinem Tode, jeden Morgen in »seine Fabrik« fahren, ins »Kontor«, wo ihn Ferdinand zu empfangen hatte; Verspätungen ließ er nicht gelten. Trotz aller Liebe mißtraute er Ferdinand im Beruf. Er hatte ihm ein kleines, unansehnliches Büro neben dem seinen einrichten lassen, diskreditierte den Jüngeren in seinem Anspruch und kennzeichnete in Wutausbrüchen seinen Sohn als »schwach, nachgiebig und unfähig, einer Firma vorzustehen«. Ferdinand nahm, was Katharina verletzte, solche Vorwürfe ohne Widerspruch hin. Der einzige, der Ferdinand vor dem Alten verteidigte, war der tschechische Direktor, Herr Prchala, ein dicker, bäurisch wirkender Mann mit überraschend flinken Bewegungen, der Ferdinand schätzte. Ferdinand wiederum argwöhnte, Prchala sei darauf aus, den Betrieb nach dem Tod des Vaters zu »tschechisieren«, ihn hinauszudrücken. Es gelang Katharina nicht, ihm diesen Verdacht auszureden. Überdies ärgerte sie Ferdinand damit, daß Prchala zu »ihrem Kreis« zählte und ihr seine sachliche Intelligenz gefiel. Der Wunsch des Alten, sie solle so oft wie möglich – »wenn Sie sich der Kinder schon nicht annehme« – ins Büro kommen und Ferdinand assistieren, war um so verwunderlicher. Und im Büro sprach er auch ohne Vermittlung Ferdinands mit ihr, es stellte sich sogar ein Zutrauen her, das er im Privaten weiterhin vermied. Er lud sie hin und wieder zu einem Glas Sherry in sein Büro (worüber sich Ferdinand belustigte) und erläuterte ihr Geschäftsvorgänge. Wenn sie Lust habe, solle sie sich unter der Anleitung von Ferdinand um den Export kümmern. Ferdinand hielt diesen Auftrag für eine der vielen Schrullen des Alten. Katharina hingegen bestand darauf, daß er sie wenigstens ein bißchen einbeziehe. Widerstrebend gestattete er, daß sie am Morgen, von neun bis eins, in seinem Vorzimmer, zusammen mit dem Bürovorsteher und drei Frauen saß und sich um die Exporte nach Polen, Österreich, Ungarn, Rumänien und

Bulgarien kümmerte. Sie arbeitete sich schnell und gut ein, ging mit Valuta um, formulierte, ohne Hilfe, Zahlungsbedingungen. Herr Prchala nannte sie scherzhaft die »Frau Chef«.

»Die Kräche mit Ferdinand häufen sich. Er ist gereizt, wir gehen zu verschiedenen Zeiten aus dem Haus und kommen zu verschiedenen Zeiten im Betrieb an. Er ist frostig zu mir. Das fällt auch den anderen auf. Ich bin sicher, daß die Leute sich erzählen, in unserer Ehe kriselt es. Stimmt das nicht auch? War das Vater Perchtmanns Absicht, als er mich zur Mitarbeit aufforderte? So gut kennt er Ferdinand auch wieder nicht. Hätte Ferdinand sich nicht auch freuen können über meine Nähe, meine Interesse für seine Arbeit. Mir kommt es so vor, als bedeute ein Einbruch in seine Sphäre Prestigeverlust für ihn. Das ist barer Unsinn, nur gelingt es mir nicht, mit ihm zu sprechen. Einmal begann ich damit und da fiel er mir ins Wort: Lassen wir die Arbeit an ihrem Platz. Zu Hause will ich davon nichts hören. In ihm hat sich, wie bei seinem Vater, die Idee festgesetzt, ich sei eine Rabenmutter. Er weiß doch, daß ich den ganzen Nachmittag bei den Kindern bin, daß ich sie jeden Abend, ohne Gutsis Hilfe, zu Bett bringe. Er wüßte mich am liebsten immer zu Hause, mokiert sich über meinen Bekanntenkreis, meine Interessen, schließt sich so aus. Die einzigen gemeinsamen Freuden sind Theater- und Opernbesuche. Es kann sein, daß er wieder eine Freundin hat. Er rührt mich kaum mehr an, obwohl ich doch nicht häßlicher geworden bin, eher hübscher, wie mir Gutsi immer wieder sagt. Seltsam, daß es mir fast gleich ist, fast gleich«, trug sie am 18. April 1927 in das Tagebuch ein.

Nach einiger Zeit durfte sie an den Konferenzen des Direktoriums teilnehmen. Konrad Perchtmann schaltete

sie in Verhandlungen ein. Sie begriff, weshalb er solchen Erfolg gehabt hatte, aus den kleinen Anfängen seines Vaters hatte so viel machen können. Sie akzeptierte seine Autorität. Er hatte die Gabe, Situationen zu analysieren und dann rasch zu entscheiden. Zahlen, die für sie Zahlen blieben, führten für ihn ein eigenes Leben. Und seine Menschenverachtung hatte seine Menschenkenntnis nicht getrübt. Da konnte er über Schatten springen. So wenig er Prchala, den Tschechen, leiden konnte, so sehr achtete er dessen Tüchtigkeit. Im übrigen sprach er fließend Tschechisch, wenn auch nicht oft. Durch die Fabrik ging er ungern. Für die Arbeiter, in der Mehrzahl Tschechen, blieb er unerreichbar.
Sie hütete sich, wann immer Konrad Perchtmann politisierte, auf ihn einzugehen; Ferdinand, dem sie ihren Widerwillen klarzumachen versuchte, wies sie zurecht: Vater hat in seinem langen Leben Erfahrungen gemacht, die wir nicht haben.
Er verletzte sie ständig, ging er auf Politik ein.
Ach, Katharina, ich vergesse immer wieder, daß in Ihren Adern Judenblut fließt, sagte er bisweilen, was ihn nicht hinderte, in ihrer Anwesenheit über das »Judenpack« zu lästern.
Prchala war der einzige, der auch hier, wenngleich zurückhaltend, ihm entgegnete. In einer der seltsamen, während den Geschäften geführten oder die Konferenzen abschließenden Unterhaltungen, hatte der Alte Katharina direkt angegriffen.
Haben Sie von Löwenstein aus Warschau Antwort?
Sie kam heut früh.
No, und?
Er hat fünfzig Ballen geordert.
Jeschusch Maria, ist das ein Auftrag.
Seine Freude machte sie unbefangen: Herr Löwenstein

hat mich bei seinem letzten Besuch anscheinend ins Herz geschlossen – und das ist das Ergebnis.
Ferdinand sagte lachend: Wenn es so ist.
Prchala ahnte, was kommen würde, ging zum Aktenschrank, aus dem er einen Ordner holte, darin blätterte und kehrte den anderen den Rücken zu.
So von Jud zu Jud, sagte der Alte, da geht es leicht, nicht wahr, Katharina?
Sie fand darauf keine Antwort.
Ich bitte dich, sagte Ferdinand.
Ist was, mein Sohn?
Ich meine, du übertreibst.
Womit?
Nun endlich konnte sie reden, Ferdinands Unsicherheit half ihr: Vielleicht haben Sie recht, Vater Perchtmann. Mein Erfolg bestätigt ja Ihre Ansicht. Juden untereinander, nicht wahr? Das Geschäft liegt uns im Blut. Und der alte Löwenstein hat sich wahrscheinlich gedacht, dieses arme kleine Halbblut unter lauter Goyim soll haben, was es zufrieden stimmt. Zugunsten von Perchtmann & Sohn, wie?
Habe ich mir doch gedacht, daß Sie sich angegriffen fühlen, Katharina.
Ja, Sie haben mich angegriffen, Vater Perchtmann.
Ist es etwa nicht das Blut?
Das ist töricht, es ist ein Geschäft, mit dem Sie zufrieden sein können. Und Herr Löwenstein ist ein Ehrenmann.
Habe ich das bestritten?
Nein, Sie haben ihn einen Juden geschimpft.
Ist er es nicht?
Doch. Aber für Sie ist ein Jude kein Mensch.
Wer behauptet das?
Haben Sie nicht irgendwann gesagt, die Juden sind ein

Ungeziefer, das die Welt ruinieren wird?
No, no.
Prchala kehrte sich, den Ordner in der Hand, zu ihnen und sagte: Gut die Hälfte unserer Geschäftspartner sind Juden, Herr Perchtmann.
Wofür ist das ein Beweis? fragte Perchtmann gereizt. Er brach ab, bat Ferdinand, ihn hinauszubegleiten und den Chauffeur zu rufen.
Er sei ein guter Deutscher, verteidigte ihn Ferdinand danach, ohne von ihr aufgefordert zu sein. Früher hätten die Deutschen Vorrechte gehabt, die ihnen 1919 genommen worden seien. Ob sie nicht gemerkt habe, daß sein Vater auf seinem Schreibtisch die Bilder der beiden letzten deutschen Monarchen stehen habe? Nun sehe er, wie das Deutschtum zurückgedrängt werde. Er könne sich mit der neuen Situation nicht abfinden. Gewiß hätten viele Juden zu den Deutschen gehalten und deutsch sei auch deren Sprache, aber im allgemeinen hetzten sie Tschechen und Deutsche aufeinander.
Das ist Unfug, Ferdinand, und du weißt es.
Warum bist du so unbelehrbar? Du hättest es leichter mit dem Vater, wenn du versuchen würdest, ihn zu verstehen.
Auch mit dir, sagte sie.
Mir macht es nichts aus, sagte er. Ich kenne dich.
Ich weiß nicht.
Willst du mit mir streiten?

Was ist geschehen, fragte Gutsi, hat Ferdinand dir wehgetan?
Nein, sie haben mir nur erklärt, daß ich die Welt in Unordnung bringe.
Du? Warum gerade du?
Ja, ich und die Juden.

Gutsi verstand nicht recht, sie fände hier in der Tschechei ohnehin alles verkehrt.
Jetzt redest du wie Vater Perchtmann, sagte Katharina.

Konrad Perchtmann starb im Winter 1927. Er starb im Auto, auf der Fahrt zwischen Fabrik und Wohnung.
Ferdinand kümmerte sich kaum mehr um die Fabrik, die Kinder und sie. Mit Prchala führte sie eine Zeitlang die Geschäfte weiter, ohne daß Ferdinand sich eingeschaltet hätte. Er saß im Operncafé, gab vor, Zeitungen zu lesen und unterhielt sich mit niemandem. Die Kinder konnten ihn nicht aufheitern. Er hatte beschlossen, in seinem Arbeitszimmer zu schlafen. Boźena sorgte für einen reibungslosen Umzug. Sie und Gutsi wagten es nicht, sich über die mißliche Lage zu äußern.
Katharina bemühte sich, ihn zurückzugewinnen. Sie machte sich schön, wechselte die Frisur, zog sich reizvoll an, doch er nahm keine Notiz davon.
Ich bin unfähig, hatte er in der Nacht nach dem Begräbnis gesagt, ich bin ein Vaterkind und jetzt bin ich nichts mehr.
Sie hatte versucht, ihn an sich zu ziehen, doch er hatte sie zurückgewiesen, sie könne ihm nicht helfen.
Sie öffnet, das Haus schläft, vorsichtig die Tür zu seinem Zimmer, sie ist nackt und es fröstelt sie. Sie will mit ihm schlafen. Sie ist ausgehungert und manchmal träumt sie wüst, meist von Kasimir, der sich über sie beugt, auf einen gefällten Baumstamm drückt und vergewaltigt.
Ferdinand schläft fest, merkt nicht, daß sie zu ihm unter die Decke schlüpft. Sie streichelt ihn und noch im Halbschlaf umarmt er sie. Sie zieht ihm den Pyjama aus, er hilft ihr, und fällt, mit einem Male wach, über sie her.
Danach erzählt er von seiner Mutter, die er kaum gekannt habe: Sie war ähnlich wie du, sie hat Vater Wi-

derstand geleistet und dann war sie nicht mehr da, nur noch Vater und ich.

26.
Die Reise zurück

Wenn Städte von der Erinnerung aufgenommen, nicht mehr erlebt, nur noch eingebildet werden, hören sie nicht mehr auf, sich zu verändern: sie wuchern oder ziehen sich zusammen zu Details.
Sie fuhr mit den Zwillingen nach Dresden. Die Vorbereitungen regten die Familie auf. Gutsi war ständig den Tränen nah; Katharina hätte sie gern mitgenommen, doch Camilla wäre ohne Obhut geblieben, und sie vertraute nur Gutsi. Ferdinand verwünschte das »dreifältige Reisefieber«, beschimpfte jeden halbgepackten Koffer und ging den Zwillingen aus dem Weg, die nur noch vom Orientexpreß faselten. Gutsi hatte die fast Fünfjährigen einige Male auf den Bahnhof geführt und Lokomotiven waren seither ihr wichtigstes Unterhaltungsthema. Wann immer es möglich war, verwandelten sie sich in dampfende, zischende Ungeheuer, und nur Peter, der Nachgiebigere, bequemte sich gelegentlich, Tender zu spielen, allerdings mit der Auflage, an jeder Ecke neue Kohlen laden zu dürfen, was die Lokomotive Paul bereits nach zwei Stationen aus der Fassung brachte. Sie stritten oft und leidenschaftlich, wobei Paul, dessen Haar brünett und nicht schwarz war wie das Peters, sich als der Wendigere und taktisch Geschicktere auszeichnete. In der Erfindung von Spielen wiederum führte Peter.
Camilla, die undeutlich einiges mitbekam, war beunruhigt. Sie schikanierte Gutsi, hängte sich an Katharina.

Es wurde Zeit, daß sie abreisten. Sie hatten vor, zwei Wochen zu bleiben.

Der Chauffeur der Fabrik holte sie ab. Ferdinand hatte sich bereits am Morgen verabschiedet. Sie werde vor lauter Kindern doch nicht dazu kommen, ihm zum Abschied zu winken. Außerdem könne er solche Bahnhofsszenen nicht leiden.

Sie hatte gehofft, diese Strecke oft fahren zu können, nun war es nach fünf Jahren das erste Mal, und sie sah sich als eine »andere Person« unterwegs, kein Mädchen mehr, sondern eine verheiratete Frau, Mutter dreier Kinder. Die Plätze in der ersten Klasse waren reserviert. Keine anderen Reisenden kamen in ihr Coupé.

Die Zwillinge nahmen das Abteil sofort in Beschlag. Für ausreichendes Spielzeug hatte Gutsi vorgesorgt; ein kleiner roter Koffer war damit voll.

Sie würden den ganzen Tag bis in den späten Abend unterwegs sein. Katharina fürchtete, die Kinder könnten nach einiger Zeit unleidlich werden, was auch geschah. Sie rissen ständig die Coupétür auf und zu und verdrossen die anderen Reisenden. Katharina, die sich anfangs entschuldigte, ließ, durch die Feindseligkeit der Leute gereizt, die Kinder am Ende gewähren. Aus dem Fenster schauten sie nur selten; die wechselnde Landschaft interessierte sie nicht, nur als sie in Prag einfuhren, wollten sie die Burg, von der sie viel gehört hatten, unbedingt sehen. Der Anblick des Hradschin im Mittagslicht enttäuschte sie nicht; in ihren Reiseerzählungen, einem Wirrwarr von Erfindung und Wahrheit, gewann der Hradschin sogar mythische Größe, wurde zu einer unerreichbaren Gralsburg.

Im Speisewagen, beim Abendessen, verloren die Kinder, zur Überraschung Katharinas, vollends die Geduld. Sie war mit ihnen nicht zum Mittagessen gewesen, sie hatten genügend Proviant mit und ihr Plan war es, die schon müden Zwillinge am Abend, auch zur Belohnung, in den Speisewagen zu führen. Sie hatte sich verrechnet. Bereits am Nachmittag waren beide reisemüd geworden, sie fühlten sich in dem Coupé eingesperrt, und hinzu kam Übelkeit. Beide waren nahe daran, sich zu erbrechen. Mehrfach wanderte sie mit den jammernden Buben auf die Toilette, ohne Erfolg, die Kinder würgten und weinten, doch sie übergaben sich nicht. Mittlerweile war ihr selbst schon übel. Ohne Hoffnung, sie zur Ruhe bringen zu können, bettete sie Peter und Paul auf den Polsterbänken und die Kinder schliefen im selben Moment ein. Sie lehnte sich zurück, schaute zum Fenster hinaus. In zwei Stunden würde der Zug die Grenze erreicht haben. Nachdem der Kellner mit dem Gong am Abteil vorbeigekommen war, hatte sie die Kinder behutsam geweckt. Beide taumelten verschlafen, vom Zug gerüttelt, vor ihr her. So, noch halb betäubt, würden sie ihr, hoffte sie, keine Schwierigkeiten machen. Doch die veränderte Umgebung, die Leute im Speisewagen, weckten die Buben. Kaum saßen sie am Tisch, wollten sie spielen. Die aufgelegten Bestecke wurden zu Wagen. Immer wieder mahnte sie, nahm den Zwillingen Messer und Gabel aus der Hand, kam sich lächerlich, gouvernantenhaft vor. Paul, dessen Aktivität auf dem Höhepunkt war, zerrte an der Tischdecke, holte ein Marmeladendöschen und warf es, ohne daß sie ihn wehren konnte, mit Wucht einem Herrn am Nebentisch in den Nacken. Er schrie auf. Der Oberkellner war sofort zur Stelle, redete auf Katharina ein, drohte den Jungen. Unter den Fahrgästen bildeten sich zwei Parteien, die heftig miteinander debattierten. Man könnte es Kindern doch nicht verübeln, eine so lange Reise... Es seien einfach ungezogene Bälger. Da sehe man, wohin man mit dieser mo-

dernen Erziehung komme, es fehle an Zucht. Sie stand auf, packte Peter und Paul, zerrte sie neben sich her und verließ den Speisewagen. Der Weg zum Coupé wurde ihr lang.
Sie stieß die Kinder auf die Polsterbank, saß ihnen gegenüber. Offenbar hatten die Zwillinge noch gar nicht begriffen. Sie sahen der Mutter beim Weinen zu und begannen, nach einer Weile, ebenfalls zu schluchzen.
Die Tage in Dresden empfand sie nurmehr als Anhang an die Reise, sie fand aus dem Zustand der Erschöpfung nicht hinaus, oder sie redete sich ihn ein.
Sie habe sich sehr verändert, stellten die Eltern fest, sie sei reifer geworden, doch auch seltsam verschlossen – ob sie denn glücklich sei?
Die Eltern hatten sie erwartet; die Turbulenz des Empfangs war ihr vertraut. Die Kinder genossen es.
Sie fuhren mit einer Taxe zur Fabrik (wider alles bessere Wissen erwartete sie, daß der Wagen den Weg nach Norden einschlagen werde, nach Klotzsche), sie hielten vor dem angerosteten eisernen Schiebetor, stiegen aus. Als Wüllner zwischen zwei Koffern stand und sie hob, sah sie, wie gebrechlich er geworden war; sie nahm ihm, ohne daß er etwas dagegen einwendete, einen der Koffer ab. Sie mußten über den Hof gehen. Einige Männer, die arbeiteten, grüßten nicht. Alles, was sie von nun an erfuhr, verwunderte sie und trieb ihr die Vergangenheit aus. Die Wohnung war nicht groß, hatte jedoch übermäßig hohe Räume; fast alle Möbel erkannte sie wieder; auf dem Buffet waren noch immer die Brandspuren von Elles Zigaretten. Sie hatte die schlimme Angewohnheit gehabt, dort, wenn sie sich unterhielt, Zigaretten abzulegen und die brannten langsam ab, das Holz versengend. Es waren die Möbel aus dem Haus, doch standen sie hier, viel zu groß, zusammengedrängt wie auf einem Speicher.

Die Kinder wurden zu Bett gebracht, sie durften zu ihrem Vergnügen gemeinsam in einem »Erwachsenenbett« schlafen.
Der Tee war schon vorbereitet. Die beiden weißköpfigen alten Leute fragten sie aus. Sie hatte alle Fragen schon vorher gewußt. Sie erzählten.
Ernst komme als Anwalt jetzt gut zurecht.
Aber warum Dieter sich entschlossen habe, Offizier zu werden?
Es passe zu ihm, sie solle ihn nur einmal in seiner schneidigen Uniform erleben. Man sage, er werde Karriere machen.
Sie schlief in einer Abstellkammer, die aufgeräumt worden war. Keines der nächtlichen Geräusche kannte sie. Als sie am Morgen in die Wohnküche kam, war für sie gedeckt, die Kaffeekanne stand unter einer Mütze, aber Mummi und die Zwillinge waren nicht da. Sie setzte sich hin, wartete, daß etwas geschehe; auf dem Hof luden Männer Kisten auf; sie sah ihnen zu.
Dann wanderte sie durch die Wohnung, betrachtete die Bilder an den Wänden, die sie sich nacherzählen konnte. Am Ende des Korridors entdeckte sie eine eiserne Tür, über der ein gelbes Schild angebracht war: »Geschlossen halten! Fabrikationsräume!« Sie öffnete sie und sah an einem langen Tisch Mummi, einige Frauen und die Zwillinge sitzen. Jede der Frauen hatte eine Waage vor sich, einen Bottich mit Körnern und einen Stapel bunter Tüten. Die Zwillinge spielten mit Tüten. Mummi sah aus wie verkleidet. Sie hatte ein Kopftuch tief in die Stirn gebunden, trug, wie die anderen Frauen, eine graue Schürze. Katharina erinnerte sich an Fotografien von Heimarbeitern. Mummi stellte sie den Frauen vor. Niemand erwartete, daß sie zu der Arbeit etwas sage. Susanne Wüllner drängte ihre Tochter mit Worten

förmlich aus dem Raum. Sie brauche sich um die Zwillinge keine Sorgen zu machen, die seien hier beschäftigt. Wo Vater zu finden sei? In seinem Kontor, gleich nebenan. Als sie die hochtrabende Bezeichnung hörte, lachte sie, die Frauen lachten mit. Susanne Wüllner führte sie zu ihm. Er saß vor einem leeren, kleinen Schreibtisch, die Hände flach auf einem Bogen Papier und sah ihr entgegen.
Sie wolle ihm nur Guten Morgen sagen.
Er stand auf, küßte sie auf die Stirn. Sie solle sich die Stadt ansehen.
Das werde sie tun, ja.
Das Grab Elles war verwildert, Efeu überwucherte den flachen Stein und verschlang die Schrift.
Ich lustwandle zwischen Gräbern, sagte sie laut vor sich hin und fürchtete, daß sie jemand gehört haben könnte.
Sie fuhr nach Hellerau mit der Straßenbahn. Die Siedlung hatte sich ausgedehnt. Sie ging unter den Arkaden hin und her, sah in die Schaufenster. Sie suchte nach dem Haus, in dem sie mit Eberhard Zuflucht gefunden hatte, sie fand es nicht mehr. Auf das Haus, in dem Skodlerrak seine Wohnung hatte, stieß sie zufällig, las die Klingelschilder, von denen keines seinen Namen trug. Wenn er jetzt auftauchte, dachte sie, würde sie mit ihm schlafen, gleich, ohne nachzudenken.
Mit dem Neuner fuhr sie nach Klotzsche. Der Weg von der Haltestelle zum Haus war kürzer, die Hecken waren höher geworden. Sie stand am Tor, eine Frau lag im Liegestuhl vor der Terrasse und hob ihren Oberkörper leicht, nach ihr schauend, eine sommerliche Szene, die sich vor ihr Gedächtnis drängte. So vergaß sie das Haus.
Sie lud die Eltern ins Café Kreuzkamm ein, und die Kinder benahmen sich überraschend manierlich. Paul ritt auf dem Delphin im Zwinger, du bist Arion, sagte

sie, aber er fragte sie nicht, wer das gewesen sei. Sie hätte es ihm gern erzählt.
Auf der Brühlschen Terrasse spielten sie Haschen.
Am Sonntag machten sie einen Ausflug nach Moritzburg, und die Kinder durften Dampfer fahren.
Es kam ihr vor, obwohl sie viel miteinander sprachen und Wüllner die Zukunft des Futtervertriebs wieder voller Optimismus schilderte, als seien die Eltern stumm.
Sie besuchte Onkel David einige Male in seiner Wohnung, er hatte ein offenes Bein und durfte nicht spazieren gehen. Eine Verehrerin hatte ihm ein Grammophon geschenkt und er ließ Caruso singen, sang mit.

Sie trieb die Kinder auf dem Bahnsteig vor sich her, tauschte Küsse mit den Eltern, winkte, es war früh am Morgen, Mummi hatte kein Kopftuch auf, sondern einen eleganten, breitkrempigen Hut, sie fragte und schämte sich, ob sie ihnen helfen könne, sie meine finanziell, worauf Wüllner sie zurechtwies, sie beugte sich aus dem Fenster, hob abwechselnd Peter und Paul, bis der Zug fuhr, und sie sagte, schaut euch die Stadt noch einmal an, und winkt Opi und Omi, rasch, rasch, hier habe ich gelebt, es ist schon lange her.

Ferdinand fragte sie, wie es den Eltern gehe.
Sie hätten sich einzurichten verstanden, in jeder Hinsicht, Hilfe brauchten sie nicht.

27.
Katharinas Zirkel oder Was soll ein Salon?

Ein Salon? hatte sie Dorothee Neumeister geantwortet – einen Salon zu führen, das liegt mir nicht, das kann ich nicht, ich bin nicht sonderlich gebildet und geistreiche Laien machen mir keinen Spaß. Sie hatte schon beim ersten Fest im Hause Zutrauen zu ihr gefaßt, obwohl sie kaum miteinander ins Gespräch gekommen waren, und hatte wenige Tage danach die Färberin, wie sie allgemein genannt wurde, in ihrer Wohnung besucht. Sie lebte, seitdem ihr Mann vor acht Jahren beim Bergsteigen abgestürzt war, allein mit einem Dienstmädchen, und man merkte sehr schnell, daß sie, bei aller Neigung zur Geselligkeit, das Alleinsein beherrschte. Männer habe sie eigentlich nie gebraucht, sie gehörten in die Mythologie und da genügten sie. Dennoch war sie mit ihrer Neugier, ihrem Gerechtigkeitssinn und ihren Provokationen auch bei den Männern beliebt. Sie habe sich mit Katharina gleich verstanden, weil Katharina ihre »Trompetentöne« von vornherein nicht gefürchtet habe. Und nun war es gerade Dorothee Neumeister, die ihr einen Salon aufzuschwatzen versuchte. Auf Ferdinand dürfe sie keine Rücksicht nehmen, wenn er sich attachieren wolle, sei es gut, wenn nicht, habe er selbst schuld und solle sich mit dem Fabrikmief zufrieden geben. Männer gehören da nicht gefragt.
Aber er ist doch der Hausherr.
Und Sie sind die Hausfrau.
Das ist nicht zu vergleichen.

Ganz richtig, er überläßt Ihnen das Haus und verlangt außerdem, daß Sie allmorgendlich im Betrieb mitarbeiten.
Er verlangt es nicht. Ich lege Wert darauf.
Um so besser.
Aber kann ich es denn gegen ihn beginnen?
Nicht gegen ihn; vielleicht ohne ihn; möglicherweise mit ihm.
Sie besprachen, wer zum ersten Abend eingeladen werden solle, der Zirkel könne sich mit der Zeit noch ändern.
Sie kenne so wenig Leute.
Das ist es ja.
Dorothee Neumeister nannte Namen, beschrieb, mitunter sehr frivol, Personen, und nach vielem Für und Wider, nach der Feststellung, Deutschtümler seien ebenso ausgeschlossen wie Übertschechen, hatten sie eine Namensliste zusammengeschrieben, die, von Dorothee Neumeister im einzelnen charakterisiert, ihren Reiz hatte. Angeführt wurde sie von Jaromir Gawliček, dem Direktor des Konservatoriums, einem berühmten Komponisten, der, wie Katharina erwartete, der Einladung gewiß nicht folgen werde.
Sie täusche sich. Gawliček sei Junggeselle und froh, unter Leute zu kommen. Mit Musikern schlage er sich täglich herum.
Jan Waldhans war Katharina nicht einmal dem Namen nach bekannt. Er sei, erläuterte Dorothee Neumeister, im Widerspruch zu seinem Namen, kein Deutscher, sondern ein dezidierter Tscheche, ein guter Journalist. Seine Tochter, das einzige Kind, lebe nach dem Tod der Frau wieder bei ihm, eine stadtbekannte Schönheit, als Malerin, genauer gesagt, als Miniaturistin von weniger großem Renommee. Doch sie werde die Runde schmücken, eine aufgeklärte Hysterikerin, sage ich Ihnen, sie belebt.

Jetzt brauchen wir Deutsche.
Ich weiß, damit auch Ihr Mann zufriedengestellt ist.
Es behagte Katharina nicht, daß sie über Ferdinand lachte; Dorothee Neumeister spürte es, fing es auf, indem sie ihr, unvermittelt, das Du anbot: Verschworene können nicht auf Distance reden.
Also Deutsche.
Wir sind, du, dein Mann und ich, schon drei. Mir scheint, Wagners würden sich gut einfügen.
Katharina hatte von dem Großbäcker Wagner gehört, Boženа kaufte dort im allgemeinen ein. Er war kunstliebend, förderte junge Musiker, kaufte Bilder unbekannter Maler und besaß eine legendäre Sammlung impressionistischer Malerei.
Du weißt?
Ja, nur von Frau Wagner wisse sie nichts.
Sie hat, um ihren Stil kurz zu umschreiben, Verhältnisse. Oder ordinärer, sie ist eine Nymphomanin, allerdings intelligent und scharfzüngig und, wie du dir denken kannst, ansehnlich. Er hat sich offenbar mit ihren Eskapaden abgefunden und entschädigt seine verwundete Seele mit dem Anblick vollkommener Bilder.
Aus einem Impuls, den sie sich danach als ihre Antwort auf Ferdinands Kritik auslegte, schlug sie Prchala vor; Dorothee stimmte zu, er sei ein kluger Kopf und Geschäftstüchtigkeit sei kein Schaden.
Es berührte sie, eine Liste von Personen zusammenzustellen, von denen sie die meisten noch gar nicht kannte: es regte die Phantasie an.
Es fehlt noch die jüdische Komponente, sagt Dorothee.
Wenn nicht ich –
Ich weiß, wird Katharina unterbrochen, Mirjam Hribasch hat es mir gesagt.
Du kennst Hribaschs?

Seit Ewigkeiten. Er ist einer der besten Juweliere des Landes, und ich habe eine Schwäche für Edelsteine.
Hribaschs könnten manchmal als Gäste kommen.
Er ist nicht häufig unterwegs.
Er weiß, wie gern ich Mirjam habe.
Sie ist ein kleines Luder.
Katharina wies Dorothee Neumeister zurecht, sie unterschätze Mirjam bei weitem, nur wenige Menschen hätten so viel Verständnis für sie aufgebracht wie diese auf den ersten Blick oberflächliche Frau.
Das eine schließt das andere nicht aus.
Du bist rechthaberisch.
Du wirst noch manchen anderen Fehler an mir entdecken. Ich denke an Gottgetreus. Sie könnten passen. Leo Gottgetreu ist Chefarzt der Kinderklinik, ein guter Mediziner und eine Perle von Mensch. Er taut langsam auf, kann aber ein mitreißender Unterhalter sein. Seine Frau, Cora, liebt Literatur und schreibt in deutschen Zeitungen mitunter über tschechische Poeten. Sie ist eine große Nemžova-Kennerin.
Da Katharina erst vor kurzem die »Babička« der Nemžova gelesen hatte, half ihr dieser Hinweis.
Es seien, schlösse sich Ferdinand nicht aus, elf Personen und das genüge durchaus, eine gute Unterhaltung zu bestreiten. Außerdem müßten gelegentlich illustre Gäste die Attraktion sein, nicht wahr? Dorothee Neumeister sprach, war sie aufgeregt, exaltiert.
Sie werde an jedem ersten Freitag des Monats einladen.

Katharina war eine gute Gastgeberin. Ihre Grazie, ihre natürliche Neugier auf Menschen halfen ihr über die Schwierigkeiten solcher Einladungen hinweg. Sie konnte, ohne aufdringlich zu wirken, den Ton angeben und ließ sich ebenso wendig auf den bestimmenden Ton eines an-

deren ein; sie hatte einen Sinn für intelligente Einsichten und witzige Wendungen und außerdem ließ ihre Erinnerung nicht ab von den bewegten Abenden in Hellerau. Da waren Wärme und Menschennähe gewesen, nach denen sie sich sehnte. Warum sollte sie sich nicht wieder Freunde suchen?
Aber die Spannung vor den Abenden war doch groß – Ferdinand hatte, nach einigen Bedenken und unwilligen Äußerungen über manche Teilnehmer, Wagner sei ein Blödian und Schlappschwanz, nachgegeben, wie sehe es aus, wenn er sie allein lasse, das würde zu Gerüchten führen –, eine Spannung, die sie fast schwindelig werden ließ. Dennoch brachte sie stets die Kinder zu Bett, liebkoste Camilla, die ohne »viele Bussis« nicht einschlafen konnte, und erzählte den Buben Räubergeschichten aus Klotzsche. Sie bildete sich, vor dem ersten Abend, ein, für Brünn eine Rachel Varnhagen oder eine George Sand zu werden, Ferdinand eines Besseren zu belehren und der Gesellschaft einen neuen Stil vorzuführen: ohne der dumpfen und von Ängsten durchzogenen Zeit zu folgen, vielmehr witzig, stets Neuem auf der Spur. Sie war, in allem, voller Erwartung, versuchte sich an Chopins Des-Dur-Nocturne, das sie besonders liebte, dem auch Ferdinand zuhörte, genoß die Seide des langen, strenggeschnittenen Kleides, das sie sich hatte schneidern lassen (mit einem tiefen Rückendekolleté, das Gutsi für übertrieben hielt), schob den Stoff auf der Haut hin und her, und während sie spielte, sah sie, wie unter einem sehr hellen Bühnenlicht, Personenarrangements, da und dort Paare stehen, vier um den kleinen Tisch sitzen, am Fenster einen jungen Mann mit einem exotisch aussehenden Mädchen in einen Flirt verwickelt. Sie hatte irgendwann (und heimlich) Hetärengespräche gelesen, vielleicht waren sie der Grund für diese zweideutigen Phantasien.

Als Božena Dorothee Neumeister in die Wohnhalle führte, war Katharina schon, ohne Gesellschaft, stimuliert, und sie war sicher, daß wenigstens dieser Abend glücken werde, also auch eine Fortsetzung fände.
Sie war, ohne Zutun, der Mittelpunkt. Wann immer, kaum spürbar, Pausen entstanden, griff Dorothee ein, deren Gesprächsstoff – und sie schonte niemanden mit Klatsch –, sich nicht erschöpfte. Aber alle konzentrierten sich doch auf Katharina, wodurch Ferdinand, der sich vorgenommen hatte, Abstand zu halten, einbezogen wurde.
Sicher gab es Unterhaltungen am Rande, aber man traf sich doch, als wäre es verabredet, immer wieder, um gemeinsam über ein »großes Thema« zu sprechen, eine Gepflogenheit, die sie später zu dirigieren verstand.
Und die Intensität der Unterhaltungen bewog sie auch, sie aus dem Gedächtnis im Tagebuch festzuhalten, zudem schmeichelte es ihrer Selbstgefälligkeit, »geheime Gefühle« wiederzugeben, intime Reaktionen auf die Gespräche, was sie dann, noch im Nachhinein beteiligt, meist unterließ.

Gespräch über Liebe

»August 1927
Ich weiß nicht, wer damit begann, wahrscheinlich Swetlana Wagner, die, von Dorothee als Nymphomanin bezeichnet, diesen Ruf bestätigte und unverschämt, alle Konventionen außer Acht lassend, mit Gawliček flirtete. Ich muß sagen, mich amüsierten die Attacken eher, auch tat mir Wagner nicht leid, doch Dr. Gottgetreu äußerte sich konsterniert. Sie ist eine auffallende Person, ihre Unruhe springt über. Ferdinand alterierte sich über ihr rotes, gefärbtes Haar und das geschlitzte Rohseidenkleid, mit dem sie ohne Unterlaß spielte, manchmal waren

ihre Beine fast bis zu den Hüften zu sehen. Ferdinand erzählte mir später, Wagner habe sie vor vier Jahren nach Brünn gebracht, sie solle aus Budweis stammen, doch er vermute, sie habe sich ihr Brot als Hure in Prag verdient. Ich glaube das nicht. Sie ist zwar außerordentlich lasziv und hat nichts anderes im Kopf als Männer, doch an allen Unterhaltungen nimmt sie gescheit und aufmerksam teil, und ihre Bildung ist bemerkenswert. Mir gefällt es, sie zu kennen.
Ich erinnere mich nicht mehr an alle Einzelheiten des Gesprächs. Es begann mit einem Satz von Ana Waldhans. Alles an ihr ist zu fein, zu durchscheinend, selbst die voll geschwungenen Lippen kommen einem wie aus bemaltem Glas vor. Sie irritiert mich und ich möchte ihr nicht zu nahe kommen.
Ich erinnere mich, daß ein Satz, den sie, als hätte sie ihre Umgebung vergessen, vor sich hinsprach, die Gesellschaft aufhorchen ließ:
Im Grunde ist die Liebe wider die Natur. Denn sie tut weh. Und sollte das die Natur wollen? Warum reden wir von Liebesschmerz, von Liebesleid und nur ganz selten von Liebesglück? Warum interessiert man sich für unglückliche Liebschaften, schreibt Bücher darüber, Gedichte, nicht aber über glückliche? Gibt es eine Anti-Madame-Bovary, eine Gegen-Effi-Briest? Ist es nicht widersinnig, wo doch alle Weltverbesserer ein Recht auf Glück fordern?
Gottgetreu hatte sie gleich nach dem ersten Satz unterbrechen wollen, ließ sie aber ausreden.
Wir Mediziner wissen, sagte er, daß der Schmerz eine Hilfe ist. Oft zeigt er an, wenn etwas aus dem Lot gerät. Könnte es in der Liebe nicht ein vergleichbarer Schmerz sein und hört er nicht ohnedies im Laufe einer Beziehung auf?

Dann ist auch die Liebe zu Ende, sagte Ana mit einer Ausschließlichkeit, die eine Entgegnung gar nicht erlaubte.
Swetlana Wagner scherte sich nicht darum: Das ist übertrieben! Schöne Kunst. Ja, ja, Liebe kann schmerzen. Wenn man betrogen, wenn man sitzengelassen wird. Aber darüber kommt man weg. Ich kann mir einfach nicht vorstellen, daß ein Mensch mit einer einzigen Liebe auskommen kann. Die Liebe lebt doch vor allem von der Neugier. Wie ist der? Wie ist die? Und ist die Neugier befriedigt, wird auch die Liebe matt. Außerdem haben Sie, liebes Fräulein Ana, ganz vergessen, daß die Liebe den Körper sucht, braucht, will. Ich weiß nicht, wie ich es sagen soll. Und dieser Schmerz, dieser sehr körperliche Schmerz gehört für mich zum Glück, auch wenn es nicht von Dauer ist.
Wagner sagte, daß dies nun in der Tat weltliche Ansichten seien.
Mir scheinen sie eher dämonisch zu sein. Gawliček sagte das so trocken, daß wir alle, wie über einen Witz, lachen mußten. Könnte ich diesen Mann nur beschreiben. Sein Gesicht, seine Stimme. Denn pani Wagnerova, fuhr er fort, meint doch das, was wir in hohen Gesprächen über die Liebe zu unterschlagen pflegen: den Trieb. Daß wir blind sein können von Lust, daß der Mörder in uns wach wird oder der hemmungslose Phantast. Die Kunst weiß es. Liebe ist oft dumpf, ein Hunger, der gestillt werden muß gegen alle Vernunft, ein Siechtum, das noch angenommen wird als Geschenk.
Das ist nicht falsch, sagte Swetlana Wagner.
Es ist mir zu extrem, sagte Jan Waldhans. Wir sprechen von der Liebe, als kenne sie nur Höhen oder Tiefen. Daß sie täglich sein kann, zwischen zwei Menschen, die sich gut und lang kennen, sich erneuert, abflaut, verändert,

wieder neu wird, ist, scheint es, zu banal. Oder?
Ich fügte hinzu, Widerspruch von Ferdinand erwartend:
Das stimmt. Und in solch einer täglichen Liebe merkt man oft gar nicht mehr, daß man liebt. Oder man merkt es erst wieder, wenn man beieinander liegt.
Ferdinand blieb still. Gottgetreu nickte mir zu.
Vielleicht vegetieren die meisten ohnehin in Lieblosigkeit und verübeln den Liebenden die Liebe, sagte Cora Gottgetreu. – Wir haben noch eine Weile weiterdebattiert.«

Gespräch über Versailles

»Februar 1928
Prchala, häufig den ganzen Abend schweigsam, kann mit plötzlichen Zynismen alle aufschrecken. Gestern war er es, der das Stichwort Versailles gab:
Zugegeben, die Reparationen sind in dieser Höhe politischer Wahnsinn, doch im Grunde war das Diktat von Versailles geradezu notwendig, um einige der schlimmen Eigenschaften der Deutschen klarzustellen. Zum Beispiel das Selbstmitleid oder immer den anderen schuldig zu erklären oder, wenn nichts hilft, an dunkle Mächte zu glauben. Ist die Erfindung der Dolchstoßlegende nicht typisch deutsch?
Merkwürdigerweise reagierte als erster Dr. Gottgetreu sehr scharf: Und was ist typisch tschechisch, Herr Prchala?
Verzeihen Sie, Herr Doktor, ich habe mich hinreißen lassen. Aber gehören Sie als Jude nicht auch zu denen, die Deutschland in den Rücken gefallen sind? Wenn ich Hitler und anderen Nationalisten glauben soll.
Das ist ein Spuk, mehr nicht. Überall kann sich die Gosse öffnen.
Pardon, reden wir nun über Politik oder nicht? fragte Jan Waldhans.

Versailles war nachweislich ein großes Unglück, sagte Ferdinand, eine politische Torheit, Erzberger hat dafür büßen müssen, und andere werden folgen. Man kann ein Volk nicht so auszehren. Es muß zu extremen Reaktionen führen. Die haben wir nun. Sehen Sie doch, wie die Kommunisten stärker werden.
Oder Hitler, sagte Wagner.
Über Hitler sprach Ferdinand nicht gern. Na ja, Hitler. Doch mit den Kommunisten würde ich ihn nicht vergleichen. Hitlers Ziele sind national, was man von den Bolschewisten nicht behaupten kann. Immerhin will er ein neues Deutschland.
Welches? fragte Prchala. In solchen Gesprächen wird die Spannung zwischen Prchala und Ferdinand immer wieder spürbar. Sie können sich nicht ausstehen. Ich bedaure das.
Eine völkische Generation, können Sie das nicht verstehen, Prchala? Gibt es nicht Vergleichbares in der tschechischen Geschichte, in den nationalen Bestrebungen des 19. Jahrhunderts?
Das ist zweierlei, sagte Prchala. Wir haben unter fremder Herrschaft gelebt.
Und die Deutschen etwa nicht?
Ich fürchtete, Ferdinand könnte deutschtümeln und fiel ihm ins Wort: Wir wissen ja, daß die Franzosen das Ruhrgebiet besetzt hielten.
Also.
Immerhin, sagte Gawliček, haben wir durch Versailles profitiert. 1919 konnten wir unsere Republik ausrufen.
Und was haben Sie verloren, verehrter Perchtmann, was?
Ferdinand war dieser listigen Frage nicht gewachsen. Ich? nichts.
Sie sind Deutscher.
Das bin ich. Und bin Bürger der Republik.

Wenn Sie so wollen, haben Sie sogar noch gewonnen, mein Bester.
Es ist schwierig, Ihnen darauf zu antworten.
Gawliček ist ein Rabulistiker – Wagner freute sich über den Verlauf des Gesprächs.
Oder, fuhr Gawliček fort, schreibe ich tschechische Musik, deutsche, ungarische, österreichische?
Ana Waldhans, die Gawličeks Kunst bewunderte, sagte entschieden: Es ist tschechische Musik.
Auch, liebes Fräulein, aber verstehen sollte sie selbstverständlich ein Amerikaner ebenso, ich wünsche es mir wenigstens.
Nicht so leicht wie wir, sagte Prchala.
Was hat das alles noch mit Versailles zu tun? fragte Dorothee. Sie wollte uns beim Thema halten, auf die Spielregel der Abende achtend.
Nichts, sagte Waldhans. Aber es ist mir lieber, über Gawličeks Musik zu reden als über irgendwelche Narren in Reichenberg, die demnächst noch behaupten werden, schon die Neandertaler hätten deutsch gefühlt. Und das ist leider auch eines der Ergebnisse von Versailles. Meinen Sie, daran hätte Woodrow Wilson gedacht? Politik nimmt meist einen anderen Gang, als die Politiker ihn vorgezeichnet sehen.«

Gespräch über Kinder
«November 1928
Von Dorothee erfuhr ich, Ana Waldhans sei schwanger und weigere sich, selbst ihrem Vater den Namen des Mannes zu nennen. Sie habe, vor zwei Jahren, ein Verhältnis mit einem jüngeren Maler gehabt, sich doch bald von ihm getrennt. Gelegentlich habe man sie seither mit anderen Männern gesehen. Ich versuchte mir, Ana nackt in den Armen eines Mannes vorzustellen – ist sie nicht

viel zu fragil und macht diese Schönheit Männern nicht Angst? Oder ist sie, im Gegenteil, eine Attraktion, könnte man sie nicht quälen, zerstören wollen? Vielleicht braucht sie Passionen, will sie leiden. Ich finde jetzt alle diese Gerüchte, die sie mit wer weiß wem zusammenbringen, kombinieren, wer der Vater sein könnte, widerwärtig. Und Ferdinands dumme, anzügliche Bemerkung, daß er sich bei diesem stillen Wasser schon immer mehr gedacht habe, ärgerte mich.
Das hat heute Abend Jan Waldhans, wohl, nachdem er sich mit Ana abgesprochen hatte, fabelhaft gelöst. (Ich schreibe dieses Gespräch gleich auf, die Gäste sind noch nicht lange aus dem Haus. Camilla hüstelt nebenan vor sich hin. Sie hat noch immer den flachen kleinen Kinderschlaf. Ich muß mit ihr wieder einmal zu Doktor Gottgetreu. Ferdinand hat sich schlafengelegt. Ich bin überwach, vielleicht macht mich das Schreiben müd.) Waldhans sagte: Wahrscheinlich wissen Sie es schon, Ana erwartet ein Kind.
Worauf Swetlana Wagner mit einem »Jeschusch Maria« Überraschung heuchelte.
Ana lächelte freundlich in die Runde, dann legte sie den Arm um die Schultern ihres Vaters.
Cora Gottgetreu sagte: Das wird Sie sicherlich sehr freuen, Ana.
Ja, sagte sie, ich habe Kinder gern.
Ich erwartete, irgendjemand würde sagen: Aber das Kind wird einen Vater brauchen; alle schwiegen, suchten nach Worten. Dr. Gottgetreu war leger genug, die Peinlichkeit zu beenden: Sie werden es allein aufziehen, nicht wahr?
Ja, sagte sie, wenn ich nicht noch einen Vater finde.
Sie werden es nicht leicht haben, sagte Prchala nachdenklich.

Das weiß ich. So lange ich das Kind vor fremder Dummheit schützen kann, ist es nicht schlimm. Außerdem wird mir Vater beistehen.
Zu Gawliček waren die Gerüchte offenbar nicht gedrungen. Die Mitteilung hatte ihn überrascht und seine Freude war unverhohlen. Er ging zu Ana, küßte ihr die Hand. Kinder sind für mich Wunder. Wie schnell werden sie ruiniert. Warum vergessen wir, daß wir in unseren ersten Jahren frei gewesen sind, unbehelligt von Zwängen, von Rücksichten, von törichten Hoffnungen oder Erinnerungen? Warum nehmen wir einen Rest dieses Glücks nicht mit auf den Weg?
Aus Ihren Kompositionen ist es doch zu hören, sagte Dorothee.
Vielleicht.
Sie kokettieren, sagte Waldhans. Wenn ich an Jossel denke, an unseren Ältesten, sagte Cora Gottgetreu. Sie erzählte oft und gern von ihren fünf Kindern. Er war noch als Halbwüchsiger schutzbedürftig; er litt unter schrecklichen Phantasien, die wir uns nicht erklären konnten, war, was man ein Mutterkind nennt; seit seinem siebzehnten Jahr entfernt er sich von uns. Wir sind die Alten für ihn. Er braucht uns, meint er, nicht mehr – ist das nicht auch ein Wiedergewinn von Freiheit, Herr Gawliček?
Es ist eine andere Freiheit, meine Liebe. Wird nicht gerade sie einem fortwährend bestritten, manchmal von einem selbst?
Komisch, sagte Dorothee, niemand hat noch bemerkt, ein Kind braucht seinen Vater.
Und hier sitzen immerhin drei Väter, sagte Wagner.
(Swetlana erklärt jedem, wenn die Sprache auf Kinder kommt, sie hasse diese Bälger und wolle um alle Welt keines haben. Wozu gäbe es Präservative.)

Wenn einmal kein Vater zur Stelle ist, ziehen es offenbar auch die anderen Väter vor, von ihren Pflichten zu schweigen, sagte ich und kam mir ziemlich frech vor.
Ich gebe zu, erwiderte Ferdinand, die Situation ist delikat. Aber warum soll ich nicht sagen, daß Kinder den Vater benötigen. Er ist die Autorität und er hat dafür zu sorgen, daß Kinder Autorität anerkennen.
Gottgetreu und Waldhans pflichteten ihm bei.
Gawliček wischte diese weisen Sätze weg: Autorität ist etwas Eingebildetes.
Ja, sagte Ana, und wie viele maßen sie sich an. Autorität ist eine Verbindung aus Liebe, Kenntnis, Selbstverständnis, innerer Sicherheit, Freiheit und vielem anderen, und wenn sie sich brüstet, ist sie gar keine.
Ich versprach ihr beim Abschied, sie, wenn ich in der Stadt sei, in ihrem Atelier zu besuchen, doch sie winkte ab, sie sei gern allein.«

Der Kreis, »Kathis Zirkel«, wie er später genannt wurde, bestand bis zum Januar 1945 mit wechselnden Personen und einem kleinen festen Stamm, zu dem Wagner, Prchala, Ana Waldhans und Dorothee Neumeister gehörten.

28.
Der Schwarze Freitag

Es kam nicht unerwartet. Sie war zum ersten Mal unmittelbar beteiligt, sah die Ereignisse auf sich zukommen, konnte Teile der Botschaften entschlüsseln, begriff, soweit sie es je begreifen konnte, Politik, oder das, was Politik genannt wurde: Ökonomie, Verfall, Aufruhr, Rhetorik, Hilflosigkeit. Jeden Morgen studierte sie mit Ferdinand und Prchala die amerikanischen Kurse. Die Einbrüche waren gewaltig. Die Firma hatte ebenfalls einiges Geld in Amerika angelegt, noch auf Anraten des alten Perchtmann, und die Geschäftsfreunde in Prag, Lodz, Wien hatten sie bis in den Mai 1929 darin bestärkt. Sie war zwar in hohem Maße angespannt, mußte sich von Gutsi sagen lassen, sie sei ein Mannweib geworden, doch das Fieber der Männer, auch ihre Furcht hatte sie ergriffen. Jetzt erkannte sie Ferdinands Qualitäten, seine Fähigkeiten. Sie kamen einander in diesen Wochen wieder näher, obwohl sie unter täglichen Reibereien litten und abends nicht mehr miteinander reden konnten, zu erschöpft von den Debatten, den hektischen Handlungen des Tages. Überdies war sie wieder schwanger.
Prchala hatte geraten, soviel Rohstoff wie möglich zu kaufen. Jetzt, keinen Tag später, wenn nötig, sich zu verschulden. Von den Banken, auch der Hausbank, waren kaum mehr Kredite zu erhoffen. Ferdinand zögerte nicht. Katharina, zuvor oft kritisch, entschloß sich, seine Entscheidungen von nun an ohne Bedenken zu unterstützen. Er brauchte Rückhalt. Manchmal packte

sie, während der Arbeit, ein heftiges Verlangen nach ihm. Hätte sie nicht Prchala oder andere Besucher fürchten müssen, sie hätte versucht, ihn zu verführen. Sie merkte, daß äusserste Anspannung eine erotisierende Wirkung auf sie hatte.

Der Schwarze Freitag, der Zusammenbruch der amerikanischen Börse, lähmte mit einem Schlag ihre Betriebsamkeit. Sie hielten ein, »wir hielten ein, wir wurden aufgehalten und merkten, daß die Welt stillstand, es war vielleicht schon der Weltuntergang«. In dieser Stille wurden sie zu Traumwandlern, beglückwünschten sich gegenseitig zu Einfällen, die längst schon nichtig waren und vergaßen, wofür sie sich so abgerackert hatten. Die »Mährischen Wirkwaren« waren zum Abstraktum geworden, bis Prchala nach einigen Tagen sich und sie zurückrief und zu resümieren begann. Die Rohstofflager in Lundenburg, Znaim und Proßnitz seien bis zum Dach gefüllt mit Wolle. Die Aufträge gingen jedoch rapide zurück, eine Entwicklung, die noch kein Ende habe. Einige größere Kunden hätten ihre Geschäfte schließen müssen. Die Vertretungen in Polen und Frankreich arbeiteten mit halber Kraft, die in Deutschland habe, für den Augenblick, ihre Tätigkeit ganz eingestellt.

Das Ansehen der Firma war unangetastet, das Vertrauen, das man ihr entgegenbrachte, groß, nicht zuletzt unter den Arbeitern, was Katharina aus einigen Gesprächen heraushörte: Es zeige sich jetzt, die Firma habe Bestand, habe, im Gegensatz zu anderen, die nun schließen müßten, gut gewirtschaftet. Sie erzählte es Ferdinand und Prchala, beide rieten, für die Zukunft auch vor den Arbeitern eher schwarz zu malen, sonst könne es Mißverständnisse, Enttäuschungen geben.

Mitte 1930 war es soweit; die ersten Kündigungen mußten ausgesprochen werden. Katharina ließ sich vom Personalprokuristen jeden Fall vortragen und schämte sich ihrer Hilflosigkeit. Prchala war der einzige, der noch durch die Hallen ging, sie war nicht mehr dazu imstande, Ferdinand vermied es ohnehin. Von Prchala kam auch der erste Widerstand. Er bat um eine Konferenz, an der die zwei Prokuristen teilnehmen müßten, ohne freilich das zu behandelnde Thema im voraus nennen zu wollen. Ferdinand fand die Angelegenheit undurchsichtig, wollte ablehnen, aber Katharina bewog ihn, sich in keine Auseinandersetzung mit Prchala einzulassen, die über den Dreierkreis hinausgehe. Sie nehme an, er wolle die Entlassungen diskutieren. Dies geschah auch: Erregt wies Prchala nach einigen tastenden Einleitungssätzen Ferdinand darauf hin, daß neunzig Prozent der Entlassenen Tschechen seien, und dies in der Tschechoslowakischen Republik. Ferdinand versuche offenbar mit allen Mitteln die deutschen Arbeiter zu schützen. (Katharina hatte Ferdinand bereits bei den ersten Entlassungen auf diesen Umstand aufmerksam gemacht, doch er war nicht darauf eingegangen.) Ferdinand zog aus der Tasche ein Blatt, von dem er ablas. Verletztheit und Zorn waren ihm anzumerken, die Prokuristen hielten sich zurück. Prchala hingegen war nicht weniger erzürnt und es schien, daß er ganz bewußt auf einen Zusammenstoß mit Ferdinand zusteuerte. Von 476 Arbeitern der »Mährischen«, las Ferdinand vor, seien 316, also weit mehr als die Hälfte, Tschechen. Unter Vorarbeitern und Meistern sei der tschechische Anteil allerdings gering, betrage allenfalls fünfzehn Prozent. Diese Kräfte zu entlassen, würde für die Firma ein beträchtlicher Schaden sein. Sie seien Fachleute, darunter erstklassige Färber. Also müsse bei den einfachen Arbeitern begonnen werden und das seien eben vor allem Tschechen.

Schon der personellen Zusammensetzung sei die Ungerechtigkeit abzulesen, sagte Prchala heftig. Seit Jahren würden bei den wichtigen Einstellungen Deutsche bevorzugt.
Ferdinand, der sich hinter seinen Schreibtisch gesetzt hatte, während die anderen am Konferenztisch blieben, erwiderte sehr betont: Keine Einstellung geschah ohne Ihr Wissen, Herr Prchala.
Oh doch. Wer hat die beiden Färber aus Fürth engagiert und uns vor vollendete Tatsachen gestellt? Sie oder ich, Herr Perchtmann?
Wir, Sie und ich, Prchala, hatten, erinnern Sie sich, fast ein halbes Jahr gesucht. Dann bekam ich den Tip. Ich fürchtete, sie könnten mir mit Ihrer chauvinistischen Personalpolitik in den Rücken fallen. Und schließlich besitze ich die Mehrheit der Anteile.
Auf diesen Hinweis habe ich gewartet, Herr Perchtmann.
Was können wir denn tun? fragte Katharina. Neue Entlassungen werden notwendig sein – bei dem derzeitigen Auftragsstand sehe ich schwarz.
Wir könnten für mehr Gerechtigkeit sorgen, Frau Perchtmann.
Prchalas nationales Dividieren! rief Ferdinand. Ihr mißfiel sein Ton, doch sie wollte ihn vor den anderen nicht zurechtweisen.
Die Arbeiter, die wir entlassen haben, sind am wenigsten gesichert, haben am wenigsten verdient, sind die ärmsten. Wollen Sie das abstreiten, Herr Perchtmann?
Nein. Aber die Firma braucht sie auch am wenigsten, Prchala, und das wissen Sie sehr genau.
Sollten wir nicht auch fürsorglich denken, Perchtmann?
Prchala vergaß wissentlich die Anrede, versuchte Ferdinand verächtlich zu machen, was Katharina veranlaßte, einzugreifen: Ich habe mir vor der Entlassung die Pa-

piere angesehen. Ich muß gestehen, ich habe nicht auf die Nationalität geachtet, ob Tscheche oder Deutscher, aber es waren gewiß jene, die nicht viel verdienten, viele Hilfsarbeiter und einige Frauen.
Die Schwächsten – Tschechen! sagte Prchala.
Wissen Sie einen Rat, Prchala?
Ja, auch bei den Vorarbeitern zu prüfen, wer absolut notwendig ist.
Sie sind wahnsinnig, wir berauben uns der fähigsten Leute.
Wissen wir wirklich, ob sie alle so gut sind, wie Sie behaupten?
Katharina bat, die Sitzung zu beenden und in der Tat noch einmal zu prüfen, was zu tun sei.
Es ist zu spät, sagte Prchala, glauben Sie, die Leute sind blöd?
Eine Woche später legte ein großer Teil der tschechischen Arbeiter die Arbeit nieder.
Sie kam – Camilla war wieder krank, Annamaria noch winzig, und sie hatte Gottgetreus Visite abgewartet, um Gutsi mit ihren Sorgen nicht allein zu lassen – erst gegen Halbelf zur Fabrik. Vor dem Tor standen Arbeiter und diskutierten. Sie blieb auf der Treppe zum »Direktorenbau« stehen, lehnte sich gegen das Geländer, sah zu ihnen hinüber. Die Männer hatten sie zuerst nicht bemerkt, einem fiel sie auf, sie grüßten, ließen sich in ihrer Debatte jedoch nicht stören. Zwei oder drei kannte sie, es waren Arbeiter aus der Färberei. Sie war sich nicht sicher, ob sie zu ihnen gehen sollte; was die Männer taten, war gewiß außerhalb der Norm: Sie hatten ihre Arbeitsplätze verlassen. Ferdinand würde es ihr gewiß verbieten, sich mit ihnen einzulassen.
»Ich dachte in diesem Augenblick an mein Prager Erlebnis. Wie ich den Arbeiter besucht habe in seiner Woh-

nung, bei seiner Familie. Wie er mich im Grunde verhöhnte und wie ich hilflos war. Mir fällt sein Name nicht mehr ein. Er hat mir unzweideutig klargemacht, daß ich nicht zu ihnen gehöre. Ich stehe auf der anderen Seite, ich gehöre zu den Plutokraten, die sie ausbeuten. Wir wissen nichts voneinander. Das macht mich verrückt.«
Sie entschloß sich, mit den Männern zu sprechen. Sie gingen, verdutzt, einige Schritte auseinander, als sie auf sie zukam. Sie sprach den an, den sie am besten zu kennen glaubte, versuchte sich vergeblich seinen Namen ins Gedächtnis zurückzurufen. Es war ein älterer, schon ein wenig gebeugter Mann. Er hatte das Gesicht eines listigen Vaters (was ihr Vertrauen gab).
Sie kennen mich? fragte sie und fand sich töricht.
Aber natürlich, Frau Perchtmann, antwortete der Mann und stellte sich vor: Ich bin der Kostka Zdenek.
Sie hatte sich an die Unsitte, Vornamen zu Nachnamen zu machen, nie gewöhnen können.
Ach ja, Herr Kostka, sagte sie und wußte nicht, welche Frage zu stellen sei. Kostka half ihr: Wir haben, wie Sie sehen, die Arbeit niedergelegt. Nicht, daß wir streiken, nein. Und wir sind alle nur Tschechen. Die Deutschen arbeiten. Ein paar Tschechen auch. Doch weshalb sollen wir Tschechen noch arbeiten, wenn wir sowieso bald entlassen werden, nur wir Tschechen, nicht die Deutschen? Das wollen wir damit zeigen.
Ich weiß, sagte sie. Es sind auch Deutsche entlassen worden.
Nur wenige. Die Männer rückten wieder zusammen.
Ich werde versuchen, Ihnen zu helfen.
Das können Sie nicht.
Ich werde mich bemühen.
Die Ungerechtigkeit wird ihren Lauf nehmen, sagte Kostka. Aber wir werden uns wehren.

Sie sind der Anführer, Herr Kostka? fragte sie.
Wenn Sie einen suchen, um ihn als Anführer bestrafen zu können, dann bin ich der Anführer, pani Perchtmannova.
Nein, ich will nur wissen, wer für die tschechischen Arbeiter sprechen könnte.
Da gibt es Klügere.
Wollen Sie nicht wieder zur Arbeit gehen? Jedes ihrer Worte begann falsch zu klingen; sie wußte es.
In zehn Minuten, Frau Perchtmann, nicht eine Sekunde vorher. Das haben wir uns zur Frist gesetzt.
Sie nickte, wendete sich von den Männern ab, ging, fragte sich, ob es nicht besser wäre, sie hätte wenigstens Kostka die Hand gegeben und merkte, daß nun auch ihre Gedanken unsicher und falsch wurden.
Der Aufruhr war Ferdinand längst bekannt. Diese Unverschämtheit gebe ihm Gelegenheit, keine Rücksicht mehr nehmen zu müssen.
Das wäre die falsche Reaktion. Sie arbeiten ja schon wieder, Ferdinand.
Sie ließ Prchala rufen, er müsse bei diesem Gespräch anwesend sein, er kenne die tschechischen Arbeiter besser als sie beide.
Es werde wieder gearbeitet, sagte Prchala, er sagte es so, als gehöre er zu den Aufrührern und müsse sich entschuldigen.
Das wird ihnen nichts helfen. Das ist mir eine Lehre gewesen, sagte Ferdinand.
Ich zweifle, ob Sie gelernt haben, Perchtmann. Die tschechischen Arbeiter wollten nichts anderes, als auf Ungerechtigkeiten hinweisen. Sie haben kein anderes Mittel.
Es hätte doch einer zu mir kommen können.
Meinst du das im Ernst, Ferdinand?
Er antwortete ihr nicht.

Sie berichtete von ihrer Unterhaltung am Tor. Ferdinand fragte sie, ob sie einen der Arbeiter gekannt habe, und sie nannte Kostka.
Er ist ein Roter.
Wie kommst du darauf?
Das weiß ich. Viele der tschechischen Arbeiter sind Rote.
Wenn es so ist, bin auch ich eher rot als schwarz.
Bei deiner Vergangenheit würde mich das nicht wundern.
Ich bitte dich, Ferdinand.
Prchala unterbrach sie, es dürfte auf keinen Fall Strafaktionen geben, die Folgen wären nicht abzusehen.
Ferdinand beharrte auf einer Entlassung Kostkas.
Wenn das geschieht, fuhr ihn Katharina an, stelle ich meine Mitarbeit ein.
Also doch eine Rote, sagte Ferdinand.
Wollen wir weiter so kindisch miteinander umgehen?
Prchala verließ das Zimmer.
Ich bitte dich, Ferdinand, denk über die Situation nach.
(»Vielleicht stünde ich lieber auf der anderen Seite. Ich weiß, es ist eine romantische Vorstellung, obwohl ich die Verhältnisse jetzt besser kenne als in den Hellerauer Zeiten. Die Tochter eines Fabrikanten, die Frau eines Fabrikanten. Ich wohne in einer Villa und eine Kinderfrau sorgt sich um meine vier Kinder. Ich habe zwar Sorgen, aber sie sind nicht zu vergleichen mit denen Kostkas. Wollte ich arm sein, in einer Kellerwohnung hausen? Ich bin festgelegt. Aber ich kann lernen.«)
Es mußten noch mehr als hundert Arbeiter entlassen werden, darunter allerdings mehr Deutsche als zuvor. Kostka blieb in seiner Stellung. Der gehortete Rohstoff half übers Ärgste hinweg, und als sie, 1934, wieder voll arbeiteten, triumphierte Ferdinand, denn es gelang Prchala nicht, einen tschechischen Färbermeister aufzutreiben, wie Katharina es ihm geraten hatte.

29.
Katharinas Märchen oder
Wie die Zeit verlorengeht

Mami, erzähl eine Geschichte, baten die Zwillinge, eine Aufforderung, die über Jahre zum Refrain geworden war und der sie manchmal nur mürrisch nachkam, denn wann immer sie eine Geschichte auch nur in Andeutungen wiederholte, protestierten die Kinder, selbst die geduldige Camilla, also dachte sie sich schon tagsüber Geschichten aus, oder Gutsi las ihnen vor.
Seitdem die Zwillinge und neuerdings auch Camilla zur Schule gehen, beklagt sich Gutsi über mangelnde Arbeit, sie gehöre mit ihren Sechsundsechzig noch nicht zum alten Eisen und Gnadenbrot wolle sie keines haben; aber sie sei doch die Nachmittage, wenn sie den Kindern bei den Schularbeiten helfe, mit ihnen spiele, ganz eingespannt; das reiche nicht aus und Božena wolle sie nicht ins Revier pfuschen; so schrieb sie fast jeden Morgen einen langen Brief, deren Adressaten sie verheimlichte. Katharina vermutete, es seien Onkel David und Mummi und förderte die Schreiblaune der alten Frau.
Also erzähl doch schon –
ich denke an ein kleines Mädchen, das, sagen wir, so alt war wie Camilla, sechs oder sieben, und mit seinen Eltern und seinen Brüdern in einem großen weißen Haus wohnte, das von einem verwunschenen Garten umgeben war –
so groß wie unser Garten? –
Pauls Frage verwirrte sie: Obwohl der Garten ums Haus

längst verwachsen war, die Bäume, auch der Ginkgo hochgeschossen waren, obwohl sich im Sommer die Familie den Tag und den Abend häufig auf der Terrasse aufhielt, hatte sie den Brünner Garten nie »gesehen«, hatte ihn nie als den ihren betrachtet, sondern wann immer sie sich einen Garten ausmalte, war es der Garten von Klotzsche, der wie ein Bild vor dem Garten der Gegenwart lag. Wenn sie durch diesen Garten ging, ging sie doch durch einen anderen –
größer, viel größer, sagte sie heftig, ein richtiger Park –
ein Park ist langweilig, sagte Peter –
nein, doch kein Park, das ist falsch: ein großer Garten mit vielen verzauberten Ecken, einem Teich, in dem dicke Karpfen schwimmen, einem Gartenhäuschen und einer Koppel, auf der eine Herde von Ponys weidet –
das gibt es nicht, rufen die Zwillinge –
doch: Es hat es gegeben und es gibt es noch immer, ich schwöre es, ich habe den Garten gekannt, glaubt es mir –
und Gutsi bestätigt: Ich kenne den Garten auch, ja –
und was war mit dem Mädchen? –
es ist keine einfache Geschichte, kein richtiges Märchen –
bloß langweilig darf es nicht sein, sagte Peter –
ich weiß es nicht, wenn ihr nicht weiter hören wollt, müßt ihr es sagen –
der Paul muß es sagen, befahl Camilla –
ich erzähle von einem Tag im Sommer, einem so schönen Tag, wie es ihn selten gibt –
aber das Mädchen, unterbrach Camilla –
schon kommt es aus dem Haus, springt die breiten, flachen Steintreppen hinunter, dreht sich um die eigene Achse, die Arme ausgebreitet, ich glaube, es ist sehr glücklich, das kleine Mädchen –
wie heißt es? fragt Peter –
nennen wir es –

sie hält inne, soll sie das Märchengeschöpf Katharina oder Kathi nennen? Aber es würde die Kinder durcheinanderbringen; wie kann ein Märchenmädchen heißen wie die Mutter; es fallen ihr keine Namen ein, immer wieder sagt sie sich, Katharina –
wie heißt es denn, Mami? –
es heißt, sagt sie: Annamaria –
und wundert sich über den ihr ganz fremden Namen –
jetzt heißt sie so –
der gefällt mir, sagt Camilla –
also gut, Annamaria ist in den Garten hinausgelaufen, erst über den Rasen, dann an den Teich, hat die Karpfen mit trockenem Brot gefüttert, zu den Ponys, für die sie Zucker in der Tasche hat, und nun wartet sie auf ihre Freundin, das Kätchen. Sie haben vor, »lange Reise« zu spielen –
das kann man nicht spielen, sagt Paul entschieden –
doch, in diesem Garten konnte man es, auch wenn du es nicht glauben willst –
sie zerrte inzwischen schon den einachsigen Ponykarren aus dem Stall, rief Max, das stärkste der Pferdchen, das ihr aufs Wort gehorchte, es trottete heran, sie öffnete das Gatter und schirrte das Pferd an. Sie sah Kätchen von weitem über die Wiese rennen und winkte –
aber das ist kein Märchen, sagt Paul –
doch, es ist eines: Kätchen und Annamaria beluden den Pritschenwagen mit ihrem Puppenzeug, mit Blumen, auch mit Kuchen, den sie sich aufgespart hatten für die Reise, setzten sich vorne auf die Bank, Annamaria straffte die Zügel, schnalzte, rief: Hepp, hepp, und die Fahrt begann –
das ist Quatsch, man kann doch keine Reise in einem Garten machen –
sie hatte sich längst in ihren Garten zurückgesprochen

und es war ihr gleich, sie erzählte »ihr Märchen« –
laß die Mami erzählen, befiehlt Gutsi –
zuerst, schlug Annamaria vor, reisen wir zum Wolfswald, er ist kaum erforscht und wir wollen ihn uns nur von außen anschauen; Hunderte von Wölfen hausen in ihm und nachts kann man sie heulen hören; es war ein arger Holperweg, der sie zum Wolfswald führte, sie hielten vor dem Dickicht an, wagten kaum zu atmen, hörten es knistern und knurren und zogen es vor, die greuliche Gegend rasch wieder zu verlassen; am besten, wir fahren gleich zum Meer, bat Kätchen, und Annamaria fand diesen Rat gut; sie hätten allerdings eine weite Reise vor sich, Tage und Nächte; das macht nichts, sagte Kätchen, wir haben Zeit –
haben die Mädchen keine Eltern? fragt Peter nachdenklich –
schon; doch die sind mit der Reise einverstanden –
so viele Tage? –
im Märchen passieren Tage und Nächte an einem Tag –
so etwas habe ich noch nie gehört, zweifelte Paul –
ja, sie waren eine endlose Zeit unterwegs, froren in der Nacht, schwitzten am Tag, sie durchquerten dichte Wälder und Wüsten, über die ein Sandsturm fegte, sie hatten Durst, Hunger, ließen sich von Eingeborenen seltene Früchte geben, die mit einem köstlichen Saft gefüllt waren und plötzlich, nachdem sie schon fünf Wüsten und sieben Urwälder hinter sich hatten, sahen sie das Meer; sie jubelten, der Max fing an zu traben, seine Mähne wehte im Wind; unter ihren Blicken wurde das Meer unendlich groß, Dampfer und Segelschiffe waren zu sehen und fliegende Fische stiegen aus dem Wasser –
solche Meere gibt es nicht, sagte Peter –
im nächsten Jahr sollten wir an die See fahren, es ist wahr, ihr kennt solche Meere noch nicht, die es aber gibt –

mit fliegenden Fischen? –

aber ja, es sind Brüder des steinernen Delphins im Zwinger, sie sind in Wirklichkeit noch viel schöner; sie tanzten vor den beiden Mädchen in der Sonne, so lange, bis Annamaria und Kätchen einschliefen und die Delphine in ihren Traum mitnahmen. Aber am anderen Morgen machten sie sich zum Hexentempel auf, einem kleinen Haus im Buschland, in dem sich stets zu Mitternacht die Oberhexen der ganzen Welt versammeln –

haben sie die Hexen gesehen? –

sie sind noch nicht dort und sie werden sie auch nicht sehen, nein, denn sie fürchten sich, sie wissen, daß durch die Berührung einer Oberhexe jedes Mädchen zur Hexe wird; darum halten sie sich auch nicht bis Mitternacht in der Gegend auf, sondern geben sich mit der Entdeckung vieler Hexentritte zufrieden –

alles, was sie erzählte, fiel ihr im Augenblick ein; sie wunderte sich über sich selbst und über die Macht, die der alte Garten noch immer über sie und ihre Phantasie hatte –

was sind, fragt Camilla, Hexentritte? –

wo immer eine Hexe mit ihren großen Füßen auftritt, versengt sie das Gras und es zeichnet sich ihr mächtiger Fuß ab –

das ist alles nicht wahr –

so wahr, wie es der Garten ist –

und weiter? –

am Ende ihrer Reise landeten sie im Land der wilden Pferde, die in der Steppe zu Hause sind, sich nie fangen und sich nur von Menschen reiten lassen, die ihre Sprache verstehen –

Pferde können nicht sprechen, Mami –

wir verstehen sie nicht mehr, auch die Mädchen verstanden sie nicht, doch Max riß sich vom Wagen los, galop-

pierte zur Herde; er war wieder frei. Von weitem hörte Annamaria ihre Mutter rufen, es sei spät, sie solle zum Abendessen kommen, sie verabschiedete sich von Kätchen, rannte über die Wiese zum Haus und war müde von der langen Fahrt –
jetzt ist die Geschichte zu Ende –
nein –
aber was kann denn noch geschehen? –
nichts, was in einem Märchen passiert –
dann ist es langweilig –
vielleicht –
laßt Mami weitererzählen –
am anderen Tag eilte Annamaria wieder in den Garten, wollte eine neue Reise unternehmen, doch vor ihren Blicken schrumpfte die Welt: der Garten war wieder klein, das Land der Pferde eine enge Koppel, das Meer der Teich, der Wolfswald das »Wäldchen«, der Hexentreff der Pavillon, und so sehr sie sich auch anstrengte, ihre Phantasie bemühte, das Glück des vergangenen Tages war nicht zu wiederholen und sie sah ein, daß sie etwas verloren hatte, was endgültig vorüber war, das sich nicht zurückrufen ließ, sie verstand, daß es Zeit gibt und daß man die Zeit nicht aufheben kann –
kann man das eigentlich verstehen? fragte Peter –
man will es nicht verstehen, Kind, vielleicht, weil die Zeit schneller ist als unsere Erfahrung und weil wir uns fürchten, der Zeit verloren zu gehen –
was ist dann? –
nichts mehr.

Ende 1929 kam die Nachzüglerin Annamaria zur Welt. Sie wurde auf diesen Namen getauft, weil Katharina, von der Hebamme befragt, wie das Mädchen denn heißen solle, mit einem Male an ihre Namenssuche für das Gartenmädchen dachte, für das Märchenkind. Annamaria. Es sei ein hübscher, schon sehr katholischer Name, kommentierte Mummi, und Ferdinand fand ihn geziert.

30.
Ferdinand bricht aus

Erst Onkel Davids Brief machte ihr die Veränderung in Deutschland klar. Selbst im »Zirkel« hatten sie es in der letzten Zeit unterlassen, sich über Politik zu unterhalten, nachdem Wagner in einem aufgeregten Gespräch über die völkischen Proklamationen den Sudetendeutschen Konrad Henlein, der Führer des Turnverbandes geworden war, einen Schwachsinnigen genannt hatte und zu aller Überraschung von Dorothee Neumeister angegriffen worden war: Er besudle das endlich wieder stark werdende Deutschtum, das Grenzvolk, das immer habe leiden müssen. Katharina hatte darauf Waldhans noch nie so zornig erlebt. Die Republik betreibe eine Minderheitenpolitik, die vorbildlich sei. Hätten die Deutschen nicht sogar einen Minister im Kabinett? Aber nun seien sie zum Unruheherd geworden und müßten sich nicht wundern, wenn die Republik sich wehre. Es gehe um den Bestand der Demokratie.
Onkel Davids Brief bestürzte sie, rief sie wach. Sie hatte sich in ihren Tag verstrickt, in die Arbeit mit Ferdinand und Prchala, die »Fabrik-Sorgen«, wie sie das nannte, in die Erziehung der Kinder, die Zwistigkeiten mit Ferdinand und die kleinen Vergnügungen wie Theater, Oper, »Zirkel«.
»Also«, hatte er am 4. August 1932 geschrieben, »ich richte mich auf die Hölle ein, erfahren, wie ich im Umgang mit Teufel und Beelzebub bin. Hitler hat, entgegen meinen Erwartungen, die Reichstagswahl triumphal ge-

wonnen. Die Nationalsozialisten stellen die größte Fraktion. Du kannst Dir gar nicht vorstellen, wie hier selbst Vernünftige jubeln. Dieser Messias wird sie, meinen sie, aus dem Schlamassel führen. Wenn schon kein Bismarck, dann wenigstens ein Hitler. Hindenburg hat fürchterlich abgewirtschaftet, die Kommunisten sind durch ihren Internationalismus diskreditiert und die Sozialdemokraten sind eher ein Verein als eine Partei (ich habe sie, zähneknirschend, gewählt: Immerhin Demokraten, nicht wahr?). Und Hugenberg, dieser intrigante Totenvogel! Gott, welche Gespenster ziehen da Hoffnungen auf sich. Mir ist Angst, Mädelchen. Wir Juden haben ein eingefleischtes Gespür für Gefahr. Die ist durch nichts mehr aufzuhalten. Die Vernunft hat abgedankt und dem Wahn das Regiment überlassen. Ich kann nur hoffen, daß Ihr in der fernen Tschechei nicht tangiert werdet, doch höre ich mit Mißtrauen von Henlein und seinen Turngesellen, die sich der Hitlerei verschworen haben. Herr Hitler wird, fürchte ich, mit einem Staatsstreich die Macht an sich reißen oder, was auch denkbar ist, das dumme Volk wird sie ihm leichtfertig und in aller Rechtlichkeit anvertrauen.
Deinem Vater geht es nicht sehr gut, Mädelchen. Er ist krank. Auch ihn hat, was keiner wahr haben will, sein Weltvertrauen verlassen. Beunruhigen mußt Du Dich nicht. Beunruhigt sind wir alle.«
Sie hatte, was sie sonst nicht tat, Ferdinand den Brief gezeigt. Es sei Schwarzseherei in jeder Hinsicht, sagte er, und ging nicht weiter auf den Brief ein. Man könne den Henlein nicht derart verteufeln, hatte er schon mehrfach eingewandt, hatte sie mit seiner Indifferenz in Gesprächen entsetzt. Ferdinand sei einer jener langsamen Merker, die lange brauchten, ehe sie sich entschieden, hatte Waldhans ihn charakterisiert.

Er hatte, nachdem ihm die nächtliche Unterkunft im Arbeitszimmer doch unbequem geworden war, eines der Gastzimmer für sich einrichten lassen. Das Bad benützten sie gemeinsam. Er kam selten zu ihr, und in seinen Zärtlichkeiten war er zerstreut. Sie hatte, mußte sie sich gestehen, auch kein Verlangen nach ihm. Manchmal träumte sie von anderen Männern, von Prchala und Wagner und immer wieder erkannte sie eine Schattengestalt als Skodlerrak. Sie machte sich Vorwürfe, daß eine längst vergangene Liebe so tief in ihr saß und ihre Träume weiter zu bewegen vermochte. Würde sie Skodlerrak jetzt begegnen, wäre er ihr sicher fremd. Im Grunde gab sie Ferdinand die Schuld. Er hatte sie nie von Skodlerrak erlösen können.
Sie war, das wußte sie, attraktiv und wirkte auf viele Männer. Aber sie hatte keine Lust, sich auf eine Liaison einzulassen. Die Kinder waren zu nah, das Haus zu gegenwärtig, ein Kreis, den sie schützen mußte. Sie nahm an, Ferdinand habe eine Geliebte, aber es bekümmerte sie kaum, sie suchte auch nicht nach irgendwelchen Anzeichen. An den Abenden kam er ohne Vorwand, für die Firma arbeiten zu müssen, häufig spät heim. Er habe Freunde, Bekannte getroffen. Sie fragte nicht nach.
Er betrügt mich, sagte sie bisweilen vor sich hin, eine Feststellung, mit der sie sich allmählich von ihm löste oder zumindest zu lösen versuchte. Das Verständnis aus der gemeinsamen Arbeit war doch nur von kurzer Dauer gewesen. Sie war sich ihrer kläglichen Lage bewußt, an Pflichten gebunden.
Wir sollten uns mehr umeinander kümmern, hatte er gesagt.
Sie hatte, es war zu einer abendlichen Entspannung geworden, Klavier gespielt, Chopin oder Schumann.
Ja, sagte sie, es ist eine angenehme Rhetorik.

Warum bist du so ironisch?
Ich?
Es ist schwer, mit dir zu sprechen.
Dann versuch es. Und was heißt: Umeinander kümmern?
Der Kinder wegen, Kathi.
Die siehst du kaum.
Du übertreibst.
Dann frag die Kinder selber, ob ich übertreibe.
Wahrscheinlich wäre es besser, wir trennten uns.
Dieser Satz kam so unvermittelt, daß sie ihm nichts entgegnen konnte.
Ich übertreibe wieder, fügte er nach einer Pause hinzu.
Nein, diesmal nicht.
Wir passen nicht mehr zusammen.
Das sagt sich leicht, nach fast zehn Jahren.
Ich mache es mir schwer, Katharina.
Mit einem zweiten Nest läßt sich gut reden.
Wie meinst du?
Ich meine, deutlicher gesagt, deine Nebenfrau.
Himmel, mußt du immer gleich hinter allem ein Verhältnis vermuten?
Wenn du wüßtest, wie egal es mir ist.
Also bitte.
Warum lügst du dann, Ferdinand?
Ich lüge nicht.
Weshalb sollte ich dich weiter provozieren? Verschanz dich halt hinter deinen Unwahrheiten.
Ja, es gibt jemanden.
Willst du dich scheiden lassen?
Ich glaube nicht, Kathi. Ich weiß nicht, was ich will. Nur sollten wir uns im klaren sein, wie es steht.
Du machst es mir klar. Und ich habe es gewußt.
Dann ist's gut.
Im Gegenteil. Wir lügen uns gegenseitig an und ich bin

mit von der Partie. Ich will nicht fort von hier und ich wüßte nicht, was mit den Kindern geschieht.
Was dann?
Lassen wir es so, wie es ist.
Wahrscheinlich ist es das beste, Katinka.

31.
Das zweite Spiegelbild oder Die Dame ist noch nicht fürs Feuer

Nackt, aus dem Bad kommend, sieht sie sich, im Profil, durch den Spiegel gehen.
Sie hat lange nicht vorm Spiegel gestanden, hält an, wendet sich dem eigenen Bild zu, tritt nahe an das Glas heran, so daß sie schon seine Kälte spürt.
Sie wünscht sich, daß jemand sie so sähe, kein Voyeur, sondern jemand, der mit ihr den Spiegel teilt.
Ihre Brustwarzen berühren die Brustwarzen im Spiegel; die Kälte macht sie fest. Sie rührt sich nicht.
Sie hat sich, findet sie, nicht verändert, aber sie weiß, daß man ein Bild von sich hat, das kein Spiegelbild widerlegen kann.
Noch immer gleicht sie Nofretete, vor allem, wenn sie das Haar straff über den schmalen Kopf gezogen hat.
Nur, daß die Augen matter sind; sie fragt sich, ob sich so Enttäuschung niederschlägt.
Sie streckt sich, stellt sich auf die Zehenspitzen.
Ihr Bauch ist glatt, die Haut ist auch nach drei Geburten nicht schlaff geworden. Die Brüste, auf die sie stolz ist, sind voll und straff.
Sie zieht sich einen Hocker heran, setzt sich vor den Spiegel. Langsam öffnet sie die Schenkel.
Zeit kann man selber nicht sehen, sagt sie in den Spiegel. Zeit sieht immer nur der andere.
Der Spiegel wiederholt stumm die Sätze und ihre Grimassen. Er zeigt ihr eine junge Frau, die ihr gefällt, die

einen hübschen, ein wenig üppig werdenden Leib hat, sich jetzt nach vorn beugt, so daß die Brüste schaukeln, und die ganz allmählich die Lippen auseinanderzieht.
Sie denkt sich, während die Haut noch fröstelt, aber eine aufkommende Lust sie aufwärmt, ein Spiegelbild aus, wie ein großer, muskulöser Mann, auch er nackt, aus dem Rand ins Blickfeld hineinwächst und sich leicht gegen die sitzende Frau lehnt.
Sie schiebt die Hand zwischen die Beine, sitzt lange da, bis sie meint, sie könne, wenn sie wolle, das Spiegelbild auf sich ziehen, aus dem Glas lösen.

32.
Georg Wüllners Tod

Das Telegramm hatte Onkel David aufgegeben: »Dein Vater ist gestern abend gestorben. Beerdigung übermorgen, 2. Februar. Wir erwarten Dich. Dein Onkel David.«
Seit zwei Tagen war Hitler Reichskanzler.
Sie wünschte, daß die ganze Familie mitfährt; Gutsi bestand darauf, an dem Begräbnis teilzunehmen. Ferdinand machte einige Ansätze, sie zu trösten; die Betriebsamkeit des raschen Aufbruchs hinderte sie, an Vater zu denken, an Mummi. Die Kinder, vor allem Camilla und Annamaria, hatten den Dresdner Opa ohnedies kaum oder nicht gekannt und waren nur traurig, weil die Mami nun keinen Papa mehr hat.
Ferdinands Chauffeur hatte die Fahrkarten besorgt; Zimmer im Europäischen Hof waren für drei Tage reserviert. Ferdinand hatte darauf bestanden, im Hotel zu wohnen, Mummi sei gewiß sehr in Anspruch genommen, Dieter und Ernst würden bei ihr logieren und Gutsi hatte ohnedies schon gesagt, ob sie nun auch auf der Diele schlafen müsse, sie werde der armen Frau Wüllner nicht von der Seite weichen.
Die Kinder hielten sich, unter dem Druck dreier Erwachsener, auf der Reise zurück, rebellierten zwar gelegentlich gegen die Langeweile und daß niemand Lust habe, mit ihnen zu spielen, doch als Ferdinand die Coupébeleuchtung ausschaltete, schliefen sie bald, eingerollt wie Katzen, auf ihren Sitzen.
Katharina hatte versprochen, sie vor der Grenze zu wek-

ken, sie wollten selbst ihre Ausweise zeigen und, »wenn die Soldaten schnüffeln wollen«, ihre Koffer öffnen; es seien keine Soldaten, es seien Zöllner, korrigierte Ferdinand. Aber Uniformen hätten die auch an. Die tschechischen seien schöner als die deutschen. Die Buben spielten sich reiseerfahren auf.
»Vater ist fort. Es wird ihn nicht mehr geben. Kinder halten ihre Eltern für unsterblich.« Sie hatte ihren Glauben noch nicht revidiert. Eigentümlich, wie wenig väterlich ihr Vater gewesen war, eher wie ein älterer, sich manchmal entziehender Freund, der sich mit Überraschungen beliebt macht und dessen Zuneigung sich nicht abnützt, sondern als Geschenk empfunden wird. So klein er gewesen war – ihr fiel ein, wie er auf den Zehenspitzen federte, um sich größer zu machen –, sie hatte ihn nie klein gesehen und selbst in den letzten Jahren veränderte seine Gegenwart das Bild eines fast noch jugendlichen Hasardeurs nicht.
Die Höflichkeit der tschechischen Zöllner kam ihr melancholisch vor. Es war in den letzten Wochen zu Zusammenstößen an der Grenze gekommen. Die Kinder mußten zu ihrem Bedauern den Koffer nicht vorführen. Grenzübertritte nach einer durchfahrenen Nacht regten Katharinas Phantasie an, bewegten sie – als komme man aus einem Kontinent in einen anderen, als verlasse man das Nachtland und erreiche das Tagland, nur war es, nach Onkel Davids Ahnungen, umgekehrt. Der eine der deutschen Zöllner grüßte mit Guten Morgen, der andere schmetterte Heil und brachte Gutsi auf: Er solle die Kinder mit seinem Gebrüll nicht erschrecken, schließlich seien sie die ganze Nacht unterwegs gewesen. Katharina beugte sich zum Fenster hinaus, jetzt würden sie an der Elbe entlang durch die Sächsische Schweiz fahren; sie könnte den Kindern erzählen, wäre sie nicht so nie-

dergeschlagen, dort, in dem Hotel, haben Papa und ich nach unserer Hochzeit logiert; dort, an dem Steg, ist Onkel Ernst ins Wasser geflogen – oder war es Onkel Dieter?
Es ist kalt wie damals. Es ist eine Gegend, in der das Eis aus dem Boden wächst. Mit einem Male hat die Erinnerung ein ungeheures Gefälle: Weit unten, in einem die Helligkeit sammelnden Punkt, liegt, was sie gewesen war. »Man wird in Sprüngen älter«, schrieb sie nach der Reise an Onkel David.
Er erwartete sie auch am Bahnhof, den Schirm schwenkend, ganz in Schwarz, und glich, den Bowler in die Stirn gezogen, Charlie Chaplin.
Er roch nach Mottenkugeln. Das stellte auch Camilla fest, worauf ihr Onkel David erklärte, er lasse sich manchmal für einen ganzen Monat im großen Schrank einmotten und vor ein paar Tagen habe man ihn erst wieder aus dem Schrank geholt.
Er habe Mummi gebeten, zu Hause zu bleiben, sie brauche ein wenig Ruhe.
Gutsi trennte sich von ihnen; sie wolle gleich zu Frau Wüllner, worin sie von Onkel David unterstützt wurde, sie werde dringlich erwartet. Die anderen fuhren mit ihm zum Hotel.
Vor dem Bahnhof war Katharina aufgefallen, wieviele Menschen Uniformen trugen. Sie sah zum ersten Mal bewußt SA-Männer. Und alles erschien ihr ungewöhnlich blankgeputzt, frisch, in einer Art von brutaler Sauberkeit.
Den Kindern gefiel das Leben im Hotel, sie mußten oft gesucht werden. Bei Mummi in der »Vogelfutterwohnung« verhielten sie sich hingegen demütig, schlichen so herum, daß Susanne Wüllner sie aufforderte, gefälligst ein wenig Krach zu machen.
Es war klar und eisig. Der Zug der Trauernden hinterm

Sarg war lang. Sie mußten auf den glattgetretenen Schnee achten und die vielen kleinen rutschenden Schritte machten ein komisches scharrendes Geräusch. Sie ging hinter Mummi, die von Onkel David geführt wurde. Sie hatte die Zwillinge und Annamaria an der Hand, hinter ihr Ferdinand mit Gutsi und Camilla.
Sie trug einen neuen Hut, mit einer großen schwarzen Krempe, nun machte sie das Wippen der Krempe nervös und sie hätte sich den Hut am liebsten vom Kopf gerissen.
Mummi hatte ihr von Vaters Tod erzählt, ohne Tränen, er sei zu Bett gegangen, wohlgemut, habe sich noch ein Gläschen Cognac als Schlaftrunk mitgenommen und als sie ihm nachgekommen sei, habe er schon nicht mehr geatmet. Krank sei er schon länger gewesen. Er ist uns einfach weggestorben, hatte sie gesagt, und der Satz grub sich Katharina ins Gedächtnis.
Ein junger Pfarrer hielt die Rede am Grab. Er sprach von einem »erfüllten Leben«. Katharina dachte, wie es sich erfüllt habe, und sie sah den kleinen flinken Mann im Garten von Klotzsche, überaus elegant gekleidet, umgeben von einer Damenschar.
Als die vier Totengräber den Sarg in die Grube lassen wollten, ließ einer von ihnen aus Versehen das Seil fahren, der Sarg kippte nach vorne und rutschte steil hinunter. Die Trauergemeinde hielt den Atem an. Camilla begann zu lachen, Katharina drückte das kleine Gesicht gegen den Mantel und hätte eigentlich auch lachen wollen. Selbst hier noch brach Vater aus.
Unter denen, die kondolierten, erkannte sie einige Gesichter wieder. Manche Männer trugen Uniform und schlugen, als sie Mummi ihr Mitgefühl aussprachen, die Hacken zusammen. Jedesmal erschrak sie.
Es sei, sagte Gutsi, eine »absolut verrückte« Beerdigung

gewesen, aber Herr Wüllner hätte sie sich bestimmt nicht anders gewünscht. Susanne Wüllner entschuldigte sich am Friedhofstor bei ihrer Tochter, sie komme später zu ihnen ins Hotel, die Wohnung gehe ihr auf die Nerven – aber sie habe den Futterlieseln, so habe Wüllner die Frauen genannt, die gemeinsam mit ihr die Tüten füllen, eine Kaffeestunde versprochen. Es seien die Gefährtinnen der letzten Jahre gewesen, sie habe es nicht ausschlagen können.
In der Hotelhalle hatten sie schon ihr Eck, »neben den zwei Palmen«. David Eichlaub hatte Ferdinand zur Seite genommen und Katharina konnte nicht hören, was sie beredeten. Ferdinand nickte mehrfach zustimmend.
David habe, klärte sie Ferdinand hernach auf, geraten, Mummi nach Brünn zu holen. Er finde es vernünftig. Man könne die alte Frau in dieser Stadt, und sie sei ja Jüdin, nicht sich selbst überlassen.
Onkel David begann auch, nachdem Susanne Wüllner gekommen war, ohne Umschweif: Wir wollen jetzt mal die Judenfrage anschneiden, sagte er so laut, daß sich ihm neugierig fast alle Gäste in der Halle zuwendeten.
Bitte, sei nicht albern, David, mahnte ihn Susanne Wüllner.
Er senkte seine Stimme wieder, fuhr fort: Wir haben beschlossen, dich auf deine alten Tage nach Brünn umzusiedeln, Susanne.
Susanne Wüllner schaute ihn sprachlos an und sagte, nach langem Schweigen: Warum nicht? Nur mein Dresden wird mir fehlen. Und du mußt dich um Georgs Grab kümmern.
Dieter und Ernst, die Katharina merkwürdigerweise die ganze Zeit zwar gesehen, gesprochen, doch nicht »bemerkt« hatte – Ernst war dick geworden und hatte das

Gehabe eines Schmierenkomödianten; Dieter trug seine Hauptmannsuniform wie einen Smoking – die Brüder hielten zwar beide Onkel Davids Furcht für übertrieben, meinten jedoch, Katharinas Nähe würde Mummi auf andere Gedanken bringen.
Ist das nun noch unser oder ist es Gauleiter Mutschmanns Dresden? fragte David aufgebracht.
Ernst beschwichtigte ihn.
Ihr seid politische Dummköpfe, sagte David.
Streitet euch jetzt nur nicht, bat Mummi.
Und wann? fragte Katharina.
Sobald wie möglich, sagte Gutsi.
Dieser Meinung sei sie auch, setzte Susanne Wüllner hinzu.
Jetzt kühlt die Stadt endgültig aus. Auch der Phantasiegarten wird verdorren, kein weißes Haus wird es mehr geben.
Und was wird aus dir, Onkel David?
Er zog aus einer Vase, die auf dem Tisch stand, eine Teerose, reichte sie ihr: Ich bleibe noch eine Weile hier, mich schützen Alter und Narrheit.

Susanne Wüllner folgte ihnen nach drei Wochen. Sie hatten eine Wohnung in der Nähe des Hauses gefunden; Gutsi zog zu ihr. An den meisten Nachmittagen kamen die beiden alten Frauen, kümmerten sich um Schulaufgaben, um den Garten, ums Haus. Božena nannte sie respektlos »die Weibsen«.

33.
Eine neue Zeit bricht an oder Gutsi hat einen Namen

Sie sucht, sie hört, sie hat Angst, die Zeit kommt auf sie zu, blankgeputzt, mit einem flachen Himmel für Flugzeuge, mit geraden Straßen für Paraden, mit Karrees für Fahnen, mit Gesichtern, in die ein allmächtiger Führer Frische poliert hat, mit Männern, die das Vaterland geschluckt haben und von nun an stramm stehen, mit Frauen, die geschworen haben, Kinder für des Führers Waffen zu werfen.
Sie taumelt durch ein Geschwirr von Nachrichten und Gerüchten, nimmt manches auf, sieht Fotos, liest von dem abstrakten Reich, dem Glück, das allen verordnet ist, selbst Ferdinand kann sich dem nicht entziehen, er ist nach Reichenbach gereist, hat, unter Henlein, an der Gründungsversammlung der Sudetendeutschen Partei teilgenommen, die sich in einem Telegramm den Nationalsozialisten verschwistert, dem Führer die Sudeten zu Füßen legt, war nach Hause gekommen, hatte allen Spott zurückgewiesen, hatte den Buben Denksprüche eingepaukt, einvolkeinreicheinführer, und Prchala, der ihn verhöhnte, mit Kündigung gedroht.
Was fängst du mit einer halbjüdischen Frau, mit einer jüdischen Schwiegermutter in deinem nordischen Götterhimmel an? hatte Katharina gefragt.
Das ist Privatsache.
Er war tatsächlich der Meinung, Politik und Privates noch trennen zu können, ein Arier, der zumindest hin und wieder mit einem Mischblut schlief.

»Sie werden zu Mördern erzogen«, schrieb Onkel David, »und merken es nicht«.
Gutsi, die Annamarias Geburt wieder verjüngt hatte und die sich nun gemeinsam mit Susanne Wüllner des Säuglings annahm, verschanzte ihre Furcht hinter martialischen Aussprüchen, mit denen sie selbst die Zwillinge, die, wenn es nur möglich wäre, längst Uniform anhätten, verschreckte: Kommt Krieg, kommt Rat, kommt Tod, fehlt Brot, schrie sie und trieb die Wunschsoldaten vor sich her: Euer Führer wird euch früh genug holen, spätestens zu Peter und Paul; solcher Zorn verschüchterte die Halbwüchsigen, die lieber mit ihren inzwischen völkisch gesonnenen Professoren den Sieg Hermann des Cheruskers über die römische Brut feierten.
Dorothee Neumeister, auf ihre Bildung stolz, ist Rosenberg verfallen, dem Mythus des Zwanzigsten Jahrhunderts, sie verärgert den Zirkel durch mystisches Geschwafel, eine aus der Fasson geratene Heroine: Ich bitt' dich, was soll dieses Geschwätz von Demokratie und Freiheit, als ob wir nicht wüßten, daß eine erstarkende Gesellschaft nur durch ein strenges Recht geformt werden kann.
Mummi sagte, als die Synagogen in Deutschland brannten, erst waren es Bücher, jetzt sind es Gotteshäuser, es ist kein Schritt mehr zum Menschen, und Onkel Davids Post wurde spärlich.
»Jedesmal, wenn der Allerhöchste spricht, sitze ich vor dem Volksempfänger und lausche seinen Visionen. Er hat das Feuer entzündet, Mädelchen. Ein ganzes Volk hat sich versengt. Und unsereiner wird gezeichnet, bekommt den Stern in den Paß und auf die Jacke. Sie haben mir Tattergreis Parkbänke und Straßenbahnen verboten, Restaurants und Pinkelbuden, da mein jüdischer Urin den arischen verfärben könnte. Ich bin ein Leprö-

ser, einer, den der Allmächtige zum Kranken erklärt hat.«

Aber er folgt Katharinas Einladungen nicht, während Ferdinand aufatmet, wo sie denn den alten Mann noch unterbringen wolle, und Božena könne ihn auch nicht pflegen.

Politiker werden zu Karikaturen, bekommen Spottverse auf den Rücken geheftet, werden öffentlich ausgestellt, verkommen auf Schulhöfen, Chamberlain mit dem Regenschirm und Daladier mit dem Hut: So hüpfen sie durch Katharinas Träume.

München, behauptet Dorothee Neumeister und bringt Waldhans und Gawliček zum Schweigen, München ist der Beginn einer Weltpolitik, die vom Reich bestimmt wird, die Sudeten sind seit eh und je ein deutsches Gebirge gewesen, eine Verirrung, sie zu tschechischem Gebiet zu machen. Sie schweigen alle, auch Gottgetreu, der mit Frau und Kindern nach Palästina fliehen will. Aber haben Sie denn gar kein Vertrauen in die Zukunft mehr?

Die Nazis, sagte Wagner, sind auch Deutsche. Es wird sich legen.

Gawliček, der sich nicht das Leben hätte nehmen müssen, weltberühmt, ein tschechisches Ausstellungsstück, vergiftet sich und sein Begräbnis wird zur Demonstration. Beneš kommt, viele Minister folgen dem Sarg, Sänger, einige Musiker auch aus dem Reich und im Narodní dum wird seine Messe aufgeführt; Waldhans schreibt in einem Nachruf: »So friedfertig er war, so ruhelos ist seine Musik gewesen, aus seinem schweren Gemüt brachen Geister auf zu einem slawischen Reigen«, worauf Dorothee Neumeister triumphierte, wenn er von slawischer Musik spreche, könne sie es ebenso gut von germanischer Kunst.

Prchala zieht die Uniform an, kommt in die Fabrik, sich zu verabschieden, die Mobilmachung habe auch ihn als Reserveoffizier getroffen. Die tschechischen Arbeiter verbeugen sich vor ihm.
Sie hätte sich in ihn verlieben können, schon vor Jahren; sie sagt sich, sie hätte sich überhaupt einige Male verlieben sollen, denn die aufgewühlte Umgebung hat sie empfindlich gemacht: sie möchte umarmt werden und sich vergessen, sie möchte über jemanden herfallen, aber Ferdinand ist fort.
»Ich bin, als es bekannt wurde, daß die Wehrmacht einmarschieren würde, bei Jan Waldhans gewesen, habe seine Tochter besuchen wollen, die unterwegs war. Er bot mir Kaffee an. Das Radio lief, brachte die neuesten Nachrichten. Prag wird bald besetzt sein. Waldhans drückte sich die Fäuste gegen die Schläfen und schluchzte hemmungslos. Ich nahm ihn in die Arme, zog seinen Kopf gegen meine Brust, dann küßten wir uns, unendlich lang, und vergaßen für diese Zeit alles. Er wollte mit mir schlafen, ich ging. Ich hätte bei ihm bleiben sollen.«
Sie stand mit Gutsi, Ferdinand und den Kindern auf dem Markt, unter Tausenden von Menschen. Es wurden Hakenkreuzfahnen geschwenkt. Gutsi stand finster. Sie hatte auch Annamaria mitgenommen, liebkoste sie fortwährend. Als die ersten Autos auftauchten, die ersten deutschen Soldaten, brüllten die Menschen. Heil! Heil! Ferdinand war außer sich geraten, in einem fort riß er den Arm hoch; die Zwillinge grölten mit ihren Katharina immer wieder befremdenden Männerstimmen. Nur wenige blieben still.
Wir sind heimgekehrt, sagte Ferdinand. In welches Zuhause? Sie sei unausstehlich. Sie war es. Sie dachte an Prchala, der wahrscheinlich in Gefangenschaft geraten war, an Gottgetreus, die vier Tage zuvor nach Warschau

gereist waren. Es fielen ihr, weshalb wußte sie nicht, die Wiener Straßenschlachten von 1934 ein, Arbeiter gegen Faschisten, und sie wünschte sich Skodlerrak her, seine Wut. Er wird tot sein, sagte sie laut. Wer? fragte Gutsi. Jemand, den ich geliebt habe.
Erschöpft gingen sie nach Hause, zu Fuß. Der Trambahnverkehr war eingestellt, Straßen blieben gesperrt. Die Zwillinge johlten, hatten sich bei Ferdinand eingehakt. Mummi erwartete sie, mit Božena, in der Wohnhalle. Sie hatten sich den Empfang im Radio angehört.
Nun werdet ihr mich wohl einmauern müssen, sagte Mummi.
Es wird sich schon alles fügen, sagt Gutsi ihren alten Beschwichtigungssatz.
Ja, ja.
Gutsi war, einige Tage zuvor, von Wagner in ihrer Gegenwart zum ersten Mal mit ihrem richtigen Namen angeredet worden: Frau Schönfeldt. Sie heiße Eleonore Schönfeldt. Komisch, nicht?
Sie müsse schleunigst wieder Gutsi heißen, nur Gutsi.

34.
Prchalas Geschichte

Der tschechische Offizier Prchala kehrte nach einigen Monaten, nun natürlich in Zivil, in die »Mährischen Wirkwaren« zurück. Katharina hatte mittlerweile sein Büro in Beschlag genommen, ohne freilich auch nur etwas zu verändern, da sie sicher war, Prchala werde, falls ihm nichts zustoße, seine Arbeit wieder aufnehmen, woran Ferdinand zweifelte und was der Finanz- und Personalprokurist Steinhilber, der sich als »alter Parteigenosse und Weggefährte Konrad Henleins« offenbart hatte, eine Zumutung für die Firma nannte.
Es hatte geklopft. Katharina hatte unwillig Herein gerufen und in der Tür stand, mager geworden, in einem etwas altmodischen Wanderanzug aus noppigem Tweed, Prchala, der sie bat, kein Aufhebens von seinem Wiederantritt zu machen, er werde sich gleich bei Ferdinand zurückmelden. Ferdinand war, was er ungern zugab, beunruhigt, er hätte es für vorteilhafter gehalten, Prchala wäre verschwunden geblieben. Prchala hatte es nicht anders erwartet, bot jedoch nicht, was Steinhilber erwartete, nach einiger Zeit forderte, seine Kündigung an.
Über die Zeit, die hinter ihm lag, die Niederlage der tschechischen Armee, den Einmarsch der Deutschen, die Gründung des Protektorats, sprach Prchala nicht. Sie müsse nicht wieder ins Vorzimmer ziehen, sagte er zu Katharina, wenn sie nichts dagegen hätte, setze er sich an den kleinen Schreibtisch und sie solle den seinen übernehmen, das entspräche ganz seiner derzeitigen Position.

Ihr fiel auf, daß alle deutschen Arbeiter und einige tschechische ihn nicht mehr, wie zuvor, mit Herr Direktor anredeten, sondern ihn einfach beim Namen nannten. Der Betrieb degradierte ihn ohne ein Zutun von außen. Es schien ihn nicht zu treffen.
Ferdinand sparte ihn bei vielen Konferenzen aus. Es geschah gegen Katharinas Willen, die der Meinung war, gerade jetzt müsse Prchala gestützt werden.
Obwohl Prchala zum »Zirkel« gehörte, sie mit ihm über Jahre zusammengearbeitet hatte, wußte sie wenig von ihm, nur, daß er ein beharrlicher Junggeselle war, leidenschaftlich gern Auto fuhr (er besaß einen starken Tatra), eine Wohnung in der Stadt hatte, direkt über dem Laden von Meindl, und jeden Sonntag zum Angeln ging (er hatte in unmittelbarer Nähe der Mazocha einen Teich gepachtet), wobei er häufig von Jan Waldhans begleitet wurde, der sein bester Freund zu sein schien.
Über private Angelegenheiten sprach er nicht.
Katharina hatte sich in der ersten Zeit der Besetzung anstecken lassen vom Optimismus Ferdinands: Die Atmosphäre sei, betonte Ferdinand immer wieder, gereinigt, das Leben sei leichter, überschaubarer, Auftragssorgen gebe es nicht mehr, seitdem sie vor allem für die Wehrmacht arbeiteten. Er sei sicher, daß es im Protektorat auch zu keinen Ausschreitungen gegenüber Juden kommen werde.
Die Zwillinge dienten eifrig in der HJ, schwärmten von Heimabenden, arbeiteten auf dem Bann, kannten sich in sämtlichen Waffen aus, spotteten über Briten und Franzmänner, und Peter hielt ihr einen Vortrag über das Unheil, das das Weltjudentum im Lauf der Jahrhunderte angerichtet habe.
Die Diskussionen im Zirkel waren quälend geworden, denn Dorothee Neumeister wachte über die Unantast-

barkeit der Lehre. Man unterhielt sich fast nur noch über Kino und Theater, über Reisen, vermied es jedoch, zu politisieren. Camilla, die sich zu einem störrischen Backfisch ausgewachsen hatte, überraschte die Runde gelegentlich mit Vorträgen völkischer Gedichte, schmetterte den »Deutschen Rat«, der Dorothee Neumeister stets von neuem entzückte. Das erste Mal war Katharina entsetzt gewesen, hatte gefürchtet, Jan und Ana Waldhans und Prchala würden von nun an die Runde meiden, doch sie taten nichts dergleichen, schmunzelten, wenn Camilla zu rezitieren anfing.
Die Angst begann zu schwinden. Ferdinands Sicherheit übertrug sich. Sie richtete sich ein, fand alles »nicht mehr so übel«. Den Reichsprotektor Neurath hielt sie für einen anständigen Mann. Die Parteileute, mit denen Ferdinand gelegentlich zusammentraf, traten allerdings protzig und grob auf und sie verschwand, wann immer sie zu Gast waren, in ihr Zimmer.
Mummi verließ ihre Wohnung so gut wie nicht mehr. Gutsi hielt die Verbindung durch ihre tägliche Aufwartung aufrecht.
Bis der Krieg ausbrach.
Er veränderte alles.
Nicht bei den Zwillingen, nicht bei Ferdinand, die sich, von Sieg zu Sieg, bestätigt sahen, nicht bei Dorothee Neumeister, die nun im Zirkel das Wort führte, meistens Gäste mitbrachte, deren Anwesenheit die Tschechen endgültig verstummen ließ. Dorothee riet Katharina, Waldhans und Prchala nicht mehr einzuladen. Sie denke nicht daran, sagte sie. Seit mehr als zehn Jahren treffe man sich.
Aus Dresden bekam Mummi die Nachricht, Onkel David habe sich das Leben genommen. Sie wollte unverzüglich aufbrechen, an der Beerdigung teilnehmen. Sie dürfe es,

um Himmels willen, nicht. Da auch Gutsi sie warnte, man werde sie noch am Grab ihres Bruders gefangen nehmen, hatte sie ein Einsehen. Sie weinte tagelang, war nicht zu beruhigen.
Onkel David hatte geschrieben:
»Mich jammert alles, Mädelchen. Man versucht mir einzureden, ich dächte jüdisch. Nun denk' ich alter Mann verzweifelt, was ich denk'. Ist es, wenn ich denke, weshalb zieht es mich im Rücken so, jüdisch gedacht? Denke ich jüdisch, wenn ich denke: Geh heut mal aus und leiste dir was, David? Oder wenn ich denke, während ich singe, deine Stimme trägt den Brahms nicht mehr, habe ich dann jüdisch gedacht? Ich bin ein Jud, ein alter Jud und habe der germanischen Welt ein Leids angetan. Wem und wann? Sollte ein Zensor mitlesen? Ich bitte Sie freundlich und mit deutschem Gruß, mein Herr, zu bedenken, daß hier bedacht wird, ob jüdisch gedacht wird. Sei nicht traurig, Mädelchen. Du bist, ich weiß es, arisch. Deine Kinder erst recht. Dein Mann sowieso. Laß mich jüdisch denken, daß alle Zeit vergeht. Es umarmt Dich Dein ›Nennonkel‹ David.«
Ferdinand erboste sich, als er den Brief las. Der alte Trottel gefährde die Familie aufs höchste. Was heiße hier: Mädelchen, schließlich sei sie neununddreißig.
Ich bin, sagte sie nachdrücklich, und Onkel David weiß es eben, ein Mädelchen.
Die Judengesetze würden auch für das Protektorat gültig, hörte sie.
Hier beginnt Prchalas Geschichte.
Ferdinand wurde der Boden entzogen, sie war schuld daran. Nicht, daß er es ausgesprochen hätte, sie waren sich eher wieder nähergekommen, und Annamaria war sein Liebling; aber daß er es vermied, Mummi zu besuchen oder einzuladen, daß er den einzigen jüdischen

Buchhalter der Firma, ohne sie zu fragen, entlassen hatte, unter dem Beifall Steinhilbers, daß er die Bibliothek »säuberte« und an den Zirkelabenden kaum mehr teilnahm, bewies ihr, wie angefochten er war. Sie hatte es sich überlegt, sie fragte ihn, versuchte ihrer Stimme einen Ton von Verständnis, von Teilnahme zu geben:
Wäre es nun nicht Zeit, daß wir uns trennen?
Er verließ, die Tür hinter sich zuschlagend, ihr Zimmer.
Als sie am nächsten Tag gemeinsam zur Fabrik fuhren, erklärte er ihr unvermittelt, daß er sie liebe.
Unsere Liebe ist seltsam. Sie küßte ihn auf die Stirn.
Ich glaube nicht, daß wir uns verstehen. Trotzdem wüßte ich nicht, wen ich je mehr lieben könnte als dich.
Sie hatte vorgeschlagen, Prchala ins Vertrauen zu ziehen.
Weißt du eigentlich, wie Prchala mit Vornamen heißt?
Wieso kommst du darauf? Willst du mit ihm flirten?
Aber nein, nur hat er bisher nie einen Vornamen für mich gehabt. Er war immer »der Prchala«.
Er heißt Bedřich, Friedrich. Wieso sie sich Prchala anvertrauen wolle?
Wahrscheinlich wisse er, daß Mummi Jüdin sei. Ich kann mir denken, daß er Hilfe weiß.
Er wird sich bald selber nicht mehr zu helfen wissen.
Ich werde ihn fragen.
Prchala kam spät zur Arbeit, er entschuldigte sich. Meistens trug er die kuriosen Wanderanzüge. Das dünne blonde Haar stand über die Ohren weg, eine schüttere Tonsur. Sie müsse ihn konsultieren, es sei eine schwierige Angelegenheit. Es sei besser, sie sprächen außer Haus, denn sie wisse nicht, ob Steinhilber nicht überall seine Ohren ausgehängt habe.
Prchala lachte, es sei komisch, sich Steinhilbers Ohren so vorzustellen, Hunderte von riesigen, flatternden, lauschenden Steinhilber-Ohren an Wänden und Türen.

Sie fuhren mit der Straßenbahn zum Operncafé.
Sie wissen?
Er wußte alles.
Er saß angestrengt da, die vielen Uniformierten, die sie beunruhigten, beachtete er nicht.
Erzählen Sie nichts, sagte er. Werden Sie am Samstag in der Traviata sein? Er liebte Verdi, konnte, darauf angesprochen, ganze Passagen aus Verdis Briefen, aus Werfels Verdibuch auswendig. Das hatte ihm Gawličeks Spott eingetragen.
Ich bitte Sie.
Er könne ihr nicht auf Anhieb raten, antworten. Ob sie die Oblaten-Bäckerei in der Nähe des Winterhollerplatzes kenne, sie verbreite ihren Duft bis weit in den Park.
Ja, sagte sie, da riechen die Kastanien nach Zimt. Wie kommen Sie darauf?
Der Bäcker sei mit ihm befreundet. Er halte sich am Sonntagvormittag dort auf und werde sie erwarten.
Ihr erschienen solche Konspirationen mit einem Male lächerlich.
Ferdinand erkundigte sich nach dem Ausgang der Unterhaltung. Prchala habe sie im Ungewissen gelassen; von der Verabredung in der Oblatenbäckerei verriet sie nichts.
Sie sahen sich in der Oper, begrüßten einander, Ferdinand wechselte einige Worte, ließ Prchala aber stehen, um dem Kreisleiter – er war in irgendeinem sudetendeutschen Dorf Hauptlehrer gewesen – seine Aufwartung zu machen.

Waldhans hatte von Konzentrationslagern erzählt, von Theresienstadt. Er habe Briefe von dort erhalten.
Es heißt, sie würden sukzessive umgebracht.

Nein, das ist nicht wahr.
Der Führer weiß, was er tut, pflegte Paul jedes wichtige oder unwichtige Ereignis, jede Nachricht aus dem Krieg zu kommentieren.
Sie hatte vorgegeben, sie treffe sich mit Ana Waldhans in der Stadt. Ferdinand mißtraute ihr.
Ich werde dir heute nachmittag alles erklären. Wahrscheinlich kann ich zum Essen nicht zurück sein. Božena weiß es schon.
Was gibt es da noch zu erklären.
Sei nicht verrückt, Ferdinand.
Es war so: Der Park duftete nach Backwerk, nach Zimt, Anis und Ingwer, und die morgendlichen Spaziergänger schwelgten. Die Tür zur Bäckerei im Souterrain war verschlossen. Sie zögerte anzuklopfen, merkte gar nicht in ihrer Unschlüssigkeit, daß Prchala hinter ihr stand, erschrak, als er ihr die Hand auf die Schulter legte. Er lachte. So weit sind wir gekommen. Er pfiff das Oboenmotiv aus Dvořaks »Neuer Welt«, die Tür ging auf, ein Riese, den die weiße Bäckerschürze noch anschwellen ließ, begrüßte sie, führte sie durch den Backraum, in dem der Geruch betäubend war, in ein winziges Kabinett, verließ sie wieder, nachdem er Prchala einen Umschlag in die Hand gedrückt hatte. Es sei alles gutgegangen.
Der Duft, die verquere Situation, lösten ihre Empfindungen, »ich war wieder ins Schweben geraten. Ich hätte jetzt jeden Unfug anstellen können. Eine naive Freude an Geheimnistuerei hatte mich gepackt.«
Was soll also geschehen, Herr Prchala?
Er zog Papiere aus dem Kuvert.
Es sind neue Dokumente für Ihre Mutter.
Sie nahm die Kennkarte, blätterte darin, schüttelte den Kopf: Das ist unmöglich.
Es ist die einzige Chance. Außerdem haben wir für Ihre

Mama Quartier auf einem Bauernhof in der Nähe von Wischau gemacht. Die Leute sind vertrauenswürdig.
Und sie heißt jetzt Susanne Wüllner, geborene Schneider?
So heißt sie jetzt.
Und ich?
Bei Ihnen sind einige Papiere verschwunden, werden noch einige verschwinden müssen.
Können Sie das?
Ich nicht.
Wer dann?
Ich weiß es nicht, kann es Ihnen auch nicht sagen.
Ist darauf Verlaß?
Wir werden sehen, ich glaube schon.
Wann muß Mummi fort?
Übermorgen wird sie jemand abholen.
Und Gutsi?
Sie wird bei Ihnen bleiben müssen.
Sie regeln so einfach mein Leben.
Ich nicht.
Sie war früher zurück, als Ferdinand es erwartet hatte, erzählte ihm, was geschehen würde.
Wenn es herauskommt, ist uns nicht mehr zu helfen, sagte er.
Aber es ist uns geholfen worden, sagte sie.
Ende 1941 wurde Ferdinand aufgefordert, den Tschechen Bedřich Prchala unverzüglich aus seiner Stellung zu entlassen; die Anteile Prchalas würden treuhänderisch von einem Herrn Karl Sigwart übernommen; dieser Schritt sei notwendig geworden, da die Firma ausschließlich kriegswichtige Produkte herstelle und es unzulässig sei, in der Leitung derartiger Betriebe volksfremde Elemente zu beschäftigen.
Prchala war darauf vorbereitet.

Ferdinand hatte umgelernt.
Mit Mühe bestanden die Zwillinge die Matura; beide waren entschlossen, sich freiwillig zu melden; sie waren, als Führer der Hitlerjugend, mehrfach vom Fliegerhorst eingeladen worden und ebenso begeistert von dem Mut der Piloten wie von den Vergünstigungen, die sie erhielten, viel besseres Essen und zum Beispiel dauernd Schokakola. Sie wurden zur Ausbildung nach Berlin einberufen.
Ferdinand grübelte, auf welche Weise er sich bei Prchala bedanken könne. Er scheue sich, ihm Geld anzubieten. Waldhans, dem er sich jetzt, wenn auch vorsichtig, anvertraute, schlug ihm vor, einen Tuchladen einzurichten und Prchala als Verkäufer einzustellen, da könne er mit seinen Kenntnissen als Textilingenieur sinnvoll arbeiten. Die Eröffnung des Geschäftes wurde gestattet, jedoch mit der Einschränkung, daß nicht öffentlich, sondern nur an Schneider verkauft werden dürfe.
Prchala bezog zwei enge Zimmer in einem Miethaus in der Nähe des Bahnhofs, wartete drei Stunden am Tag, zwischen Stoffballen hockend, in Modeheften blätternd, auf Kunden. Katharina besuchte ihn oft. In der Enge war seine Ausstrahlung eher noch größer. Seine Ruhe zog sie an. Sie sprach mit ihm über die Zwillinge und deren blinden Militarismus, und daß sie ihr, obzwar sie ständig Angst um sie habe, fremd seien, »nicht mehr meine Kinder, junge Männer, die ich eben gut kenne«; Kuriere brachten ihm Mitteilungen von Mummi; sie ging zu ihm, als sie die Nachricht von Ferdinands Tod erhielt; er war es, der ihr nach dem Einmarsch der sowjetischen Truppen half, ihr und Mummi die frühere Identität zurückverlieh, der sie verabschiedete, mit dem sie zu spät das Du tauschte, der ihr, als sie ausreisten, sagte: Du wirst nie zurückkommen, Kathi.

Seine Stimme vergaß sie nicht. Wenn sie Musik von Dvořak hörte, Jahre danach, sagte sie, so sprach Prchala, und keiner wußte, wer das ist.

Prchala gehörte, wie es sich herausstellte, zum Kern des Mährischen Widerstandes. Er wurde gefeiert, reiste zwischen Prag und Brünn hin und her, und wanderte nach dem Tod des Außenministers Masaryk nach Kanada aus, was Ana Waldhans, die sich den Kommunisten verschworen hatte, empörte.

Das, wofür er gekämpft habe, sei nichts als Einbildung gewesen, er habe es erfahren müssen. Das Neue ertrage er nicht. So trennten sich alle.

35.
Ein Tagebuchblatt

»Oktober 1943

Es geht alles verloren, was ich geliebt habe. Warum stecken wir in uns und können nicht aus uns hinaus? Ich habe geglaubt, ich könnte lieben. Kann ich es wirklich? Ferdinand ist im Grunde weit weg, wenn wir einander lieben, wenn ich ihn berühre, wenn er mich berührt. Vielleicht bin ich unfähig, mich hinzugeben. Aber das kann nicht sein.

Diese Zeit rast durch mich hindurch. Ich nehme viel zu wenig auf. Als im Januar das Drama von Stalingrad zu Ende ging, Ferdinand und die Mädchen ständig am Radio saßen, Goebbels sprach, ging ich im Haus herum und sehnte mich nach Mummi. Gutsi war ein guter Ersatz. Wir saßen zusammen, sprachen kein Wort. Paulus und Seydlitz haben sich ergeben. Ferdinand kam, brachte die Botschaft. Weshalb weinte er? Weil soviele Männer umgekommen waren? Oder weil wir verloren hatten? Mir war auch zum Heulen zumute. Doch nur, weil ich das alles nicht verstand. Diese Wirklichkeit erreicht mich nicht. Ich bin, glaube ich, auf ein Gegenüber angewiesen, das mir Wirklichkeit vermittelt.

Von Dieter bekam ich, seit langem wieder, einen Brief aus einem Arbeitslager in Salzgitter. Über irgendeinen Boten und drei andere Adressen gelangte er zu mir. Er ist 1940, nachdem entdeckt worden war, daß er Halbjude ist, degradiert und unehrenhaft aus der Wehrmacht ausgestoßen worden. Ernst soll sich in Italien aufhalten. Ich

habe meine Brüder gern, aber ihre Schicksale, ihre Gefühle unterscheiden sich von den meinen; wenn ich Mitgefühl sage, heuchle ich. Wenn ich an sie denke, habe ich Angst, im Grunde Angst um mich, nicht um sie, und ich kann sie nur als Jungen sehen, flüchtig, immer in Bewegung, neben Elle, von der ich mir einrede, ich hätte sie geliebt.
Unlängst waren Peter und Paul zu Besuch. Ihre neue Sprache macht sie mir unvertraut. Es sind meine Söhne, ich habe sie zur Welt gebracht. Sie stecken in Uniformen und sprechen von ihren Messerschmitts wie von Geliebten. Hinein mit Sack und Flöte, sagte Paul, als er von einem Luftkampf erzählte und lachte, als mich seine Ausdrucksweise entsetzte. Es sind meine Kinder.
Ich merke, daß ich zu summieren versuche.
Sprache ist schwierig. Was ich rede, meine ich nicht. Was ich meine, kann ich nicht sagen.
Seitdem Ferdinand eingezogen ist (wir waren der Meinung gewesen, durch seine Tätigkeit sei er unabkömmlich) und Camilla in Pommern im Arbeitseinsatz (sie schrieb, sie werde sich verheiraten), komme ich mit dem Haus nicht mehr zurecht. Wahrscheinlich konnte ich es nie, habe es mir nur eingeredet. Annamaria, Gutsi und ich sind übriggeblieben, Božena ist im Fabrikeinsatz. Annamaria ist mir sehr nahe, sie wird mir im Aussehen immer ähnlicher, behauptet Gutsi. Drei Weiber auf dem Abstellgleis.
Beim ersten Fliegerangriff stellten wir uns unbeschreiblich dumm an. Wir schafften es vor lauter Aufregung nicht, in den Keller zu kommen. Als Bomben einschlugen, ließen wir alles, was wir zusammengetragen hatten, stehen und rannten hinunter. Gutsi, kaum unten angelangt, rannte wieder hinauf, sie hatte ein Karnickel im Ofen und das durfte ihr nicht verbrennen. (Sie zieht,

um der Not vorzubeugen, Karnickel und Hühner im Garten, allmählich sind wir ihr dankbar.)
Alles, was ich mache, geschieht in einem Zustand der Taubheit.«

36.
Adam Wagner

Im November 1943 erhielt Katharina Perchtmann die Mitteilung, daß ihr Mann »für Volk und Vaterland« gefallen sei. Einige Wochen später erfuhr sie vom »Heldentod« ihres Sohnes, dem Fähnrich der Luftwaffe Paul Perchtmann. Ernst Wüllner, ihr Bruder, sei, hörte sie, in einem italienischen Dorf freiwillig aus dem Leben geschieden. Gutsi konnte sie nicht mehr trösten. Dorothee Neumeister kam zu Besuch und widerrief ihren Heroismus. Wagner holte sie bisweilen ins Theater ab; ihm war seine Frau davongelaufen. Katharina gab keine der Todesnachrichten an ihre Mutter weiter und verpflichtete auch Gutsi und Annamaria, zu schweigen.
Sie spielte viel Klavier. Um Annamaria kümmerte sie sich mehr als zuvor. Die Teestunden am Nachmittag wurden zu einem strengen Ritual für die zwei Frauen und das Mädchen. Da beredeten sie den Lauf des Tages, die Ereignisse in der Schule, den Küchenzettel von morgen. Annamaria hatte ihr gesagt, Schwarz stehe ihr gut und gleich hinzugefügt, es sei ein taktloses Kompliment. Aber nein, hatte sie erwidert, du mußt dich nicht entschuldigen, man will ja auch in der Trauer schön sein.
Sie konnte sich nicht daran gewöhnen, nächtelang allein zu sein; sie begann, sich selbst zu befriedigen. Die ruinierte Umgebung schockierte sie kaum noch. Sie stellte fest, daß sie »innerlich verludere«.
An den »Zirkeln« nahmen noch teil: Dorothee Neumeister, Ana und Jan Waldhans, Dr. Gürtler, ein jüngerer,

schwerversehrter Anwalt aus dem Reich, gelegentlich Prchala und immer Adam Wagner, der die Abenteuer seiner Frau, sich nicht schonend, preisgab: Sie habe ihn vermutlich bereits ein paar Tage nach der Hochzeit betrogen, eine so liebenswerte wie liebesunfähige Person. Er sei ihr bald auf die Schliche gekommen, habe sie zur Rede gestellt. Es hat nichts genützt. Ich wartete darauf, daß sie mir wegläuft. Es hat lang genug gedauert. Und jetzt, das ist seltsam, fehlt sie mir. Sie habe ihm einen rührenden Abschiedsbrief geschrieben. Ana Waldhans widerte die Geschichte an.

Wagner kam immer öfter auch zwischendurch. Er hatte, fand Katharina, gewonnen, seit ihn seine Frau verlassen hatte, benahm sich selbstsicherer. Wagner hatte sich in den Unterhaltungen stets zurückgehalten, jedoch, wenn auch nicht deutlich, gegen Dorothee Neumeister Partei ergriffen, gewiß kein Deutschtümler, sondern ein nüchtern denkender Geschäftsmann, dem politische Emotionen unangenehm waren. Überdies stammte er aus einer alteingesessenen Familie, der Umgang mit Tschechen, Slowaken und Juden war ihm selbstverständlich; er sprach ein akzentfreies Tschechisch. Ihr Fall waren eher großgewachsene, schlanke Männer oder kleine, grazile, wie es Vater gewesen war. Wagner hingegen war nicht groß, eher gedrungen, fast schon dick; er bewegte sich täppisch und vorsichtig. Sein Gesicht war für einen Mann über Fünfzig bemerkenswert glatt; die Stirn, die »Bäckchen«, das runde Kinn, das er neuerdings hinter einem Assyrerbart verbarg.

Wagner machte sie erst mit der Stadt vertraut. Zwanzig Jahre hatte sie in Brünn gelebt, sicher in Bruchstücken die Stadt kennengelernt, gesehen, aber auf den Spaziergängen mit ihm, am Tage und vor allem am Abend, setzte sich das Stadtbild zusammen, durchbrochen schon von

Bombenkratern, zeitweise gesperrten Gassen, Ruinen. In einer Weinstube, die sich am alten Rathaus befand, hinter dem Durchgang, in dem an der Decke der Drachen hing, hielten sie sich oft auf, wurden Stammgäste, bekamen, selbst wenn die Reserven knapp geworden waren, »das Feinste« aufgetischt. Adam Wagner belieferte den Besitzer des Lokals, Sedlaček.

Sie rutschte in dieses Verhältnis hinein, keine Rede von Feuer, von Passion, sie suggerierte sich nicht Liebe – das Vertrauen nahm zu, gab ihr ein Gefühl von Nähe, Schutz, und das genügte ihr. Gutsi akzeptierte die Verbindung, während sie Annamaria verstimmte. Die Fünfzehnjährige reagierte störrisch, vermied jede Zärtlichkeit. Katharina nahm sich vor, sich mit ihr auszusprechen, hat es jedoch nie getan. Die Zeit war schneller, nahm ihr Adam Wagner wieder weg.

Seine Sekretärin empfing sie, ein fettes, milchblasses Mädchen, dem sich beim Gehen die Oberschenkel schnalzend rieben. Dieses Geschöpf müsse, bildete sich Katharina ein, auch nach saurem Schweiß riechen. Herr Wagner lasse sich entschuldigen, sagte sie, in der Bäckerei sei ein elektrischer Ofen ausgefallen, man habe ihn gerufen. Er werde sich beeilen. Offenbar sollte Katharinas erster Besuch bei ihm zu einem Reinfall werden. Sie war ungern gekommen, denn der Weg zum Büro führte durch den Laden, wo sie bekannt war; die Verkäuferinnen hatten sie alle auch freundlich gegrüßt. Und eine hatte sie an die talkige Sekretärin weitergereicht.

Sie setzt sich nicht hin, geht in dem altmodisch eingerichteten Raum umher, in dem sich der Geruch aus der Bäckerei festgesetzt hat, seit Jahren, Hefe und Sauerteig, erhitztes Mehl und etwas Süßes, Schwelgendes mischt sich ein. Ich könnte es hier nicht aushalten, dachte sie.

Durch eine Tür ist sie gekommen, zwei weitere Türen hat der Raum. Sie geht durch die eine, es ist finster, sie tastet nach dem Schalter und als es hell wird, sieht sie zahllose Regale, auf denen nichts anderes als kandierte Früchte in Gläsern und Kisten gestapelt sind. Eine Zuckerhöhle, in der Kinder sich zu Tode fressen könnten. Mitten im Krieg, in dem die einfachsten Speisen rar geworden sind, stapelt Adam Wagner hier eingezuckerte, den Untergang überdauernde Leckereien, grüne Türme aus Zitronat, kristallene Kirsch- und Mirabellenmumien, gelbbraune Felswände aus Orangeat, dazu Mandeln, sortiert in bitter und süß, Nüsse aller Art, Rosinen, Korinthen. Sie fängt an zu naschen, preßt eine Kirsche zwischen die Lippen, schiebt einen Brocken Zitronat nach, Orangeat, stopft sich die Backen voll Korinthen, beißt auf eine bittere Mandel, spuckt die Reste zwischen die erstarrten Früchte, kaut Walnüsse und Haselnüsse, mampft, reibt sich ihre klebrigen Hände. Aus diesem Tempel der ewigen Früchte schleppt Wagner sie fort; ob nicht abgeschlossen gewesen sei? Aber nein! Das dürfe niemand erfahren, es seien seine Reserven.
Wie können Sie ohne Mehl backen?
Auch bei Mehl habe ich vorgesorgt.
Ich hatte einen falschen Eindruck von Ihnen, Herr Wagner. Sie haben ja eine richtige Bäckergesinnung.
Stört Sie das?
Nein.
Sie findet das Wort Bäckergesinnung schäbig und entschuldigt sich.
Sie neigen halt ein bißchen zum Hochmut.
Er hatte sich von Ferdinand, Paul und Ernst erzählen lassen. Sein Takt hatte ihr gefallen, und nun verletzte sie ihn.
Diese schreckliche eingesüßte Fülle hatte sie kindisch,

fast verrückt gemacht. Sie riß ihn an sich, küßte ihn. Er reagierte kaum. Es sind diese verdammten kandierten Kirschen, die haben es in sich, sagte sie. Endlich lachte er. »Er küßte wie ein Junge, wie Eberhard.«
Sie wagte es nicht, ihm vorzuschlagen, mit ihr zu schlafen. Er tat nichts dergleichen. Am Abend saßen sie in der Weinstube bei Sedlaček. Er fuhr sie nach Hause, küßte sie schüchtern zum Abschied. Morgen werde er nach ihr sehen.
Als sie dann später mit ihm schlief, in seiner Wohnung, ergab es sich aus Vertrautheit. Sie nahm an, daß er sie mit Swetlana vergleiche, wie sie ihn mit Ferdinand. »Vergleichen« traf nicht zu: Zwanzig Jahre war sie mit keinem anderen Mann zusammen gewesen als mit Ferdinand. Sie zählte nicht ihre Phantasien hinzu, ihre erhitzten Träume. Wagner war vielleicht hausbackener als Ferdinand, in seiner Zuneigung stetiger, in seinem Beruf entspannter.
Er riet ihr auch, die Leitung der Fabrik doch den Nazis zu überlassen. Sie war genötigt worden, Steinhilber zum Geschäftsführer zu erklären. Ohne Ferdinand und Prchala machten sie die Büros im Direktionshaus frösteln, obwohl sich die alten Angestellten in ihrer Liebenswürdigkeit überboten. Zwei- oder dreimal nahm sie noch an den Geschäftsführungskonferenzen teil. Das Geld wurde ihr pünktlich überwiesen.
Hin und wieder übernachtete Adam Wagner bei ihr. Jedesmal bereiteten ihr die unausgesprochenen Vorwürfe Annamarias eine Pein, so daß sie es vorzog, bis in den späten Abend bei ihm zu bleiben und Gutsi mit dem Kind allein zu lassen. Annamaria hatte, das wußte sie, Peter und Camilla über ihre Verbindung mit Wagner unterrichtet. Spürbar baute sich eine Barriere zwischen ihr und den Kindern auf, die sie hilflos werden ließ:

Sie konnte sich nicht verständlich machen. Sie hätte ihnen gern gesagt, ich bin nicht nur eure Mutter, ich bin ein Mensch, ich lebe, ich will leben, und dies in einer Zeit, die einem klarmacht, wie wenig Leben bedeutet; ich bin noch jung, ich liebe, ich leide nicht anders als ihr, obwohl ihr der Meinung seid, Mütter hätten Mütter zu sein und sonst nichts.
Sie nahm diese Freiheit auf sich.
Nur wenn Fliegeralarm kam und sie nicht daheim war, machte sie sich noch Vorwürfe. Der Keller des Hauses war miserabel, wie Fachleute bestätigt hatten; Adams Bäckereikeller ein Labyrinth von Gängen und Nischen, ungleich haltbarer. Sie nutzte so einen Vorteil, ohne daß sie es wollte.
Bei den Aufenthalten im Keller wurde sie zunehmend apathischer. Sie hätte zuvor abgestritten, besonders ängstlich zu sein, sie hielt sich für mutig, zupackend. Diese Angst wurde körperlich, sie betäubte nicht nur ihren Verstand. War sie zu Hause im Keller, kämpfte sie dagegen an, um Annamaria und Gutsi nicht zu beunruhigen. Bei Wagner ließ sie sich gehen.
Traten sie, nach der Entwarnung, vor das Haus, empfand sie die Verwüstungen, die Brände, das Gewimmel von Feuerwehrmännern, Soldaten, nach ihrem Hausrat grabenden Menschen als lebendige Fortsetzung der Schreckensbilder, die sie vorher phantasiert hatte.
Adam Wagner hatte sie nach einem solchen Abend gefragt, ob sie ihn heiraten wolle.
Nein, Adam, ich kann nicht.
Nimmst du nicht zuviel Rücksicht auf deine Kinder?
An sie habe ich nicht gedacht.
Dann kann ich dich nicht verstehen.
Es ist schwer zu erklären: Ich bin von all meinen Erinnerungen noch nicht los. Ich wäre eine Last für dich.

Das redest du dir ein.
Es kann sein. Sind wir nicht auch das, was wir uns einreden? Und ich brauche Zeit.
Du bist vierzig, nicht mehr jung.
Manchmal meine ich, ich bin noch immer das Mädchen, das von daheim fortlief.
Die Stadt war inzwischen von Flüchtlingen, von Durchreisenden überschwemmt. Die Ordnung, auf die das Reich so viel Wert gelegt hatte, löste sich auf. Sie richtete sich im Chaos ein. Ohne sich einzuüben, war sie ihm gewachsen, selbst Gutsi, die freilich im Haus verzweifelt alles an seinem Ort hielt. Für Annamaria fiel die Schule fast ganz aus.
Als die Front näherrückte, beschloß Wagner, dem die Einberufung zum Volkssturm drohte, zu fliehen.
Sie fragte: Was wird aus deinem Zuckerparadies?
Hol's dir nach Hause.
Wenigstens die Kirschen.
Sie solle sich ihm mit Gutsi und Annamaria anschließen.
Nein, sie bleibe. Prchala habe ihr dazu geraten.
Der ist auch nicht allmächtig.
Das ist keiner mehr, nicht einmal der Führer.
In der letzten Nacht gelang es ihm nicht, sie zu lieben. Sie streichelte wie besessen seinen nackten Rücken, klammerte sich an ihn, spürte ihn dennoch nicht.
Ich werde nach dem Krieg versuchen, dich zu finden.
Es hat keinen Wert, sagte sie.
Wieso?
In dieser anderen Zeit würden wir nicht mehr zusammengehören.
Ob sie Liebe so an die Zeit binde?
Sie könne es sich nicht anders vorstellen. Auch sie werde dann verändert sein.

37.
Konfusion oder Das Ende der Fabrikantenfrau Katharina Perchtmann

Sie war ausgespart worden. Sie selbst hatte sich Freiheit eingeredet, sich aus der Furcht gemogelt, sie hatte nur das Nächste wahrgenommen, darauf reagiert, daß aber eine Welt sich verwandelte und unterging, hatte sie kaum berührt. Ferdinand, die Zwillinge, Onkel David, Prchala und Waldhans, auch Mummi sind einbezogen gewesen. Sie nicht. Einige Male hatten sie die Ereignisse angegriffen: Als der Krieg ausbrach, hatte sie geweint, als Ferdinand fiel, auch als das Attentat auf Hitler bekannt wurde – sie wußte nicht einmal, ob sie heulte, weil das Attentat mißlungen sei. Sie hatte, als es soweit war, nie gefürchtet, der Schwindel mit Mummi und ihr könnte entdeckt werden. Sie hatte sich geschützt, indem sie nur mit dem Nächsten umging.
Jetzt, als alle sie verließen, Gutsi und Annamaria tagsüber, oft auch nachts, auf dem Bahnhof arbeiteten, Milch und Suppe an Flüchtlinge verteilten, sie in der Fabrik nur noch fremde Gesichter sah (Steinhilber und der Protektor hatten sich abgesetzt), jetzt begann sie, allerdings ohne System und Ziel, zu handeln.
Prchala, der über Monate verschwunden gewesen war und auch an dem Zirkel nicht mehr teilnahm, war plötzlich aufgetaucht, hatte ihr, da die Russen schon in Ostrau stünden, geraten, Mummi nach Brünn zu holen. Sie beriet mit Gutsi die Expedition. Gutsi wollte mit Annamaria in Brünn auf sie warten. Sie entschied dagegen;

sie würden zu dritt nach Wischau fahren, was immer auch geschehe, sie wolle nicht, daß sie auseinandergerieten. Gutsi sah es ein.
Sie bat Annamaria, einen Fahrplan zu beschaffen, wurde von dem Kind ausgelacht: Fahrpläne gibt es schon lange nicht mehr.
»Ich verschloß das Haus, dachte, auch wenn ich für einige Tage wieder zurückkehre, mit Mummi, wird es nicht mehr unser Haus sein. Es hat uns aufgegeben.«
Drei Tage warteten sie auf dem Bahnhof, bis ein Zug in Richtung Prerau eingesetzt wurde. Die Front nähere sich, man wisse nicht, wie weit er komme.
Sie stemmte sich gegen einen Strom von stürzenden, sich im Sturz auflösenden Gesichtern, von ineinander aufgehenden Stimmen, einem dauernden Gemurmel, das manchmal durch Schreie unterbrochen wurde; in der allgemeinen Hast verlor Sprache ihren Sinn.
Annamaria vertraute ihr wieder. Wenn sie schlief, bettete sie den Kopf auf ihren Schoß.
Auf Umwegen, über viele Stationen, erreichten sie den Hof. Katharinas Mutter, die nicht unterrichtet war, empfing sie ganz so, als hätte sie die kleine Reisegesellschaft erwartet, bewirtete sie in ihrer winzigen Stube mit Tee und Kolatschen.
Du mußt nicht viel packen.
Muß ich mir noch den Judenstern auf den Mantel nähen?
Du bist keine Jüdin.
Auch weiter nicht?
Du wirst es wieder, wenn der Krieg zu Ende ist.
Ob es dann erlaubt sein wird?
Die wenigen Sätze hakten sich in Katharinas Erinnerung; manchmal, wenn die Rede auf den Krieg kam, auf spätere Kriege, sagte sie sie auf, die Jahre überbrückend, einen

Augenblick wiederholend, in dem sich für sie Zeit, die sie nicht angenommen hatte, zusammenzog.

Die Bauern, die Mummi auf Betreiben von Prchala und seiner Freunde, alle Gefahren mißachtend, beherbergt hatten, waren eine Zeitlang schweigend mitgegangen, hatten, als sie sich von der alten Frau verabschiedeten, sich von ihr auf die Stirn küssen ließen, sie aus dem Schweigen in eine neue Wortlosigkeit entlassen.

Sie wanderten weite Strecken zu Fuß. Katharina sorgte sich um ihre Mutter, deren Kraft jedoch die ihre übertraf. Fliehende Soldaten zogen sie endlich auf einen Lastwagen, brachten sie nach Brünn.

Das Haus nahm sie nicht mehr auf. Sie waren, vogelfrei geworden, nicht mehr in der Lage, solche Häuser zu bewohnen. Die Fabrik hatte die Arbeit eingestellt. Als sie hinging, um Papiere zu holen, den Safe zu leeren, durchquerte sie eine Wüstenei; nur einer der alten Buchhalter hielt die Stellung, verbeugte sich vor ihr, küßte ihr die Hände, er könne sich nicht denken, daß alles zugrunde gehen müsse. Doch, doch, sagte sie.

Auf dem Heimweg stellte sie fest, daß während ihrer Reise viele Häuser von Bomben zerstört worden waren. Es gingen kaum Menschen auf der Straße. Viele Leute hatten die Weihnachtsbäume aus den Fenstern auf die Trottoirs geworfen. Die Stadt duckte sich, wartete.

Die Kette der Fliegerangriffe riß kaum mehr ab. Sie siedelten in den Keller um, richteten sich, so gut es ging, ein, vermummten sich, um den Russen als alte Weiber entgegenzutreten, denn jüngere Frauen und Mädchen, hatten sie gehört, seien vor ihnen nicht sicher.

Sie hatte keine Ahnung, ob Camilla und Peter noch am Leben waren, wo sie sich aufhielten.

Oft dachte sie an Onkel David, und wenn sie eine Laune ankam, verließ sie auch bei Alarm den Keller, spielte

auf dem Flügel in der Halle einige der Lieder, die er gesungen hatte.
Du wirst schrullig, fand Annamaria.
Ich wüßte nicht, daß Kellerasseln schrullig sein können, sagte sie. Onkel David, meinte sie, hätte ähnlich geantwortet.
Mummi erzählte Annamaria von Klotzsche, Katharina hörte nicht hin. Sie hatte sich gehäutet, das alles gehörte nicht mehr zu ihr.
»Nicht mehr. Wie oft wir ›nicht mehr‹ sagen.«
Die sowjetischen Truppen näherten sich der Stadt, vor ihnen aber tauchte Prchala auf, zu ihrem Erstaunen in Uniform, begleitet von einigen Männern, sie standen, Eroberern gleich, schon die neuen Besitzer, in der Halle. Prchala begrüßte sie mit Handkuß, Gutsi und Annamaria ebenso, lächelte hilflos, sie müßten, was er bedauere, das Haus unverzüglich verlassen, es sei requiriert für Offiziere der Roten Armee, doch er habe, um sie nicht zu sehr zu inkommodieren, eine Wohnung für sie parat, im selben Haus, in dem sich auch sein Geschäft befinde, ein Reichsdeutscher habe sie, betonte er maliziös, aufgegeben. Ferner könnte Frau Wüllner wieder ihre alten Ausweise benützen, sie würden ihr vermutlich eine Hilfe sein. Natürlich stünde er, gerieten sie in Bedrängnis, zur Verfügung.
Müssen wir gleich gehen?
Wie ich schon sagte, unverzüglich.
Die tschechischen Milizionäre halfen ihnen beim Packen, luden Koffer und Bündel auf einen Pritschenwagen.
Sie müssen ebenfalls mitfahren.
Wir wollen lieber zu Fuß gehen.
Es sei unmöglich, in der Stadt könnten sie von Rotarmisten aufgehalten werden. Es seien Frauen vergewaltigt worden.

Sie trat über die Schwelle, ohne sich umzuschauen.
»Prchala war uns tatsächlich behilflich«, schrieb Katharina im Juni 1945, »schon der Zettel an der Wohnungstür schützte uns; auf ihm stand, in russisch und tschechisch, daß hier eine von den Nazis verfolgte, vom Narodní výbor bereits überprüfte Familie wohne. Mein Leben lang bin ich nie krank gewesen, nun bekam ich eine Lungenentzündung, Gutsi war drauf und dran, mich ins Spital zu schaffen. Ich weigerte mich. Prchala sorgte für einen guten Arzt. Der Tod Hitlers erreichte uns als Nachtrag. Er habe sich das Leben genommen, andere sagen, es sei ihm gelungen, mit einem Unterseeboot zu fliehen. Ich kann es mir nicht denken. Er war, nehme ich an, feige, vielleicht meinte er, mit seinem Ende höre alles auf. Diesen Glauben hatte ich auch einmal. Annamaria sind alle Schulen versperrt. Wir sind Deutsche. Daß wir, oder besser: Mummi, zudem noch Juden sind, hilft uns bedingt. Die meisten Deutschen sind zusammengetrieben worden, mußten nach dem Süden marschieren. Unterwegs seien viele gestorben. Die Tschechen hätten sie grausam behandelt. Prchala, den ich darauf ansprach, bestritt es nicht, es seien nicht nur die Menschen, es seien auch der Zorn und der Haß, die Mordlust befreit worden. Er wirkt matter, melancholischer, strahlt nicht mehr wie in den ersten Tagen nach dem Einmarsch. Er wisse vor Arbeit nicht mehr ein noch aus, sehe keinen Fortschritt. Wir fressen uns mühsam durch den Schutt, sagte er. Mummi und ich trauen uns kaum auf die Straße. Božena, die bei Verwandten untergeschlüpft ist und sich wieder gemeldet hat, besorgt uns das Nötigste. Alle Geräusche im Treppenhaus beziehen wir auf uns, die Angst steigt mit den Schritten die Stiegen herauf. Die Wohnung könnten wir auf Dauer nicht haben, sagte Prchala. Er wird uns für einen Privilegiertentransport ins

Reich anmelden. Mummi ist froh. Sie möchte am liebsten nach Dresden. Wohin der Transport gehen werde, könne er leider nicht bestimmen, sagte Prchala.«

Ihnen waren Plätze in einem Waggon mit Coupés zugewiesen worden, nicht in einem der Güterwagen. Božena hatte auf den Bahnhof kommen wollen, sie war nicht erschienen. »Mit dieser Frau habe ich ein Leben verbracht.« Katharina fragte, und sie fragte zu spät, warum hat sie nicht geheiratet? Hat sie eigentlich Freunde gehabt? Gutsi wollte die Fragen nicht hören.
Der Zug rüttelte quälend langsam über die Weichen. Annamaria beugte sich zum Fenster hinaus.
Da ist der Franzensberg mit dem Dom.
Ja, ja.
Warum bist du eigentlich nie mit in den Spielbergkasematten gewesen?
Ich weiß es nicht.
Sogar das Rathausdach kann man sehen.
Ja, ja.
Die Ansicht bröckelt wie ein altgewordenes Abziehbild, durch die Farben bricht ein blendendes Weiß, nichts mehr, eine Gedächtnislücke.
Katharina wendet den Blick vom Fenster, legt den Rücken der Hand leicht gegen den Mund.

38.
Das dritte Spiegelbild oder Ein Vorgriff aufs Obszöne

Wenn Katharina in den Spiegel schaut, unterschlägt sie, was noch erzählt werden muß.
Oder es wird aneinandergereiht, es sind Splitter von Geschichten, Erfahrungen, Reaktionen – begonnene Handlungen, die sich nicht fortsetzen lassen: Wie die Fahrt mit dem Transport zu einer Odyssee durch ein Ruinenreich wurde, auf immer wieder toten Geleisen, öden Bahnhöfen, über die sich die bizarr verformten Gestänge der Glasdächer wölbten, Scherbenstätten, wie der Hunger stärker wurde, wie Durst und Hunger die Passagiere zu erpressen begannen, sie zu Diebstahl und Lüge nötigten, wie sie um Zigaretten und Brot feilschten, um Trockenmarmelade und Milchpulver, wie die Gewehrkolben der Begleitmannschaften Menschentrauben teilten, auseinanderschlugen, wie sie, gehetzt, weil sie nicht wußten, ob der Zug lang anhalten würde, demütig kauernd am Bahndamm ihre Notdurft verrichteten; wie Susanne Wüllner, eine Siebenundsiebzigjährige, zur Rädelsführerin wurde, die einzige, die sich auf den Wirrwarr nicht einließ und den Hunger aushielt; wie die Gesichter und Stimmen wechselten, kaum mehr wahrgenommen, nicht mehr aufgenommen, namenlose Passagiere einer Reise, deren Ziel unbekannt blieb, bis sie irgendwo angelangt waren; wie sie an einem Abend die deutsche Grenze erreichten und von dem gelobten Land nichts sahen als den Schattenriß einer Wasserpumpe und

das vertraute Flächenmuster von Bahnhofsgeleisen; wie sich Fremde unter sie zwängten, Aufspringer, Schwarzfahrer, wieder verschwanden mit ihren Geheimnissen und Vermutungen zurückließen; wie Gutsi in wenigen Stunden zur Schwarzhändlerin umsattelte und beträchtlichen Erfolg hatte; wie Katharina Perchtmann, geborene Wüllner, Fabrikantenfrau aus Brünn, auf dieser wochenlangen Reise in Schmutz und grassierender Krätze die andere Katharina findet, Katharina die Proletin, die mit Worten zuschlägt, Platz freihaut, die sich um Anfechtungen nur kümmert, wenn sie ihr Leben meinen, die ihre Kraft ausnützt, die sich aufbäumt und es lernt, sich durchzusetzen, die nichts kennt, als diese von Dreck starrende Gegenwart.
Einer der Schwarzfahrer, der Trittbrettspringer, war Werner Roßmann. Er blieb bei ihnen im Abteil, gegen den Widerstand Mummis und Annamarias. Er blieb bei ihnen.
Sie haust in der Kellerwohnung, in der sie noch nicht sein kann. Sie haben zwei Zimmer zugeteilt bekommen. Das eine bewohnen Mummi, Gutsi und Annamaria, das andere, kleinere, sie und Roßmann.
Der winzige Spiegel hängt über dem Waschbecken aus angeschlagenem Emaille und nimmt sie erst ganz auf, wenn sie zurücktritt, sich aufs Bett legt.
Manchmal bietet sie sich dem Spiegel an. Manchmal lieben sie sich im Spiegel.
Sie legt sich in den Spiegel und wartet auf Roßmann.
Sie ist vierundvierzig Jahre alt.
Sie hat es aufgegeben, sich graue Haare auszuzupfen.
Sie räkelt sich im Spiegel.
Ihre Brüste sind schwerer geworden, auffallend an dem mageren Leib.
Die Hände tasten Stück für Stück des Körpers ab, der im

Augenblick nichts anderes sein will als Körper und wartet.
Bis der Mann sich neben sie legt und in den Spiegel grinst.
Er hat Eberhard, Skodlerrak, Ferdinand und Wagner aus ihrem Gedächtnis vertrieben.
Sie sieht seinen Körper auf dem ihren, die sich straffenden und lösenden Muskeln, sie sieht, wie ihre Arme und Beine ihn umklammern. Ihre Haut ist bleicher als die seine.
Das halb von einer Männerschulter verdeckte Gesicht einer Frau, die sich hingibt, muß sie erst kennenlernen.
Er stöhnt.
Sie sagt: Sei leis, denk an die nebenan.
Doch dann füllt er sie aus und sie schreit.
Es ist ihr gleich, ob ihre Mutter oder ihre Tochter sie verachten. Sie lebt.

Dritter Teil
(Stuttgart 1946–1970)

39.
Eine Liebesgeschichte

Niemand hatte mehr, nach vier Wochen Fahrt, Laune, in andere Gesichter zu sehen, denn der Schmutz entstellte sie, schminkte sie um. Die Männer ließen sich Bärte stehen, Vermummte, die sie meistens auch sein wollten. Der Lange, in einer undefinierbaren Uniform steckende Kerl, der sich kurz nach Furth im Wald in ihr Abteil gedrängt und sich zwischen den Füßen, im Gang, einen Platz ergattert hatte, dort hockte, die Beine angezogen, die Arme über einen Rucksack verschränkt, wurde als Störenfried ohnehin nicht beachtet.
Dauernd traktierten ihn die Spitzen von schmutzigen Frauenschuhen. Er schlief die meiste Zeit, das Kinn auf dem Rucksack, geübt, in allen Stellungen schlafen zu können, einer, der in Heimatlosigkeit erfahren war.
Mit dem ließ sie sich ein.
Sie war nicht darauf gefaßt, beschäftigt, ihren Troß bei Vernunft und Stimmung zu halten, Annamaria, die während der Fahrt zeitweilig unter einer bösartigen Erkältung litt, zu pflegen, vor allem jedoch Gutsi zu stützen, die nun doch zusammenbrach. Den Eindringling beachtete Katharina kaum. Er mußte eine anstrengende Zeit hinter sich haben, denn er schlief die ersten Tage fast immer, diesen sie bedrückenden, totengleichen Soldatenschlaf. Auf einem der längeren Aufenthalte verschwand er, kehrte, nach einiger Zeit – sie alle hatten gehofft, er werde nicht wieder auftauchen – mit zwei Laib frisch gebackenen Brots zurück, die er auseinanderbrach und verteilte. Er fing an, sich einzuschmeicheln.

Sie wachte daran auf, daß eine Hand ihr Bein streichelte, von den Fesseln bis zu den Kniekehlen, manchmal das Bein umfassend, manchmal mit den Fingerkuppen.
Die Notbeleuchtung verwischt die Konturen der Schlafenden, reglose Klumpen aus Stoff. Sie hatten sich, nach drei Wochen, an den Schlag der Räder gewöhnt, im Grunde konnte sie sich kaum mehr vorstellen, daß sie je den Zug verlassen würden. Der Transport fuhr nicht in eine Richtung, auf irgendein Ziel zu. Er pendelte oft hin und her, offenkundig zurückgewiesen, mit neuer Reiseroute. Sie hatten es längst aufgegeben, die wechselnden Zugbegleiter nach dem Fahrplan zu fragen, da sie stets ausweichende und durch die folgende Fahrt widerlegte Antworten bekamen.
Sie zog die Beine zurück, preßte sie gegen die Bank, nach einiger Zeit folgte die Hand, griff nach den Fesseln, hielt einen Fuß fest, zog ihn, gegen ihren Widerstand, ein wenig nach vorn. Katharina wagte nicht zu sprechen, denn Mummi hatte einen leichten Schlaf, sie würde, über die Annäherungen des schweigenden Mitreisenden aufgeklärt, einen Skandal machen. Überdies schmeichelte sich der Mann mit seiner hartnäckigen Vertraulichkeit in ihre Phantasie, weckte Empfindungen, die sich gestaut hatten, ein Verlangen nach Zärtlichkeit, die nichts mehr zu tun hatte mit den Tröstungen Mummis, den kindlichen Umarmungen Annamarias. Die Zeit hatte sie freigesetzt, diese Reise würde ins Unausdenkbare führen, wo sie alle Anfänge würde ausprobieren können. Nichts verband sie mehr mit der Katharina, die ein Haus und eine Familie besessen hatte. Sie lehnte sich zurück, zog die Decke um sich, spielte die Schlafende, überließ sich der schmeichelnden, eifriger, gieriger werdenden Hand, die, nur kurz in den Kniekehlen anhaltend, sich zwischen die Oberschenkel drängte. Die waghalsige

Intimität verbündete sie beide gegen die anderen, machte sie, wenigstens für kurze Zeit, los von den Verpflichtungen, unter denen sie litt, alles besser zu wissen als die anderen drei Frauen, ihnen voraus zu sein, Sicherheit vorzugeben, wo nichts war.

Als die Hand ungeduldig wurde, die Schenkel auseinanderzuzwängen versuchte, griff sie zu. Ihr Rock war unter der Decke bis zur Hüfte gerutscht, sie schob ihn, samt der fremden, plötzlich hart und rissig werdenden Hand bis zum Knie. Aber sie ließ die Hand nicht mehr los. Eine Weile hielten sie still, dann begann der Fremde wieder unruhig zu werden. Sie verständigten sich schweigend. Er erhob sich lautlos, half ihr aus dem Deckenschlauch, lautlos schob er die Tür auf, zog sie hinter sich her, mit einem Händedruck Hindernisse signalisierend, Schlafende auf dem Gang, im Dunkel vor sich Hinbrütende, und manchmal aufglimmende Zigaretten.

Er drückte sie unvermittelt gegen eine Wand, küßte sie. Sie wehrte sich nicht, schmiegte sich gegen ihn und zog ihn an sich. Seine Bartstoppeln taten ihr weh, schürften sie wund. Als er ihr unter den Rock wollte, wehrte sie sich, nicht hier, nicht jetzt, und er gab auf.

Am Tag, bei einem Halt auf offener Strecke, als auch der Lokomotivführer von der Maschine sprang, damit andeutete, daß sie länger würden warten müssen, verließ sie das Coupé, der Mann folgte ihr, nicht ohne sein Bündel über die Schulter zu werfen, aus der Gewohnheit, den Rest der Habe immer mit sich zu schleppen. Als hätten sie es sich versprochen, das Schweigen nicht zu brechen, kam er wortlos hinter ihr her. Seine Schritte erregten sie, sie lief rascher, ungeduldiger. Sie wollte fort von all den Leuten, die ihre Notdurft verrichteten oder ebenfalls ein Liebeslager suchten. So wollte sie es nicht. Auf einer Lichtung warf sie sich hin. Sie konnte nicht

mehr spielen, verzögern, sie wünschte sich, daß er über sie herfalle. Sie achtete nicht auf die Schritte der anderen, die ein Versteck suchten, durch das Buschwerk stießen und wieder umkehrten. Die Schamlosigkeit der Situation gehörte für sie zu jener Verwandlung, die sie sich wünschte und zu der ihr der Fremde verhalf. Sie würde sich vergessen und anfangen können.
Erst auf dem Rückweg fragte sie ihn nach seinem Namen.
Er heiße Werner Roßmann.
Sie nannte den ihren.
Katharina sei ihm zu umständlich. Katja klinge schön.
Sie fand es richtig, daß er sie so nenne. So hatte sie noch keiner genannt.
Wo kommst du her?
Das ist schwer zu sagen.
Ich meine, wo hast du gelebt, bevor du Soldat warst?
In Eger.
Das kenne ich.
Ich war schon lang nicht mehr dort.
Was hast du gemacht, gearbeitet?
Ich bin Dreher.
Was ist das?
Ich habe in einer Fabrik gearbeitet, Granaten gedreht.
An einer Maschine?
Ja, an einer Maschine.
Sie stellte ihn den anderen Frauen vor. Susanne Wüllner beachtete ihn nicht, Gutsi und Annamaria gaben ihm die Hand.
Katharina spielte ihre Zuneigung aus. Er setzte sich, als der Zug anfuhr, zu ihren Füßen, nahm ihre Hand.
Mummi beschuldigte sie, als Roßmann kurz das Abteil verließ, der Hurerei. Annamaria widersprach. Sie verhalte sich, sagte Mummi, ordinär. Du siehst doch, daß

dieser Mensch nicht zu dir paßt, ein dahergelaufener Kerl, wahrscheinlich ein Arbeiter, ohne jegliche Bildung.
Katharina ging nicht darauf ein.
Sie wartete von einem zum anderen Mal auf ihn und jeder im Abteil wußte, sprangen sie aus dem Wagen, rannten Hand in Hand in die Wälder, ins Gestrüpp, sie würden »es tun«. Sie stellte sich die Phantasien Annamarias vor, ohne sich Vorwürfe zu machen. Sie hatte sich selbst aus allen Pflichten entlassen.
Im Lager Wasseralfingen, in dem sie zwei Wochen darauf warten mußten, einer Stadt zugeteilt zu werden, wurde sie von Roßmann getrennt. Man brachte Männer und Frauen in verschiedenen Baracken unter.
Aber sie hatten sich versprochen, beieinander zu bleiben, wo immer sie hinkämen.
Er zog also zu ihnen, nach Stuttgart, in die Souterrainwohnung in der Schloßstraße, obwohl er ein Zimmer in Zuffenhausen zugewiesen bekam. Dafür fand er rasch einen Abnehmer, was ihm für lange Zeit Ärger mit den Behörden eintrug.
Sie hatten sich bislang auf Waldboden geliebt, auf Gras, jetzt besaßen sie ein Bett, breit, mit kariertem Überzug, sie warteten nicht, bis die Nacht kam, teilten, in Hast, die Wohnung auf, schlossen die Tür hinter sich, scherten sich nicht um das Atemanhalten im Zimmer nebenan, machten diesen kümmerlichen Raum, unter dem keine Räder mehr über Schienen sprangen, bewohnbar, für sich allein.
Gutsi, ohne Tatkraft, erzählte ihr, die gnädige Frau suche nach einer eigenen Bleibe. Sie könne es in diesem Lotternest nicht aushalten. Als Jüdin würde sie wahrscheinlich bevorzugt.
Katharina unterließ es, sich mit ihrer Mutter auszuspre-

chen, Mummi blieb vorerst, auch Annamaria, die wieder zur Schule ging und Abende lang bei schlechtem Licht über ihren Heften saß.
Die Geldreserven könnten, rechnete man den Schmuck noch hinzu, eine Zeitlang reichen.
Sie machte sich keine Gedanken über die Zukunft, ließ sich treiben, hatte wenig Kontakt mit den Schwaben, denen die Flüchtlinge, was in Zusammenstößen deutlich wurde, als Lügen verbreitende Exoten erschienen. Roßmann fand sich, zweifellos schon mit Erfahrungen versehen, auf dem Schwarzen Markt zurecht. Er machte seine Geschäfte vor allem mit Amerikanern. Gelegentlich reiste er in die französische Zone nach Tübingen. Dann hoffte Mummi den Tag lang, er werde geschnappt, auf Nimmerwiedersehen verschwinden. Er kam wieder, er kannte sich aus.
Die Enge rieb sie; sie stritten oft, sogar Mummi verlor manche Hemmungen, eignete sich Flüche an, die sie noch vor Wochen hätten erröten lassen. Jeder schützte sich vor der Verletzbarkeit des anderen, indem er es vorzog, sofort anzugreifen. Entweder handelte es sich um einen zippigen Glockenrock Annamarias, den umzunähen Gutsi sich weigerte; um die Umrechnung von Deka in Gramm, die Katharina Schwierigkeiten bereitete, »das einfachste von der Welt«; um den Bestand an Geld, den Mummi mißtrauisch kontrollierte, Unredlichkeiten Roßmanns vermutend; um die persönlichen Bereiche, die jeder hartnäckig verteidigte; um Katharinas Liederlichkeit oder, fast immer, um Roßmann, dessen Anwesenheit es nicht gestatte, daß man sich halbwegs zivilisiert einrichten könne – und das alles oft an einem Tag.
Sie floh, hängte sich an Roßmann, der verwilderte, die Gesetze des Untergrunds beherrschte, in den Barackenlokalen um den Leonhardsplatz Ansehen genoß. Nächte-

lang waren sie unterwegs, er schachernd, sie tanzend, denn wo auch eine neue Combo auftrat, wollte sie hin, besessen von der Musik, die, wie sie meinte, ihre Verfassung ausdrückte, was Roßmann, darin Fachmann, korrigierte, es handle sich um Reprisen, um nichts Neues, und Negerfreiheit sei nicht die ihre.
Er täusche sich.
Sie stritten häufiger, verbissen sich ineinander. Nur die Körper waren sich noch nah, brauchten sich. Dennoch war sie stolz auf Roßmann, hinter dem sie sich oft verstecken konnte.
Tanzte sie zu lang, zu eng mit einem anderen, vergaß sich, riß er sie fort, und es konnte passieren, daß er sich mit dem andern schlug. Allmählich durchschaute sie das Milieu, seine Bräuche, seine Sprache. Sie verrohte, wie Gutsi das beschrieb. Um Annamaria kümmerte sie sich so gut wie nicht mehr.
Liebten sie sich, spät in der Nacht, erschöpft von Alkohol, Nikotin und Tanz, fast schon bereit, einander Gewalt anzutun, klopfte Susanne Wüllner manchmal an die Tür: Sie habe wohl jeglichen Anstand verloren und bedenke die Anwesenheit der Tochter nicht.
Sie bewegte sich wissentlich am Rand, ohne Wunsch, aufgenommen zu werden. Mummi sprach häufig von Camilla und Peter (Katharina hatte ihr auf dem Transport und ohne jeden Anlaß gesagt: Du mußt es endlich wissen, Ferdinand ist tot, David ist tot, Paul ist tot, Ernst ist tot, du mußt es ja endlich wissen), ob sie am Leben seien und wie sie sich mit ihnen in Verbindung setzen könnten. Katharina entgegnete, die führten ihr eigenes Leben, weiß der Himmel, das hätten die inzwischen gelernt und irgendwann würden sie von denen hören. Gutsi hatte Suchanzeigen nach den beiden beim Roten Kreuz aufgegeben.

Es sah nicht aus, als würde sich etwas ändern, sie hatte es gelernt, zwischen Ruinen und Bruchbuden, in denen sich Schwarzhändler und Lebenshungrige trafen, zurechtzufinden. Merkwürdig, daß sie gerade jetzt wieder zu lesen begann; aus der amerikanischen Bibliothek holte sie sich Bücher, verbrachte Tage zu Hause, auf dem Bett liegend, ab und zu aufgestört durch Streitigkeiten nebenan, oder durch die hämischen Bemerkungen Roßmanns, der sich allmählich von ihr absetzte.
Die vergangene Zeit, auch ihre Zeit, rollte als ein wahnsinniger, von Blutschlieren entstellter Film vor ihr ab. Sie hatte die Namen gekannt, Theresienstadt und Auschwitz, die Angst der Betroffenen hatte sie gestreift, und ein im Nachhinein ihr unglaublich erscheinendes Glück hatte Mummi, sie, die Kinder vor dem Zugriff der Mörder bewahrt. Alles, was sie nun las, lernte sie neu. Roßmann, dem sie das nachzuerzählen versuchte, blieb ungerührt. Es habe eine Menge Greuel gegeben, sicher, da und dort, und es werde viel erfunden, schließlich seien die Deutschen die Besiegten. Mich hätten sie umbringen können, sagte sie, und Mummi ist Jüdin. Das schien ihm nicht angenehm zu sein.
Er durfte nicht gehen. Aber was sollte sie, ihm zuliebe, noch aufgeben? Sie hatte nichts mehr. Was sie zugewann, belästigte ihn. Sie redete mit ihm, wenn sie sich, oft nachdem sie sich gestritten hatten, ins Bett wühlten, redete sich in den Schlaf, nahm, verletzt, seine Fragen und Antworten mit in den Traum.
Warum wird alles anders?
Das bildest du dir ein, Katja.
Wir streiten, streiten, streiten.
Wir sind eben so.
Willst du gehen?
Wieso sollte ich?

Warum unterhältst du dich nicht mit mir?
Das ist alles dummes Zeug.
Was?
Die Bücher, die du liest, was du zusammenspinnst.
Ich habe vieles nicht gewußt.
Du bist zu fein für mich.
Ich?
Im Grunde willst du was Besonderes sein, Katja.
Bist du verrückt?
Du machst dir nur etwas vor.
Ich?

Ohne Erklärung zog Mummi mit Gutsi aus. Sie habe, mit Hilfe freundlicher Leute – »sie helfen dir als Jüdin doch nur, um sich selber zu helfen« – in der Rotebühlstraße eine angenehme Wohnung vermittelt bekommen. Annamaria, übriggeblieben im Vorderzimmer, spielte die konsternierte Zuschauerin, die ein anderes Stück erwartet hat, noch immer bereit, applaudieren zu wollen, aber es gelang Katharina nicht eine einzige Szene, die der Tochter gefallen hätte.
Sie habe, erzählte Annamaria später, unwahrscheinlich jung ausgesehen, aber abweisend, verbissen. Es ist mir unvergeßlich, wie du, wenn es auf den Abend ging, durch mein Zimmer liefst, in dem tief ausgeschnittenen schwarzen Pullover, dem schwarzen Rock, mit diesem wippenden, erwartenden Gang. Und ich haßte dich. Ich hätte dich umbringen können.
So ist es nicht wahr.
Es war so.
Roßmann blieb einfach fort, meldete sich nicht, sie suchte ihn in seinen Stammlokalen, niemand wußte, wo er sich aufhielt, bis sie hörte, er habe seine Familie gefunden, Frau und zwei Kinder, arbeite in Feuerbach, und

sie ihn, nach Jahren, in der Schulstraße sah, ganz nah, einen Schritt nur entfernt, kaum verändert, adrett angezogen, ein Spießer, der Bruchteile seiner Vergangenheit hatte unterschlagen müssen, und sich nun einem Schaufenster zukehrte, den Kragen des Mantels hochgeschlagen, ein wenig zu abenteuerlich, und sich vor ihr fürchtete.

Sie wollte es nicht begreifen, zerrte Annamaria in die Suche, bat sie, neben ihr zu schlafen. Ich weiß nicht mehr ein und aus, Kind. Gutsi trat als Bote auf, teilte mit, die gnädige Frau sei bereit, sie aufzunehmen, es habe genügend Platz in der Rotebühlstraße.

Da war sie soweit, daß sie alles getan hätte, um nur in eine vorgewärmte Ecke schlüpfen zu können.

40.
In der Packerei oder Skodlerrak geht verloren

Susanne Wüllner hütete vergeblich das übriggebliebene Geld. Bei der Währungsreform schmolz es zusammen. Sie bekamen vierzig Mark »Kopfgeld«, wie alle anderen, das übrige würde 10:1 umgewechselt, und Latifundien besaßen sie nicht, die ihren Wert behielten. Roßmann hatte, von Katharina angeregt, den meisten Schmuck in Zigaretten, Strümpfe und Fressalien getauscht. Die Familie war blank. Gutsi suchte als erste nach Arbeit und schuftete, weit über siebzig und den täglichen Ischias verfluchend, am Morgen in der Markthalle. Katharina hingegen wehrte sich, sie habe nichts gelernt, sie tauge zu nichts, man werde ihr die letzte Drecksarbeit auflasten. Hätte Vater mich auf die Universität gelassen. Sie habe doch über Jahre die Fabrik geführt. Mummi konnte nicht einsehen, daß vergangene Reputation nichts nützte; selbst das Abitur nicht.
Sie meldete sich beim Arbeitsamt. Sie könne, wenn sie wolle, dazu werde niemand gezwungen, bei den Aufräumarbeiten in der Stadt helfen. Darauf ließ sie sich nicht ein. Nach drei Wochen wurde sie mit dem begehrten Arbeitszettel zur Expedition einer Schokoladenfabrik in Cannstatt geschickt. Sie wurde Packerin, stapelte Schokoladetafeln, Schleckereien, die es »draußen« nicht gab, noch eine Weile nicht geben würde, in Kartons, und dies mit vorgegebener Geschwindigkeit.
»Der Meister verhält sich anständig. Er weiß, woher ich komme, was ich war, oder ich bilde mir ein, er habe es

nicht vergessen. Die ersten schwäbischen Ausdrücke habe ich schon gelernt, ha no und noi. Aber daß ich hier sein muß und wer weiß für wie lange, geht mir noch immer nicht in den Kopf. Ich bin Arbeiterin. Ich kenne den Direktor, die Direktoren so wenig, wie mich unsere Arbeiter gekannt hatten. Manchmal sehe ich die Ferdinands über den Hof gehen, in eines der beiden Firmenautos steigen, denke an unsere tschechischen Arbeiter, an den in Prag, der mich aus seiner Wohnung warf – ich habe früher eher aus Laune die Front wechseln wollen. Nun ist das ohne mein Zutun und meinen Willen geschehen, ich erfahre am eigenen Leib, welche falschen Vorstellungen die ›gnädige Frau‹ hatte. Solche Arbeit macht mit ihrer endlosen Wiederholung krank, schlapp, stumpf. Wahrscheinlich denke ich schon wie die anderen Frauen: an den freien Sonntag, an gutes Essen, an Ruhe, an ein schönes Kleid. An Liebe denkt hier keine, obwohl die Männer einen nicht in Ruhe lassen. Körperliche Arbeit treibt einem die Liebe aus. Ich wünsche mir für die Nächte, in denen ich oft meine Hände losgelöst von mir hantieren sehe, keinen ins Bett.«
Sie mußte nichts lernen. Die ersten Tage war sie etwas zu langsam, aber es war nur eine Übung in wenigen Handgriffen. Sie stand neben anderen Frauen am langen Packtisch, anfangs gutmütig verspottet, unterhielt sich wenig, blieb auch, und das änderten fünf Jahre nicht, ein Fremdkörper. Schon das selbstverständliche Du hatte sie zurückgeschreckt. Sie wunderte sich über die Manieren der Frauen, ihre direkte, rohe Sprache (hier wurde der Dialekt finster, sie brauchte lang, alles zu verstehen), wie sie, wenn sie mittags zusammenhockten, aus den Eßnäpfen schlürften.
Nicht, daß sie sich anpassen wollte. Die Umgebung prägte sie dennoch. Sie merkte, wie ihre Sprache, ihre

Gesten sich veränderten; wie sie kaum mehr darauf achtete, auch nur irgendeinem gefallen zu wollen, und wie sich die sparsamen Bewegungen in der täglichen Arbeit auf ihre Gestikulation übertrugen.
Du verschlampst, bemängelt Mummi.
Was weißt du schon. Gutsi und ich bringen das Geld ins Haus.
Findest du denn keinen Platz in einem Büro?
Ich habe nie stenografieren gelernt.
Dann hol es nach.
Ich will es nicht.
Es ist wahr, sie wollte nicht, sie hatte sich entschlossen, zu stürzen. Sie grübelte und träumte nicht wie viele andere bei der Arbeit, nur manchmal sah sie sich als Braut, damals in Bad Schandau, als winziges Mädchen in einem weißen Kleid durch den Garten laufen, dachte an Wagner, an Prchala, sah die Kinder, noch klein, fragte sich nach Camilla und Peter, sie sprach jedoch nie davon, rühmte sich nicht vergangener Besitztümer, konnte sich nicht ausmalen, daß sie je zurückkommen werde, warf die Einladungen zu irgendwelchen Treffen der Brünner in Ludwigsburg oder Schwäbisch Gmünd fort: die Namen verloren sich aus ihrem Gedächtnis, Gesichter, Geschichten.
Es dauerte, bis sie einsah, daß sie nicht die Packerin Perchtmann bleiben könne.
Doch die Frauen, die sie erst verachtet hatte, die, wenn sie sich umzogen, Schweiß verströmten, den Geruch körperlicher Arbeit, die sie anwiderten mit ihrer auf Schweinereien versessenen Sprache, mit ihren platten Sexualphantasien und ihren Schwärmereien für die feinen Leute, diese Frauen halfen ihr, als sie, unter klimakterischen Störungen leidend, jähen Übelkeiten und Schwindelgefühlen, nicht mehr imstande war, auf ihr

Soll zu kommen, die Schwäche zu verbergen versuchte, schluderte, als sie im Grunde die anderen im Stich ließ, sprangen die ohne Umstände ein, sie beiseite drückend, Kartons unterschlagend, ihr den raren Kaffee ausschenkend, die eine oder andere habe auch derart leiden müssen, es gehe vorüber, sie solle, das könnte man ihr nicht verwehren, einen Arzt aufsuchen, du schaffst das schon, paß auf dich auf.
Man sprang zum ersten Mal für sie ein. Božena und Gutsi hatten ihr gedient, sie war nie auf die Idee gekommen, auf deren Befinden zu achten, sich danach zu erkundigen. Daß ihr andere halfen, ohne sie zu belästigen, hatte sie von Kind auf erfahren, belehrt über Oben und Unten, daß die einen in der Küche zu bleiben hätten, wenn die anderen am Tische speisten. Gut, in Brünn hatte Gutsi oft mit ihnen gegessen, aber doch nur, weil sie es nicht übers Herz brachte, die alternde Frau, die sich eine Art von Familienzugehörigkeit erarbeitet hatte, mit Konventionen zu strafen. Diese Frauen handelten, ohne auf Sitte und Anstand zu achten. Sie sprangen einfach ein.
»Ich bin auch wie die. Mich kümmern die politischen Ereignisse nicht. Scheißentnazifizierung und Scheißdemokratisierung sagen die Frauen, und manche: Unter Hitler war alles besser. Wenn ich ihnen widerspreche, ihnen von mir erzähle, von Mummi, streiten sie die Wirklichkeit ab, na gut, das mit den Juden war nicht richtig, und du bist doch gar keine richtige Jüdin. Die Entnazifizierung beschäftigt sie nur soweit, als es um die eigenen Männer geht. Die Großen kommen doch mit einem blauen Auge davon. Die Kleinen hängt man. Ich lerne nichts, schicke mich in diese Lebensart. Nur die Bücher, die ich mir hole, reißen mich heraus. Gestern wurde für die Gewerkschaft geworben und alle, außer der Opitz, weigerten sich, ihren Beitritt zu erklären. Die

Opitz sei überhaupt unbelehrbar, sei beinahe ins KZ gekommen – als ob das ein Makel wäre.«
Man kann es und kann es schon nicht mehr: Der Karton trudelt auf dem einen Band heran, mit zwei, drei Griffen faltet man ihn, klappt den Deckel auf, macht den Behälter handlich, bereit, und auf dem anderen Band schippern die Täfelchen, zuvor mit einer Banderole zu zehnt gebündelt, man greift sie, die Hände zählen, nicht der Kopf, achtzig Bündelchen, gehäufelt in Türmen nebeneinander, eng, das muß passen, sitzen, darf nicht angeknickt, angeschlagen werden, achthundert Tafeln für die Davongekommenen, die Amis, die Schwarzhändler, die besseren Leute.
Manchmal trödelt sie nach Fabrikschluß, stellt sich nicht gleich an der Straßenbahnstation auf, wandert durch die Straßen, in denen die meisten Trümmer beiseite geräumt sind, wieder Häuser gebaut werden, zumindest Buden aus dem Schutt schießen, wo Limonade angeboten wird, Brote mit einem senfigen Aufstrich, Kartoffelpuffer; sie sieht Leuten ins Gesicht, geht weiter, hat es nicht verlernt, mit sich zu reden, spürt sich nach den mechanischen Bewegungen allmählich wieder, streckt die Beine von sich, zieht mit den Hacken der Schuhe Kreise in den Kies, fürchtet die Abendschelte Mummis oder die Fragen Annamarias.
Aber ich sagte Dir schon, ich habe viel von meinem Französisch vergessen, und Montaigne ist nicht einfach.
Dumm ist sie geworden. Dumm. Das stimmt nicht.
Von einem Tag auf den anderen hatte Annamaria sie nicht mehr Mami, sondern Mutter gerufen. Sie erschrak, wollte korrigieren, stellte dann jedoch für sich fest, daß das kindliche Wort nicht mehr zutreffe.
Sie stand, die herbstliche Dämmerung auskostend, in Streunerlaune an einer Bude, aß, in kleinen Bissen, einen

nach schlechtem Fett schmeckenden Kartoffelpuffer. Der Mann, der sie ungeduldig zur Seite drückte, groß, einen rissigen Ledermantel schlappend bis zu den Waden, das graue Haar in fetten Strähnen über die Ohren und die Stirn, verlangte eine Limonade und zwei Brote, anscheinend Stammgast um diese Zeit und gewöhnt, Befehle zu erteilen. Er lehnte sich gegen die Bretterwand, auf seine Umgebung nicht achtend, aß. Jede seiner Bewegungen war ihr vertraut, wie aus einer Geschichte, die sie nicht mehr zusammenhängend erzählen konnte, aus der sie aber Sätze wußte, Szenen. Ein Gesicht, das sich ihr einmal zugekehrt hatte, vor langem. Ihre Blicke störten ihn, er schaute sie an, zuckte mit den Schultern, lächelte. Es war Skodlerrak.
Sie ging auf ihn zu, eingeschüchtert durch sein abweisendes Verhalten.
Er sagte, noch ehe sie ihn ansprechen konnte: Guten Tag Kathi.
Du hast mich erkannt?
Gleich.
Warum hast du mich nicht angeredet?
Weshalb?
Ja, weshalb? Es sind fünfundzwanzig Jahre her.
Sie wußte, nur dieses eine Mal würde sie mit Skodlerrak sprechen.
Wie geht es dir, Kathi?
So lala.
Bist du mit deinem Mann, ich erinnere mich an ihn, an deine Hochzeit, ein schöner, reicher Herr, dein Ferdinand.
Er ist gefallen.
Das tut mir leid.
Du hast Kinder?
Ja, vier. Drei sind am Leben.

Und deine Eltern?
Vater ist tot. Meine Mutter lebt hier, mit uns.
Wo arbeitest du?
Dort drüben, in der Fabrik.
Im Büro?
Nein, in der Packerei.
Schlimm.
Es geht, Skodlerrak. Weißt du –
Er unterbricht sie: Ich weiß nichts, du kannst sicher sein, ich weiß überhaupt nichts.
Was machst du?
Nichts.
Arbeitest du nicht?
Manchmal.
Sie schwieg. Er sagte: Ich heiße jetzt Obermaier.
Warum, es ist doch alles vorbei?
Für dich.
Für dich doch erst recht. Du bist Sozialist.
Er lacht. Sozialist! Du bist gut, Kathi, noch immer die neugierige nichtsahnende Kathi.
Du warst es doch.
Ich war bei der SS.
Das kann nicht sein. Das stimmt nicht.
Warum nicht?
Du hättest doch alles aufgeben müssen, Skodlerrak.
Nenn mich nicht so.
Entschuldige, das war ganz unabsichtlich.
Es ist so gekommen. Mir hat keiner geholfen, dann hab' ich mir selber geholfen.
Und alles, was du damals gedacht, gefordert hast?
Ich hab' es vergessen.
Ich kann es mir nicht vorstellen, in Hellerau –
Wir haben gequasselt.
Nein.

Es ist zu lange her, da liegt viel dazwischen.
Was ist aus den anderen geworden?
Kasimir haben sie erwischt.
Wer?
Das kannst du dir denken. Die Nazis.
Die SS?
Nein, die Gestapo. Er lebt nicht mehr.
Sie haben ihn umgebracht?
Ja.
Und was willst du machen?
Es wird sich finden.
Er schob seine Flasche ins Fenster hinein, stand mit einem Mal nah vor ihr, fuhr ihr mit der Hand unters Kopftuch: Ganz schön viel graues Haar.
Und du auch.
Adieu, Kathi.
Er lief über die Straße, mit Namen und wieder ohne, hinterließ nichts als eine weitere Geschichte, die anders zu Ende geschrieben worden war, nicht, wie sie es sich ausgedacht hatte.
Die Frauen wählten sie zur Abteilungssprecherin.
Sie sagte sich jetzt: Eines Tages komme ich hier raus.
Mummi hatte um Wiedergutmachung nachgesucht, und wenn es nur für den Vogelfuttervertrieb ist, und sie gedrängt, die Anträge für den Lastenausgleich einzureichen. Du hast doch eine Menge verloren.
Das meiste ist nicht auszugleichen, Mummi, sagte sie, zwischen Herd und Eßtisch, sich die nassen Hände an der Schürze trocknend, fragte dann, wie immer zwischen sieben und halb acht, Annamaria Vokabeln ab.

41.
Camilla oder Rückkehr gibt es nicht

Nur Gutsi sagte manchmal die Litanei der Verluste auf. Sie sprach ihre Nachrufe auf Elle, Ernst, Paul, Ferdinand, als wären alle an einem Tag umgekommen, und sie fragte sich, ohne Susanne Wüllner und Katharina einzubeziehen, nach dem Verbleib von Camilla, Peter und Dieter, wobei ein Unkundiger nie vermutet hätte, daß es sich um Onkel, Neffe und Nichte handelt, denn die Trauer Gutsis tilgte Altersunterschied und Verwandtschaftsgrad, ließ die Verschollenen gleich werden. Katharina weigerte sich, über das Schicksal ihrer Kinder nachzudenken. Suchanzeigen waren aufgegeben. Sie wartete, arbeitete, sie war die Packerin Katharina Perchtmann. Die unterdrückte Angst drang in ihre Träume.
»Ein Traum von den Zwillingen« steht unter dem 3. März 1946 im Tagebuch: »Gräßlich, ich wachte an meinem eigenen Gejammer auf. Ich ging mit Peter und Paul spazieren, nicht in Brünn, anscheinend im Großen Garten, die Buben quengelten, sie wollten unbedingt noch in den Zoo. Ich spürte ihre kleinen Hände in den meinen, sie ließen sich, wie so oft, ziehen. Die Veränderung bemerkte ich allmählich. Merkte, daß sie Schritt für Schritt wuchsen, achtete jedoch, schon ängstlich, nicht darauf. Sie wuchsen hörbar. Knochen und Haut knirschten und krachten. Passanten hielten an, gingen neben und hinter uns her. Bald war es ein Menschenauflauf. Die Zwillinge hörten nicht auf zu wachsen. Ihre Hände quollen um die meinen, schlossen sie ein. Ich

schaute nicht mehr zur Seite. Sie warfen riesige Schatten. Ich wollte davonlaufen, sie hielten mich fest, hoben mich hoch. Wir können nicht mehr voran, denn die Menschenmenge hat uns umzingelt. Die Leute sprechen eine mir fremde Sprache. Die Zwillinge sind jetzt doppelt so groß wie ich, Riesen. Irgendjemand reißt mich gewaltsam von ihnen weg. Ich sehe mich im Rennen um, sehe zwei Menschentürme, die nicht mehr denen der Zwillinge gleichen. Panzer und Kanonen fahren vorbei, eine ganze Armee. Die Leute halten mich fest. Sie zeigen mir, wie die Kanonen in einer Reihe aufgestellt werden, die Panzer auf die Zwillinge losfahren. Dann beginnen sie zu schießen. Unter den Treffern lösen sich die riesigen Figuren auf, einzelne Stücke brechen aus ihnen heraus, bis die Zwillinge am Ende zusammenstürzen, ein Haufen Geröll.«
Camilla findet sich als erste ein, ohne daß sie vorher einen Brief geschickt hätte. Sie steht im Juni 1946 vor der Tür, kostet die Überraschung aus, ist eher belustigt über die aus der Fassung geratene Mutter, holt dann ihren Mann nach, der mit dem kleinen Töchterchen auf der Straße hatte warten müssen. Alles auf einmal wäre doch zuviel gewesen. Sie habe vor drei Tagen über das Rote Kreuz die Adresse erfahren, und da sie nicht weit fort wohnten, in Darmstadt, hätten sie sich gleich auf den Weg gemacht.
Katharina fragt, nachdem die Aufregung sich gelegt, Gutsi sich wegen ihrer geflickten Schürze entschuldigt, Mummi die Tränen abgewischt hat: Wie heißt du jetzt, Camilla? und sieht im gleichen Moment die Unsinnigkeit ihrer Frage ein. Wie sie heiße, die Tochter, welchen Namen der Mann hat, der sie begleitet, der wahrscheinlich der Mann der Tochter ist, ihr Schwiegersohn und wie die Tochter der Tochter heiße, die erste Enkelin, sie hätte

auch fragen können: Wo bist du gewesen, warum hast du nichts von dir hören lassen, was ist aus dir geworden? Sie hätte auch fragen können, was sie dann fragt: Bist du schwanger? Wieder schwanger?
Sie bekommt Antworten, viele, die sie alle auf einmal nicht behalten kann, die sie später wiederholen wird, als hoffe sie, aus ihnen könne eine Geschichte entstehen, die alles erklärt.
Camilla sagt: Ja, wie heiße ich, ich heiße wie er, wie mein Mann, ich heiße Wertmüller, und ich rufe ihn Kalle, obwohl er auf Friedhelm getauft ist, aber so hat ihn noch niemand gerufen, also sag du zu ihm auch Kalle, das ist Kalle, dein Schwiegersohn, Mami; sie sagt nicht Mutter, wie jetzt Annamaria, sie bleibt bei Mami, zeigt auf das Kind, das weißblonde Haare hat, das ist Thea, deine Enkelin, gib ihr einen Kuß, ich hab ihr viel von dir erzählt, hab mir ausgemalt, was aus dir geworden ist nach Vaters Tod und: Wo ist Herr Wagner? fragt sie; wen meinst du mit Wagner? fragt Katharina zurück; Gutsi lacht; dann sagt Katharina: Ach, du meinst Wagner, den Wagner; das weiß ich nicht. Sie sitzen um den Küchentisch.
Aber was macht dein Mann? Was macht – Kalle?
Er ist Lehrer.
Ein richtiger Lehrer? Sie redet dummes Zeug.
Ja, an einer Oberschule.
Also Professor?
Das sagt man hier nicht. Hier heißt es Studienrat.
Bekommst du ein Kind?
Ja.
Sie findet keinen Satz für ihre Bedenken, Camilla spricht es aus: Es ist verrückt, jetzt ein Kind auf die Welt zu bringen, nur ist Thea nicht von Kalle, von einem anderen, Kalle weiß es, wir kannten uns noch nicht, und ich wäre beinahe Bäuerin geworden und wieder nicht, weil

der Hof in Pommern verloren ist, dort bekam ich Thea, und Kalle traf ich wenig später, auf dem Flüchtlingsschiff, ja, ich könnte eine Menge erzählen, nur will ich uns den Tag nicht verderben, es genügt, wenn sich die Soldaten fortwährend erzählen, daß sie Soldaten gewesen sind und wie es und wo es gewesen ist, weißt du noch?, das ist schrecklich, nun kommt also unser Kind, Kalles und meines.
Camilla fragt die beiden alten Frauen wie es ihnen gehe; Mummi und Gutsi können, wie immer, wenn jemand zu Besuch ist, nicht klagen; und jetzt solle Katharina von sich erzählen.
Ich bin Packerin, sagt sie, arbeite in einer Fabrik.
Wieso hast du dich nicht nach einer Bürostelle umgesehen?
Das ging nicht.
Du wirkst erstaunlich jung, Mami, sagt Camilla. Annamaria, schweigsam die ganze Zeit, die kleine Nichte auf dem Schoß, korrigiert, sie habe zugesehen, wie Mutter alt geworden sei, das werde sich, vielleicht, wieder geben.
Ihr müßt uns besuchen, fordert Kalle, kaum zu Wort gekommen, beim Abschied.
Ja, ja.

Sie fanden sich alle ein, wie bestellt und so nicht erwartet. Von Peter kam ein Brief aus Hamburg, er studiere, »fast schon ein alter Mann«, Philologie, arbeite aushilfsweise an einer Zeitung, keiner wichtigen. Bei Gelegenheit werde er vorübersehen. Er hoffe, sie alle seien wohlauf. Er sei verheiratet, Vater eines winzigen Sohnes.
Zwei Enkel hast du, sagte Annamaria, jung willst du sein, immer jünger.

Sie wünscht sich weg. »Ich habe mit ihnen gelebt, über Jahre. Vielleicht ist mir Mummi noch am nächsten (oder Gutsi?). Aber die Kinder? Empfand ich ›Mutterglück‹, als ich Camilla nach vier Jahren wiedersah? Ich war erleichtert, daß ihr nichts zugestoßen ist, mehr nicht.«
Auch Mummi bekommt eines ihrer Kinder wieder, Dieter, er ist nach Dresden zurückgekehrt, arbeitet in der Stadtverwaltung. Von ihm hätte ich am wenigsten erwartet, daß er Kommunist wird, sagte Mummi, von dir und Elle schon eher – aber Dieter?
Weißt du, was er im Arbeitslager erlebt hat?
Das ist nun vorüber.
Für manchen ist es nie vorüber.
Sie rede, als sei sie ihr Leben lang allein gewesen.
Nein, das war ich nie.

42.
Eine Wohnung wird renoviert

Annamaria bestand das Abitur, entwickelte Energien, betrieb entschlossen ihren Auszug, da sie, angemeldet auf der Lehrerbildungsanstalt in Eßlingen, als zukünftige Volksschullehrerin ein Stipendium erhalte, und sich eine billige Bude leisten könne. Katharina bat – entgegen ihrem Vorsatz, der Tochter so rasch wie möglich alle Freiheit zu erlauben –, sie möge doch wenigstens das erste Jahr bei ihnen wohnen bleiben. Annamaria tat verwundert: Daß gerade sie es sei, die sich an sie klammere? Habe sie nicht seit Jahren über die Enge, die elende Weiberwirtschaft geklagt, sei sie es nicht gewesen, die ohne jede Rücksicht sich Freiheiten herausgenommen habe?
Also ich hau ab.
Ich kann dich nicht halten.
Das kannst du nicht.
Warum bist du so hart?
Hast du denn alles vergessen?
Das hat doch jetzt nichts zu sagen.
Weißt du noch, wie du es in der Schloßstraße, im Zimmer neben uns anderen, mit diesem Dreckskerl getrieben hast?
Du hast eine miese Kleinbürgerseele, Annamaria, es ist wirklich besser, wenn du gehst.
Die Tochter verließ die Wohnung noch am selben Tag.
Ihr Auszug wurde zur Zäsur.
Mummis Wunderlichkeiten nahmen zu. Die alte Frau

bewunderte Adenauer; als er zum Kanzler gewählt wurde, war es für sie ein persönlicher Triumph, auch gegen die Tochter, die Adenauer einen Reaktionär nannte und aus Kurt Schumachers Reden zitierte. Der Nazigeist würde aus diesem Land nie vertrieben werden können, so nie.
Das müsse sie ihrer jüdischen Mutter vorwerfen.
Susanne Wüllner hatte nie eine Rolle spielen wollen und immer Hauptrollen spielen müssen, als, es schien selbst Katharina Jahrhunderte her, der Mann auf Reisen war, oder, wie er sich auszudrücken pflegte, »aus vielerlei Gründen abwesend« sein mußte, als Georg Wüllner seine Fabrik verlor und sie Tüten mit Körnern füllte, als, nach Wüllners Tod, Hitler die Juden zu verfolgen begann und sie zur Verfolgten wurde: Sie hatte ein Leben führen müssen, das andere für sie erfanden; und nun wendete sie sich endgültig ab, verkehrte, was für sie ohnehin verkehrt gewesen war, spielte den scheinbar Tüchtigeren Streiche. Es hatte damit begonnen, daß Mummi, zuständig für die Verwaltung des Haushalts, Lebensmittelkarten zu horten begann, in der Meinung, sie seien immer gültig, und selbst dann nicht, als Gutsi und Katharina den Unfug entdeckt hatten, zu bewegen war, alle Bestände für den jeweiligen Monat herauszurücken. Mit nichts, was die anderen beiden Frauen taten, war sie zufrieden. Sie kehrte Gutsi die Stuben nach, sie kritisierte Speisen, die sie kurz zuvor noch geschätzt hatte, sie öffnete die Hähne am Gasherd, wenn Gutsi sie geschlossen hatte, und Gutsi, nicht mehr gut auf den Beinen, mußte ununterbrochen auf der Hut sein.
In den ersten Stuttgarter Jahren war Susanne Wüllner noch gelegentlich allein ausgegangen, ins Theater, wo zu ihrer Freude »die alten Dresdner« Theodor Loos und Erich Ponto spielten, doch nun ließ Gutsi sie nicht mehr

aus den Augen. Neuerdings hatte sich Mummi auf Friedhöfe spezialisiert, vor allem auf den Prag-Friedhof, den sie fast täglich aufsuchte, vertraut mit Gräberstraßen, eine Kennerin dahingeschiedener Familienclans, manchmal mit Grabmälern sich unterhaltend. Da sie »bei den Russen in Dresden« nicht beerdigt sein wolle, Dieter bestimmt nicht ihr Grab pflegen und eine Überführung überhaupt unerschwinglich sein werde, suchte sie sich Plätze auf dem Prag-Friedhof aus, auf denen ihr freilich ständig andere zuvorkamen, was sie erzürnte: Es werde zu viel gestorben.

Sie verwirrte vieles, ihr Gedächtnis suchte weit zurück, Onkel David wurde in ihren Erzählungen, die sie, Lebende und Tote vereinend, in die Gegenwart rückte, ein kleiner Junge, ihr Bruder, der sich rufen läßt, wenn sie Hilfe braucht, der, ein wenig später, in Leipzig studiert und dessen Lieder sie nachsummt, wenn sie sich von Georg Wüllner umwerben läßt. Katharina behandelt sie wie eine ungezogene Sechsjährige; mit Gutsi reist sie in Gesprächen durch ein langes Leben. Nur Annamaria nimmt sie merkwürdigerweise aus, schließt sie nicht in den schwebenden, die Zeiten verwischenden Zustand ein. Deren Besuche geben ihr Gelegenheit, Gutsi wie Katharina »mit Vernunft« zu überraschen, sie fragt die Enkelin nach der Arbeit, nach dem Studium und wo Annamaria denn in Zukunft Lehrerin sein, warum sie sich so früh verheiraten wolle.

An einem Morgen weigerte sie sich aufzustehen, verließ das Bett nicht mehr. Ihr Sterben dauerte lang. Ein Arzt, gegen ihren Willen gerufen, sagte, ihren Verfall könne man auf Millimeterpapier nachzeichnen: diese alte Frau sei zäh und wolle leben.

Katharina und Mummi unterhielten sich nun viel, während Gutsi am Fußende des Bettes saß, hin und wieder

Schweiß von der Stirn trocknete, Speichel aus dem Mundwinkel tupfte, die Kissen zurechtschob, die Kranke abends und morgens behutsam wusch. Gutsi würde die Gefährtin verlieren, einen Menschen, an den sie sich aus freien Stücken für ein Leben gebunden hatte.
Sie unterhielten sich, wenn Katharina abends von der Arbeit kam, oft Stunden, die Gespräche bisweilen abbrechend, wieder aufnehmend. Es hatte sich Kindervertraulichkeit wiederhergestellt, eine Zärtlichkeit, die sie vermißt, die sie vielleicht, seit ihrer Heirat mit Ferdinand, nicht gewollt hatte.
Roßmann beschäftigt Mummi im Nachhinein sehr; es war zu merken, daß sie ihre Einwände unterdrückt, daß sie sich ausgeschlossen gefühlt hatte. Manche Fragen holte sie nun, ohne Bitternis, nach:
Hast du ihn geliebt?
Wen, Mummi?
Nun, den Kerl.
Meinst du Eberhard?
Ich meine den Soldaten.
Werner Roßmann?
Ja, den. Hast du ihn geliebt?
Wie kommst du auf ihn? Eigentlich hättest du uns damals rausschmeißen wollen, nicht wahr?
Es kann sein. Wir waren dir lästig, du wolltest mit ihm allein leben.
Ich könnte es mir überlegt haben, ja.
Rede dich nicht heraus.
Das versuche ich nicht, Mummi.
Es war die Zeit. Er paßte nicht zu dir.
Das stimmt nicht. Diese Zeit paßte womöglich mehr zu mir als das, was vorher war.
Mit den Kindern konntest du es nie gut. Immer hast du Gutsi gebraucht.

Du nicht auch?
Nicht so wie du.
Dann stellte die Sterbende listig, als brauche sie die Antwort für ihr Ende, eine Frage, die Katharina verwirrte, und auf die zu erwidern sie sich Zeit nahm:
Wen hast du, sei ehrlich, am meisten geliebt, Kathi?
Susanne Wüllner wartete. Katharina versuchte an alle zu denken, an die Männer, die Kinder, die Eltern, an Menschen, die ihr nur flüchtig begegnet waren, an Freunde wie Prchala und Waldhans und je mehr ihre Erinnerung sich auf einzelne konzentrierte, um so schwieriger wurde die Erklärung für Liebe.
Sie sagte: Onkel David.
Das überrascht mich.
Verstehst du mich, Mummi?
Er hat dir die Kindheit bewahrt.
Ich träume oft von ihm, heute noch.
Weil er träumen konnte.
Mummis Stimme wurde schwach, man mußte sich über sie beugen, um sie zu verstehen.
Bleib nicht allein, Kathi, sagt sie.
Nein.
Du kannst es ja auch nicht.
Das stimmt.
Katharina sah zum ersten Mal einem Menschen beim Sterben zu. Viele, die sie gekannt, gemocht hatte, waren mittlerweile gestorben; nie in ihrer Gegenwart. Sie erkannte, daß ihre Mutter von einem Moment an, der nicht genau zu bestimmen war, den Tod angenommen hatte: Die alte Frau wurde gleichsam gewichtlos.
Die beiden Frauen rührten sich einige Stunden nicht, saßen neben dem Bett.
Sie hat mich zu sehr geschont, sagte Katharina.
Das ist Unsinn, erwiderte Gutsi.

Zur Beerdigung bat sie nicht einmal Annamaria. Sie und Gutsi gingen hinter dem Sarg her und zwei alte Damen, die mit Respekt von Mummi sprachen. Sie hätten sich im Theater kennengelernt und ab und zu im Café Marquardt getroffen. Nach Hause hatte Susanne Wüllner nie jemanden eingeladen.
Der Pfarrer redete, sie hörte nicht zu.
Von nun an würde sie allein sein.
Sie warf Erde und Blumen auf den Sarg und stützte Gutsi.
Ich bleibe nicht bei dir, Kathi, hatte Gutsi zu ihr gesagt, unter ständigen Seufzern, ich kann es nicht. Du hast mich nie gebraucht, du wirst allein mit dir fertig und jemanden finden. Ich habe einen Platz im Städtischen Altersheim.
Der Pfarrer sagte: Susanne Wüllner, geborene Eichlaub, schied dahin in ihrem vierundachtzigsten Jahr.
Das traf sie. »Wie alt bin ich? Warum hören Menschen, die man nah kennt, von einem bestimmten Zeitpunkt an auf, für einen zu altern. Weil man selbst mit ihnen älter wird? Oder weil man nicht älter werden will?«
Sie half Gutsi beim Umzug.
Das bißchen Zeug.
Mehr hab ich nie gehabt.
Immer mehr Leben erklären sich und machen ihr deutlich, wie fahrlässig sie gewesen ist.
Gutsi starb vier Monate darauf, im vierundachtzigsten Jahr. Katharina begann an den freien Abenden die Wohnung auszumalen. Manchmal kam Annamaria zu Besuch, mit der sie sich besser vertrug.

43.
Die Opitzen oder Was man voneinander nicht lernen kann

Die Opitzen hatte es verschuldet, daß Katharina ausscherte und für manche Leute, vor allem für ihre drei Kinder, zur Sektiererin wurde, mit der man sich besser über Politik nicht unterhielt. Sie habe im Krieg die Fassung verloren, meinte Peter, lasse sich seither treiben, von jedermann beeinflussen. In Stuttgart habe sie auch nicht in ihr altes Milieu zurückgefunden, es sei im Grunde traurig, wie eine Frau mit ihrer Herkunft und ihren Erfahrungen sich gehenlasse. Ihr sei nicht zu helfen. Peter hatte sie 1949 zum ersten Mal mit Frau und zwei Kindern besucht, noch zu Lebzeiten Mummis, ihr mitgeteilt, daß er in Aussicht genommen habe, sich zu habilitieren, von seinem Doktorvater darin auch unterstützt werde und, wenn alles gut gehe, in fünf Jahren eine Professur habe.
Sie sei auf diesen Plan eingegangen, als würden die Berufsaussichten eines Drogistenlehrlings diskutiert.
Er solle sich gefälligst nicht alterieren, sie freue sich über seine Karriere, nur habe sie seit längerem mit Professoren nichts gemein und außerdem stimme es sie melancholisch, daß ihre Kinder sich allesamt mit der Paukerei eingelassen hätten, Camilla zwar nicht in der Praxis, doch zumindest durch ihre Ehe.
Sie werde komisch.
Das bestreite sie nicht.
Katharina hatte die Opitzen lang gemieden, sie äng-

stigte sich vor der Angriffslust der struppigen Person, deren Stimme sie jedoch anzog: Wenn sie redete, läuteten die Sturmglocken. Den geringsten Mißstand nützte Erika Opitz aus, um aufzumucken, sich mit dem Meister anzulegen. Sie sei eine wahre Geißel und man müsse sich vor ihr hüten. Außerdem sei sie die einzige Kommunistin weit und breit, 1945 habe man sie nur aus Gnade und Barmherzigkeit aufgenommen, was die Opitzen korrigierte: Unter Druck, und damals habe der Einspruch von Kommunisten noch gegolten.
Ihre Lebensgeschichte erzählte sie unaufgefordert in einem Atemzug, in ein paar Sätzen, ein Leben, das nicht viel hergab und ohne Wirren verlaufen war: Ihr Vater sei schon Kommunist gewesen, sie hätten in Stammheim gelebt und er habe beim Gaswerk geschafft. 1937 habe man ihn auf den Heuberg ins Lager verschleppt, später nach Auschwitz, dort sei er ermordet worden. Ihre Mutter habe sich 1939 das Leben genommen. Sie habe für ihre drei jüngeren Geschwister sorgen müssen. Aus ihrem Kommunismus habe sie auch unter den Nazis kein Hehl gemacht, weshalb sie drei- oder viermal von der Gestapo geholt und verhört worden sei. Man habe ihr nichts nachweisen können, obwohl sie nachts Heftchen in die Briefkästen gesteckt habe. Viel zu lernen, hätte sie nicht die Gelegenheit gehabt. Einen Mann zu finden auch nicht. Und nun zeige es sich, daß die Kommunisten in diesem Land schon wieder zu kämpfen hätten.
Sie war so parteiisch wie praktisch. Marx hatte sie nie gelesen, doch die Traktate der Partei sagten ihr, wie sie sich zu verhalten habe.
Als die Frauen Katharina zur Sprecherin der Abteilung wählten, gegen das Votum von Erika Opitz und des Meisters, der es für unangebracht hielt, in dieser Position einen Flüchtling zu sehen, fanden sie dennoch zueinan-

der. Erika Opitz, die sich über diesen »Wahlbetrug« nicht beruhigen konnte, wurde vom Meister zurechtgewiesen, er drohte ihr, sie zu entlassen. Er werde dafür sorgen. Katharina sprang für die Frau ein. Die Opitzen könne doch Kritik üben; sie verstehe nichts von Politik, habe nicht viel dafür übrig, aber die Spielregeln müßten eingehalten werden. Das sei, bemerkte Erika Opitz danach, Gewäsch gewesen, aber lieb. Damit begann die politische Erweckung der Katharina Perchtmann durch Erika Opitz.
Wenn es Politik war.
Wenn es nicht Geschichten gewesen sind, in die sich die beiden Frauen verstrickten.
Sie hatten, jede auf ihre Weise, gelernt.
Und sie hörten nicht auf, miteinander zu streiten.
Für Erika Opitz blieb Katharina bürgerlich, verfangen in hergebrachten Vorstellungen, ohne Verständnis für die Arbeiter. Katharina widersprach: Erboste sie sich nicht wie die Opitzen über die schon wieder sichtbar werdende Kluft zwischen Besitzenden und Besitzlosen, über die Akkordtreiberei, über die Debatten zwischen Christlichen Demokraten und Sozis, über den konservativen Hochmut Adenauers? Was trennte sie dann? Die Wörter vor allem, was Erika auftrumpfen ließ, sie habe halt eine allzu feine Zunge, die sie sich nicht verbrennen wolle an Wahrheiten. Auch die blinde Gefolgschaft. Daß es nichts gab, was es von Partei wegen nicht geben durfte, die Lager nicht, über die sie las und die sie verabscheute, von wem sie auch eingerichtet waren.
Halt dich da heraus, sagte Erika Opitz, das ist unsere Sache.
Deine? Lebst du in der Sowjetunion?
Es ist Angelegenheit des internationalen Kommunismus.
Du redest in Spruchbändern.

Dir ist nicht zu helfen, Katharina, ich frage mich, weshalb ich mich so um dich bemühe.
Sie trat, zum Verdruß der Opitzen, nicht in die Partei ein. Ob sie die Auseinandersetzungen zwischen Sartre und Camus studiert habe, über die Lager in Rußland, und auf wessen Seite sie sich denn schlage? fragte sie die Opitzen und wünschte, sie könnten wenigstens in diesem Fall einer Meinung sein. Aber die Opitzen focht für Sartre und Katharina für Camus; sie wiederholten Sätze, rissen Begriffe an sich, tauschten die Vorwürfe der Menschlichkeit und der Unmenschlichkeit, bis sie sich nicht mehr sehen, nicht mehr riechen konnten, Türen hinter sich zuschlugen, fluchten und wieder zueinander kamen, weil sie allein waren und keine Politik ihnen die Einsamkeit abnahm.
Verdächtigungen trafen jedoch beide. Ihr Eifer erzeugte Mißtrauen. Der Meister hatte Katharina nahegelegt, mit der Opitzen zu brechen, das Weib sei unbelehrbar, eine Zumutung für den Betrieb.
Er könne ihr den Buckel runterrutschen, sie denke nicht daran, die Opitzen im Stich zu lassen, selbst wenn ihr nicht alles passe, was die von sich gebe. An ihm passe ihr viel weniger. Und dieser Laden stinke ihr.
So könne sie als Sprecherin nicht auftreten.
Dann solle er dafür sorgen, daß sie abgewählt werde, er solle es versuchen.
Erika Opitz wurde zum Personalchef gerufen, nichts Deutliches wurde ihr mitgeteilt, lauter versteckte Drohungen – sie wußte damit nichts anzufangen, der Mann beklagte ihre Renitenz. Katharina versuchte, die Karten aufzudecken, ließ sich bei dem Herrn melden, fragte ihn ab, erhielt windige Antworten, fragte offen, ob man Erika Opitz feuern wolle, weil sie Kommunistin sei?
Aber daran denke doch keiner.

Woran dann gedacht werde, wenn man sie unter Druck setze?
Niemand habe Druck ausgeübt.
Was dann?
Sie leide offenkundig, wie Frau Opitz, unter Verfolgungswahn.
Es könne sein, daß man sie verfolge, Wahn könne sie an sich nicht feststellen.
Der Widerstand genüge.
Muß man denn alles hinnehmen?
Sie verließ den großen noblen Raum, in dem Ferdinand hätte sitzen können, nicht mehr sie, nein, sie nicht mehr.
Als der Betrieb neue Kartonage einführte, die anders gefaltet werden mußte, die andere Griffe forderte nach drei Jahren mechanischer Handlangerei, versagte die Opitzen. Sie schaffte es einfach nicht: Ihre Hände hatten sich an die Griffe gewöhnt, der Kopf hatte die Hände vergessen. Sie verhedderte sich schlimm und hielt den Betrieb auf. Der Meister sah eine Gelegenheit, sie loszuwerden, denn auch die Frauen, verärgert über viele Sticheleien, manchen Hohn der Opitzen, waren nicht gewillt, für sie in die Bresche zu springen. Drei Tage kämpfte Katharina gegen die Unfähigkeit der Opitzen und gegen die Heimtücke des Meisters. Sie verstand es, einigen Frauen die eigene Schwäche zu erklären: Es könne jeder passieren und jede könne, weil es ihr passieren könne, herausgebrochen werden aus dieser ohnehin traurigen Gemeinschaft. Mühsam lernten die Hände der Opitzen um und als sie es gelernt hatten, sagte die derart Belehrte zu Katharina: Du hast eine Menge bei mir gelernt, was Katharina empörte.
Dir hat man was beigebracht.
Du begreifst es nie, erwiderte Erika Opitz.

Am ersten Ostermarsch nahmen beide teil. Katharina war leicht zu gewinnen, wenn es darum ging, gegen den Atomtod auf die Straße zu gehen, gegen Kriege, gegen die Wiederaufrüstung. Es gefiel ihr, so unter Leuten zu sein, Arm in Arm zu laufen, zu singen, jung zu werden, und sie merkte, wie alt sie war, da bei allem, was gesprochen wurde, ihre Erinnerung mitredete.
Die Opitzen war es gewöhnt, sich von der Menge auffangen zu lassen; sie nicht. Sie standen eng aneinander, ein Junge hatte den Arm um ihre Schulter gelegt, sie hörten Reden zu, hörten nicht zu, redeten miteinander, summten Lieder vor sich hin, die sie zuvor laut gesungen hatten, fühlten sich mächtig in ihrer Vernunft, in ihrer Menschenfreundlichkeit.
Der junge Mann küßte sie auf die Backe, sagte, du bist prima, Muttchen, es ist gut, daß wir euch haben.
Der hatte sie, liebevoll, ins Alter abgeschoben.
Jetzt gehe ich, sagte sie unvermittelt zur Opitzen.
Die Freundin begriff sie nicht, hielt sie für fahnenflüchtig.
Was hast du vor?
Nichts, ich will nur allein sein.
Sie traf sich noch mit der Opitzen, auch nachdem sie ins Büro übergewechselt war, sich anpaßte, Karriere machte, wie Erika Opitz befand; was doch blödsinnig sei, man müsse seine Fähigkeiten ausnützen; zu wessen Gunsten?; zu meinen; wieder einmal hatte sie, nach der Ansicht der Opitzen, nichts gelernt.
Katharina hatte die Opitzen nötig gehabt. Daß sie sich schließlich aus den Augen verloren und sie von ihrem Tod verspätet erfuhr, lag an ihnen beiden: Ihre Erfahrungen waren unvergleichbar, nur die Not hatte sie verbündet.
Die Opitzen starb einen ihr unangemessenen Tod. Sie

nahm sich, wie Katharina hörte, das Leben, nicht weil sie als Kommunistin wieder in den Untergrund gedrängt wurde oder weil sie mit der Partei nicht mehr zurande kam, sondern aus Liebe zu einem viel jüngeren Mann, der eine Zeitlang mit ihr gelebt hatte und sie, ohne Erklärung, verließ.
Dieser Tod brachte ihr die Opitzen, zu spät, wieder nah.

44.
Eine Frau geht spazieren

Das könnte sie sein, das ist sie nicht, das spielt sie. Gut, sie hat wieder Geld, hat sich einzurichten verstanden, weiß die Kinder versorgt, wenn es noch Kinder wären, Erwachsene, um die sie sich nicht mehr zu kümmern hat. Sie flaniert. Sie fährt mit den Fingern an Drahtzäunen, Holzzäunen lang, sie tatscht mit offenen Händen auf die hölzernen Streben einer Bank, sie reibt den Rücken der Hand auf Stein. Warum spürt sie jetzt erst die Dinge, sieht sie, greift sie, entdeckt, was sie gewußt, doch nie wahrgenommen hat; nun sieht sie, was sie nicht gesehen hatte: das weiche Leder des Ponysattels, die Kiefernrinde, bröselnder Lack am Gartenzaun, Porzellan, raschelnde, duftende Stoffe, die Tweeds, die Ferdinand bevorzugte, die Flanells, die Wagner trug, Roßmanns Jacke aus Zeltplane, Steinbrüstungen, Treppengeländer, das sommerwarme Blech des Tatras, den Ferdinand fuhr, der Griff des Kinderwagens, ein seltsames, meist klebriges Gummi, die Bombensplitter im Garten, Scherben, Glasscherben, das Geräusch der Bomben, das schwellende Heulen, die klirrenden Panzerketten – sie holt nach, sammelt ein.
Das ist sie auch.
Sie trennt sich nicht, sie nimmt in Besitz, es ist ein Besitz, der allein sie bedeutet. Manchmal sagt sie: Meine Seele lernt.
Augenblicke danach fühlt sie sich leer, bilderlos.
Manches spielt sie nicht mehr.

Jetzt, wenn sie flaniert, eine Frau von fünfzig, noch immer auffällt mit ihrem jungen Gesicht, dem ungeduldigen Gang, hat sie es aufgegeben, Ehefrau und Mutter zu sein, zu erinnern. Sie ist frei, sie wurde freigelassen, Stück für Stück, und hält ihre Freiheit aus. Sie ist auch allein, doch es könnte, sie weiß es, anders kommen. Manchmal spürt sie das Alter. Sie weiß nicht, ob sie je wieder einen Mann haben wird. Ihr Körper beginnt zu vergessen. Sie blättert in Fotoalben, betrachtet ihre Vergangenheit. Niemandem kann sie sagen: Weißt du noch, hier, dieses Foto, Ferdinand hat es gemacht, als wir in den Beskiden Ski fuhren. Sie mustert sich, als Zwanzigjährige, als Dreißigjährige, kann sich nicht vorstellen, daß sie es nicht mehr ist. Seit Jahren hat sie keiner mehr fotografiert.

Im Büro war sie rasch aufgestiegen. Erst hatte sie als Stenotypistin gearbeitet, danach als Sekretärin eines Sachbearbeiters, jetzt als Sekretärin eines Abteilungsleiters. Ihre Arbeit wird, meint sie, geschätzt, doch wem soll sie es sagen. Sie hat sich niemandem angeschlossen, spricht wenig mit Kolleginnen. Eine Opitzen gibt es dort nicht.

Sie besucht häufig das Theater, die Oper.

Sie redet mit sich selbst.

Sie kommt mit sich zurecht.

45.
Annamaria oder Ein Sohn wird nachgeholt

Die Stadt hört auf, schartig zu sein. Es wird aufgebaut; die übriggebliebenen Ruinen sind in die Blicke der Passanten eingegangen als Gegenwart. Eine zweite Rate des Lastenausgleichs hat Katharina Perchtmann geholfen, sich ohne Furcht auf das Alter einzurichten. Den Kindern hat sie nur die ihnen zustehenden Anteile weitergegeben, mehr nicht, sie hatten sich nie um sie gekümmert, also brauchte sie nichts zu begleichen. Die Gräber Mummis und Gutsis besucht sie häufiger als früher.
In ihr Tagebuch schreibt sie im Juni 1957: »Wenn nicht bald jemand kommt, mit mir redet, werde ich stumm, taub oder ersticke. Ich habe geglaubt, ich könne allein sein. Ich bin unfähig dazu. An schlimmen Tagen, wenn ich die Wohnung nicht ertragen kann und spazieren gehe, oder mich ins Café setze, beneide ich sogar die alten Huren auf dem Leonhardsplatz um die Ansprache, die sie haben. Die hören wenigstens etwas, ganze Lebensläufe. Und wenn sie nichts haben, haben sie ihren Leib. Meiner sammelt nur kleine Schmerzen, das ist alles. Mal tut der Rücken weh, mal sind es die Beine. Ich könnte mir denken, daß ich mir, geht es so weiter, das Leben nehme. Ich brauche Menschen.«
Mit Achim kehrt sie zurück. Annamaria, die ihr am ehesten gleicht, inzwischen mit Mann und Kind in Friedrichshafen, schafft den Trott nicht, morgens Schule, nachmittags das Kind, abends den Mann, kann sich nicht schicken, spielt ihre Unruhe aus, »die hat sie von

ihrem Großvater, von Ernst, von mir«, schreibt, nach langer Unterbrechung, verzweifelte Briefe, beklagt sich über den Mann, dem Katharina nur einige Male flüchtig begegnet war, den sie lieblos und blaß fand, einen jener Schwachen, die sich ihre nächste Umgebung dienstbar machen, hat, wie sie ihrer Mutter gesteht, Verhältnisse mit anderen Männern, keine großen Lieben, nein, bis sie an einen gerät, der verheiratet ist, den sie »wirklich« liebt und der ihr dennoch keinen Himmel verspricht, sondern sie sitzen läßt: Es ist aus, ich kann nicht mehr, ich lauf' weg, ich renn' in den See, hilf mir, Mutter, und Katharina telegrafiert ihr einfach: Komm.

Sie kommt mit Achim, bricht in die Ruhe ein, schwätzt, beteuert, flucht, versetzt Katharina in einen Zustand großer Hilflosigkeit, auf diese Verwundungen war sie nicht gewappnet, daß die Tochter so am Rande sei, kaum mehr eines klaren Gedankens fähig.

Der Achtjährige ist eingeschüchtert, wagt nicht zu sprechen, sitzt auf dem Sofa, die Hände gefaltet im Schoß.

Sie fragt Annamaria, ob sie einen Arzt brauche.

Der könne ihr nicht helfen.

Ihr allgemeiner Zustand sei miserabel, sie sehe aus wie aus dem Wasser gezogen.

Laß mich in Ruhe, Mutter.

Bist du deswegen hierher gekommen?

Nein.

Sie trinken Kaffee. Achim erkundet die Wohnung, findet sie gut. Besser als bei uns daheim.

Ihm gefällt es, sagt Annamaria.

Was war? Erzähl.

Aber Annamaria erzählt erst in der Nacht, nachdem sie es in Gutsis ehemaligem Zimmer, in dem Katharina sie und Achim untergebracht hat, nicht mehr aushielt, und, wie vor Ewigkeiten, zur Mutter ins Bett kam.

Das wiederum war Mummis Bett, ein Ungetüm, ein Holzschragen auf hohen Füßen, ein Schiff, auf dem man, weit über allem, durch die Nacht schwimmt; Mummi hatte das ziemlich demolierte Gestell bei einem Trödler in der Hauptstätterstraße aufgestöbert, es, eigensinnig, gegen Gutsis Einspruch, zu einem Tischler bringen lassen, der es ihr, das Material sei nicht umzubringen, ausbesserte. Dies sei gewiß ein Bett für ein Menschenleben.
Erst schläft die Tochter ein, dann sie.
Annamarias Finger, die ihre Wange, ihre Stirn berühren, wecken Katharina.
Erzähl. Was ist gewesen?
Annamaria spricht leise, Katharina muß sich Mühe geben, sie zu verstehen. Die Sätze nehmen sich keine Zeit, wollen die Geschichte gar nicht verständlich machen.
Ich war schon unglücklich, als ich Kern heiratete. Sie nannte nie seinen Vornamen. Du kennst ihn kaum. Er ist trocken auf die Welt gekommen, Mutter, er kennt nichts als Ordnung, Ruhe, er ist alt, ohne Erfahrung. Wenn ich ihn liebte, umarmte ich eine Echse. Ich bin das nicht. Ich kann es nicht.
Hast du es ihm gesagt, wie fremd er dir geblieben ist?
Nein. Ich habe kaum mehr mit ihm gesprochen. Schon nach einem halben Jahr haben wir nicht mehr miteinander gelebt, nebeneinander, und ihm war es so recht.
Und als Achim kam?
Er mag das Kind.
Aber es hat nichts an eurem Verhältnis geändert?
Ich konnte ihn nicht ertragen. Das Kind und ich waren eine Zelle, in die er nicht eindrang.
Warum bist du bei ihm geblieben?
Er legte Wert darauf, meinte, er könne sich in seiner Position, der Herr Chefingenieur, keine Ehescheidung leisten. Er ist auch Katholik. Es war ihm schon unangenehm, daß ich wieder in der Schule arbeitete.

Und die anderen Männer?
Ich hielt es nicht mehr aus. Mich konnte schon einer haben, der mich streichelte.
Du bist eine arme Hutschen.
Was meinst du damit, Mutter?
Ich weiß es nicht. Es ist ein zärtliches Wort.
Du bist noch immer verrückt.
Und was kam dann?
Ich bin immer wieder weg, mit Männern, das letzte Mal habe ich geglaubt, es würde alles gut, Kern hat gesagt, ich solle doch auf den Strich gehen und er würde sich als Zuhälter ausbilden lassen. Der begriff nichts.
Du bist krank, Annamaria.
Ach, was.
Du hast dich nie um dich gekümmert, vor lauter Angst und Hunger. Du hast dich immer im anderen gesucht.
Das ist falsch.
Jetzt fängst du an, mich zu maßregeln.
Willst du eine Weile hierbleiben?
»Sie sagte, und ich erschrak über den Ton, in dem sie es sagte: Nein. Nur den Achim will ich hierlassen. Ich fragte sie, ob sie einen neuen Freund habe. Sie stritt es ab. Sie wolle nicht unter mein Kuratel kommen. Das könne sie von mir nicht behaupten. Sie sagte: Du ziehst doch immer alles an dich, Mutter, und wenn nicht, und das ist noch schlimmer, vergißt du Menschen oder Dinge.«
Drei Wochen hielt sie, begründet, die Tochter fest. Sie werde Achim aufnehmen, es sei ihr gleich, für welche Zeit, nur müsse sie Regelungen treffen, könne, da das Kind nicht allein bleiben dürfe, nur noch vormittags arbeiten, so lange Achim in die Schule gehe, du stellst dir das so einfach vor, Annamaria, setzt hier ein Kerlchen ab und willst auf und davon, da mußt du mich, für eine

Weile, schon ertragen, und den Ämterkram könntest du, ich bitte dich, erledigen, stell dich nicht so an.
Katharina wird im Betrieb heruntergestuft, halbtags für Verantwortliche zu arbeiten, sei untragbar, also saß sie wieder, neben vierzehn anderen Frauen, im Schreibsaal, den Kopf taub vom rhythmischen Gedröhn der Maschinen, und holte halb eins den Jungen von der Schule ab. Sie werde für ihn sorgen, das verspreche sie; nun kannst du gehen, Annamaria, ich werde das schaffen mit meinen fünfundfünfzig – bin ich eine Greisin, bin ich schwach, bin ich blöd?, und meine nicht, ich tu es für dich, ich tu es für mich, daß du es nur weißt, das Kind ist mir gekommen wie ein Geschenk.

Annamaria holte den Jungen nie mehr ab.
Alle halbe Jahre besuchte seine Mutter ihn, zu Festen durfte er, einige Jahre später, das Haus seines Stiefvaters besuchen, dessen Namen anzunehmen er sich weigerte. Annamaria brauchte lang, bis sie den Mann fand, dessen Kälte und Lieblosigkeit sie wiederum störte, nun jedoch Fabrikantenfrau, wie einst die Mutter.
Katharina hatte eine der ersten Unterhaltungen mit Achim, dem Enkel, dem Pflegesohn, dem neuen Gefährten aufgeschrieben, einige Tage nach dem Aufbruch Annamarias:
»Ich habe ihn von der Schule abgeholt, er lief auf mich zu, rief, wie er es noch heute tut, Grummi, griff nach meiner Hand; dieser Rückfall bewegte mich: mit einem Kind zu gehen, nach Hause.
Ich fragte ihn: War es schön?
Daheim ist es besser.
Bist du gern bei mir?
Ja.
Warum denn?

Weil mich keiner anschreit und –
Und?
Weil es so richtig ist.«

46.
Der zweite Ferdinand

Katharinas Geduld ist noch immer rasch aufgebraucht. Achim hat sich an ihre jähen Entschlüsse gewöhnt. Er weiß, wenn Grummi am Abend geht, kommt sie, wie versprochen, wieder.
Sie abenteuert, aber anders als die Mutter.
Wann kommst du?
Genau kann ich es nicht sagen.
Sag's fast genau.
Schlaf lieber.
Kommst du?
Ich komm doch. Du weißt es ja.
Gehst du?
Ich geh' jetzt.
Sie weiß oft nicht, wohin sie geht. Sie hat ein paar Bekannte, kann Einladungen folgen, die sie langweilen, sie sitzt im Kino, doch sie sieht sich, wie sie sagt, die Filme an, wenn sie sie gesehen hat und sie kann stundenlang über drei Szenen sprechen, von denen sie behauptet, sie faßten ihr Leben zusammen, oder so könnte sie es erklären, wenn es nicht zu pathetisch sei, oder so wolle sie sich selber sehen, denke sie an Dreyers Jeanne, an den Augenblick in der Zelle, da sich das vom Warten ausgehöhlte Gesicht dem Licht zuwendet, das durch die Scharte in die Zelle strömt, nur diese eine Wendung, oder wie er, in den Kindern des Olymp, am Ende gegen die Menge anrennt, die rasende Heiterkeit ihn verschluckt, frißt, er ertrinkt in ihr, ersäuft unter zucken-

den, jauchzenden Leibern, oder wie die Gardisten die Treppe herunterschreiten, die Gewalt, im Panzerkreuzer Potemkin, und wie eine Frau mit dem Kind sich gegen die zu Eisen gewordene Luft stemmt, die man mit einem Male sieht!, Stahl, den man nicht einatmen kann, und ehe sie stürzt, einhält, alles versteht – das bin ich auch.
Das sind Sie nicht. Sie übertreiben.
Weshalb sollte ich es Ihnen erklären?
Der zweite Ferdinand schlich sich förmlich ein, ohne daß sie es merkte.
Seit je ist ihr das Licht zwischen Frühjahr und Sommer das liebste, Aprillicht, wandelbar, Wolkenschatten treibend oder blank. Ungeduldig hat sie auf Achim gewartet, der längst aus der Schule zurücksein müßte, vermutlich wieder trödelt, Schaufenster mit der Nase putzt, Leuten nachglotzt, ein aufmerksamer Träumer, dem die Lehrer wenig Gutes nachsagen, was Katharina kaum anficht, dumm ist er nicht, pflegt sie die pädagogischen Einwände beiseite zu wischen; sie haben geplant, nach Denkendorf zu fahren, über die Felder zu wandern, und Regengüsse im April sind uns wurst. Sie sind über die Äcker gelaufen, auf Feldwegen, redend, schweigend, der Bub neben ihr, sie manchmal an der Hand packend, ein Gefährte, dem sie alles anvertraut. Achim hat sich daran gewöhnt, daß sie mit ihm spricht wie mit sich selbst, daß sie manchmal Unterhaltungen fortsetzt als Selbstgespräche.
Sie sitzen auf einer Bank vor dem Denkendorfer Klosterbau. »Der ältere Mann, der einen Teil der Bank mit Rucksack und ausgebreiteten Utensilien in Beschlag hielt, blickte kaum auf, schien dann überrascht, grüßte, widmete sich wieder seiner Jause; ich dachte, daß ich ihn vielleicht aus der Stadt kenne, diese unmögliche Glatze mit dem dünnen grauen Haarkranz war mir irgendwo auf-

gefallen.« Achim und sie unterhalten sich über den Weg, den sie hinter sich haben und Achim macht, verklausuliert, den Vorschlag, noch einzukehren, mit einer späteren Straßenbahn in die Stadt zu fahren. Hier rumzusitzen, macht keinen Spaß. Gut, sagt Katharina, kehren wir im Sonnenhof ein. Der Glatzköpfige überrumpelt beide; sie haben ihn nicht beachtet, sind aufgestanden, Achim hat Katharinas Jacke angezogen, tanzt, guck, Grummi, sie sagt, du machst die Jacke dreckig, sie gehen, ohne sich zu verabschieden und der Mann ruft ihnen nach: Auf Wiedersehen, Frau Perchtmann. Sie stutzt, sagt: Also ich kenne Sie doch. Aber woher?
Wir wohnen in einem Haus.
Das kann nicht sein.
Doch. Vor drei Jahren bin ich eingezogen.
Das ist unmöglich.
Wenn Sie meinen? Lassen Sie sich nicht aufhalten. Auf Wiedersehen.
Der ist komisch, findet Achim.
Wahrscheinlich ist er allein, sagt Katharina, schau mich an, bin ich nicht auch alt und wunderlich.
Du, Grummi? Achim lacht, sein Lachen freut sie.
Immerhin grüßen sie sich danach im Haus. Der Mann kleidet sich, stellt sie fest, zu übertrieben, fährt mit eigenem Wagen zu einer Arbeit, die sie sich nicht vorstellen kann, wahrscheinlich in ein Büro oder in eine Behörde, geht am Morgen, kommt am Abend, lebt offenkundig, wie sie es vermutet hatte, allein, hält sich zurück, doch seine Zurückhaltung wird zur Herausforderung: Sie unterhalten sich im Treppenhaus, meistens über Achim, wobei er, diskret, nicht nach der Mutter des Buben fragt, auch über Unwirtlichkeiten im Hause, über die von den Schwaben so nachdrücklich gepflegte Kehrwoche, was dazu führt, daß sie ihm, im Grunde wider Willen,

doch um das Gespräch nicht abreißen zu lassen, anträgt, das Putzen zu übernehmen, er mache sich doch lächerlich, was er wiederum, nicht ohne Ironie, abstreitet, in Stuttgart werde der Mann erst vollkommen, wenn er, die Frau übertrumpfend, ebenfalls zum Putzteufel werde – so fängt das an.

Achim sträubt sich. Achim bezeichnet den Glatzköpfigen – der sich beim ersten Treffen im Treppenhaus als Ferdinand Novotny aus Znaim vorgestellt hatte, also ein Flüchtling wie Sie, oder, wie man heute sagt, ein Neubürger, wobei das Neu mich immer schaudern macht, als wäre unsereiner ein Kunstmensch oder ähnliches –, Achim bezeichnete den Novotny als alt und schmierig. Novotny gestikulierte in der Tat ohne Hemmung, komödiantisch, hatte die Angewohnheit, den anderen während der Unterhaltung anzufassen, was Katharina ebenso wenig ausstehen konnte wie Achim, und sein Dialekt, der ihr allerdings vertraut war, sich für den schwäbisch sprechenden Achim jedoch schrecklich ausnahm, hatte mit seinen vielen No und No schön etwas allzu Beschwichtigendes, etwas Verkleisterndes. Sie würde sich mit Novotny tunlichst nicht in politische Diskussionen einlassen, denn sie hatte nach wenigen Unterhaltungen bemerkt, daß hier der völkische Wust wieder laut werden könnte, den sie vergessen hatte. Nicht zuletzt durch Novotny kehrten ihre Gedanken nun öfter zu Waldhans zurück, zu Dorothee Neumeister, Prchala und Gottgetreu. Sie redete sich in ihrer Phantasie alles und alle zusammen. Sie mied Novotny nicht, ließ sich, ohne Absicht, immer mehr mit ihm ein, gewöhnte sich an ihn, selbst Achim ertrug es, daß Novotny sie fast jeden Abend besuchte oder mit Grummi ausging, ertrug die sanften Belehrungen des Mannes, so daß, nach Monaten, die Frage Novotnys, ob es nicht sinnvoller sei, wenn er

seine Wohnung aufgebe und zu »dir, meine liebe Katharina« ziehe, sich fast selbstverständlich anhörte, die letzten Wörter in einem sehr langen, gewundenen, unübersichtlich gewordenen Satz.
Warum nicht? erwiderte sie.
So wurde Novotny der »Zweite Ferdinand«.
Seine Vergangenheit erfuhr sie in Stücken, er berichtete mit Vorliebe über gloriose Augenblicke seines Lebens, doch es ließ sich zusammenfügen, daß er in Znaim aufwuchs, seine Eltern »nicht eben mit weltlichen Gütern gesegnet« waren, daß er in Prag Jurisprudenz studiert hatte, die Verwaltungslaufbahn einschlug, Justizinspektor schon »in jugendlichem Alter« gewesen war und nach dem Einmarsch des Führers der SA beitrat.
Sie sagte ihm: Ich bin Halbjüdin. Dies verwirrte ihn, er antwortete: Das macht ja nun nichts mehr. Sie fragte: Hätte es damals etwas gemacht?
Er war fast zwei Köpfe größer als sie.
Achim, der sich darüber lustig machte, erklärte sie, erstens sei sie mit den Jahren geschrumpft, zweitens müsse man, sei man schön, nicht groß sein, weil man allen größer erscheine, so sei es früher gewesen.
Du bist schön, Grummi, aber klein.
Sie hatte sich geschämt, sich vor Novotny auszuziehen, sich vor der ersten Nacht mit ihm gefürchtet, eine alternde Frau mit einem alternden Mann, eine Siebenundfünfzigjährige mit einem Sechzigjährigen, hatte sich ins Bad zurückgezogen, ihn gebeten, er solle sich hinlegen, etwas lesen, sie brauche Zeit und er hatte, vor der Tür stehend, geantwortet, er sehe es ein; die Kleider raschelten mehr als sonst, alles war lauter, dinglicher, schmerzte. Sie badete, betrachtete sich nur flüchtig im Spiegel, ging zu ihm, er hatte seine Nachttischlampe an, sie nutzte den Schatten, sagte, schau mich nicht an, so

zum Ansehen bin ich nicht mehr und er antwortete, ach geh, sie lag neben ihm, hielt auf Abstand, er löschte das Licht, kehrte sich ihr zu, begann ihre Wangen zu streicheln, ihren Hals, der Widerstand riß wie eine Haut, sie umarmte ihn, drückte sich an ihn, er küßte sie, sie sagte, du riechst nach Zigarren, er fragte, ist es dir unangenehm, sie sagte, ich mag das nicht so sehr, er fragte, soll ich mir die Zähne putzen gehen, sie sagte, ach bleib jetzt, er zog ihr das Nachthemd über den Kopf, faßte sie an, wälzte sich auf sie, versuchte, in sie einzudringen, aber sie blieb trocken und eng, sie sagte, ich kann es nicht mehr, laß es, er schüttelte den Kopf, sagte, es wird sich geben, sie sagte, nein, das ist vorbei, ich weiß nicht, wie das war, wie man es macht, das ist alles, woher soll es auch kommen, verstehst du, er sagte, das macht nichts, wir lieben uns ja, sie sagte, immerhin sind wir jetzt zusammen, so, nebeneinander im Bett.
Er fragte sie, weshalb sie ihn nie beim Vornamen nenne?
Ich kann es nicht, wenn ich dich Ferdinand rufe, sähe ich immer den anderen, du bist doch der Zweite. Weißt du was, ich nenn dich Zweiter.
Damit mache sie ihn lächerlich.
Wenn du das schon nicht ertragen kannst.
Sie müsse doch ein Einsehen haben.
Sei nicht blöd, Zweiter.
Wie sich das anhört.
Ich sag das gern, verstehst du, Zweiter?
Wenn er morgens ins Justizministerium geht, der Herr Regierungsdirektor, ist sie stolz auf ihn. Sie hat sich damit abgefunden, daß er ein Nazi gewesen ist, ein Eingestufter, nicht nur ein Mitläufer.
»Alles ist bei mir verkehrt. Unter den Nazis hätte ich mich nie mit einem abgegeben. Jetzt, lange nachdem die Hitlerzeit vorüber ist, erwische ich einen.«

Novotny fragt sie sukzessive aus, sie verschweigt, erzählt um, was gewesen ist.
Die »Mährischen Wirkwaren« kenne er. Es sei eine angesehene Firma.
Gewesen, sagt sie.
Ja, gewesen.
Novotny paukt, als wären es Vokabeln, Kinder und Kindeskinder, versteht allmählich, was Katharina in Selbstgesprächen mit Gutsi oder Mummi oder den Zwillingen meint.
Peter, der Älteste, der Bruder von Paul, Professor für Germanistik in Kiel, verheiratet mit Dietlind, Vater von Tobias und Alma,
brav, sagt sie (und er lernt alle mit der Zeit auch kennen),
Camilla, die Zweitälteste, verheiratet mit dem Studienrat Felix Wertmüller, genannt Kalle, in Darmstadt, Mutter von Thea, Susanne und Friedhelm,
brav, sagt Katharina,
und Annamaria und Achim und du.
Achim findet sich mit Novotny ab.
Er ist eben da, der Alte ist da, und je älter der Junge und der Alte werden, umso fatalistischer nehmen sie den Zustand an, Katharina zugeordnet zu sein, ließe der eine vom anderen ab, verdächtigte der eine den anderen, würde sie mit Zorn über sie kommen, den Zweiten in sein Zimmer treiben und Achim den Ausgang sperren, mit mir könnt ihr es nicht, mit mir nicht!
Sie würden nicht heiraten, das hatten sie abgesprochen, obwohl Novotny gedrängt und sich bei Achim Genehmigung eingeholt hatte, das ändere nichts mehr, wenn der Onkel Novotny Grummi heirate, es sei bloß blöde, wenn sie Novotny und nicht mehr Perchtmann heiße.
Das finde sie auch.
Nur deswegen?

Das andere zu erklären, brauchte ein Leben.
Dennoch gelang Novotny manches: Er überredete Katharina, die Arbeit aufzugeben, machte sie mit seinen Zärtlichkeiten weicher; er schenkte ihr zum Neunundfünfzigsten, es sei egal, ob ein runder Geburtstag oder nicht, ein Klavier, sie spielte viel, trieb, wie sie sagte, mit Schubert den Fingern die Gicht aus; sie lebten, der Tag hatte seinen Rhythmus.

47.
Der fünfundsechzigste Geburtstag

Ihren Sechzigsten zu feiern, hatte Katharina nicht erlaubt. Ich will nicht wissen, daß ich sechzig werde, hatte sie gesagt; was ist das für ein Fest, was kann das für eines werden, und Novotny hatte nachgegeben. Beim Fünfundsechzigsten jedoch insistierte er, warum läßt du dich nicht feiern, du hast es gerade nötig, du mit deinem Leben immer für andere; nie für andere, hatte sie erwidert, immer nur für mich, da habt ihr euch getäuscht, auch wenn es schiefging, ist es meine Angelegenheit gewesen – also wieso? Die Kinder hatten sich eher unwillig geäußert, die langen Reisen beklagt; wenn sie schon gefeiert werden sollte, müßten alle Enkel vorgeführt werden, darauf hatte Katharina bestanden. Es sei ein Umstand, jammerte Peter. Die Widerstände änderten Katharinas Stimmung. Nun bestehe sie auf ihrem Fest, wenn gemauert und gemosert werde, bis auf Annamaria, die selbstverständlich mit Chauffeur kommen werde, ihren Wohlstand vorführen wolle; Novotny, von solchen Gemütsschwankungen in die Enge getrieben, ließ sich nicht mehr mit ihr ein, bereitete, von Achim unterstützt, den großen Tag vor. Nur entscheidende Fragen wurden ihr noch gestellt. In der Wohnung wolle sie niemanden sehen, denn was habe sie in den vergangenen Jahren gewartet auf Briefe, auf Besuche und sei mit Stippvisiten, Durchreisen abgespeist worden, was sie durchaus einsehe, denn was fange man mit einer älteren Person an, die sich ständig nur an Kindheiten erinnere und über die Gegenwart rä-

soniere, also bleibe, Annamaria ausgenommen, für die anderen die Bude verschlossen, sie sollten ein ordentliches Lokal suchen, es gäbe doch eine Menge, zum Beispiel die Alte Post oder den Hirsch in Möhringen oder die Traube in Plieningen oder den Ochsen in Stetten, nur lege sie Wert darauf, wenn sie schon über die Stränge schlügen, überrascht zu werden; laßt mich in Frieden, bis der Tag da ist.
Dennoch brachte sie, für alle Fälle, und unter dem Gespött von Achim, die Wohnung auf Hochglanz.
Sie wollte ausbrechen, den Rummel vermeiden, diesen datierten Einschnitt, ein Alter, das ihr gleichgültig war, weil sie es nicht spürte, weil es sich nicht in ihr gesetzt hatte. »Da ich noch ein bißchen jünger bin als Achim mit seinen achtzehn«, hatte sie Annamaria geschrieben, »gibt es zwischen uns keine Schwierigkeiten, wir verstehen uns. Was er treibt, geht mich nichts an, und wenn es mich einmal berührt, sehe ich's ein, was man halt Einsicht nennen kann oder besser vielleicht Einfühlung oder noch besser, es ist schon schwierig, sich zu erklären, Verständnis.«
Immerhin hat sie, nach Jahren, sich ein Kleid schneidern lassen und zugegeben, daß ihr solcher Aufwand durchaus Vergnügen bereite. Schicht für Schicht haben sich nun wieder ansprechbare Szenen gespeichert, so auch, als sie zur Schneiderin ging, befangen, nicht mit dem Selbstvertrauen der Dreißigjährigen (die Mutter von einem Freunde Achims hatte ihr das Atelier empfohlen), noch in dem allzu feinen, mit Haute Couture-Plakaten bestückten Treppenhaus zögerte, sie hatte sich widerwillig an die früheren Gänge erinnert, in Prag und Brünn, merkwürdig sommerliche Assoziationen, fühlte wieder Stoffe zwischen den Händen, hörte das Weibergeschwätz. Als sie das Kleid, nach der letzten Anprobe, abholte, kam

sie sich fast wie eine Verräterin vor: Sie hatte jahrelang so nicht gelebt und sie wollte nicht zurückkehren. Doch das Kleid, weiß, aus einem mit Silberfäden durchwirkten Stoff und lang bis zu den Knöcheln, gefiel ihr, war schön, an einigen Abenden vor dem Geburtstag zog sie es in ihrem Zimmer an, genoß das Gefühl, »anders, nicht alltäglich zu sein«.
Der Winter, feucht, nicht sonderlich kalt, mit rasch wechselnder Witterung, hatte sie angestrengt. An manchem Morgen stand sie nur widerwillig und spät auf, murrte sich durch den Tag und Ferdinand und Achim gingen ihr aus dem Weg, bis Achim ihr vorwarf, sie führe sich auf wie ein altes Weib, wenn sie ernsthaft krank sei, solle sie es sagen, nur diese Launen, sie seien kaum zu ertragen. So stand sie, seinetwegen, wieder als erste auf, Gliederschmerzen unterdrückend, machte den Männern das Frühstück, schickte sie aus dem Haus.
Die Feier mußte auf ein Wochenende verlegt werden, da, wie Peter ironisch schrieb, »die Kinder auch wegen eines solch bedeutenden Anlasses nicht schulfrei« bekämen.
Also gut, sagte sie.
Dieser Ton, sagte sie.
Novotny erklärte Katharina vier Tage vor dem Ereignis, er habe alles vorbereitet, doch an dem Fest selbst wolle er, aus vielen Gründen, nicht teilnehmen, er zöge es vor, übers Wochenende wegzufahren, auf der Alb zu wandern. Wenn er ihr dies antue, werde sie im letzten Moment alles noch absagen. Es sei ja nur ein Abend. Achim redete ebenfalls auf ihn ein. Novotny gab nach. Benähmen sich die Perchtmann-Kinder freilich weiter so, könne es, das solle sie wissen, zu einem Eklat kommen. Das würde ihr eher Spaß machen. Achim fand, dies sei eine prächtige Einstimmung.
Wo denn nun das Fest stattfinden werde?

Er habe im Ochsen in Stetten für den Abend ein Nebenzimmer reservieren lassen.
Das ist ganz nach meinem Geschmack.
Nun wolle sie das Programm des Tages vervollständigen.
Es ist dein Geburtstag, Katharina.
Sie denke gar nicht daran, die Kinder vom Bahnhof abzuholen. Sie wüßten, in welchem Hotel – nicht wahr, es ist das Royal? – sie untergebracht seien, und da Annamaria und Wertmüllers mit Wagen kämen, sei es für sie auch kein Umstand, nach Stetten zu gelangen. Der Tag gehöre ihr, sie werde, allein mit Achim, ein wenig im Remstal spazieren gehen, wenn das Wetter keinen Strich durch die Rechnung mache.
Und ich?
Sie umarmte Novotny, streichelte ihn. Du wirst ein wenig vor den anderen dort sein, Lieber, und den Einmarsch der Gladiatoren arrangieren.
Manchmal kannst du eigentümlich herzlos sein.
Findest du?
Es war kalt, schneite ein wenig, als sie mit Achim, dem sie für die Schule eine Entschuldigung geschrieben hatte, zum Bahnhof ging.
Was hast du vor, Grummi?
Laß dich überraschen.
Sie fuhren nach Endersbach.
So, jetzt beginnt die Wanderung.
Bei dem Wetter – bist du wahnsinnig? Und wenn du ausrutschst, dir ein Bein brichst, muß ich dich erstens schleppen und zweitens ist es aus mit der Feier.
Lassen wir's darauf ankommen.
Sie liefen eine Zeitlang auf der Straße nach Strümpfelbach, dann durch die Weinberge. Sie rutschte in der Tat bisweilen ab und begann, um sich zu helfen und Achim zu belustigen, die Gebrechliche zu spielen. Achim war gut

einen Kopf größer als sie und manchmal schaute sie, heftig atmend, zu ihm auf: Gleich mußt du mich schleppen.
Also weißt du, Grummi, wo geht diese Reise eigentlich hin?
Ich weiß, wohin.
Sag schon.
Maultaschen!
Dann geht's ins Lamm.
Du bist ein Schlauberger.
Erzähl was, hatte er gebeten, das verkürzt den Weg, doch sie hatte mit der Luft zu kämpfen, es abgelehnt, später, wenn wir es gemütlich haben.
Du hast mir noch gar nicht gratuliert.
Erst heute abend.
Jetzt ist auch schon mein Geburtstag.
Du bist richtig kindisch.
Du weißt gar nicht, wie mir das hilft.
Gegen eins erreichten sie das Lamm. Es brauchte eine Weile, bis sie die Finger bewegen konnte.
Hier bleiben wir, sagte sie.
Sie aßen, tranken.
Dieser Wein schmeckt nur am Ort.
Du trinkst auch ganz schön, Grummi.
Hast du was dagegen, Enkel?
Und wenn du heute abend einen sitzen hast?
Sie begann zu erzählen, zusammenhanglos, der Junge hörte zu, nicht immer aufmerksam, es war ihr gleich.
Du weißt gar nicht, wie weit ich zurückdenke, fünf Leben, sechs, das ist nicht ein Leben gewesen, nein.
Trink nicht zuviel, Grummi.
Laß mich, Enkel. Und was ist daraus geworden? Ich könnte heulen.
Tu es bloß nicht.
Unterbrich mich nicht. Geburtstage, lieber Himmel, was

habe ich nicht alles geschenkt bekommen und was hat man mir genommen. War es etwas wert? Jetzt habe ich nichts mehr und vielleicht ist es nur das Pony gewesen, das mich freute, vor fünfhundert Jahren.
Du trinkst zuviel, Grummi.
Ich sag' dir, vor fünfhundert Jahren, was hast du für eine Ahnung, wieviele Leben ein Leben haben kann, als damals Vater, in einer Zeit, die, wenn sie beschrieben wird, nicht meine Zeit ist, als ich noch träumen konnte, als es nichts gab, als ein Bündel Gefühle, mehr nicht, Junge, und Glück, und einen Schmerz, der viel größer war als ich oder meine Schatten auf dem Rasen vorm weißen Haus, jetzt bin ich beim Haus, ja, ob es noch steht, so kann es nicht mehr sein, es ist weg, ich bau' es in meinem Kopf neu auf, und da kommt Vater, das Pony am Halfter und legt mir den roten Sattel vor die kleinen weißen Schuh, weißt du, ich sage »kleine weiße Schuh« so, als ob es nicht meine Schuh gewesen wären, als ob sie mich nicht gedrückt hätten, weißer Lack, und ein kleines Mädchen, das ich sehe, das ich war und das glücklich ist, dem Vater um den Hals fällt, wie alt bin ich nur geworden?, ich weiß es nicht mehr, sechs, fünf, sieben, da spielt man mit Jährchen und redet von Jahrhunderten.
Ihr wart schon richtige Plutokraten.
Das ist Unsinn, wir bewohnten eine Fata Morgana, wir hausten in Vaters Visionen und Mummi machte sie wohnlich, was ihr Jungen für Zeug redet, das ist doch weg, läßt sich nicht wiederholen, oder willst du dich in einem Märchen einrichten?, Enkel, das ist eines gewesen, willst du, daß ich dir einen König rufe, David, du würdest mich auslachen, doch er hat mich viele Male besucht und seine Gesänge waren unvergleichlich, er hat an meiner Wiege gestanden und mich gesegnet und er hat sein Reich mitgeschleppt, wohin, das kann ich mir nicht

ausmalen, ich bin nicht fromm, ich habe immer nur gespielt – sag, hab ich immer nur gespielt?
Jetzt hast du einen in der Krone.
Nun sprichst du auch schon von der Krone, das kommt davon, weil ich an David gedacht habe, das ist die Krone Davids.
Grummi, reiß dich zusammen.
Das hab ich mein Lebtag tun müssen, warum jetzt?
Bleiben wir hier oder gehen wir noch ein wenig spazieren?
Um fünf holt uns ein Taxi ab.
Große Güte, bis dahin wirst du nicht mehr vernehmungsfähig sein.
Hör zu, Junge, red mir nicht dauernd dazwischen, ich will noch eine Geschichte erzählen, eine einzige, dann können wir uns so unterhalten, wie du willst, nur diese eine Geschichte, wahrscheinlich wirst du sie nicht verstehen, sie ist für mich wichtig, doch vorher muß ich nochmal raus.
Er wollte aufstehen, sie drückte ihn in den Stuhl zurück, ging langsam, sehr aufrecht, durch die Wirtsstube und kehrte nach kurzer Zeit zurück.
Ist dir übel, Grummi?
Du bist ein lieber dummer Bub.
Also sag doch.
Nicht ein bißchen.
Du wolltest eine Geschichte erzählen.
Erzähl du mir eine.
Du hast gesagt, nur diese eine Geschichte.
Ja, das habe ich gesagt; sie beugte sich über den Tisch, schaute ihn an, verschwörerisch.
Das läßt sich nicht zusammenbringen.
Doch, bei dir schon.
Es ist keine Geschichte, es ist, wie soll ich es ausdrücken?,

erzählte Erfahrung, denk dir jemanden wie mich, doch halt nicht fest an mir, es ist mir wichtig, daß du dir sagst, eine Person, ähnlich wie die Grummi, aber nicht Grummi, verstehst du?, und was sie im Kopf hat, woran sie täglich denkt, woran sie sich erinnert, manchmal ist es viel, manchmal nichts, ganz selten das ganze Leben – diese Person hat gelebt und plötzlich entdeckt sie, daß sie gelebt worden ist, daß sie wenig dazugetan hat, selbst ein Leben zu führen; meistens sind es andere gewesen; vielleicht hat sie gehandelt nur als Liebende, und wägt sie es ab, waren es auch da Fügungen, Zufälle, denen sie nachgab. Sie hatte, wie eine Katze, sieben Leben. Und spät, viel zu spät, beginnt sie sich zu wehren; doch ihre Umgebung läßt sie die Rolle spielen, die sie einmal begonnen hat, in ihrem siebenten Leben. Sie bemüht sich, alles und alle abzuschütteln, zu vergessen, denn sie möchte beginnen. Wahrscheinlich ist es das. Aber wie anders fühlt man sein Leben. Das war alles, Enkel. Sie hob das Glas und sagte: In deinem Schwäbisch würdest du jetzt am liebsten antworten: I versteh bloß emmer Bahnhof.

Du bist ein wenig durcheinander, Grummi. Es ist ja auch dein großes Fest. Er stand auf, nahm ihren Kopf in seine Hände, küßte sie auf die Stirn, ohne auf die Leute in der Gaststube zu achten.

Sie bestellte noch ein Viertel, für Achim Traubensaft.

Hör auf, Grummi.

Das ist das letzte Glas. Bald kommt das Taxi.

Versprich's.

Wahrscheinlich bist du meine letzte Liebe, Bub.

Du spinnst. Er nahm sich vor, an diesem Abend auf sie aufzupassen.

Der Wagen brachte sie nach Stetten. Sie schickte Achim in den Gasthof, er solle ihr den Karton mit dem Abend-

kleid bringen, Novotny habe ihn in Verwahrung. Auf der Toilette zog sie sich, gegen einen stärker werdenden Schwindel ankämpfend, um.
Sie wartete, kam mit dem Reißverschluß nicht zurecht, eine junge Frau half ihr. Die Übelkeit ließ nach, sie tupfte sich Kölnisch an die Schläfen, ordnete sich das Haar.
Gib dir einen Ruck, sagte sie. Geh zu deinen Kindern und dem zweiten Ferdinand, nimm die Parade deiner Enkel ab.
Novotny kam ihr durch die Gaststube entgegen. Drei Schritte und sie merkte, wie sie in die Rolle schlüpfte, die sie den ganzen Abend durchhalten würde.
Novotny musterte sie zufrieden, im Nebenzimmer warteten schon alle, so wenige und doch so viele, er ging ihr voran, sie sah zum ersten Mal, daß er ein wenig mit dem rechten Bein schleifte, oder war auch er zu angestrengt? Sie straffte sich, er öffnete die Tür, alle standen um den Tisch herum und sprachen miteinander, Erwachsene und Kinder. Sie schweigen. Sie macht einige sehr kleine Schritte, steht wieder. Wir haben uns ja lange nicht gesehen, sagt sie, lieber Himmel, seid ihr feierlich, wenn Gutsi noch lebte, sie würde laut ins Taschentuch schnauben.
Annamaria und Achim gratulierten als erste, dann folgten die anderen, sie wurde umringt, die Hände wurden ihr gedrückt, sie bekam Küsse auf Wangen und Stirn, wunderte sich über veränderte Gesichter, dicker gewordene, häßlicher gewordene, sah in Augen, die ihr unbekannt waren. Ich weiß nicht, dachte sie, weshalb Peter, der es ja nun zu etwas gebracht hat, so linkisch geblieben ist, mit seinen vierundvierzig Jahren; das wird Thea sein, ja, das ist Thea, sie ist hübsch, sie weiß es, ich sollte sie fragen, ob sie einen Freund hat, ob sie schon Männern davongelaufen ist, warum fällt mir gerade das ein?, ich

stünde gern am Anfang wie sie, sie weiß schon eine Menge; warum Camilla so ekelhaft mit Wertmüller umgeht?, er hat sie schließlich aus dem Schlamassel geholt; die Kleine ist Alma, reizend, sie schielt ein bißchen und hält sich immer an ihre Mutter, Gott, ist die dürr, sie muß eine Abmagerungskur gemacht haben, mir fällt ihr Name nicht ein, irgendein germanischer, ja: Dietlind, man hat Lust, sie auf irgendeine Art aufzuweichen.
Komm, sagt Ferdinand, hier ist dein Platz.
Das Stimmengewirr legte sich. Sie hört, wie Peter seiner Frau mit Betonung das Menü vorliest, geräucherte Forellenfilets, Flädlesuppe – das ist etwas Schwäbisches! – Fasan auf Weinkraut, Birne Helène, Mokka, dann die Weine, Stettener Brotwasser, komischer Name!, Uhlbacher Trollinger, Keßler Hochgewächs.
Setz dich doch, Katharina.
Sie hielten sich an die Tischordnung, die Katharina Ferdinand diktiert hatte, was soll ich neben jemandem sitzen, den ich nicht leiden kann. Es sind deine Kinder und Enkel, Katharina. Das tut nichts zur Sache.
Also sitzt zu ihrer Linken Achim, zu ihrer Rechten Ferdinand, ihr gegenüber Peter, zwischen Camilla und Annamaria, dann die anderen.
Du siehst phantastisch aus, sagt Annamaria.
Du solltest, erwidert sie, hinzusetzen: Für dein Alter.
Sei nicht schon wieder boshaft, Mutter.
Ich fühle mich wohl.
Die Wirtin erkundigt sich, ob alles seine Ordnung habe, gratuliert, zündet die Kerzen auf dem Tisch an, macht das Licht aus.
Schon wieder werde übertrieben, so festlich wolle sie es nicht.
Novotny legt ihr die Hand auf den Arm; Achim sagt:

Jetzt wirst du gefeiert, Grummi, da kannst du nichts dagegen machen.
Zwei Kellner tragen die Forellen auf, Katharina nippt an dem Wein.
Das darfst du nicht, flüstert ihr Achim zu, du mußt warten, bis Onkel Peter einen Toast ausspricht.
Hör auf, Enkel, sie trinkt einen langen Schluck; Peter wartet, bis alle mit dem Hors d'oeuvre fertig sind, steht auf, zieht einige Zettel aus der Jackentasche, ordnet sie, merklich aufgeregt.
Der Druck von Novotnys Hand auf ihrem Arm wird stärker.
Hab keine Sorge, Zweiter, sagt sie leise.
Liebe Mutter, wir alle, deine Kinder und Enkel, wissen, daß du die Vorbereitungen für dieses Fest mit einem gewissen Unwillen verfolgt hast; dir ist im Laufe deines langen, an Abwechslungen reichen Leben die Lust am Feiern vergangen, obwohl wir in unserer Kindheit erfahren haben, wie wunderbar du Feste, deren Mittelpunkt du stets warst, gestalten konntest. Das ist, wir wissen es, lange her. Und es ist ohnehin unvorstellbar, was alles du erlebt hast. Deine Kindheit kennen wir vor allem aus den Erzählungen Großmutters und Gutsis. Sie erschien uns seit eh und je wie ein Märchen. Und so wirst du es wohl auch im Nachhinein empfinden. Doch auch unsere Kindheit war, Vater und dir sei Dank, reich und sorgenlos. Was dann kam, hast du bewunderungswürdig getragen, du bist Höhen und Tiefen gewachsen gewesen, du hast es immer wieder geschafft. Du hattest es nicht leicht, wir haben dir es vielleicht auch nicht leicht gemacht. Verzeih uns so manche Unterlassung. Dein Alter mag dir Ruhe bescheren. Nun wollen wir auf dich trinken, liebe Mutter.
Alle standen auf, Peter kam um den Tisch herum, sagte,

als er sein Glas an das ihre schlug, lang sollst du leben, sie umarmte ihn, danke, Peter, ich weiß gar nicht, weshalb du soviel vom Alter sprichst.
Aber Mutter.
Schon beim Nachtisch löste sich die Ordnung auf, sie setzten sich zu ihr, gingen wieder, redeten mit ihr, fragten sie:
Warum ist Onkel Dieter eigentlich nicht gekommen?
Es geht ihm nicht gut, er hätte als Rentner reisen können, doch er hat ein Raucherbein.
Sag mal, Großmama, ist es wahr, daß du als Kind Pferde gehabt hast?
Ja, eine ganze Herde, Riesenrösser, und wenn ich sie in der Nacht besuchte, haben sie Feuer aus ihren Nüstern geschnaubt.
Das ist geschwindelt.
Ich hab mein Lebtag nie gelogen.
Was ist eigentlich aus Wagner geworden, Mutter?
Vor ein paar Jahren kam ein Brief.
Er lebt?
Er hat in Nördlingen wieder eine große Bäckerei, vielleicht sind die Salzstangen da auf dem Tisch von ihm.
Und du hast ihn nie besuchen wollen?
Weshalb?
Du trinkst schon wieder zuviel, Grummi.
Ich will mich betrinken, Achim, jetzt weißt du es, ich will das überleben, verstehst du?
Ich kann betrunkene Frauen nicht leiden.
In deinem Alter sollte man Vorurteile nicht gedankenlos aussprechen. Magst du betrunkene Männer?
Schon eher.
Wieso?
Weißt du, Mutter, mein Mann hätte ja mitkommen sollen.

Ja, Annamaria, warum ist er eigentlich nicht da?
Er mußte dringend zu einer Sitzung nach Konstanz.
Um so besser, ich kann ihn nicht ausstehen.
Du bist schrecklich.
Sagen Sie –
Seit wann siezt man seine Großmutter, Thea?
Entschuldige.
Du mußt dich nicht entschuldigen, das ist eine Versammlung von Fremden, die miteinander verwandt sind. Was wolltest du wissen?
Vater sagt, du bist in deiner Jugend eine Revolutionärin gewesen.
Sagt er das? Schön wär's gewesen. Hast du einen Freund, Thea?
Ja, wir werden uns demnächst verloben.
Verloben? Muß das sein? Laß ihn wenigstens eine Weile hängen und probier andere aus.
Das geht doch nicht.
Verzeih, Kind, ich bin altmodisch.
Grummi, paß auf dein Kleid auf, du hast Wein verschüttet.
Das gibt keine Flecken, Enkel, und wenn schon, das Kleid zieh' ich nie mehr an.
Wie fühlst du dich, Katharina?
Vorzüglich, Zweiter, ich fühl' nichts mehr und das ist gut.
Hast du eigentlich bemerkt, daß Alma schielt?
Ja, Camilla.
Ein solch süßes Geschöpf – das ist schade.
Du solltest dir lieber über deine eigenen Kinder Gedanken machen, Camilla, schielen ist besser als kein Verstand.
Du bist schon wieder unmöglich, Mami.
Ferdinand schlägt mit einem Löffel gegen sein Glas. Er wolle keine Rede halten.

Ich will keine Rede halten. Ich bin ja der einzige in dieser Runde, der nicht zur Verwandtschaft gehört. Mich hat eure Mutter und Großmutter gewissermaßen angenommen. Ihr wißt, daß wir nicht verheiratet sind und es auch nicht vorhaben, zu heiraten. Was ich sagen wollte – ich wollte dir, liebe Katharina, danken für unsere Gemeinschaft und hier, in aller Öffentlichkeit, sagen, wie sehr ich dich bewundere und liebe. Vielleicht können sich die jungen Leute nicht vorstellen, daß es in unserem Alter noch Liebe gibt. Es ist so. Auf dein Wohl, auf dein Leben. Er beugte sich zu ihr hinunter und küßte sie.
Achim klatschte als einziger.
Sie hatte, schon zu Beginn, das Klavier an der Längswand der Stube bemerkt, sich vorgenommen, zu spielen, dann hatte ihr, voller Stolz, Peter gesagt, Tobias besitze eine herrliche Stimme und sein Lehrer am Konservatorium setze große Stücke auf ihn.
Es gibt doch Wiederholungen, sagte sie.
Was meinst du?
Ach nichts.
Sie bat Tobias, auf den sie nicht geachtet hatte, zu sich.
Ich habe ganz vergessen, daß du singst.
Hat Vater es dir nicht geschrieben?
Kann sein, willst du etwas singen, soll ich dich begleiten?
Hast du ein Lieblingslied, Großmutter?
Viele.
Was wünschst du dir?
Ich weiß nicht, ob du es kannst; welche Stimme singst du?
Bariton.
Es könnte sein.
Was?
»Fremd bin ich eingezogen.«

Ich will es versuchen, es ist schwer.
Er sang es, sie begleitete ihn, hatte eine so volle Stimme nicht erwartet, geriet in der Begleitung durcheinander, sagte, als Tobias zu Ende war und sie ihm dankte, etwas, das er nicht verstand: Onkel David hat immer behauptet, er könne zaubern, nun bin ich sicher.
Ob Achim den Plattenspieler mitgebracht habe? Jetzt wolle man Musik hören und tanzen.
Was zuerst, Grummi? rief Achim durch das Zimmer.
Die Rolling Stones, »Got live if you want it«.
Sie ist und bleibt meschugge, sagte Camilla zu ihrem Mann.
Die Jungen tanzten, sie saß, ihnen zugewendet, die Beine von sich gestreckt, sie hatte Schmerzen.
Sie klatschte Achim ab, der mit Susanne Wertmüller tanzte.
Du kannst es, wo hast du es gelernt, Grummi?
Ich hab' es euch abgeschaut.
Sie tanzte oft, geriet außer Atem, Ferdinand drängte zum Aufbruch, Achim mahnte immer wieder, sie solle nicht so viel trinken, sie ist betrunken, hörte sie Dietlind sagen, sie ist doch schrecklich, in diesem Alter, sie sang die Songs mit, die Achim zu Hause ununterbrochen spielte.
Ja, ich geh' ja schon, ja, wir gehen ja gleich. Sie bat Achim, den Apparat abzustellen. Es war schön, sagte sie, und mit erhobener Stimme: Halt, rennt nicht gleich weg! Jetzt kommt nämlich meine Rede, sie wird nicht lang sein, habt keine Angst. Mir ist ein bißchen übel, der Tag war lang. Ich bin fünfundsechzig, die Alte ist fünfundsechzig – glaubt ihr, ich will euch in diesem Glauben lassen? Ich bin es nicht. Und ich frage mich, was habe ich mit euch allen zu tun. Einige von euch habe ich auf die Welt gebracht, das ist alles. Der Krieg – wie lang das schon wie-

der her ist – hat euch früh von mir fortgeholt und zurückgekehrt seid ihr nie. Das habe ich auch nicht erwartet. Offenbar nehmen Kinder an, ihre Mütter liebten sie, auch wenn sie fern sind und keinen Anlaß zur Liebe geben. So ist es nicht. Das will ich nur klargemacht haben. Ihr seid da. Gut. Ich kenne euch. Ich habe euch irgendwann einmal geliebt, eure Kinder gefallen mir. Sie reden mich, weil ich ihnen fremd bin, aus Versehen und weil sie einen Augenblick ehrlicher sind als ihr, meine Kinder, mit Sie an. Das hat mir nicht wehgetan. Es hat mich amüsiert. Wir haben uns zu diesem Fest getroffen, meinetwegen, nicht weil wir uns lieben, sondern aus einem einzigen Grund: Weil meine Erinnerung euch alle umschließt. In meinem Kopf steckt ihr, wie ihr wart und wie ihr nicht mehr seid. Und jetzt ist das Fest zu Ende.
Sie standen betroffen, Peter bemerkte stockend: So kannst du uns nicht gehen lassen, Mutter. Sie sah ihn, mit schief geneigtem Kopf, an: Dann komm eben bald einmal wieder.
Es schneite. Vor dem Hause verabschiedeten sie sich voneinander. Sie wünschte mechanisch allen eine gute Fahrt, gegen einen Schluckauf ankämpfend. Novotny half ihr in seinen Wagen. Achim setzte sich nach vorn, neben ihn. Sie war nicht müde, sie würde nicht schlafen können.
War es gut, Enkel?
Der Schluß war schon schlimm, Grummi.
Es war, Enkel, und der Schluckauf fuhr ihr zwischen die Silben, ein wirklich gelungenes Fest.

48.
Das vierte Spiegelbild oder Eine alte Frau schminkt sich ab

Sie hält ihr Gesicht nah gegen den Spiegel und wenn sie atmet, beschlägt sich das Glas. Mit den Fingern streicht sie sich über die Stirn, zieht Falten glatt. Die Haut ist dünn, rissig geworden. Auch die Lippen schrumpfen. Sie tastet, ohne das Spiegelbild aus dem Blick zu verlieren, nach dem Lippenstift, zieht Farbe über die zahllosen feinen Risse.
Über der Iris lagert sich eine milcherne Schicht ab.
Aber ich sehe so gut wie eh und je.
Sie drückt aus einer Tube eine rosa Paste auf die Hand, verstreicht sie über das ganze Gesicht; an den Halssehnen hält sie inne.
Das ist nicht zu vertuschen.
Sie befeuchtet ein Tuch mit Kölnisch Wasser, reibt sich die Farbe wieder aus dem Gesicht, von den Lippen.
Das Gesicht wird kleiner, es ist schmal, hochmütig geblieben und es erinnert an den Kopf eines Mädchens, das auf den Vater wartet, der von der Reise zurückkehrt und sie mit einem Geschenk überrascht.
Sie lächelt. Das Lächeln wirft viele Falten.

49.
Eßlinger Ostern

Sie sprach immer wieder von diesem Sommer, siebenundsechzig, mit keinem sei er zu vergleichen gewesen, heiß, trocken, es hätte ein guter Wein werden können, doch der Herbst war zu kalt.
Die Unruhe kehrte zurück, und Novotny sagte, sie übertreibe wie so oft, sie solle sich nicht mit den jungen Leuten abgeben, sie falle ihnen ohnehin zur Last.
Es ist möglich, Zweiter.
Aber der Kreis der Jungen und Mädchen, die Achim besuchten, auf dem Boden seiner Stube herumsaßen, die Bude vollrauchten, Musik hörten, die ihr gefiel, die Rolling Stones, Joan Baez, Bob Dylan, Judy Collins, die über Bücher redeten, an denen sie, versuchte sie darin zu lesen, scheiterte, Adorno, Marcuse und Habermas, die von der Gesellschaft sprachen, als sei sie ein Kunstprodukt, etwas, das man im Spiel zerschlagen könne, von Arbeitern, als seien sie Fabelwesen – und sie hatte, verdutzt, durch die Tür gehört, wie Achim sagte: Meine Großmutter war auch Arbeiterin, sie kennt sich aus.
Du weißt es doch besser, hatte sie ihm vorgeworfen.
Stimmt es nicht?
Es stimmt auch.
Als es ihnen langweilig gewesen war, schon am Abend, Novotny die heillose Unordnung, die die Bande ein jedesmal hinterlasse, verwünschte, hatte Achim sie geholt, du sollst uns erzählen, Grummi, von den Spartaki-

sten, du weißt schon, ich habe den Ort vergessen, den du dann immer nennst –
Hellerau?, Bub, das ist eine flüchtige Angelegenheit.
Du bist mit ihnen zusammengewesen.
Sie wird zur Geschichte, erzählt von Skodlerrak und Kasimir, vom Kapp-Putsch, von der Rosa, die sie alle geliebt hätten, über ihre Wut nach deren Ermordung, von Liebknecht und den anderen.
Ein paar reden sie mit Oma an und duzen sie.
Sie läßt es zu.
Habt ihr über Marx diskutiert?
Mehr über Bakunin und Rosa Luxemburg.
Da seid ihr ja Anarchisten gewesen.
Wir wußten nicht genau, was wir waren, wenigstens nicht alle. Wißt ihr es?
Sie nickten, erklärten ihr jedoch mit keinem Wort, weshalb sie sich dessen so sicher waren.
Ihr seid ein Anfang, der nicht zugeben will, daß es andere Anfänge gab, daß sich vieles wiederholt, daß die Veränderung, auf die ihr setzt, anders kommen wird, als ihr meint. Ihr seid so streng, sagte sie zu Achim, Achim wies sie zurecht, sie habe keine Ahnung, solle lieber erst einmal lesen.
Was muß ich lesen, wenn ich gelebt habe.
Sie sei arrogant.
Novotny wies ihn zurecht, er wisse wohl nicht, wen er vor sich habe.
Doch, die Grummi.
Es sei unerhört, was er sich herausnehme.
Daß Novotny ein Reaktionär sei, sei ihm nichts Neues.
Nimm dich zusammen, Achim.
Er bat sie immer wieder in seine Gruppe, sie hörte zu, sang die Internationale mit, fand sich mit den Vorwürfen Novotnys ab, riet den Mädchen, die Pille zu nehmen,

fragte sie nach den Jungen aus, sie vertrauten sich ihr an, die Oma ist gut, wenn auch politisch nicht ganz auf der Höhe.

Sie war es nicht, wollte es nicht sein. Sie war nur neugierig. Und sie hatte Angst vor den Enttäuschungen, die ihnen nicht erspart bleiben würden.

Behandelt mich bloß nicht als ein wandelndes Geschichtsbuch. Ich weiß nicht viel.

Sie habe eben nicht bewußt gelebt.

Das traf sie, weil sie recht hatten und doch nicht. Was wußten die Jungen, nach dem Krieg geboren, wie man lebt, um zu überleben. Wie einem mitgespielt wird. Wenn Bomben fallen, fragt man nicht nach den Ursachen, auch nicht, ob Hitler oder Churchill sie geworfen haben, man rennt nur in den nächsten Keller.

Aber man müsse doch die Situation, in der man sich befinde, zu analysieren versuchen.

Ich habe reagiert, vielleicht war das falsch.

Das ist ganz und gar unpolitisch.

Dem stimme sie zu.

Also müsse sie lernen.

Was soll ich lernen, daß Macht nie gerecht ist, weil sie nur sich selber kennt?

Das hört sich gut an und ist falsch.

Ich bin eben nicht aufgeklärt.

Willst du nicht, daß die Klassen aufgehoben werden und Gerechtigkeit hergestellt wird?

Doch. Doch.

Warum wehrst du dich dann?

Weil ihr, selbst wenn ihr es nicht wollt, einmal an der Macht, behaupten werdet, daß eure Klasse nun die einzige Klasse sei, eure Gerechtigkeit die einzige und neue Klassen und neue Ungerechtigkeiten geschaffen werden.

Du stellst dich dumm, sagte Achim, du bist listig.

In Berlin, als der Schah von Persien die Stadt besuchte, erschoß ein Polizist den Studenten Ohnesorg.
Sie rotteten sich, obwohl es die Schule verboten hatte, auf der Straße zusammen, zogen, bis tief in die Nacht, begleitet von Polizei, Transparente tragend, durch die Straßen.
Sie ängstigte sich um Achim. Sie hatte ihn gebeten, nicht zu gehen.
Jetzt ist es aus, Grummi. Diesen Faschisten werden wir es zeigen.
Ihre Frage, weißt du denn, was Faschisten sind?, erreichte ihn nicht, sie ließ ihn ziehen.
Novotny sagte: Der Junge ruiniert dich, du solltest ihn zu seiner Mutter schicken.
Du bist gut, Zweiter, wenn es brenzlig wird, einfach passen.
Sie suchte ihn, fand ihn inmitten einer Kolonne marschierend, stumm, einige trugen Fackeln, sie drängte sich durch die Reihen, wurde gutmütig geschubst, wen suchscht denn, Oma, des isch nix für di: sie hakte sich bei ihm ein, hielt nur schwer Schritt, eines der Mädchen nahm sie am anderen Arm.
Das vergeß' ich dir nie, Grummi.
Sie war lang mit ihm unterwegs. Nachts nahm sie ein paar mit in die Wohnung, sie dürften, wenn ihre Eltern sich nicht sorgten, ruft eben an!, bei Achim übernachten und seid nicht so laut, wenn ihr singt.
Die Erregung hielt an. Sie verstand, daß sie mit ihren Erfahrungen nichts würde ausrichten können, keine Vergleiche würden helfen, kein Hinweis auf das, was schon einmal gewesen war. Es waren Kinder, die sich über Kriege in anderen Erdteilen entsetzten, über Systeme sich die Köpfe heißredeten, ohne noch Wirklichkeiten fassen zu können oder zu wollen, Geschöpfe eines lustlo-

sen Friedens, Theoretiker einer Zukunft, die, so fehlerlos, nur ein anderer Stern ertrüge, nicht aber diese Erde, deren Geschichte sie in mehr als sechzig Jahren erfahren hatte – sie war den Kindern überlegen und ärmer als sie. Freilich erbitterte sie vieles an ihrem Gerede. Ihr Überschwang aber riß sie immer wieder mit.
Novotny, der seit fünfundvierzig jegliche Politik für ein Übel hielt, beschwor das aufziehende Malheur. Diese Jugend werde alles ruinieren, was deren Väter mühselig aufgebaut haben.
Ach, eure Dickwanstgesinnung, sagte sie. Sie stand nicht gut mit ihm in dieser Zeit.
Achim bestand, nicht ohne Mühen, das Abitur, plante, in Tübingen mit dem Medizinstudium zu beginnen, wünschte jedoch, daß man ihm sein Zimmer freihalte.
So bald wirst du mich nicht los, Grummi.
Denkst du, Bub.
Im Winter kam er nicht einmal übers Wochenende.
Sie begann, ihm Briefe nach Tübingen zu schreiben, was Novotny, der wieder mehr zu seinem Recht kam, belustigte, er habe es aufgegeben, auf den Lausejungen eifersüchtig zu sein, sie werde staunen, wie rasch er sie vergesse.
An Stelle des Datums schrieb sie immer, verärgert über die gemeinsame Regierung der Sozialdemokraten und der Unionsparteien, »im ersten Jahr der Großen Koalition«, ließ sich jedoch nicht auf Politik ein, sondern erzählte aus den Tagesläufen, erfand manchmal kleine Ereignisse und merkte, beim Schreiben, wie die Zeit sie allmählich ausschloß.

Vor Ostern hielt sich Achim mehrmals zu Hause auf, traf sich mit Freunden, die sie nicht kannte, die auch keinen Wert auf ihre Teilnahme legten; sie hatten, schien

es ihr, schon einen Beruf aus der Revolution gemacht wie Kasimir.
Sie planten, die Auslieferung der reaktionären Sonntagszeitung, die in Eßlingen gedruckt wurde, zu verhindern.
Ich möchte mir das ansehen.
Das ist unmöglich.
Wieso?
Es könnte zu Schlägereien kommen.
Einer alten Frau werden sie schon nichts tun.
Glaubst du, da kann irgendeiner auf die gute alte Frau Perchtmann Rücksicht nehmen?
Ich will es sehen.
Achim ließ sich überreden, wurde von seinen Freunden verspottet, er wolle sich wohl, werde es ernst, unter die Rockschöße seiner Großmutter flüchten.
Sie fuhren in drei Wagen nach Eßlingen, parkten die Autos am Rande des Industriegeländes, gingen in kleinen Gruppen zu der Druckerei, vor deren Tor viele Leute lagerten; sie solle am Rande bleiben, bat Achim, und, wenn es zu Zusammenstößen kommen sollte, davonlaufen.
Sie lehnte sich gegen einen Zaun, achtete darauf, nicht allzu nahe an größere Gruppen zu geraten, duckte sich unter Rufen, die sie nicht verstand, summte mit, wenn einige die Internationale sangen.
Die Lichter – die Polizeiwagen hatten ihre Scheinwerfer ebenso auf die Ansammlung gerichtet, wie die blockierten Lastautos auf dem Hof – zeichneten riesige Schatten; Stimmen und Geräusche wurden von der Nacht gedämpft; es war ein künstlicher Raum, in dem Angriffswut, Gewalt lauerten, »so haben wahrscheinlich schon früher Generale ihre Soldaten für die Schlacht aufgeputscht – mit Lagerfeuern, Liedern, Wer-da-Rufen,

einer wachsenden Spannung«, einige Studenten unterhielten sich mit Polizisten, gerieten ihre Gesichter ins Licht, waren sie einander gleich, jung und aufgeregt.
Sprechchöre ebbten auf und ab.
Als Polizeiverstärkung eintraf, begriff sie, mit einem Male, den Haß der Jungen. Es war wie ein Überfall von finsteren, der Nacht gehörenden Satrapen. Sie sprangen, in Leder, die Schutzhelme funkelnd, aus den Wagen, Schatten suchend, Befehlen gehorchend, schufen einen Bereich der Gewalt und der Angst. »Es gibt Geräusche, die ganz einfach brutal sind, martialisch, die Abwehr erzeugen oder Kapitulation. Auch Hitler hat sich dieser Nachtmenschen bedient. Aber das wissen die jungen Polizisten nicht. Vielleicht macht es ihnen Spaß, getarnt vom Halblicht, Macht zu fühlen und auszuspielen.«
Auf dem Hof wird gebrüllt. Die Fahrer der Zeitungslaster versuchen, die lebendige Barriere zu durchbrechen. Geschrei antwortet ihnen, und wieder Sprechchöre.
Metall klirrt auf dem Asphalt.
Die Befehle, die die Polizisten zusammenrufen, werden lauter.
Die Jungen singen jetzt die Internationale, sie singt laut mit. Ein Wasserwerfer fährt auf. Die Mauer aus Leibern schwankt hin und her, ein paar lösen sich, verschwinden im Dunkel, manche Gesichter kommen ins Licht.
In dem Augenblick, da der Strahl des Wasserwerfers die Jungen trifft, krachen schon Steine aufs Metall. Die Polizisten heben ihre Schilde.
Jemand nimmt sie am Arm, sagt, das ist nichts für dich, Oma, geh weg, schnell, geh weg.
Sie sieht den Aufprall, hört Schreie.
Sie beginnt zu laufen, weiß nicht, wohin, zum Bahnhof wird es weit sein, ein Auto hält neben ihr an, ein Poli-

zeiwagen, einer fragt, ob man sie mitnehmen könne, ja, zum Bahnhof, sagt sie, außer Atem, sie wird nach hinten in den Wagen geschoben, sitzt neben einem der Uniformierten, rückt von ihm ab, der lacht, was sie da zu suchen habe, ob sie auch zu den Revoluzzern gehörte; wenn ihr so weiter macht, sagt sie, vielleicht; in Ihrem Alter, sagt der Polizist, müßte man klüger sein.
Sie schläft den ganzen Tag. Novotny schleicht auf Zehenspitzen in der Wohnung, ihr sei nicht zu helfen, herrscht er sie am Abend an.
Ihr gewinnt nichts, sagte sie zu Achim, ihr verliert alles.
Schon eine einzige Demonstration entmutige sie.
Sie habe, und sie wisse, daß er sie nicht verstehen würde, ihr ganzes Leben lang den Menschen gefürchtet, der im verordneten Haß den andern aus dem Auge verliert. Wahrscheinlich habe das mit Politik nichts zu tun.
Nein, sagte Achim.

50.
Annamarias Brief

Stuttgart, 12. Mai 1970

Liebe Camilla,

ich habe Mutter aus dem Katharinen-Hospital abgeholt. Sie hat die Lungenentzündung ohne Schaden überwunden, aber ihr Allgemeinzustand ist, wie der behandelnde Arzt erklärt, nicht gut. Seit Novotnys überraschendem Tod verliert sie an Kraft. Ich hatte ihr schon vor einem halben Jahr vorgeschlagen, ins Altersheim zu gehen, doch sie war nicht zu überreden. Sie müsse für Achim da sein. Dabei rührt sich der Junge, seitdem er in Berlin studiert, kaum mehr und sie schimpft über seine Schreibfaulheit. Mein Sohn – eigentlich ist es nicht meiner, sondern ihrer. Heute ist er übrigens mit einer Freundin eingetroffen und hat Mutter in der Wohnung empfangen. Sie war selig. Das Mädchen gefällt ihr. So geht alles weiter, sagte sie.
Ich schreibe Dir aus einem wichtigen Grund. Achim, dem Liebling, ist es gelungen, was mir nicht gelang: Mutter wird, nach seinem Willen, in ein Altersheim in Sillenbuch ziehen. Eine ziemlich kostspielige Einrichtung, die wie ein Hotel geführt wird. Allerdings muß sie sich da einkaufen, aber, so viel Geld hat sie nicht. Wir Kinder sollten ihr zuschießen. Achim drohte schon, wenn wir hier versagten, würde er bei seinen Kommilitonen für Grummi sammeln und uns in unserem Geiz beschämen. Ihr müßtet ungefähr 5000 Mark beisteuern.

Geht das? Die alte Frau tut mir ja leid und sie braucht zudem Pflege, da sie nicht mehr gut zu Fuß ist.

Ich sitze in Novotnys ehemaligem Zimmer, höre sie nebenan mit Achim und dem Mädchen lachen. Umzubringen ist Mutter nicht. Als sie Achim in der Wohnungstür sah, fiel sie ihm um den Hals und ich hatte für einen Augenblick den Eindruck, sie sei noch ein junges Mädchen.

Viel haben wir ja von unserer Mutter nicht gehabt, das ist wahr. Sie ist immer ihre eigenen Wege gegangen. Und noch in ihrem Alter kann ich sie nicht verstehen. Vielleicht war es ganz richtig, daß sie Achim aufnahm. Sie hat immer Menschen gebraucht, die ihre Liebe herausforderten.

Also, schickt den Betrag bald. Wir können Mutter nicht allein in dieser Wohnung lassen, die sich in einem üblen Zustand befindet. Hier sieht es noch aus wie nach dem Krieg.

Es grüßt Dich   Deine Annamaria

Inhalt

I. TEIL

1. Kindheit oder Was noch zu finden ist — 9
2. Der Vater oder Fünf Hände im Schreibtisch — 18
3. Der Garten — 31
4. Ausbruch mit Eberhard — 39
5. Porträt und Selbstporträt — 50
6. Die Mutter betrachtet ein Abendrot oder Wer will unter die Soldaten? — 58
7. Onkel Davids Brief — 65
8. Elle oder Das frühe Ende der Revolution — 73
9. Aufatmen oder Ungenaue Übergänge — 90
10. Das erste Spiegelbild oder Das Fräulein ist mit sich im reinen — 99
11. Ein Brief aus Karlsbad — 101
12. Jean Ettringer oder Der Geschmack des Todes — 106
13. Frau Perchtmann — 110

II. TEIL

14. Gast in einer Wohnung — 125
15. Ein Bettgespräch — 132
16. Mirjam oder Das Katzenspiel — 135
17. Wotrubas Wut oder Die aufgekündigte Neugier — 147
18. Gespräch über Elvira — 159
19. Die Zwillinge — 167
20. Vogelfutter oder Wüllner stellt sich um — 171
21. Noch einmal Elvira oder Ferdinand geht fremd — 184
22. Atemzüge eines Frühlingstages — 188
23. Der Umzug oder Wie Onkel David die Stimme verlor — 193
24. Der Tscheche — 204
25. Perchtmann & Sohn — 212

26.	Die Reise zurück	221
27.	Katharinas Zirkel oder Was soll ein Salon?	228
28.	Der Schwarze Freitag	242
29.	Katharinas Märchen oder Wie die Zeit verloren geht	250
30.	Ferdinand bricht aus	257
31.	Das zweite Spiegelbild oder Die Dame ist noch nicht fürs Feuer	262
32.	Georg Wüllners Tod	264
33.	Eine neue Zeit bricht an oder Gutsi hat einen Namen	270
34.	Prchalas Geschichte	275
35.	Ein Tagebuchblatt	285
36.	Adam Wagner	288
37.	Konfusion oder Das Ende der Fabrikantenfrau Katharina Perchtmann	295
38.	Das dritte Spiegelbild oder Ein Vorgriff aufs Obszöne	301

III. TEIL

39.	Eine Liebesgeschichte	307
40.	In der Packerei oder Skodlerrak geht verloren	317
41.	Camilla oder Rückkehr gibt es nicht	325
42.	Eine Wohnung wird renoviert	330
43.	Die Opitzen oder Was man voneinander nicht lernen kann	336
44.	Eine Frau geht spazieren	343
45.	Annamaria oder Ein Sohn wird nachgeholt	345
46.	Der zweite Ferdinand	351
47.	Der fünfundsechzigste Geburtstag	359
48.	Das vierte Spiegelbild oder Eine alte Frau schminkt sich ab	375
49.	Eßlinger Ostern	376
50.	Annamarias Brief	384